LISA MCABBEY

Die Schmugglerlady

Weitere Titel der Autorin (im E-Book)

Die Eroberung des Normannen
Der Spion mit dem Strumpfband
Lady ohne Furcht und Tadel
Die englische Lady und der Rebell

Über die Autorin

Lisa McAbbey hat Rechtswissenschaften studiert. Als Großbritannien-Fan begeistert sie sich schon seit vielen Jahren für englische und schottische Geschichte und hat bereits zahlreiche historische Romane veröffentlicht. Sie lebt in Wien und ist für einen internationalen Konzern tätig.

Lisa McAbbey

Die Schmuggler Lady

Historischer Roman

lübbe

Dieser Titel ist auch als E-Book erschienen.

MIX
Papier aus verantwortungsvollen Quellen
FSC® C014496
FSC
www.fsc.org

Vollständige Taschenbuchausgabe
der bei Bastei Lübbe erschienenen E-Book-Ausgabe.

Textredaktion: Beke Ritgen
Lektorat/Projektmanagement: Rebecca Schaarschmidt
Covergestaltung: Kirstin Osenau unter Verwendung von Motiven von
© Richard Jenkins und © shutterstock: Petrov Stanislav | James Steidl |
PhuuchaayHYBRID | Evgeny Karandaev | Nejdet Duzen
3w+p GmbH, Rimpar (www.3wplusp.de)
Druck und Verarbeitung:GGP Media GmbH, Pößneck
Printed in Germany
ISBN 978-3-404-18314-2

2 4 5 3 1

Sie finden uns im Internet unter luebbe.de
Bitte beachten Sie auch: lesejury.de

PROLOG

Goostree's Club, London, März 1784

»Das Übel muss an der Wurzel gepackt werden, Sir, das ist ganz unzweifelhaft. Einem Bauern, der das Unkraut in seinem Acker solcherart bekämpft, dass er die Stängel und Blätter mit einer Sichel – und mag dieses Werkzeug auch noch so scharf sein – abschneidet, wird niemals dauerhafter Erfolg beschieden sein. Nur wenige Wochen später wird das bösartige Kraut aufs Neue austreiben, wuchern und um sich greifen.«

Mr Twining, seines Zeichens Teehändler und Inhaber eines bereits in der dritten Generation geführten Tee- und Kaffeehauses am Londoner The Strand, nippte an seinem Glas und blickte dem ihm gegenübersitzenden Gentleman eindringlich in dessen aufmerksame blaue Augen. Er ließ seinen Worten Zeit, ihre Wirkung zu entfalten, gleich frisch aufgebrühten Teeblättern, ehe er mit gewichtiger Miene fortfuhr:

»Ganz genauso ist es mit dem Schmuggel, Sir. Diese Plage, die in unserem Land schon seit Menschengedenken wütet, hat sich in den letzten Jahren zu einem kaum noch zu bezwingenden Ungeheuer ausgewachsen. Um es zu bekämpfen, haben Ihre Vorgänger hin und wieder bewaffnete Soldaten in die Küstengegenden geschickt und eine Handvoll Patrouillenschiffe in den größeren Häfen stationiert. Doch was hat das bewirkt? So gut wie nichts, sage ich Ihnen!«

Mit einer brüsken Handbewegung suchte er eine lästige Fliege zu verscheuchen – oder auch mögliche Einwände gleich vorab beiseitezuwischen.

»Ja gewiss, hie und da hat man einzelne Halunken auf frischer Tat ertappt, wie zuletzt, Anfang des Jahres, den Schmuggelkutter vor Portsmouth. Dessen Ladung – Tee, Branntwein, Seide und feinste Spitzen – war, so hieß es, mehr als dreißigtausend Pfund wert! Keine Frage, Captain Ellis und seiner *Orestes* ist da ein wahrhaft kapitaler Fang geglückt, doch erlauben Sie mir festzustellen – und es liegt mir fern, Seiner Majestät Verwaltungsapparat zu kritisieren – von solchen Erfolgen hört man viel zu selten. Das Gros der Schmuggler geht seinen Geschäften ganz ungeniert nach und richtet damit Tag für Tag unermesslichen Schaden an. Wenn nicht bald etwas geschieht, ehrenwerter Herr Kanzler, werden sehr viele redliche Leute in den Ruin getrieben.«

Mr Twining, ein Mann in der Mitte seines vierten Lebensjahrzehnts, mit breiter Stirn, prägnanter Nase und wachen Augen, beugte sich in dem samtbezogenen Lehnsessel weit nach vorn, als wollte er sicherstellen, dass seinem Gegenüber kein Wort über das gedämpfte Stimmengewirr der anderen Gäste hinweg entginge.

»Als Vorsitzender der Londoner Teehändler«, erklärte er, »ist es meine unumgängliche Pflicht, Sie, Sir, auf die prekäre Lage unserer Mitglieder hinzuweisen. Wir sind gezwungen, Tee zu solch exorbitant hohen Preisen zu verkaufen, dass immer weniger Kunden bereit sind, derart viel Geld auszugeben, auch wenn sich der Genuss dieses bekömmlichen Getränks allgemeiner Beliebtheit erfreut. Zu unserem Leidwesen liegen diese horrenden Preise gar nicht in unserem Einflussbereich. Zum einen sind sie den Kosten geschuldet, die uns beim Einkauf der Ware entstehen: Die Ostindien-Kompanie hat ja das exklusive Recht, Tee nach Großbritannien einzuführen. Daher erwerben wir unseren Bedarf, so wie es vorgesehen ist, ausschließlich über die Kompanie – leider zu recht überteuerten Preisen.

Zum anderen, und das ist der weitaus gewichtigere Grund, ist Tee mit einem Satz von sage und schreibe einhundertneunzehn Prozent *ad valorem* besteuert, einer der höchsten Abgabensätze überhaupt.«

Besorgt zog der Kaufmann die buschigen Augenbrauen zusammen. »In beiden Punkten haben die Schmuggler die Nase vorn: Sie kaufen bei ausländischen Händlern deutlich billiger ein und bringen den Tee dann heimlich und unbemerkt ins Land, ohne einen einzigen Steuerpenny abzuführen. Deshalb können diese Gentlemen, wie sie sich bekanntermaßen gern selbst zu nennen pflegen, Tee um ein Vielfaches günstiger anbieten als wir Teehändler, die wir sorgfältig die Gesetze dieses Landes befolgen.«

Mr Twining zog ein großes Tuch aus der Rocktasche, schnäuzte sich und verstaute es wieder an seinem angestammten Platz, ehe er weiter ausführte: »Um diesem Übel entgegenzuwirken, hat sich unsere Gilde in zahlreichen Zusammenkünften beraten und Maßnahmen überlegt. Doch blieb, zu unser aller Verdruss, bisher jedwede Aktion ohne Erfolg: Haben wir dem Ungeheuer einen Kopf abgetrennt, wuchs alsbald an dessen Stelle ein anderer nach.

Und bedenkt man die menschliche Natur, ist es wohl wenig überraschend, wenn unsere Landsleute bei den Schwarzhändlern so zahlreich Schlange stehen: Niemand will auf den geschätzten Tee verzichten, aber kaum einer will Unsummen dafür ausgeben.«

Mr Twining legte neuerlich eine Pause ein, wohl um dem Kanzler Zeit zu geben, all das Gesagte aufzunehmen und zu verstehen, doch dieser bedeutete ihm mit einem kurzen Nicken fortzufahren, was der Kaufmann sogleich bereitwillig tat.

»Aufgrund dieser widrigen Umstände gerät ein redlicher Teehändler in eine äußerst unangenehme Zwickmühle: Entweder er sieht zähneknirschend zu, wie alles Geschäft an die Schmuggler abwandert, und begnügt sich mit dem Rest, den ihm die sogenannten Gentlemen übrig lassen, oder er opfert seinen Profit und senkt – wider jede kaufmännische Vernunft – die Preise drastisch.

Beide Strategien, das, Sir, können Sie sicherlich nachvollziehen, sind dem finanziellen Überleben der Teehändler wenig zuträglich und es darf wohl nicht verwundern, wenn sich bislang ehrliche Kaufleute ebenfalls dem Schwarzhandel zuwenden, gewisslich widerstrebend, wie ich die Vermutung wagen möchte. Denen, die standhaft bleiben, droht dagegen nichts Geringeres als der Bankrott.«

Mr Twining faltete bedächtig die Hände, bevor er weitersprach: »Sie wissen genauso gut wie ich, Sir, dass im Falle des Konkurses eines Prinzipals nicht nur dessen Angehörige und Dienstpersonal ins Elend gestürzt werden, sondern auch dem Staat selbst höchst unerquickliche Nachteile entstehen: Ein Kaufmann, der im Schuldgefängnis einsitzt, kann keine Steuern zahlen.«

Nach einem prüfenden Blick in das Gesicht seines Gegenübers, welches trotz der langwierigen und sehr detaillierten Darlegungen ungebrochen reges Interesse zeigte, setzte Mr Twining seine Ausführungen fort: »Es liegt mir fern, Ihr Augenmerk, Sir, alleinig auf die Teehändlergilde zu lenken, so sehr mir diese auch, naturgemäß, am Herzen liegen mag. Nein, es gibt noch andere Leidtragende, Institutionen von weitaus größerer Gewichtigkeit und Bedeutung, deren Straucheln das gesamte Königreich zum Wanken bringen könnte.«

Der Ehrenwerte William Pitt, im Dezember letzten Jahres von Seiner Majestät, König George III., zum Premierminister wie auch Schatzkanzler Großbritanniens ernannt, schlug die langen Beine übereinander, die in eleganten, aber keineswegs extravaganten Kniehosen steckten. »Sie sprechen von der Ostindien-Kompanie, Mr Twining?«

Der Kaufmann nickte bestätigend, während er mit der linken Hand recht erfolglos die dicken Tabakwolken zu vertreiben suchte, die bis hinauf zur Decke des dürftig beleuchteten Salons reichten.

»In der Tat, Sir«, antwortete er hüstelnd, »das tue ich. Wir alle wissen, die Kompanie wurde damals bei ihrer Gründung von der ruhmreichen Königin Elizabeth mit weitreichenden Privilegien ausgestattet – unter anderem dem ausschließlichen und alleinigen Recht, in allen Ländern und Häfen östlich des Kaps der Guten Hoffnung und westlich der Magellanstraße Handel zu treiben. Darunter fällt also, ganz unzweideutig und ohne jede Frage, auch der Handel mit dem chinesischen Kaiserreich, von dem die Kompanie all die erlesenen Teesorten bezieht: neben schwarzem Tee wie Bohea, Congou und Souchong auch die grünen Sorten Singlo und Hyson.«

Er nahm einen weiteren Schluck von seinem Glas, ehe er hinzufügte: »Jede Tasse Tee, die in unserem Land getrunken wird, sollte demnach aus einem Kontor der Ostindien-Kompanie stammen. Doch in Wahrheit ist dem nicht so: Die gleichermaßen niederträchtigen wie gesetzwidrigen Entwicklungen der letzten Jahre haben dazu geführt, dass bloß die Hälfte – manche meinen sogar nur ein Drittel – des gesamten in Großbritannien konsumierten Tees über die Kompanie importiert wird. Die andere Hälfte schaffen Schmuggler ins Land.«

Der Premierminister legte erbost die Stirn in Falten.

»Ja, das jüngst einberufene Komitee, das vom Parlament mit der Investigation der durch den Schmuggel verursachten Schädigungen beauftragt ist, hat Erschreckendes zu Tage gefördert. Laut dessen Bericht verkauft die Ostindien-Kompanie jedes Jahr etwa fünf Millionen Pfund Tee, tatsächlich werden aber an die zwölf Millionen Pfund konsumiert. Allein durch den Teeschmuggel entgeht Seiner Majestät dem König also eine enorme Summe an Steuereinnahmen. Da sind all die anderen illegal ins Land gebrachten Waren wie Tabak, Branntwein, Seide und weiß der Himmel noch was, gar nicht mitgerechnet. Ich verrate wohl kein Geheimnis, wenn ich Ihnen sage, dass in den letzten Jahren die Staatsschulden aufgrund der kriegerischen Auseinandersetzungen mit Frankreich, Spanien und den vormals dreizehn nordamerikanischen Kolonien, nun die Vereinigten Staaten von Amerika, in gigantische Höhen geschossen sind. Nach den Friedensschlüssen von Paris und Versailles im vorigen Herbst ist es daher eines der vorrangigen und dringlichen Ziele Seiner Majestät und damit all seiner Minister, ganz besonders aber des Schatzkanzlers, diesen Schuldenberg abzubauen. Jede Steuermünze, die uns entgeht, obstruiert dieses Vorhaben.«

Er legte die Fingerspitzen seiner blassen, schlanken Hände aneinander und fuhr fort: »Um mehr Gelder in die Staatskasse fließen zu lassen, sehe ich drei sich keineswegs ausschließende Möglichkeiten: neue Steuern einführen, geltende Steuersätze anheben und – was den Schmuggel betrifft – Steuerhinterziehungen hintanhalten. Wenn wir nur einen Teil jener Abgaben vereinnahmen könnten, die uns von den Schmugglern vorenthalten werden, wäre es um die Finanzen unseres Landes weitaus besser bestellt. Die Frage ist nur, wie sollen wir das bewerkstelligen?«

»Und hier, Sir«, fiel Mr Twining eifrig ein, »erlaube ich mir, auf das zurückzukommen, was ich vorhin erwähnt habe: Das Übel muss an der Wurzel gepackt werden! Lassen Sie mich den Sinn dieser Worte näher erläutern: Zurzeit wird jedes Pfund Tee, das die Ostindien-Kompanie verkauft, mit Steuern im Wert von einhundertneunzehn Prozent belastet. Die Schmuggler verhökern ihre Ware natürlich, ohne dem König zu geben, was dem König gebührt. Damit ist ein von der Kompanie erstandenes Päckchen Tee mehr als doppelt so teuer wie der Tee der ehrlosen Gentlemen.«

Der Kaufmann blickte dem Kanzler tief in die Augen. »Mein Ratschlag ist es, Sir, und ich darf hier als Vorsitzender der Londoner Teehändler sprechen, die Teesteuer gänzlich abzuschaffen oder zumindest so weit zu senken, dass der gewöhnliche Schmuggler keinen Anreiz mehr hat, diese Genussware illegal einzuführen.

Alles andere hat meiner bescheidenen Meinung nach keine Aussicht auf durchschlagenden Erfolg. Das haben wir in den letzten Jahren und Jahrzehnten mehr als deutlich gesehen: Die Überwachung der Küsten, die Kontrolle verdächtiger Boote, das Androhen von Strafen, der Einsatz von Soldaten – all diese Maßnahmen mögen gelegentlich dazu beitragen, den einen oder anderen Schmuggler auszuschalten. Doch für eine weitreichende, dauerhafte und lückenlose Behebung des Übels fehlen dem Staat, das sage ich mit Verlaub, derzeit wohl die Mittel. Daher muss dort angesetzt werden, wo das Motiv des Schmugglers begründet ist.«

Mr Pitt strich nachdenklich über das leicht fliehende Kinn.

»Interessant, interessant! Sie bringen etwas zur Sprache, Mr Twining, das mir schon mehrfach durch den Kopf gegangen ist. Der menschliche Charakter, so muss man leider feststellen, ist oftmals vom Drang getrieben, möglichst Vieles auf möglichst einfachem Weg zu erreichen, selbst wenn dieser Weg außerhalb dessen liegt, was wir als recht und billig erachten. Warum sollte ein Bauer mühevoll sein Feld bestellen, warum ein Fischer auf einen glücklichen Fang hoffen, warum ein Fuhrmann den Unbilden des Wetters trotzen, wenn er unter ungleich geringeren Strapazen, obschon unrechtmäßig, ein Vielfaches mehr erwirtschaften kann? Diese Verderbtheit ist allzu weit verbreitet, leider …« Nach einer kurzen Pause schüttelte er energisch den Kopf. »So verlockend Ihr Vorschlag auch klingen mag, hat er doch einen entscheidenden

Haken: Seine Majestät kann es sich schlichtweg nicht leisten, auf die Einnahmen aus der Teesteuer zu verzichten. Wenn wir sie also abschaffen oder zumindest senken wollten, müssten wir Gegenmaßnahmen treffen, die den Ausfall im Säckel des Schatzkanzlers wettmachen. Dazu muss ich, fürchte ich, noch einige Überlegungen anstellen.«

Mr Twinings Miene drückte Zufriedenheit aus. »Sehr wohl, Sir. Wenn ich dabei von Diensten sein kann, stehe ich Ihnen jederzeit mit Freuden zur Verfügung.«

Der Premierminister lächelte verhalten. »Danke, Mr Twining, von diesem Angebot mache ich gern Gebrauch. Ihre Erfahrungen und Einblicke sind äußerst hilfreich. Ich schlage vor, Sie besuchen mich in zwei Wochen wieder hier im Klub. Dann können wir unseren Austausch fortsetzen.«

Der Kaufmann nickte beflissen. »Ihre freundlichen Worte ehren mich in höchstem Maße, Sir. Sie sind der erste Minister, wenn ich das sagen darf, der einen einfachen Teehändler wie mich in dieser Angelegenheit zurate zieht, was nicht nur ich, Sir, sondern die gesamte Kaufmannschaft Ihnen aufs allerhöchste anrechnet.«

Mr Pitt lächelte neuerlich, nun sehr offen. »Ich sehe keinen Grund, mich nicht mit denjenigen zu beraten, die die tiefsten Einblicke und die weitreichendste Expertise auf einem bestimmten Fachgebiet haben, gleichgültig welchem Stand sie angehören. Im Gegenteil, alles andere erachte ich als höchst unvernünftig.«

Bevor sich der Teehändler erhob, zwinkerte er dem Premierminister verschmitzt zu. »Vielleicht haben Sie trotz Ihrer blutjungen Jahre schon von dem altehrwürdigen Sprichwort gehört: *Halte Rat vor der Tat.*«

Bei diesen Worten versteifte sich der Kanzler plötzlich, seine bislang freundliche Miene verdüsterte sich, und er kniff die Lippen zu einem schmalen Strich zusammen.

Der dritte Herr am Tisch, der die Unterhaltung zwischen

dem Kaufmann und dem Premierminister bislang schweigend mitverfolgt hatte, stieß ein kurzes Lachen aus und sagte dann: »Mr Twining, um Himmels willen, nehmen Sie sich in Acht! Was das Alter angeht, sollten Sie mit jeglichen Kommentaren in höchstem Maße vorsichtig sein. Ich fürchte, Sie haben die Achillessehne unseres Kanzlers ausfindig gemacht: Jede noch so unschuldige Anmerkung die herausstechende Jugendlichkeit Mr Pitts betreffend – noch niemals zuvor hat ein jüngerer Mann das Kanzleramt angetreten – löst bei diesem Ablehnung und Unmut aus, ja, sogar Zornesausbrüche.«

Bestürzt starrte der Teehändler in das Gesicht seines bisherigen Gesprächspartners: »Es lag mir fern, Sie zu beleidigen, Sir. Ganz im Gegenteil: Seien Sie versichert, wie sehr all meine Kollegen, wie auch ich selbst, Ihre Person aufrichtigst bewundern. Ich hoffe, wir haben diese Wertschätzung bei Ihrer Ehrung in der Grocers Hall und dem anschließenden gemeinsamen Dinner gebührend zum Ausdruck bringen können. Falls nicht, täte es mir, im Namen der Londoner Kaufmannsgilden, überaus leid …«

»Schon gut, schon gut, Mr Twining«, unterbrach ihn Mr Pitt, nun tatsächlich leicht schmunzelnd. »Das haben Sie aufs Vortrefflichste getan. Immerhin kommt es nicht alle Tage vor, dass meine Kutsche von Dutzenden Menschen durch die Stadt gezogen wird, nicht wahr?«

Nachdem der Premierminister seine Einladung zu einem neuerlichen Treffen wiederholt und sich für die Mühen des Teehändlers bedankt hatte, verabschiedete sich Letzterer und verließ, geleitet von einem Diener mit Zopfperücke und spitzen Rockschößen, den Salon.

»Du hast dem armen Mann ganz schön zugesetzt, William«, ergriff Jonathan Lacy, der Earl von Darrington, nun lachend das Wort. »Ich befürchtete schon, er würde sich die Zunge abbeißen, nur, um das Gesagte ungeschehen zu machen. Dabei macht Twining ansonsten einen durchaus tadellosen Eindruck. Er weiß, wovon er spricht, und gibt ehrliche Auskunft.«

»Ja«, stimmte der Ehrenwerte William Pitt seinem Freund zu, »deshalb habe ich ihn auch zu mir gebeten. Ich bin überzeugt, die Meinung eines unmittelbar Betroffenen zu hören, ist mehr wert als endlos mit Beamten zu disputieren, die alles nur vom Hörensagen wissen.«

So wie es Mr Twining gerade eben getan hatte, zwinkerte nun Lord Darrington dem Premierminister zu. »Für deine fünfundzwanzig Jahre bist du weise über alle Maßen …«

Mr Pitt, keineswegs beleidigt, stieß ein gutmütiges Lachen aus.

»Ach, hör schon auf, mich aufzuziehen, Jonathan! In Cambridge hast du das schon ausgiebig genug getan. Du bist gerade einmal ein Jahr älter, also lass doch diese Fopperei. Spielen wir lieber eine Partie Schach. Ich glaube mich zu erinnern, dass du beim letzten Mal kläglich gescheitert bist.«

»Nun gut, mein Freund«, lenkte der Earl ein und winkte einem Bediensteten, der kurz darauf ein Schachbrett samt Figuren sowie eine neue Flasche Portwein brachte.

Nach mehreren raschen Zügen hielt Mr Pitt inne und tippte mit dem Zeigefinger auf seinen Springer, während er sichtlich den nächsten Schritt überlegte.

»Ich benötige deine Hilfe, Jonathan.«

Der Earl sah fragend auf, und Mr Pitt beeilte sich zu erklären: »Ich kann Unredlichkeit nicht ausstehen und werde sie bekämpfen, wo immer ich die Macht dazu habe. Dieser ganze vermaledeite Schmuggel, der unser Land verseucht und brave Menschen in schurkische Kriminelle verwandelt, ist mir ein Gräuel. Ich habe vor, im Unterhaus einen Antrag auf Senkung der Teesteuer einzubringen. Nicht nur Teehändler wie Mr Twining fordern einen solchen Schritt, auch die mächtigen Direktoren der Ostindien-Kompanie liegen mir deshalb in den Ohren, zweifellos aus ihren ganz eigenen Gründen. Ich werde diesen Forderungen nachgeben, um den Schmugglern das Genick zu brechen und den legalen Teehandel anzukurbeln. Und, natürlich, um dringend benötigtes Geld in die Staatskassen zu spülen.«

»Ein guter Plan, Will«, erwiderte Lord Darrington.

»Zu diesem Plan gehört auch«, fuhr der junge Kanzler unbeirrt fort, »die Schmuggler in ihren Nestern aufzuspüren und auszuräuchern. In den südlichen Grafschaften, Kent, Sussex und Hampshire bis hinüber nach Cornwall, ist das Ausmaß ganz besonders schlimm: Dort sollen angeblich ganze Dörfer auf die ein oder andere Weise in den Schwarzhandel verstrickt sein, selbst Bürgermeister und Pastoren.«

»Die Versuchung des schnöden Mammons macht wohl vor keinem Halt«, kommentierte der Earl trocken.

Mr Pitt zog seinen Springer gegen einen von Lord Darringtons Bauern. »Deshalb bedarf es unvoreingenommener, unbestechlicher Personen, die sich von der Lage vor Ort ein Bild machen. Zu deinen Besitzungen gehört doch auch ein größeres Landgut im östlichen Sussex, unweit der Küste.«

»Ja«, nickte der Earl, auf einmal vorsichtig geworden, während er Mr Pitts Manöver aus schmalen Augen verfolgte. »Ashburnham Place kam über meine Mutter in die Familie. Aber wir halten uns dort so gut wie nie auf. Es ist ein recht altes und ungemütliches Haus, und wir leben ja im Norden.«

»Du solltest dort einmal nach dem Rechten sehen, Jonathan«, empfahl Mr Pitt. »Sehr wahrscheinlich treiben sich in der Gegend Schmuggler herum. Dessen solltest du dich vergewissern, und wenn dem so ist, Bericht an mich erstatten.«

Lord Darrington beobachtete mit gerunzelter Stirn, wie – ohne viel Federlesens – ein weiterer seiner Bauern geschlagen wurde.

»Diese Empfehlung«, fuhr der Premierminister mit ruhiger, dennoch bestimmter Stimme fort, »ergeht an alle Grundbesitzer an der südlichen Küste. Ich erwarte, dass sie befolgt wird.«

»Wer immer behauptet hat, dass Großbritannien nun von einem grünen Schuljungen geführt wird, hat sich gründlich getäuscht«, erwiderte der Earl mit anerkennendem Blick.

Mr Pitt lächelte und nahm einen Schluck Portwein. »Bereits mit sieben Jahren wusste ich, dass es mich in die Politik drängt. Mein Vater war Premierminister wie auch mein Onkel mütterlicherseits. Insofern bin ich in diesem Metier wohl eher ein alter Hase …«

»Oh, sieh an, sieh an! Der Ehrenwerte Kanzler Pitt wie auch Lord Darrington!«, ertönte da eine laute, leicht lallende Stimme und ließ die beiden Herren aufsehen. »Vertieft in geheime Konversationen, von denen der Rest von uns nichts wissen soll?«

»Mitnichten, Fox«, näselte Mr Pitt mit plötzlich unnahbarer, überheblicher Miene, während er den Blick langsam über die korpulente Gestalt seines politischen Erzrivalen wandern ließ. Seit Pitts Ernennung im letzten Dezember hatte dieser nichts unversucht gelassen, den neuen Premierminister schnellstmöglich wieder seines Amtes zu entheben. Des Kanzlers klare blaue Augen waren auf Fox' hervorquellenden Bauch sowie die Brandyflasche in dessen Hand gerichtet, während er spottete: »Mein guter Freund Jonathan und ich vergnügen uns lediglich an einer Runde Schach. Es stünde anderen wohl gut zu Gesicht, vertrieben sie sich mit derart geistvoller Beschäftigung die Zeit.«

Mr Fox schnaubte verächtlich und strich die dunklen, stets zottigen Haarsträhnen aus dem Gesicht, ehe er antwortete: »Es eröffnet sich mir kein Grund, sich an einem Spiel zu probieren, bei dem es keinen Geldeinsatz gibt. Außer womöglich die Unbedarftheit der Spieler, denen aufgrund ihres blassen und kleinlichen Charakters niemals der Sinn nach Abenteuer steht.«

Angesichts dieser beleidigenden Worte sog Lord Darrington scharf die Luft ein, doch Mr Pitt hob lediglich eine Augenbraue.

»Nicht jedermann«, gab er zurück, »hat den Luxus eines Vaters, der dem Sohn beispringt und dessen Schulden von mehr als hunderttausend Pfund tilgt, nicht wahr?«

Mr Fox öffnete den Mund zu einer weiteren Entgegnung, doch bevor er vielleicht noch ausfallender werden konnte, fiel ihm Lord Darrington unwirsch ins Wort: »Fox, wenn Sie nichts Interessanteres von sich zu geben wissen, dann seien Sie doch so gut und treten ein paar Schritte zur Seite. Ihre breite Gestalt nimmt mir das Licht, sodass ich kaum die Figuren auf dem Brett ausmachen kann. Und es ist mein Zug!«

Der Angesprochene schürzte erbost die Lippen, trollte sich nach einem bösen Blick auf die beiden Herren aber schließlich von dannen.

»Ein aufgeblasener Gockel ohne Manieren, der sich für den Mittelpunkt der Welt hält«, kommentierte der Earl zornig. »Man muss ihm lassen, im Unterhaus ist er ein brillanter Redner - beinahe so gut wie du, Will –, aber davon abgesehen verstehe ich nicht, warum ihm so viele nachlaufen. Das weibliche Geschlecht eingeschlossen.«

Der Kanzler verzog angewidert die schmalen Lippen.

»Die Herzogin von Devonshire stürmt für ihn sogar in den Wahlkampf. Angeblich verbindet Fox und sie mehr als nur die gemeinsame politische Gesinnung.«

Lord Darrington nahm einen großen Schluck Wein.

»Ja, das habe ich gehört. Bleibt abzuwarten, ob ihm das tatsächlich viele Stimmen einbringt. Ich setze jedenfalls weiterhin auf dich, Will.« Er grinste breit.

»Das will ich doch hoffen, mein Freund«, entgegnete der junge Premierminister augenzwinkernd. »Und übrigens: Schach matt.«

ERSTES KAPITEL

Hastings, Sussex, an einem Nachmittag Mitte Juni 1784

»Oh, sieh doch nur, Eunike! Ist dieser Seidenschal nicht wunderhübsch? Das Himmelblau hat genau denselben Farbton wie mein Mousselinkleid vom letzten Sommer. Du weißt schon, das mit der Lilienbordüre.«

Eunike hörte die Aufforderung ihrer Zwillingsschwester wohl nur mit halbem Ohr, denn sie war über eine große Schachtel gebeugt, die Mr Penfold, der Inhaber des kleinen, aber sehr gut sortierten Ladens für modische Accessoires aller Art vor ihr auf dem Tresen platziert hatte. Darin befanden sich mehrere Dutzend Fächer, und gemeinsam begutachteten sie das Sortiment und inspizierten sorgfältig jedes einzelne kunstvoll gearbeitete Stück: Fächer auf, ein paar Mal fächeln, Fächer zu, und der nächste war zur Hand genommen.

»Ach, Eunike«, rief Amathia, nun bereits ungeduldig, »lass doch diese dummen Fächer und komm hier herüber! Ich kann mich nicht zwischen dem lavendelfarbenen und dem saphirblauen Schaltuch entscheiden. Welches bringt meine Augen besser zur Geltung? So hilf mir doch!«

Nun folgte Eunike doch der Aufforderung ihrer Schwester. Abrupt und ohne eine einzige Silbe der Höflichkeit wandte sie den Fächern wie auch dem ihr einigermaßen verblüfft hinterhersehenden Mr Penfold den Rücken zu und eilte an die Seite ihres Zwillings.

»Ach, junger Mann«, nutzte da Tante Augusta die Gelegenheit, den Ladenbesitzer in Beschlag zu nehmen, »seien Sie doch so gut und holen Sie die weiße Rüschenhaube dort aus der Auslage. Ich möchte das schöne Stück gern anprobieren.«

Dienstbeflissen ließ Mr Penfold sogleich die Schachtel mit den Fächern, die er versucht hatte, wieder in Ordnung zu bringen, stehen und wollte eben zu Tante Augusta eilen, als ihn ein neuerlicher Ausruf Amathias zwang, innezuhalten.

»Mr Penfold, schnell, schnell, wir brauchen Ihre Meinung! Ein Mann hat doch oft den besseren Blick, wenn es darum geht zu beurteilen, was einer Dame am besten zu Gesicht steht!«

Der Ladenbesitzer, ein junger, tüchtiger Mann, der das florierende Geschäft seines Vaters vor knapp zwei Jahren übernommen hatte, war angesichts all dieser Forderungen, die auf ihn einprasselten wie Hagelkörner in einem Sommergewitter, sichtlich überfordert. Sein Blick hetzte zwischen den Zwillingen und Tante Augusta hin und her, unschlüssig, welcher Kundin er zuerst zu Diensten sein sollte. Mit einem Taschentuch wischte er fahrig über die gerötete Stirn, auf der bereits Schweißperlen glänzten.

Ach, der Ärmste! Miss Lysianassa Farley wusste nur zu gut, dass ihre Familie auch den geduldigsten Menschen in den Wahnsinn treiben konnte. Seit mehr als einer Stunde nun beanspruchten die Farley-Damen die Aufmerksamkeit des bewundernswert tapferen Mr Penfold, schickten ihn mit Aufträgen von einem Ende des Ladens zum anderen, löcherten ihn mit Fragen, ließen ihn Schachteln, gefüllt mit allerlei modischen Accessoires, aus den Regalen holen, Schubladen öffnen und wieder schließen. Tatsächlich grenzte es an ein Wunder, dass der junge Mann noch nicht erschöpft zusammengebrochen war oder schreiend die Flucht angetreten hatte.

Als Mr Penfold Lysia nun einen um Gnade heischenden Blick zuwarf – das Farley'sche Stimmengewirr war inzwischen so weit angeschwollen, dass es dem schrillen Gekreische der Fischweiber am Markttag kaum noch nachstand –, erbarmte sie sich seiner. Sie schlug das Londoner Modejournal zu, durch das sie geblättert hatte, und klatschte in die Hände, um die Aufmerksamkeit ihrer Schwestern und der Tante auf sich zu lenken. »Es wird Zeit aufzubrechen. Mama erwartet uns bei Lady Murray, die uns zum Tee eingeladen hat. Kommt, ihr Lieben!«

»Ach, nein!«, rief da Amathia mit schreckgeweiteten Augen entrüstet. »Wir haben doch noch gar nichts eingekauft! Ich brauche dringend ein neues *Fichu*, außerdem Handschuhe und … »

»Nicht heute«, unterbrach Lysia sie. »Wir wollen uns nicht verspäten.«

»Och, Lysia«, bestärkte nun Eunike den Wunsch ihrer Schwester, »du weißt genau, dass mein alter Samtbeutel, dieses schäbige Ding, nicht mehr zu verwenden ist. Was soll ich denn beim Picknick der Everfields übernächste Woche tragen, bitte schön?«

Lysianassa schüttelte den Kopf. »Falls der Beutel tatsächlich nicht mehr zu gebrauchen ist, kann Amathia dir einen borgen. Sie besitzt etliche, wie du selbst übrigens auch.«

Doch Eunike erwies sich, wie so oft, als starrköpfig. »Aber keiner von ihnen passt farblich zu dem Kleid, das ich zum Picknick ausführen möchte.«

Lysia ging allmählich die Geduld aus. »Dann suchst du eben ein anderes Kleid aus!«

»Pah!« war alles, was die jüngere Schwester darauf erwiderte. Sie verschränkte die Arme vor der Brust und zog einen Schmollmund.

Lysia schüttelte neuerlich den Kopf. Man könnte meinen, man hätte ein trotzköpfiges Kind vor sich stehen, nicht eine junge Frau, die vor wenigen Wochen ihren siebzehnten Geburtstag gefeiert hatte.

»Wie kannst du nur so hartherzig sein!«, ergriff da Amathia erbost Partei für ihre Schwester. »Jetzt, wo wir endlich, nach neun langen Monaten, statt der düsteren schwarzen Gewänder wieder Farben tragen dürfen, wenn auch nur gedeckte, benötigen wir auch passende Accessoires. Das sollte doch einleuchtend sein!«

Anscheinend war dies einer der wenigen Momente, wo sie mit der gerade einmal um zwei Stunden älteren Zwillingsschwester einer Meinung war.

Lysia warf den beiden Mädchen einen verärgerten Blick zu. Wie konnten sie sich in Gegenwart anderer Leute, an einem öffentlichen Ort, vor Mr Penfold und dessen Kundinnen, derart ungeniert benehmen? Und wie konnten sie nur so gedankenlos sein? Sie wussten genauso gut wie Lysia, dass die Familie seit dem unerwarteten Tod des Vaters im letzten Herbst den Gürtel enger schnallen musste. Für unnötigen Tand war kein Geld vorhanden, sie mussten sich auf die allernotwendigsten Ausgaben beschränken. Aber oft genug hatte Lysia das Gefühl, sie wäre das einzige Mitglied der Familie, das sich um deren Auskommen Sorgen machte. Alle anderen, ihre Mutter, Eunike, Amathia wie auch Tante Augusta, lebten geradezu unbekümmert in den Tag hinein. Es schien ihnen gar nicht in den Sinn zu kommen, dass sie sich den früheren gewohnten Lebensstil nun nicht mehr leisten könnten. An jenem sturmumtosten Tag im letzten September war ihnen nicht nur ein innig geliebter Mensch genommen worden, der Vater, Ehemann und Bruder, nein, sie hatten auch die Grundlage ihrer aller Unterhalt verloren, endgültig und unwiederbringlich.

Lysias Blick wanderte über die hübschen Gesichter der beiden Schwestern, die entrüstet aufblitzenden blauen Augen, die wütend zusammengezogenen goldblonden Brauen. Es war mehr als deutlich, dass sie Lysia als Spaßverderberin und Sauertopf betrachteten. In Momenten wie diesen fühlte sich Lysia mit ihren neunzehn Jahren steinalt.

»Dann lass uns wenigstens ein paar Taftbänder kaufen, damit wir unsere Kleider und Frisuren aufputzen können«, quengelte Amathia, während Eunike beleidigt schmollte.

»Nun gut«, lenkte Lysia seufzend ein. »Sucht euch jede zwei Bänder aus, und dann lasst uns endlich zu Lady Murray fahren.«

»Du bist die Beste!«, riefen da die Zwillinge wie aus einem Munde und liefen mit nun strahlenden Gesichtern in jene Ecke des Ladens, wo Mr Penfold die Bandwaren auszustellen pflegte.

»Dann werde ich es den beiden doch gleichtun!« Mit diesen Worten eilte Tante Augusta den Mädchen rasch hinterher.

Es dauerte schließlich beinahe eine weitere Stunde, bis Eunike, Amathia und die Tante ihre jeweilige Wahl getroffen hatten – Farbe, Muster, Einsatzmöglichkeiten, all das musste ausgiebigst abgewogen und bedacht werden. Danach konnten sie, angeführt von Lysia, Mr Penfolds Geschäft endlich verlassen. Der junge Ladeninhaber verabschiedete seine Kundinnen mit mehreren Bücklingen und geleitete sie zur Türe hinaus. Dabei tupfte er sich – die Erleichterung war ihm deutlich ins Gesicht geschrieben – mit dem Taschentuch über Stirn und Wangen. »Einen schönen Tag, die werten Damen! Beehren Sie mich bald wieder, gnädigste Herrschaften!«

Ob er Letzteres tatsächlich ehrlich meinte, bezweifelte Lysia allerdings.

***

»Habt ihr denn schon das Neueste gehört, meine Lieben?«

Lady Murray, verwitwete Schwägerin des berühmten Generals James Murray, hielt im Ausschenken des Tees inne und blickte – wohl um sich deren ungeteilter Aufmerksamkeit zu versichern – in die Runde der drei Damen, die zusammen mit ihr um den kleinen Tisch im chinesischen Salon ihres Hauses in der Croft Road saßen.

Lysia nahm einen Bissen von dem pikanten Schinkenbrötchen und legte es dann folgsam auf ihren Teller zurück, um Lady Murrays Ausführungen zu lauschen. Sie beobachtete, wie ihre Mutter und Tante Augusta – die beiden anderen Damen am Teetisch – es ihr gleichtaten und unterdrückte ein Lächeln. Wenn Lady Murray Neuigkeiten mitzuteilen gedachte, dann gab man besser Acht: Die Matrone gehörte zu den tonangebenden Mitgliedern der feinen Gesellschaft von Hastings und sonnte sich gern in Ansehen und Ruhm, die ihrem hochdekorierten Schwager allseits zuteilwurden. Nicht nur war der inzwischen pensionierte Offizier der jüngere Sohn eines schottischen Lords, er hatte auch unter dem Befehl des bis heute unvergessenen Kriegshelden General James Wolfe in Neufrankreich gekämpft und 1759, in jenem Jahr, das seither als *Annus Mirabilis* bekannt war, an der Schlacht von Québec teilgenommen, in der die Franzosen vernichtend geschlagen worden waren. Deren Niederlage war der Anfang vom Ende der französischen Herrschaft in Nordamerika gewesen.

Diese mehr als zwanzig Jahre zurückliegenden militärischen Auseinandersetzungen waren es auch, die die Familien Murray und Farley verbanden und weshalb Lady Murray – sie war zudem auch Lysias, Eunikes und Amathias Taufpatin – die Farleys gern unter ihre gesellschaftlichen Fittiche nahm: Lysias Vater, Colonel Charles Farley, hatte in Neufrankreich eines jener Regimenter befehligt, die dem damaligen Brigadier Murray unterstanden hatten. Einer gern zum Besten gegebenen Anekdote zufolge hatte ihr Vater seinem Vorgesetzten auf einer Militärexpedition in den Wäldern rund um den Sankt-Lorenz-Strom das Leben gerettet, als dieser von einem riesigen Braunbären angegriffen und beinahe getötet worden wäre. Bei seiner Rückkehr in die Heimat hatte der Colonel die rechte Pranke des Bären als Trophäe mit nach Hause gebracht, wo sie seither, zur Erinnerung an dieses denkwürdige Ereignis, den Schreibtisch im Studierzimmer zierte. Das linke Pendant hing an der Wand von General Murrays Bibliothek in Beauport Park, jenem Anwesen nördlich von Hastings, wo sich der General vor etwa zwei Jahren zusammen mit seiner Familie zur Ruhe gesetzt hatte.

»Milly, meine Zofe, hat es mir gestern berichtet«, eröffnete Lady Murray mit gewichtiger Miene. »Ich litt schon den ganzen Tag über unter einer diffusen Unpässlichkeit, wahrscheinlich des Mondes wegen, und hatte sie daher hinüber zum Apotheker geschickt, um mir ein Fläschchen von Dr. Radcliffes Stärkendem Elixier zu holen. Auf dem Weg dorthin kam sie am Swan Inn vorbei, wo gerade die Postkutsche aus London eintraf. Und der entstieg …«, sie machte eine effektvolle Pause, »… Sarah Siddons!«

»Oooh«, entschlüpfte Lysia ein freudiger Ausruf, »wie wunderbar! Dann werden wir vielleicht in den Genuss einer Kostprobe ihrer Lady Macbeth kommen. Sie soll die Schlafwandlerszene ja derart eindringlich spielen, dass viele Zuschauer, so habe ich gehört, angesichts der unsäglichen Qualen der armen Seele tief bewegt in Tränen ausbrechen.«

Jedermann in Hastings, so auch Lysia, begrüßte jede Art von Abwechslung in dem kleinen Städtchen, welches trotz seiner zahlreichen Vorzüge, der gesunden Luft, der Lage am Meer, der idyllischen Umgebung, leider das kulturelle Angebot größerer Orte vermissen ließ. Da war der Besuch einer allseits umjubelten Schauspielerin mehr als willkommen. Mrs Siddons beehrte die Gegend zudem nicht zum ersten Mal. Der aufsteigende Stern des Londoner Drury-Lane-Theaters hatte bereits im Vorjahr auf Einladung von Sir Godfrey Webster, dem Vater von Lysias bester Freundin Anne, aus Shakespeares *Othello* und *Wie es Euch gefällt* rezitiert.

»Aber das ist bei Weitem noch nicht alles!«, fuhr Lady Murray mit nun dramatisch bebender Stimme fort. »Milly wollte gerade weiterlaufen – ich hatte ihr aufgetragen, sich zu sputen –, als plötzlich eine sehr vornehme Kutsche direkt auf sie zuraste. Im sprichwörtlich letzten Moment sprang sie auf den Gehsteig zurück, um nicht überrollt zu werden, und dabei erhaschte sie einen Blick ins Innere der Karosse. Stellt Euch nur vor, darin saß die Herzogin von Devonshire, Georgiana Cavendish!«

Kaum war der Name ausgesprochen, erfüllten Entzückensschreie, laut und schrill, die Luft, weswegen Lysia nahe daran war, sich die Ohren zuzuhalten. Eunike und Amathia, die sich bisher in einer Ecke des Salons mit Helen, Lady Murrays jüngster und einzig noch unverheirateten Tochter, unterhalten hatten, waren aufgesprungen und taten ihre Begeisterung kreischend kund: eine leidige Angewohnheit der beiden, sobald irgendwo der Name der jungen Herzogin fiel. Ihre Durchlaucht war eine allseits bewunderte Schönheit, die mit ihren extravaganten Frisuren und Kleidern die Hauptstadt modisch in Atem hielt, und – das konnte man wohl unumwunden sagen – das vergötterte Vorbild der Zwillinge. Jeden noch so kleinen Bericht in den Zeitungen verschlangen die beiden wie die griechische Skylla arglose Seeleute. Jede Schilderung der herzoglichen Ballroben wurde akribisch studiert, jede Unternehmung ausführlichst kommentiert. Es war beider erklärtes Ziel, genauso schön und berühmt zu werden wie Georgiana – oder *Lady G*, wie sie die Herzogin, der sie tatsächlich noch nie begegnet waren, in selbst ernannter Vertrautheit gerne bezeichneten. Den Umstand, dass Lady Gs Ehemann ihr bekanntermaßen untreu war und ihr Leben offensichtlich nicht nur reines Glück verhieß, übersahen sie geflissentlich.

»Oooh, wie himmlisch!«, rief Amathia und hopste aufgeregt umher. »Lady Murray, denken Sie, Georgiana wird in Hastings verweilen? Oh, vielleicht treffen wir sie dann in den Assembly Rooms, wäre das nicht herrlich? Oder meinen Sie, sie ist wegen des Wassers hier? Hatte sie ihr kleines Töchterlein dabei?«

Eunike griff nach den Armen der Schwester, um sie festzuhalten, was ihr aber trotz verzweifelter Anstrengungen nicht gelang. Amathia zappelte wie ein frisch gefangener Fisch, den man so gut wie nicht bändigen konnte.

»So sei doch still!«, rief Eunike da ungehalten. »Das können wir alles später noch ausführlich genug besprechen. Was jetzt viel wichtiger ist: Wie hat sie ausgesehen? Von welcher Farbe war ihr Kleid? Von welchem Schnitt? Wie war ihr Hut? Ach, ich muss es wissen!«

Hätte der Teetisch nicht im Weg gestanden, wären die beiden Mädchen wohl über Lady Murray hergefallen, um die Antworten aus ihr herauszuschütteln. Die arme Dame – sie war zwar von den Farleys einiges gewöhnt – verfolgte mit offenem Mund den Temperamentsausbruch der Zwillinge, dem weder Mutter noch Tante Einhalt geboten. Im Gegenteil, die beiden älteren Damen fixierten Lady Murray mit bohrenden Blicken, offensichtlich um nichts weniger gespannt als die Mädchen. Der Butterkeks, nach dem Tante Augusta zuvor gegriffen hatte und den sie sich eben in den Mund schieben wollte, entglitt ihr und wurde gleich darauf von Amathias Schuhabsatz zerbröselt. Am liebsten hätte Lysia verzweifelt aufgestöhnt.

»Amathia, Eunike, so beruhigt euch doch und nehmt Platz!«, ermahnte sie schließlich mit strenger Stimme die jüngeren Schwestern, da es sonst niemand tat. »Wie soll Lady Murray euch Antworten geben, wenn ihr vor ihr auf und ab hüpft wie zappelnde Hampelmänner. Mir ist noch nicht zu Ohren gekommen, dass die Herzogin von Devonshire sich jemals solcherart närrisch aufgeführt hätte. Zumindest nicht, seit sie der Kinderstube entwachsen ist. Also zeigt euch ihrer würdig und benehmt euch, wie es jungen Damen eures Standes gebührt!«

Der Hinweis auf die tadellosen Umgangsformen des vergötterten Vorbilds trug zum Glück Früchte, denn die Zwillinge gaben das unziemliche Gehopse auf und setzten sich auf zwei hastig herbeigeschobene Stühle, die Blicke erwartungsvoll auf Lady Murray gerichtet.

Diese hatte ihren Schrecken wohl inzwischen überwunden, denn sie schloss den Mund und erklärte – nach einem kräftigenden Schluck schwarzen Tees – im Brustton der Überzeugung:

»Oh, ich halte es für ganz und gar nicht ausgeschlossen, dass die Herzogin einige Zeit hier in Hastings verbringt. Das milde Klima wie auch das belebende Meerwasser werden von vielen Ärzten empfohlen. Und die praktischen Badekarren sind bereits bis nach London hin bekannt. Ich selbst bin ja auch der Gesundheit wegen vor beinahe zwanzig Jahren hierher nach Hastings gekommen, als mein Bruder und seine erste Frau selig drüben bei Hollington ihren Landsitz Beauport Park einrichteten.«

»Das ist so aufregend!«, rief Eunike. »Lady Murray, Sie müssen uns der Herzogin vorstellen, Sie müssen …«

Lysia warf der Schwester einen ermahnenden Blick zu und schüttelte leicht den Kopf. Da verbesserte sich Eunike, was wohl nur daran lag, dass es um nichts weniger als ihren Herzenswunsch ging: »Ich meine, ich möchte Sie höflichst ersuchen, falls sich die Gelegenheit ergibt, uns mit der Herzogin von Devonshire bekannt zu machen. Wir wären Ihnen ewig dankbar, seien Sie sich dessen gewiss, liebste Patentante!«

Amathia bestätigte diese Bitte der Schwester mit heftigem Kopfnicken und ähnlich süßer Rede.

Die so stürmisch Bedrängte schmunzelte und versprach,

sich für die Farley-Zwillinge einzusetzen, die daraufhin vor überschwänglicher Dankbarkeit beinahe zerflossen. Sie wären der Dame wohl, wahrscheinlich auch noch gleichzeitig, um den Hals gefallen, hätte nicht Helen Murray in diesem Moment die Aufmerksamkeit der beiden Mädchen auf ein neues Thema gelenkt, was Lysia ihr überaus hoch anrechnete.

»Eunike, Amathia, kommt doch mit«, schlug sie vor, »ich muss euch unbedingt mein neues Ballkleid zeigen. Ihr werdet staunen – es ist nach einer Vorlage geschneidert, die ich in einem Geschäft in der Londoner Bond Street entdeckt habe!«

Begeistert quiekend sprangen die Zwillinge von ihren Stühlen auf, die sie dabei beinahe umstießen, und folgten der Aufforderung mit dem üblichen ohrenbetäubenden Geschnatter. Kaum dass sich die Tür des Salons geschlossen hatte, war es dort wieder angenehm still.

»Hach, sie sind nun einmal so lebhaft, die beiden!«, erklärte Lysias Mutter, halb entschuldigend, halb stolz. »Seit dem Tod des Colonels scheint diese Neigung noch ausgeprägter zu sein. Er war der Einzige, der ihnen Einhalt gebieten konnte. Weder Augusta noch ich haben das jemals zustande gebracht.«

»Ja, gewiss«, nickte Lady Murray mitfühlend, »die Erziehung unserer Kinder ist keine leichte Aufgabe, weiß Gott. Zum Glück ist meine Helen in dieser Hinsicht ein wahres Goldstück. Sie bedarf kaum eines mahnenden Wortes, geschweige denn einer Schelte.«

»Nun ja«, warf Tante Augusta ein, während sie weitere Kekse auf ihre Untertasse türmte, »Ihre Jüngste, meine Liebe, scheint ja ein ganz besonders ruhiges und ernstes Ding zu sein. In solchen Fällen besteht immer die Gefahr, dass die Ärmste von den heiratswilligen Männern übersehen wird und als Mauerblümchen endet. Wie alt ist sie denn jetzt? Zwanzig? Etwas mehr Lebhaftigkeit würde ihre Chancen sicherlich erhöhen …«

»Oh, Lady Murray«, unterbrach Lysia hastig die unangebrachte Rede der Tante, die selbst niemals verheiratet gewesen war, »da fällt mir ein, ich habe Ihnen noch gar nicht erzählt: Wir haben letzte Woche zwei Fohlen bekommen. Ganz entzückend, versichere ich Ihnen. Es würde uns sehr freuen, wenn Sie und Helen uns bald in Fairlight besuchen, um die beiden in Augenschein zu nehmen.«

Lady Murray, die Tante Augustas Ratschlägen mit zunehmend pikierter Miene gelauscht hatte, antwortete nun, sichtlich erleichtert ob des Themenwechsels, lächelnd: »Ja, das machen wir sehr gern, meine liebe Lysia. Seit dem Begräbnis des armen Colonels waren wir nicht mehr in Fairlight. Es wird tatsächlich höchste Zeit. Und es ist ja ein solch herrlicher Flecken Erde, dass ihr Euch alle fürwahr glücklich schätzen könnt!«

Bei diesen Worten holte Lysias Mutter schniefend Luft, zog ein Taschentuch aus dem Dekolleté und tupfte ihre Augenwinkel ab.

»Hach, wer weiß, wie lange es uns noch vergönnt ist, dort zu wohnen. Zu unser aller größtem Kummer ist es nur eine Frage der Zeit, bis wir in ein neues Heim umziehen müssen.«

»Haben Sie denn schon etwas Passendes gefunden?«, wandte Lady Murray sich an Lysias Mutter, woraufhin diese betrübt abwinkte.

»Ach«, klagte sie, »diese ganze Haussuche ist eine fürchterlich anstrengende und umständliche Angelegenheit. Etwas, das den Männern vorbehalten sein sollte! Aber dem Colonel und mir waren keine Söhne beschieden, welch fürchterliche Misere, so müssen wir Weibsvolk das nun besorgen. Zum Glück hat sich Lysia dessen angenommen. Ihr Vater hat ja viel Zeit mit ihr verbracht, wohl um sie in die Verwaltung eines Landguts einzuweisen. Was der Sinn dessen sein soll, habe ich nie begriffen, aber zumindest kann Lysia sich nun um all die Dinge kümmern, die bisher Colonel Farley zugefallen sind. Sie hat ja auch kaum weibliche Interessen.«

Bei dieser letzten, leicht dahingesagten Feststellung hob Lady Murray verwundert die Augenbrauen, und Lysia lief schamrot an. Himmel, Mutter stellte sie ja gar als einen rechten Klotz dar!

Die Gastgeberin bemerkte wohl ihr Ungemach, denn sie beugte sich zu Lysia hinüber und tätschelte deren Hand. »Ach, Mädchen, keine Bange! Es ist mir selten eine junge Dame untergekommen, die so tugendsam, warmherzig und liebenswürdig ist wie du.«

Die Röte in Lysias Gesicht wollte nicht verschwinden, denn dieses Lob war – Lysias Meinung nach – völlig unverdient und zielte an der Wahrheit so weit vorbei, wie der Ärmelkanal breit war. Sie war, das wusste sie nur allzu genau, keinesfalls ein Ausbund an Tugendhaftigkeit, auch wenn sie nach außen hin, der feinen Gesellschaft gegenüber, so erscheinen mochte. Die Umstände hatten sie zu dem gemacht, was sie war, und sie konnte nur inständig beten, dass weder Mutter noch Tante oder Schwestern (oder sonst irgendjemand) davon erführe. Schnell griff sie nach ihrer Tasse, trank von dem mit frischer Sahne versetzten Tee und hoffte auf einen möglichst raschen Wechsel des Gesprächsstoffes. Ihre Mutter kam dem insgeheim gehegten Wunsch nach und lenkte die Unterhaltung ohne viel Umschweife auf ihr Lieblingsthema: das schwere, bittere Los der vom Schicksal hart geprüften Farleys.

»Wie bedauernswert wir doch sind!«, jammerte sie und zerknüllte dabei ein elegantes Spitzentaschentuch. »Der Colonel ist viel zu früh von uns gegangen. Ach, hätte er doch nur besonnener gehandelt! Wie oft habe ich ihn ermahnt, nicht bei Dunkelheit auszureiten. Gewiss hunderte Male! Nicht wahr, Augusta?«

Tante Augusta – sie war die ältere Schwester des Colonels

– nickte mit bebenden Lippen. »Ja, das hast du, Schwägerin. Aber mein Bruder hatte schon immer seinen eigenen Kopf. Wir Frauenzimmer konnten da trotz aller Bemühungen nichts ausrichten.«

»Bei jedem Wetter war er unterwegs, gleichgültig, ob Regen, Sturm oder Schnee. Warum konnte er nicht bei uns zu Hause bleiben und am warmen Feuer sitzen, wie andere Familienväter auch?«, fragte Lady Farley in die Runde, und ein herzzerreißendes Schluchzen entrang sich ihrer Kehle.

»Er war eben Soldat, meine Liebe«, versuchte Tante Augusta eine Erklärung. »Ich habe schon des Öfteren gehört, dass Männer des Militärs ihre eingeübten Angewohnheiten schwer ablegen können.« Sie blickte eindringlich zu Lady Murray.

Diese sprang wie auf ein Stichwort hin ein. »Ja, gewiss! Mein eigener Bruder, der General, steht jeden Morgen pünktlich um fünf Uhr auf. Keine Minute früher oder später! Gleichgültig welcher Tag. Seine erste Frau, Gott hab sie selig, die selbst gern den ganzen Vormittag im Bett verbrachte, hat ihn deswegen oftmals gescholten, aber er antwortete immer, er könne nicht anders. Der jahrelang eingeübte Drill sitzt tief in seinen Knochen, obwohl er sich doch schon vor mehreren Jahren zur Ruhe gesetzt hat.«

Lysias Mutter, die einige Momente lang abgelenkt schien, verfiel nun wieder in ihr mit Vorliebe zelebriertes Gejammer.

»Aber ist es nicht fürchterlich ungerecht, dass uns das Schicksal so grausam bestraft, frage ich Sie? Wir sind doch auf den Colonel angewiesen – wie kann er uns da einfach im Stich lassen? Das, liebe Freundin, genau das trage ich ihm nach! Er hätte mehr Vorsicht walten lassen und an seine Familie denken müssen. Wir sind doch nur hilfloses Weibsvolk, das nun völlig auf sich allein gestellt ist. Weder die Mädchen noch ich – das sage ich Ihnen im Vertrauen – haben einen einzigen Penny des Farley-Vermögens geerbt. Das schöne Haus, der

Park, die Kutschen, einfach alles, alles fällt diesem, diesem …«, mit gerümpfter Nase wandte sie sich hilfesuchend an Lysia, »ach, wie war doch gleich sein Name?«

»Mr Ambrose Peregrine Ottershaw, Mutter«, half Lysia aus.

«… ja, richtig, Mr Ottershaw zu. Dieser Cousin des Colonels, den keiner von uns jemals zu Gesicht bekommen hat, angeblich ein Beamter der Ostindien-Kompanie, der seit unzähligen Jahren in einer Faktorei in … in …«

»In Masulipatam«, half Lysia neuerlich aus.

«… in Masulipatam lebt – weiß Gott, wo das wohl ist! –, hat als nächster männlicher Verwandter des Colonels all das geerbt, was doch uns, seiner geliebten Familie, zustehen sollte! Unser gesamtes Leben haben wir in Fairlight verbracht, und nun werden wir verjagt wie … wie lästige Hausierer.«

Sie brach ab, als ein neuerlicher Schluchzer ihre zerbrechlich wirkende Gestalt schüttelte, und Lady Murray reichte ihr ein frisches Taschentuch.

»Ach, meine Lieben, wie leid mir das alles tut!«, sagte sie mitfühlend. »Familientestamente können so fürchterlich herzlos sein. Der althergebrachte Zweck, das Vermögen ungeschmälert über viele Generationen hinweg in der Hand jeweils eines einzigen Erben zu belassen und an den nächsten weiterzugeben, ohne es zu teilen, zu zersplittern und damit aufzulösen, mag ja gut gemeint sein, aber dabei wird weder das Auskommen der jüngeren Söhne noch der Töchter und Ehefrauen bedacht.«

»Ja, das sage ich ja die ganze Zeit«, schniefte Lady Farley verdrießlich. »Sie alle müssen sehen, wo sie bleiben. Wer hat sich nur solch stumpfsinnigen Unsinn ausgedacht?« Lautstark schnäuzte sie sich in das Taschentuch, und Lysia nutzte die Pause, um einzuspringen.

Weitaus unbekümmerter als ihr tatsächlich zumute war, berichtete sie: »Mithilfe der Nachlassverwalter, die uns dabei dankenswerterweise zur Hand gehen, suchen wir gerade ein Haus in London, wahrscheinlich in Bloomsbury. Das ist eine sehr respektable Gegend mit etlichen öffentlichen Gärten und sonstigen Annehmlichkeiten, natürlich nicht so mondän wie Mayfair und St. James's, aber für unsere Bedürfnisse durchaus angemessen.« Was sie nicht erwähnte, war die Tatsache, dass sie sich mit den mageren Mitteln, die ihnen zur Verfügung standen, ein Haus am Grosvenor Square oder in der Bond Street gar nicht leisten könnten und ihre Suche daher auf jene Stadtviertel beschränken mussten, in denen Häuser zu erschwinglichen Preisen angeboten wurden. Aus seinem Privatvermögen hatte ihr Vater jeder seiner Töchter einhundert Pfund vererbt und seinem Weib, wie auch seiner Schwester, jeweils zweihundert. Nichts, womit man ein standesgemäßes Haus kaufen könnte – selbst, wenn sie alles zusammenlegten.

»Ich bin mir sicher«, erklärte Lady Murray, »dass ihr ein hübsches Haus finden werdet, meine Lieben. Und in London zu leben, wird euch gefallen, dessen bin ich mir sicher. Ihr werdet schon sehen!«

»Ja, das ich glaube auch«, erwiderte Lysia, bemüht, eine zuversichtliche Stimmung zu versprühen, »bisher waren wir nie länger als ein paar Tage dort. Aber all die Theater, Opern und Vergnügungsparks – die Zwillinge sind deswegen schon ganz aufgeregt und können den Umzug gar nicht erwarten. Sie sollen zudem an der Londoner Saison mit all ihren Bällen, Soireen und sonstigen Veranstaltungen teilnehmen. Aber zuvor müssen wir ein passendes Haus finden. Das ist leider gar nicht so einfach.« Passend bedeutet, dachte Lysia bei sich, finanziell erschwinglich.

»Ja«, stimmte Lady Farley heftig nickend zu. »Die Straße sollte nicht zu stark frequentiert sein, wegen des Lärms, und natürlich muss die Aussicht ansprechend für das Auge sein. Die Lage und Anordnung der Zimmer muss auf unsere Anforderungen abgestimmt sein, und das Mobiliar darf keinesfalls altmodisch sein. Lysia kümmert sich um alles.« Mit dem Taschentuch betupfte sie die Augenwinkel. »Ach ja, das ist mir noch eingefallen, Lysia: Mein Schlafzimmer muss auf der Gartenseite liegen, und die Morgensonne darf nicht hineinscheinen. Nichts ist unangenehmer als zu viel Helligkeit am frühen Morgen, nicht wahr?«

»Ja, gewiss, Mama«, entgegnete Lysia, »ich werde das berücksichtigen.« Dann wandte sie sich an Lady Murray und gestand etwas nachdenklich: »Was mir aber wohl fehlen wird, ist das Meer, fürchte ich. Hier in Hastings haben wir es jeden Tag vor Augen, seinen Geruch in der Nase, seinen Geschmack auf den Lippen, aber in London …«

»Ach«, rief Lady Murray da rasch, »ihr alle müsst mich natürlich regelmäßig besuchen! Und meinen Bruder, den General, werde ich auch überreden, euch einzuladen. Dann könnt ihr stets ein paar Wochen des Jahres hier an der Küste verbringen. Wie hört sich das an, meine Lieben?«

»Ganz wunderbar, Lady Murray«, lächelte Lysia aufrichtig dankbar, und Mutter wie auch Tante Augusta stimmten ihr, zumindest in diesem Punkt, einhellig zu, ehe sich die Unterhaltung einem neuen Thema zuwandte.

»Welch hübsches Fichu Sie heute tragen«, bemerkte Tante Augusta nach einer kleinen Weile mit unverhohlen neidischem Blick auf Lady Murrays Dekolleté. »Die Spitze ist vortrefflich zart, beinahe so zart wie Schmetterlingsflügel. Ist das exquisite Stück aus London?«

Lady Murray machte eine wegwerfende Handbewegung und lachte.

»I wo«, meinte sie, »das exquisite Stück ist aus Frankreich. Und, pst, verratet mich nicht, ich habe es von einem Händler in Eastbourne erstanden, der seine Ware von den Gentlemen bezieht. Ihr wisst schon. So günstig komme ich in London niemals zu solch fein gearbeiteter Spitze.«

»Oooh!« Lady Farleys Augen wurden groß. »Sie müssen uns unbedingt den Kaufmann nennen, damit wir dort auch einkaufen können, nicht wahr, Lysia?«

Lysia steckte rasch eine Mandelmakrone in den Mund, um nicht antworten zu müssen.

»Mr Penfold führt ja leider nur Waren, für die alle Steuern redlich abgeführt wurden«, seufzte Tante Augusta. »Das merkt man natürlich an seinen Preisen. Stellen Sie sich nur vor, ein Seidenschal kostet dort sage und schreibe ein Pfund und fünf Schillinge! Vorhin beim Besuch in seinem Geschäft habe ich mir einen angehalten. Ein sehr schönes Stück, fürwahr, das meinem Teint sehr schmeichelte, aber wer gibt denn so viel Geld für ein bisschen Tuch aus, wenn man das andernorts auch billiger haben kann.« Sie zwinkerte mit den Augen. »Wir sollten unbedingt noch diese Woche nach East-Bourne fahren, Schwägerin.«

»Apropos«, rief nun Lady Murray, »es heißt, die junge Sophie Thynne lässt sich ihr Hochzeitskleid sämtlich aus geschmuggelter Seide schneidern. Was sagt man dazu!«

»Ich wusste gar nicht, dass sie heiratet«, stellte Lady Farley etwas verwundert fest. »Wer ist denn der glückliche Bräutigam?«

»Oh, haben Sie noch nicht davon gehört? Der Viscount St. Asaph hat letzte Woche um ihre Hand angehalten. Es soll überaus romantisch gewesen sein, hat mir ihre Mutter berichtet. Bei einem Spaziergang die Klippen hinauf, zum malerischen Lovers' Seat, hat er mehrere Handvoll Rosenblätter über seine Auserwählte regnen lassen und ist dann auf die Knie gesunken, um ihr einen Antrag zu machen.« Lady Murray senkte die Stimme, bevor sie mit verschwörerischer Miene fortfuhr: »Ich hatte ja insgeheim die Hoffnung, dass sich der junge Gentleman für Lysia interessiert, man hat ihn in den letzten Monaten ja oftmals in ihrer Nähe gesehen …«

»Was, unsere Lysia?«, rief Lady Farley da aufgebracht.

»Der Viscount St. Asaph und unsere Lysia? Nein, das kann nicht sein! Vielleicht Amathia oder Eunike …«

»Schon gut, Mama«, unterbrach Lysia, »Lady Murray hat nur gesagt, dass sie Hoffnungen hegte. Die hatten aber sicherlich niemals die Chance, sich zu bewahrheiten, denn seit der Viscount Sophie zum ersten Mal begegnet ist, war es um ihn geschehen. Und ihr erging es nicht anders. Ich – und übrigens auch Anne Webster – haben nur Anstandsdamen gespielt, wenn die beiden Verliebten bei einem Ball oder Picknick zusammentrafen. Wir haben dafür gesorgt, dass sie immer ein paar Momente für sich allein hatten.«

Sowohl Miss Sophie Thynne wie auch Miss Anne Webster gehörten, genau wie Lady Murrays jüngste Tochter Helen, zu Lysias besten Freundinnen, denen sie selbstredend, wann immer es ihr möglich war, beistand.

»Um Himmels willen, Lysianassa!«, erboste sich Lady Farley nun mit derart schriller Stimme, dass Lysia nichts Gutes schwante. Üblicherweise, wenn Mutter ihren vollen Vornamen benutzte, folgten Tadel und Rüge, und auch der heutige Tag, wie sich gleich herausstellte, machte dabei keine Ausnahme.

»Anne Webster und du verhelft einem Liebespaar zu unziemlichen Stelldicheins? Was fällt euch nur ein? Und weiß Annes Vater, Sir Godfrey, davon?«

Lysia knirschte mit den Zähnen. Aus Mutters Mund hörte sich die harmlose Hilfe für zwei Freunde geradezu wie ein schlimmes Verbrechen an.

»Wie soll denn ein Junggeselle die Dame seines Herzens treffen können«, wandte sie ein, »ohne von Heerscharen von scharfäugigen Wächtern umringt zu sein? Wie sollen sie einander denn ihre Liebe gestehen, ohne dass hunderte neugierige Ohren lauschen?«

»Das reicht, Lysianassa! Ich werde gleich morgen nach Battle Abbey fahren, um Sir Godfrey aufzusuchen. Ich bin mir sicher, er hat keine Ahnung, zu welch leichtsinnigem Früchtchen seine Tochter verkommen ist. Und du, meine Liebe, wirst nächsten Sonntag nicht zum Tanz in die Assembly Rooms mitkommen, sondern schön brav zu Hause bleiben und darüber nachdenken, was es heißt, eine anständige junge Dame und ein Vorbild für andere zu sein!«

»Mama, nein, das wäre in höchstem Maße ungerecht! Du weißt genau, wie gern ich tanze, und das ist die erste Gelegenheit seit vielen, vielen Monaten!« Sie warf einen um Hilfe flehenden Blick zu ihrer Taufpatin hin, doch die schüttelte beinahe unmerklich den Kopf und griff nach ihrer Teetasse.

Aber so schnell wollte Lysia nicht aufgeben.

»Eunike und Amathia«, begann sie einen neuen Versuch, »haben schon viel Schlimmeres getan und wurden niemals mit Stubenarrest bestraft.«

»Genug!«, herrschte ihre Mutter sie an. »Du bist die Älteste, noch dazu neunzehn Jahre alt, da werden strengere Maßstäbe angelegt!«

Resigniert sah Lysia ein, dass weiteres Lamentieren nutzlos wäre. Die Lippen ihrer Mutter waren zu einem schmalen Strich zusammengekniffen, ein untrügliches Zeichen, dass sie nicht gewillt war, auch nur einen Fingerbreit nachzugeben. Daher fügte Lysia sich widerwillig in ihr Schicksal. Eine der Tanzveranstaltungen in den Assembly Rooms in Hastings zu verpassen, war ja schließlich nicht das Ende der Welt, immerhin fanden sie einmal wöchentlich statt. Zudem hätte sie am nächsten Sonntag sowieso nicht in die Stadt kommen können, denn da wurde die Ankunft der *Intrépide* erwartet. So musste sie sich zumindest keine Ausrede einfallen lassen.

***

Etwa eine Stunde später polterte der Farley'sche Landauer, darin die fünf Farley-Damen, mit wegen des schönen Wetters geöffnetem Verdeck, am Stade von Hastings entlang, jenem schmalen Kiesstreifen, von dem aus die Fischer ihre Boote mithilfe von geölten Holzrollen und Seilwinden zu Wasser ließen, und dann weiter auf der stetig ansteigenden London Road, die in nordöstlicher Richtung aus dem beschaulichen Städtchen führte. Etwa eine Meile, nachdem sie die letzten Häuser hinter sich gelassen hatten, bogen sie rechter Hand in eine schmale, von dichten Hecken gesäumte Straße, die sie direkt nach Fairlight bringen würde, jenem kleinen Dorf, an dessen einem Ende sich Fairlight Hall befand, seit mehr als zweihundert Jahren der Familiensitz der Farleys.

Wheeler, der Kutscher, musste die Rösser hier ordentlich antreiben, denn es ging steil hinauf, und die Tiere schnaubten vor Anstrengung, als sie endlich den Kamm erklommen hatten. Lysia hielt unbewusst den Atem an, als sie den Anblick genoss, der sich ihr hier oben bot: Unterhalb der leicht abfallenden Wiesen und Felder, die abrupt am Rand der schroffen Klippen endeten, erstreckte sich in all seiner Pracht und Herrlichkeit das Meer, unendlich weit, unendlich schön. Eine leichte Brise, die hier an der Küste so gut wie immer blies, trug die salzige Meeresluft zu ihnen. Lysia sog sie tief in sich hinein. Kreischende Möwen segelten hoch über ihnen dahin; sie nutzten die Aufwinde hier an den Klippen, und Lysia beneidete sie nicht zum ersten Mal um ihre Unbeschwertheit, ihre Freiheit. Sie legte den Kopf in den Nacken und verfolgte den Flug der Vögel und stellte sich vor, einer von ihnen zu sein, die Schwingen zu spannen und dahinzugleiten, die vertraute Heimat unter sich winzig klein. Es war ein freundlicher Tag, die Sonne schien Lysia ins Gesicht und ließ das tiefblaue Wasser glitzern. Ach, sie könnte ewig hier verweilen und auf das Meer hinausschauen!

Weit draußen am Horizont waren Schiffe zu sehen, mit stolzen Masten und weißen Segeln. Lysia ertappte sich dabei, sich die unausgesprochene Frage zu stellen, was deren Ladung sein könnte, und schüttelte sogleich über sich selbst den Kopf. Vor nicht allzu langer Zeit wäre ihr eine solche Überlegung niemals in den Sinn gekommen, doch nun, seit des Vaters Tod, beschäftigten sie die merkwürdigsten Dinge.

»Oh, seht nur, da kommt ein Reiter die Straße entlang! Wer das wohl sein mag?«, rief Amathia neugierig und riss Lysia damit aus ihren Gedanken. Der Landauer hatte inzwischen das Dorf Fairlight erreicht und rollte eben an der kleinen Kirche mit dem wuchtigen, viereckigen Turm vorbei. Lysia kniff die Augen zusammen und schützte sie mit einer Hand vor der grellen Sonne. Als sie die gedrungene Gestalt auf dem behäbigen Pferd ausmachte, sank ihr das Herz.

»Mir deucht, das ist Bürgermeister Milward, nicht wahr?«, mutmaßte Tante Augusta, die wohl zu demselben Schluss wie Lysia gekommen war, und nun mit ihrem Taschentuch heftig wedelte. »Huhuu! Mr Milward! Huhuu!«

Ein paar Augenblicke später zügelte der Angesprochene sein Ross neben dem Landauer, den Wheeler auf Tante Gussies Geheiß hin angehalten hatte, und lüpfte den großen Dreispitz, worunter das grobknochige, stets gerötete Gesicht des Stadtoberhaupts von Hastings zum Vorschein kam. Der Bürgermeister rief in Lysia immer ein gewisses Unbehagen hervor, doch versuchte sie, sich nichts anmerken zu lassen.

»Einen angenehmen Nachmittag, werteste Damen«, grüßte Mr Milward jovial. »Lady Farley, Miss Farley, Miss Eunike, Miss Amathia, Mistress Augusta! Es ist mir eine unaussprechliche Freude, gleich fünf derart prächtigen Frauenzimmern auf einmal zu begegnen. Bei solchem Anblick wird sogar die Sonne blass vor Neid! Haben die schönen Weibsleute einen Ausflug in unsere herrliche Stadt unternommen?«

»Ja, das haben wir«, erwiderte Tante Augusta mit flatternden Lidern, ob dieser bemüht eleganten Rede sichtlich geschmeichelt. »Lady Murray hat uns liebenswürdigerweise zum Tee gebeten.«

»Wunderbar, wunderbar«, brummte Mr Milward, nun etwas gedämpft. Obwohl er das Amt des jeweils für ein Jahr gewählten Bürgermeisters von Hastings schon siebzehn Mal bekleidet hatte, so auch dieses Jahr, und zum *Surveyor-General of the Customs for Kent* ernannt worden war, wie bereits sein Schwiegervater über viele Jahrzehnte davor, und er somit zu den einflussreichsten Leuten der Stadt gehörte, hatte er dennoch nicht in allen Salons Zutritt. Einige, dazu gehörte auch Lady Murray, ließen ihn spüren, dass sie ihn trotz seines über die Jahre angehäuften Vermögens und trotz seiner honorigen Ämter nicht als ihresgleichen erachteten.

Lysia vermutete, dass ihn diese Geringschätzung fürchterlich wurmte, denn er schien nach nichts anderem zu streben als nach Macht, Ansehen und Reichtum. Es hieß, er erwerbe so gut wie jedes verfügbare Grundstück in der Umgebung von Hastings und ›überrede‹ manche nicht gar so Willige mit nicht immer lauteren Mitteln zum Verkauf. Zudem setzte er alles daran, seine fünf Kinder möglichst vorteilhaft zu verheiraten, was Lysia zu ihrem Leidwesen am eigenen Leib zu spüren bekam. Denn Mr Milward schien es sich in den Kopf gesetzt zu haben, seinen einzigen Sohn, einen neunzehnjährigen jungen Mann namens Edward, mit Lysia zu verkuppeln. Dabei störte es den Bürgermeister offensichtlich nicht, dass die Auserwählte arm wie eine Kirchenmaus war – die Verbindung zur altehrwürdigen Familie der Farleys und deren erlauchter Name wogen die fehlende Mitgift scheinbar auf.

Und sogleich – ach, warum nur hatte Wheeler die Kutsche angehalten? – erhielt sie einen neuen Beweis dieser Absicht: Mr Milwards kleine, eng stehende Augen, die Lysias Meinung nach stets einen lauernden Ausdruck hatten, streiften über die Insassen des Landauers und blieben dann auf ihrer Person hängen. Oh nein!

»Meine liebe Miss Farley«, hob er auch schon mit einer schmeichelnden Stimme an, die so gar nicht zu ihm zu passen schien, »es ist wohl eine Fügung des Schicksals, dass ich Sie hier antreffe. Ich wollte Ihnen nämlich eine Nachricht von Edward überbringen. Mein lieber Sohn wird am Sonntagnachmittag in Fairlight Hall vorsprechen. Seien Sie doch so gut und seien Sie zu Hause, wenn er kommt.« Obwohl er sich sichtlich um eine gefällige Rede bemühte, konnte er bei seinen letzten Worten einen harschen Unterton nicht verbergen. Lysia war jedoch keineswegs gewillt, eine solche Bevormundung hinzunehmen. Was bildete der Mann sich ein, ihr vorzuschreiben, was sie wann zu tun hatte! Sie wollte eben zu einer abschlägigen Antwort ansetzen, als ihr ihre Mutter zuvorkam.

»Natürlich wird Lysianassa da sein!«, beeilte sie sich, in ähnlicher Weise wie Mr Milward zu säuseln. »Wir freuen uns schon sehr auf Edwards Besuch, ganz besonders Lysianassa. Er ist ja so ein lieber, guter Junge, so aufmerksam und zuvorkommend.« Sie beugte sich ein Stück über den Wagenverschlag hinaus, als wollte sie dem Bürgermeister ein Geheimnis anvertrauen, und senkte bei ihren nächsten Worten die Stimme: »Erst letzte Woche hat mir Lysianassa anvertraut, wie gut aussehend Edward ihrer Meinung nach ist. Das hast du doch, nicht wahr, Tochter?«

Lysia war so verdutzt, dass es ihr für den Moment die Sprache verschlug. Mutter wusste ganz genau, dass sie weder Mr Milward noch dessen Sohn ausstehen konnte. Sie hielt beide für scheinheilige Heuchler, die insgeheim ganz eigene Ziele verfolgten, und denen sie nicht einen Fußbreit über den Weg traute. Und bevor sie jemals zustimmen würde, den Spross des langgedienten Bürgermeisters zu heiraten, würde sie eher in die westindischen Kolonien auswandern!

Aber so wie es schien, hatte ihre Mutter andere Pläne: Offenbar hatte Lady Farley nichts dagegen, dass Edward junior ihrer ältesten Tochter den Hof machte, nein, im Gegenteil, sie begrüßte dessen Werben sogar. Dabei legte sie ansonsten den allergrößten Wert auf den Umgang mit gesellschaftlich gleich-

oder höherstehenden Personen und hätte Familien wie die Milwards, die doch recht einfachen Verhältnissen entstammten, nicht einmal zum Tee eingeladen. Hauptsache unter der Haube, ist wohl ihr neues Motto, dachte Lysia bitter bei sich.

»Bestens, bestens!«, tönte Mr Milward sichtlich zufrieden. »Aber nun will ich die reizenden Damen nicht länger aufhalten, denn ich muss mich sputen, nach Hause zu kommen. Ein Geschäftspartner erwartet mich.« Er drückte einen lauten Schmatzer auf die – zum Glück behandschuhte Hand – von Lysias Mutter. »Ich wünsche allseits einen guten Tag und«, nun zwinkerte er Lysia zu, »vergessen Sie den Sonntag nicht, Miss Farley!« Nach den gegenseitigen Verabschiedungen nahm die Kutsche wieder Fahrt Richtung Fairlight Hall auf.

»Iiieh«, machte Eunike, kaum dass der Bürgermeister außer Hörweite war. »Habt ihr gesehen, wie sich seine wulstigen, feuchten Lippen auf Mamas Handschuh pressten? Man sieht ganz deutlich noch den Abdruck.« Sie schüttelte sich vor Ekel.

Tante Gussie, die dem davonreitenden Bürgermeister eine Weile versonnen hinterhergesehen hatte, wandte sich an Eunike und lächelte. »Das müssen wir ihm nachsehen. So sehr Mr Milward sich auch bemüht, er kann eben den Mangel an vornehmer Erziehung und Abstammung nicht verleugnen. Auch wenn er heute Bürgermeister von Hastings und *Surveyor-General* ist, sein Vater hat sich als kleiner Schreiberling verdingt und anderer Leute Urkunden kopiert, um seinen Lebensunterhalt zu verdienen. So etwas lässt sich nicht so schnell ablegen.«

»Zum Glück ist Edward, sein Sohn, aus anderem Holz geschnitzt«, erklärte Amathia bestimmt. »Er hat tadellose Manieren, ist ein wunderbarer Tänzer, und seine goldenen Locken glänzen wie pures Gold.«

Lysia hob überrascht eine Augenbraue. »Sieh an! Vielleicht sollte dieser vortreffliche Gentleman seine Aufmerksamkeiten besser dir widmen, Amathia, als mir …«

»Ach, papperlapapp!«, fiel ihr Lady Farley ungehalten ins Wort. »Mit ihrer außergewöhnlichen Schönheit und ihrem liebreizenden, einnehmenden Wesen können sowohl Eunike als auch Amathia ihre Erwartungen, was einen Ehemann betrifft, deutlich höher platzieren als beim Sohn eines Bürgermeisters. Da macht es auch nichts aus, wenn die Mädchen über keine nennenswerte Mitgift verfügen. Bei dir dagegen, liebe Lysia, weiß ich nicht so recht. Deine Zunge ist oftmals zu scharf, und es fehlt dir an weiblichem Charme. Und seit dem Tod des Colonels vergräbst du dich stundenlang in seinem Studierzimmer …«

»Oh, Herr im Himmel!«, rief Lysia nun aufgebracht. »Mutter, bitte quäle uns nicht länger mit der Aufzählung all meiner unvergleichlichen Vorzüge! Ich könnte noch eingebildet werden.«

Lady Farley warf ihr einen bösen Blick zu. »Siehst du, das ist genau das, was ich meine! Eine wohlerzogene junge Dame, sanftmütig und gefällig, schlägt niemals einen solchen Ton an. Schon gar nicht gegenüber ihrer Mutter.«

Die Zwillinge warfen Lysia schadenfrohe Blicke zu, und Tante Augusta studierte sie wie ein bemitleidenswertes Insekt, dem ein Flügel fehlte. War sie denn tatsächlich der grobe Klotz, als den Mutter sie gern darstellte?

Lysias Vater, Colonel Sir Charles Farley, hatte ihr stets das Gefühl gegeben, auf seine älteste Tochter überaus stolz zu sein, und sie hatte sich in seiner Liebe und Wertschätzung immer gesonnt. Er hatte ihren wachen, klugen Verstand gelobt, der dem seinen so ähnlich war und ihn schon von kleinauf mit neugierigen Fragen zu allem Möglichen bestürmt hatte. Er hatte auch ihre Liebe zur Natur, zum Meer, zu der rauen, aber vollkommenen Schönheit ihrer Heimat geteilt. Wie sie war er durchdrungen gewesen vom Mitgefühl und der Sorge für jene, deren Wohl in seiner Verantwortung gelegen hatte, Familie, Freunde, die Menschen von Fairlight.

Schon sehr früh hatte sich herausgestellt, dass die übrigen Mitglieder der Familie, was Wesensart als auch Neigungen anging, von völlig unterschiedlicher Prägung waren: Es schien, Lady Farley, Tante Augusta und die Zwillinge hatten nichts anderes in den hübschen, aber nicht gerade geistreichen Köpfen als Tratsch und Klatsch, Mode und Vergnügungen – und charmante Verehrer.

So war es wohl nur eine folgerichtige Entwicklung gewesen, dass Lysia und ihr Vater sehr viel Zeit miteinander verbracht hatten, ja, beinahe unzertrennlich gewesen waren. Lysia hatte den Colonel begleitet, wenn er zu seinen Pächtern ritt, sie hatte aufmerksam gelauscht, wenn er mit seinem Verwalter, dem alten Gibbs, die Aussaat auf den Feldern und die Schur der Schafe besprochen hatte. Sie hatte ihm auf seinen Reisen nach London Gesellschaft geleistet, denn Lysias Mutter verabscheute jede Fahrt, die länger als zwei Stunden dauerte, und abends am Kamin hatten sie sich über die neuesten politischen Nachrichten unterhalten, Schach gespielt oder Lysia hatte aus einem Buch vorgelesen. Ihr Vater hatte es sich in dem alten, samtenen Lehnsessel bequem gemacht, die Beine übereinandergeschlagen und seine Pfeife angezündet, und lachend den Kopf geschüttelt, wenn Lysia mit abwechselnd verstellten Stimmen Homers *Odyssee* wiedergab. Oh lieber Vater, wie sehr vermisse ich dich, dachte Lysia bei sich.

Der Colonel, das war kein Geheimnis, hatte sich immer einen Sohn gewünscht, und es war wohl nicht zu leugnen, dass Lysia den Platz des fehlenden männlichen Erben eingenommen hatte, soweit das eben möglich war. Aber hatte sie dabei tatsächlich, wie Mutter es auszudrücken pflegte, ihre weibliche Seite vernachlässigt? Lysia gefielen Tanz und schöne Kleider wie allen jungen Damen, und sie genoss amüsante Unterhaltungen. Nun gut, leeres Geschwätz war ihr ebenso verhasst wie geheuchelte Schmeicheleien. Amathia und Eunike dagegen säuselten mit ihren Galanen um die Wette und schienen nichts dabei zu finden, stundenlang jedes winzigste Detail jener Robe zu kommentieren, welche die Herzogin von Devonshire laut Zeitungsberichten auf dem jüngsten Ball getragen habe. Vielleicht sollte Lysia sich einen Ruck geben und es ebenfalls versuchen?

Gottergeben warf sie die Hände in die Höhe.

»Nun gut, Mama, was soll ich deiner Meinung nach tun?«

Ihre Mutter rümpfte die Nase, was wohl daran liegen mochte, dass Lysia sie üblicherweise nicht um Rat fragte.

»Du könntest damit beginnen«, ließ sie sich dann doch zu einer Antwort herab, »am nächsten Sonntag, wenn Edward dir seine Aufwartung macht, ein hübsches Kleid zu tragen, und nicht diese alte, fleckige Schürze, mit der du viel zu häufig herumzulaufen pflegst.«

»Edward hat eine besondere Vorliebe für die Farbe Gelb«, teilte Amathia ihr scheinbar endloses Wissen mit, was Nichtigkeiten betraf.

»Wahrscheinlich«, sinnierte Eunike nachdenklich, mit in Falten gelegter Stirn, »weil sie mit seinen goldenen Locken harmoniert.«

»Welch großes Pech …«, begann Lysia hämisch lächelnd und wollte gerade erwidern, dass sie zu ihrem großen Leidwesen keine Kleider dieser Farbe besitze, was sie in dem Moment als großes Glück empfand. Doch da trieb Wheeler die Pferde mit einem lauten Schnalzen der Peitsche an, um sie den letzten Hügel hinaufzutreiben, und wegen des heftigen Rucks der Kutsche klappte Lysias Mund ganz von selbst zu.

ZWEITES KAPITEL

Fairlight Hall, Fairlight, Sussex, am folgenden Sonntag

»Oh, Sie gleichen einer Rose, deren Knospen von Tag zu Tag mehr erblühen, Miss Farley! Ihre Schönheit sucht ihresgleichen, überstrahlt alle anderen Blumen und erhebt Sie zur Königin der ganzen Stadt! Was sage ich: der gesamten Grafschaft!«

Mr Edward Milward der Jüngere rutschte auf dem seidenbezogenen Sofa im chinesischen Salon von Fairlight Hall so weit nach vorn, dass seine Knie beinahe schon den Boden berührten, und legte beschwörend beide Hände auf die Brust, während er seinen Blick nicht von Lysias Gesicht wandte. Sie hatte ihm gegenüber in einem schmalen Sessel Platz genommen.

Wie von seinem Vater, dem Bürgermeister von Hastings, angekündigt, war er gekommen, um Lysia seine Aufwartung zu machen. Sobald er eingetroffen und in den chinesischen Salon eskortiert worden war, hatte Lady Farley die Zwillinge wie auch Tante Augusta hinaus in den Garten gescheucht und sich dann selbst mit einer fadenscheinigen Erklärung entschuldigt. Es scheint, dachte Lysia missmutig, als ob Mutter jedes Mittel recht ist, auch ein ganz und gar ungehöriges, um dem Sohn des Bürgermeisters etwas Zeit allein mit mir zu verschaffen. Zeit und Gelegenheit, seine Absichten zu erklären.

Angesichts dieser leicht durchschaubaren Taktik Lady Farleys war Lysia, das musste sie zugeben, recht bange geworden. Aber zum Glück hatte Gibbs, der altgediente Verwalter von Fairlight Hall, in dem Moment in dem Lady Farley mit siegesgewissem Lächeln und rauschenden Röcken den Salon verlassen hatte, den Raum betreten, eine Zeitung unter dem Arm. Mit einem kurzen Nicken zu Mr Milward hin hatte er es sich auf einem hölzernen Stuhl in einer Ecke so bequem wie möglich gemacht, die Zeitung auseinandergefaltet und sich darin ohne Umschweife vertieft. Was der Bürgermeistersohn vom plötzlichen Erscheinen des eigenartigen Sittenwächters hielt, war nicht auszumachen; Lysia jedenfalls war so erleichtert gewesen, den treuen Diener zu sehen, dass sie am liebsten aufgesprungen wäre, um ihm die stoppelige graue Wange zu küssen.

Stattdessen aber war sie sitzen geblieben und lauschte nun aufmerksam – zumindest gab sie sich Mühe – der schwülstigen Rede des jungen Mr Milward. In der letzten Viertelstunde hatte er sie nicht nur mit einer lieblichen Rose verglichen, sondern auch mit einer sanften Frühlingsbrise, einem zartflügeligen Schmetterling sowie einer grazilen Schneeflocke. Eingedenk der mahnenden Worte ihrer Mutter verbiss sie sich sowohl ein Lachen als auch eine spöttische Entgegnung und tat so, als wäre sie von der völlig übertriebenen Lobhudelei ganz und gar hingerissen.

Ihr Blick wanderte über die Gestalt ihres Galans, und sie musste ihm zugestehen, dass er einen untadeligen Eindruck machte. Er war von schlankem, mittelgroßem Wuchs, hatte ebenmäßige Gesichtszüge und – da war Amathia durchaus beizupflichten – goldglänzende Locken, die er im Nacken zusammengebunden trug. Seine Kleidung, ein pflaumenfarbener Rock, dazu eine gelb-gestreifte Weste und senfbraune Kniehosen, war elegant, für einen Herrn seines Standes vom Land allerdings eine Spur zu extravagant.

»Erlauben Sie mir zu bemerken, wie wunderbar die Schattierung Ihres Kleides Ihre Schönheit hervorhebt, Miss Farley. Dieser Violettton schmeichelt Ihrem makellosen Teint auf einzigartige Weise und betont die Farbe Ihrer Lippen ganz ausgezeichnet. Ich kann meine Augen kaum von Ihnen wenden, so sehr überwältigt mich Ihr Anblick.«

Lysia unterließ die Bemerkung, dass das lavendelfarbene Kleid aus einfachem Krepp den Geboten der Halbtrauer entsprach, in der sich die Familie derzeit noch befand, und lächelte stattdessen verbindlich. »Darf ich Ihnen noch Tee nachschenken?« Sie griff nach der monströsen Kanne, die – der Vorliebe ihrer Mutter für modischen Schnickschnack folgend – in Form einer chinesischen Pagode gearbeitet war. Doch Mr Milward, offensichtlich penibel auf die Einhaltung der gesellschaftlichen Etikette bedacht, was sie ihm in diesem Fall aufrichtig zugutehielt, gebot ihr rasch Einhalt.

»Das ist überaus freundlich von Ihnen, verehrte Miss Farley, aber ich fürchte, ich habe die übliche Besuchszeit bereits ausgeschöpft. So leid es mir tut, muss ich Ihrer Gesellschaft derweil entsagen, doch hoffe ich sehr, dass wir uns schon heute Abend in den Assembly Rooms wiedersehen und Sie meine Aufforderung zum Tanz nicht abschlägig beantworten. Seit Tagen schon kann ich an nichts anderes mehr denken, als Sie heute Abend aufs Parkett zu führen.« Er sah ihr tief in die Augen und legte in dramatischer Geste die Hände neuerlich an die Brust. »Sie würden mich zum glücklichsten Mann der Stadt machen!«

»Oh, welche Ehre!«, flötete Lysia in Nachahmung jenes Tons, den die Zwillinge anschlugen, wann immer sie mit jungen Männern im heiratsfähigen Alter parlierten. »Ich kann es gar nicht erwarten, dass die Stunden verfliegen und der

Abend hereinbricht.« Zumindest ist diese Behauptung keine Unwahrheit, dachte sie nüchtern bei sich.

»Die Vorfreude ist ganz meinerseits, liebliche Miss Farley! Möge die Zeit bis dahin so schnell verrinnen wie der Sand durch die Finger einer geöffneten Hand.« Der junge Mann erhob sich und verbeugte sich tief. »Bis später, Dame meines Herzens!«

Lysia befand, dass das etwas zu weit ginge, ließ sich aber nichts anmerken. Sie verabschiedete sich mit einem tiefen Knicks und einem aufgesetzten Lächeln, das jeder, der sie besser kannte, als solches ausgemacht hätte, und Mr Milward verließ den Salon, wobei er es sich nicht nehmen ließ, ihr von der Tür aus noch einmal sehnsuchtsvoll zuzuwinken.

»Potzdautz!«, rief Gibbs grimmig und sprang polternd von seinem Stuhl auf, sobald sich die Tür hinter dem Bürgermeistersohn geschlossen hatte. Mit verächtlichem Blick dorthin, wo der junge Mr Milward eben verschwunden war, warf er die Zeitung achtlos auf einen kleinen Tisch. »Was für ein unerträglicher Gockel!«

Lysia ließ sich aufatmend in den Sessel zurückfallen, erleichtert darüber, dass der unerwünschte Verehrer verschwunden war. Dank des Verbots ihrer Mutter, heute Abend zum Tanz in die Assembly Rooms zu gehen, würden sie den schwülstigen jungen Mann zum Glück nicht wieder treffen. Zumindest heute nicht.

»Ein unausstehlicher Kerl«, hielt der Verwalter mit seiner Meinung nicht hinter dem Berg. »Kommt ganz nach seinem Alten! Was Ihre Schönheit angeht, Miss Farley, will ich ihm ja nicht widersprechen, aber seine Worte triefen nur so vor Schmalz. Da ist es ein wahres Wunder, dass der bunte Pfau nicht auf den Dielen ausgerutscht ist!«

Lysia erhob sich schmunzelnd – vor ihrem geistigen Auge war plötzlich ein wild herumrudernder und schließlich auf seinem Allerwertesten landender Bürgermeistersohn aufgetaucht – und drückte einen Kuss auf Gibbs' Wange. »Ach, Gibbs, vielen Dank! Auch dafür, dass du mir Beistand geleistet hast. Meine Familie hat mich ja schmählich im Stich gelassen. Ich habe keine Ahnung, was Mama in den Sinn gekommen ist, mich mit Mr Milward allein zu lassen. Sie ist doch sonst immer so auf die Einhaltung der Etikette bedacht. Aber zum Glück ist auf dich wie immer Verlass! Ein aufrichtiges Dankeschön dafür!«

»Lady Farley«, brummte Gibbs verdrießlich, »wollte dem aufdringlichen Brautwerber die Gelegenheit geben, Ihnen einen Antrag zu machen. Soll einer begreifen, was sie an dem Emporkömmling gut finden mag. Ihr Vater, Miss, hätte so etwas wie heute niemals zugelassen!«

»Ja, da hast du sicherlich recht«, meinte Lysia nachdenklich.

»Nehmen Sie sich jedenfalls vor dem Burschen in Acht! Er ist ein Schlitzohr wie sein Vater und betreibt – verzeihen Sie, wenn ich das sage – diese ganze Balzerei nicht nur Ihrer Schönheit wegen, sondern hat sicherlich Hintergedanken dabei. Darauf verwette ich meinen besten Sonntagsrock!«

Lysia sah auf. »Hm, ja. Ich versuche schon die ganze Zeit zu verstehen, was er an mir finden mag.«

»Sein Vater und er wollen eine Verbindung zu einer alteingesessenen, vornehmen Familie aus der hiesigen Grafschaft. Sie wollen den Geruch der Schreibstube abwaschen, der an ihnen klebt wie harziges Pech. Um jeden Preis.«

»Und meine Mutter will ihre älteste Tochter unter die Haube bringen. Wie es scheint, auch um jeden Preis.«

Sie grübelte eine Weile vor sich hin, bis Gibbs sich vernehmlich räusperte.

»Kommen Sie nachher in die Stallungen, Miss Farley?«, fragte er.

Lysia sah auf. »Ja, sobald Mutter, Tante und die Zwillinge losgefahren sind.«

»Sehr gut.«

»Sind die Schafe schon auf der unteren Weide?«

Gibbs nickte. »Ja, Miss Farley. Tom Wilson und Will Thatcher haben sie heute Vormittag hinuntergetrieben. Alles ist bereit.«

»Bestens! Danke, Gibbs. Was würde ich ohne dich nur tun!«

Gibbs stülpte seine Kappe auf den grauen Kopf und wandte sich zum Gehen. Die grauen Augen in seinem wettergegerbten Gesicht blitzten freundlich.

»Nichts zu danken, Miss Farley«, erwiderte er. »Wir sitzen in dieser Angelegenheit alle im selben Boot.«

Lysia versuchte ein schwaches Lächeln.

»Ihr Vater wäre stolz auf Sie, dessen bin ich gewiss. Was Sie tun, tun Sie für Ihre Familie und für die Leute von Fairlight.«

***

»Schneller, schneller! Beeilt euch, Gentlemen! Nur keine Müdigkeit vorschützen!«

Gibbs feuerte die sechzehn Männer unermüdlich an, die emsig wie Ameisen in der abgelegenen Bucht am Goldbury Point hin und her eilten und in eingespielten Abläufen ihre Arbeit verrichteten. Trotz des rasanten Tempos, mit dem die Aufgaben erledigt wurden, herrschte keine konfuse Hektik: Jeder wusste, was er wann zu tun hatte, jeder blieb im Takt, jeder Handgriff saß – und über allem wachte Gibbs und dirigierte die Schar rauer Kerle wie ein umsichtiger Orchestermeister.

»Zehn Fässer Weinbrand aus Cognac, zehn Fässer holländischer Gin aus Schiedam, sieben Fässer Rum aus Jamaica.«

Lysia saß auf einem flachen Felsblock nahe des Wassers und vermerkte in ihrem mitgebrachten Schreibheft mit einem

Bleistift fein säuberlich jeden Wareneingang, den ihr Gibbs zurief. Dabei verwendete sie geheime Chiffren, damit – falls das Büchlein jemals in falsche Hände geriete – derjenige nicht mehr als die üblichen Einkäufe eines Haushaltsjournals vor sich zu haben glaubte: zehn Fässer Apfelcider, zehn Laib Käse, sieben Säcke Rohrzucker.

Nachdem die übrigen Farley-Damen zum Tanz nach Hastings aufgebrochen waren, hatte Lysia rasch das lavendelfarbene Nachmittagskleid abgelegt und war in ihre gewöhnliche Arbeitskleidung geschlüpft: hohe Stiefel, lederne Kniehosen, ein grobes Leinenhemd sowie ein alter Rock ihres Vaters. Die zimtblonden Locken hatte sie zu einem Zopf gebunden und einen breitkrempigen Filzhut daraufgesetzt.

Gemeinsam mit Gibbs war sie zu den Klippen von Goldbury Point geritten, die sich unmittelbar südlich von Fairlight befanden. Wie zuvor ihren Vater unterstützte der treue Mann nun auch Lysia, war ihre rechte Hand in allen Angelegenheiten, die die Verwaltung von Fairlight Hall betrafen, wie auch in jenen geheimen Unternehmungen, denen sie an Abenden wie diesem nachgingen. In der felsigen Bucht hatten sich schon die übrigen sechzehn Männer versammelt, und draußen auf See hatte bereits die *Intrépide* geankert, mit gerefften Segeln und ausgeschwenktem Ladebaum. Der Bauch der französischen Fregatte, bis zum Rand gefüllt mit Fässern, darin Wein und Schnaps aus aller Herren Länder, hatte tief im Wasser gelegen, und sehnsüchtig die Erleichterung erwartet, die ihr die Männer von Fairlight verschaffen würden.

Gibbs hatte ein paar Befehle gerufen und sogleich war rege Betriebsamkeit ausgebrochen. Wie die Zahnräder eines gut geölten Uhrwerks griffen die einzelnen Arbeitsschritte der Männer ineinander: Aus einer kleinen Höhle, die ihnen dafür als Versteck diente, hatten sie vier Boote geholt und zu Wasser gelassen. Jeweils zwei Mann waren hineingesprungen und zur Fregatte hinausgerudert. Vollbeladen kehrten sie wenig später zum Kiesstrand zurück, wo die kleinen Fässer in Weidenkörbe gepackt und dann mithilfe von Seilwinden die steilen Klippenwände hinaufgehievt und schließlich auf stämmige Packpferde verladen wurden.

Lysia sah nach oben, wo der junge Andrew Bishop Wache stand und unablässig die Umgebung beobachtete: Seine Aufgabe war es, sie rechtzeitig vor unliebsamen Besuchern zu warnen, vor allem vor den *Riding Officers*, jenen berittenen Zollbeamten, deren Aufgabe es war, die Küsten zu kontrollieren. Allerdings war der Sold dieser armen Teufel – ein einziger Mann war für einen mehrere Meilen zählenden Abschnitt ganz allein zuständig – so spärlich, dass sie sich üblicherweise, sollten sie auf geheime Unternehmungen stoßen, gegen eine entsprechende Aufbesserung wieder trollten.

Als Andrew Lysias Blickrichtung bemerkte, gab er ihr ein Zeichen, dass alles in Ordnung sei: keine Menschenseele weit und breit! Gut so! Zwar war die Bucht abgelegen und vom Strand her nur bei Ebbe erreichbar, aber man konnte nie wissen – Lysia war lieber auf der sicheren Seite.

In dieser Hinsicht war *Capitaine* Fréthun zum Glück der gleichen Meinung. Deshalb stand der Franzose die ganze Zeit über, während seine Männer die Ladung der Fregatte löschten, auf dem Deck der *Intrépide* und hielt mit seinem Fernrohr Ausschau nach den gefürchteten *Revenue Cuttern* der königlichen Zollbehörde. In jedem größeren Hafen an der Südküste, so auch in Hastings, lag eines dieser schlanken, wendigen Schiffe, ausgestattet mit Schratsegeln und einem weit hinausragenden Bugspriet und bewaffnet mit etlichen Sechspfündern. Einem solchen Kutter, gesteuert von einer fähigen Besatzung, konnte man nur bei entsprechend großem Vorsprung entkommen, so schnell durchpflügten die schnittigen Segler die Wellen.

Allerdings machten weder *Riding Officers* noch *Revenue Cutters* die Summe aller Unbilden aus, die Lysia und ihren

Männern einen Strich durch die Rechnung machen könnten. Ein Stück die Küste hinauf, Richtung Westen, in den Hügeln von Fairlight Down, war vor ein paar Jahren ein kleiner Militärstützpunkt errichtet worden, in dem seither ein Infanterieregiment stationiert war. Doch zumindest heute Abend drohte ihnen von dort kaum Gefahr: Die Offiziere würden an der Tanzveranstaltung in Hastings' Assembly Rooms teilnehmen – deshalb hatten Gibbs und Lysia für ihr Vorhaben diesen Tag gewählt.

Trotz der fortgeschrittenen Stunde – die Kirchenuhr von Fairlight hatte vorhin die siebente Stunde geschlagen – schien die Sonne immer noch heiß vom Himmel und tauchte alles in helles Licht. Üblicherweise verrichteten sie ihre geheimen Unternehmungen in der Dämmerung oder besser noch bei Nacht, denn da blieb ihr Tun eher unbemerkt. Aber dieses Mal hatte *Capitaine* Fréthun die Bucht bereits am frühen Abend angelaufen. Daher hatten sie ihm auch nicht mit Lichtsignalen bedeuten können, dass die Luft rein war und er Anker werfen könne, sondern waren auf eine andere Methode ausgewichen, die sie bei Tageslicht anzuwenden pflegten: Will Thatcher und Tom Wilson hatten zwei Dutzend Schafe auf die untere Weide getrieben und dann mithilfe ihrer gut abgerichteten Hunde in Dreiergruppen angeordnet, sobald die *Intrépide* am Horizont aufgetaucht war. Wenn der Kapitän dann mit seinem Fernrohr die Küste absuchte, fand er diesen geheimen Hinweis und wusste, alles war in Ordnung.

Wegen des früher als üblich angesetzten Termins mussten die Männer heute bei drückender Hitze schuften. Aber Lysia hatte nicht gewagt, bis zum Einbruch der Dunkelheit zu warten. Lieber wollte sie die Waren schnellstmöglich entladen und weggeschafft haben, und dabei zählte jede Minute. Den meisten lief der Schweiß vor Anstrengung in Strömen übers Gesicht. Einige hatten sich ihrer Hemden entledigt und arbeiteten mit bloßem Oberkörper; manche hatten sich aus ihren

Halstüchern behelfsmäßige Kopfbedeckungen geknotet, um sich vor einem Sonnenstich zu schützen.

»Nochmals zehn Fässer Weinbrand aus Cognac, zudem acht Fässer Armagnac aus der Gascogne und fünf Fässer Calvados«, zählte Gibbs weiter auf, und Lysia schrieb die Einträge sorgfältig nieder.

»Wir kommen gut voran, Miss Farley«, erklärte der Verwalter zufrieden. »Sobald wir alle Fässer oben auf den Klippen haben, können wir nach Cripps Corner aufbrechen.«

Lysia nickte, während ihr Blick neuerlich über die Männer wanderte, die unermüdlich rackerten und ihr Bestes gaben. Gedankenverloren kaute sie am Ende ihres Stiftes. Vor nicht einmal einem Jahr wäre ihr Vater hier neben Gibbs gesessen und hätte das Entladen der Fregatte überwacht. Und sie selbst hätte in den Assembly Rooms Zitronenlimonade geschlürft und das Tanzbein geschwungen und von den heimlichen Vorgängen in dieser versteckten Bucht nichts geahnt.

Wäre ihr Vater nicht in jener stürmischen Septembernacht, vor mehr als neun Monaten, bei einem Reitunfall verunglückt – er war auf einem schmalen Küstenpfad samt seinem Pferd die steilen Klippen hinabgestürzt, wo beider Körper auf den schroffen Felsen jämmerlich zerschellt waren –, wüsste Lysia bis heute nichts von alledem. Doch weil alles so gekommen war, wie es war, war sie nun, was sie in ihren kühnsten Träumen niemals auch nur geahnt hätte: der Kopf einer kleinen Schmugglerbande. So wie ihr Vater davor.

Weder ihre Mutter noch Tante Augusta oder die Zwillinge wussten über Fairlights dunkle Seite Bescheid. Sie waren genauso ahnungslos, wie Lysia es bis zum Tag des Begräbnisses ihres Vaters gewesen war.

An jenem trostlosen, nebelverhangenen Tag, der Lysias damaligen Gemütszustand nicht besser hätte widerspiegeln können, war Gibbs, der treue, langgediente Gutsverwalter des

Colonels und – wie sie nun wusste – dessen rechte Hand in den Schmugglergeschäften, zu ihr ins väterliche Studierzimmer gekommen und hatte ihr mit leiser, eindringlicher Stimme von alldem erzählt, was nächtens, manchmal auch tagsüber, in der Gegend von Fairlight insgeheim vorging.

Mit Bestürzung hatte sie seinen Worten gelauscht, hatte nicht glauben wollen, was sie da hörte, und fassungslos den Kopf geschüttelt. Doch nach und nach hatten sich Umstände zusammengefügt, die ihr zwar aufgefallen waren, die sie aber nicht weiter verfolgt hatte: des Vaters mehrtägige Abwesenheiten, gähnende Diener, denen bei ihrem Tagwerk vor Müdigkeit die Augen zufielen, verschwitzte Pferde, die niemand ausgeritten hatte. All das hatte plötzlich ein Bild ergeben, das zu jenen Unglaublichkeiten passte, die Gibbs ihr an jenem Tag im September anvertraut hatte.

Aus einem ihr bis dahin unbekannten Geheimfach in der Holzvertäfelung des Studierzimmers hatte er eine große Schatulle hervorgeholt und ihr die darin aufbewahrten Aufzeichnungen ihres Vaters gezeigt, in dessen unverkennbar schwungvoller Handschrift verfasst: augenscheinlich Haushaltsbücher, die jeden einzelnen Einkauf und jede Anschaffung für das Farley'sche Anwesen detailliert aufführten, in Wahrheit aber Listen von Schmuggelwaren, allesamt verschlüsselt niedergeschrieben, damit sie niemand entziffern könnte, sollten sie je in unbefugte Hände geraten.

Gibbs hatte ihr die Namen jener fünfzehn Männer genannt, die zusammen mit ihm selbst den Colonel unterstützt hatten: Alles Männer aus der Umgebung von Fairlight, die den Farleys treu ergeben waren, die tagsüber ihren Berufen als Handwerker, Fischer, Fuhrleute und Bauern nachgingen, und – sobald sie der Colonel zusammengerufen hatte – sich in Schmuggler verwandelten, die heimlich im Verborgenen hantierten und auf diese Weise ihren Lebensunterhalt aufbesserten – oder sich überhaupt verdingten. Denn für die einfachen

Leute der Grafschaft wurde es immer schwieriger, sich ihr täglich Brot zu verdienen: Bauern konnten ihren Knechten kaum mehr als ein paar Schillinge Wochenlohn zahlen, viele der einst prosperierenden Eisengießereien und Schmelzöfen waren inzwischen geschlossen, selbst der Fischfang war nicht mehr so ertragreich wie früher. Da bot der Schmuggel vielen der Männer von Fairlight, das wusste Lysia nun, einen willkommenen Zuverdienst. Sie kannte jeden einzelnen von ihnen, meist seit ihrer Kindheit, und sie war einmal mehr erschrocken gewesen, was sich über all die Jahre unmittelbar vor ihrer Nase abgespielt hatte, ohne dass sie es jemals bemerkt hatte. War sie denn tatsächlich so blind gewesen?

Dann hatte Gibbs ihr von dem französischen Fregattenkapitän erzählt, der den Colonel mit exklusiver Konterbande versorgte – feinste Spirituosen aus aller Welt – sowie dem reichen Londoner Kaufmann, der ihr wichtigster Abnehmer war. Der Großteil der Fässer war für dessen Lagerhaus in Ofham bestimmt, einem abgeschiedenen Weiler etwa dreißig Meilen südöstlich von London; kleinere Mengen verkauften sie auch an hiesige Schankwirte und gut situierte Privatpersonen.

In den dann folgenden Tagen hatte Gibbs Lysia die Landungsplätze gezeigt, derer sie sich bedienten: verborgene Buchten, geschützt von hoch aufragenden Klippen, wie auch weitläufige Strände, versteckte Höhlen und verlassene Scheunen, in denen sie die Waren zwischenlagerten, und jene Pfade, die sie nutzten, um die Fässer unbemerkt und rasch ins Landesinnere zu transportieren, mit Pferden, Karren oder auch zu Fuß.

Eine ganze Woche hatte es gedauert, bis Lysia sich vom Schock all dieser Entdeckungen erholt und so weit gefasst hatte, dass sie diesen ihr bis dahin unbekannten Teil des Lebens ihres Vaters und der Bewohner von Fairlight akzeptieren konnte. Zwar waren die Küsten von Sussex geradezu berüchtigt wegen des weit verbreiteten Schmuggels, und sie hatte auch gewusst, dass nicht nur einfache Leute darin verstrickt waren, sondern oftmals auch betuchte und ehrwürdige Herrschaften, ja sogar Pastoren und königliche Beamte. Dennoch hätte sie in ihren kühnsten Träumen nicht vermutet, dass ihr eigener Vater einer dieser Gentlemen, wie die Schmuggler sich gern selbst nannten, wäre.

Schließlich war Gibbs neuerlich zu ihr gekommen und hatte ihr eröffnet, dass alle sechzehn Mann – einschließlich ihm selbst – bereit wären, unter der Führung eines Farleys das Schmugglergeschäft fortzusetzen. In seiner ruhigen, bedachten Art hatte er ihr vorgerechnet – was sie nun auch in den Aufzeichnungen des Colonels nachlesen konnte –, wie viel sie mit dem Schwarzhandel von Alkohol verdienen könnte. Und da hatte sie – erstmals nach dem Tod ihres Vaters – wieder Mut gefasst. Denn Gibbs hatte ihr einen Ausweg aus dem finanziellen Debakel gezeigt, in dem die Familie wegen des viel zu frühen Endes des Vaters nun unterzugehen drohte. Der Colonel hatte ihnen kaum Geld hinterlassen, jedenfalls viel zu wenig, um ein standesgemäßes Leben zu führen. Das, was er mit dem Schmuggel von Branntwein eingenommen hatte, hatte er verwendet, um die Schulden zu tilgen, die er von seinem eigenen Vater ererbt hatte. Dafür, auch noch seine Familie ausreichend auszustatten, hatte es nicht mehr gereicht. Sein Erbe, Mr Ottershaw – oh, wie Lysia dieser Name bereits verhasst war! –, würde ein beinahe schuldenfreies Landgut übernehmen, während die Farleys sehen konnten, wo sie blieben.

Nach einer weiteren Nacht des Grübelns hatte sich Lysia daher entschlossen, den Schmuggelhandel ihres Vaters fortzuführen – wenn auch nur so lange, bis sie genug Geld beisammen hätte, um ihrer Familie ein Auskommen zu verschaffen, das ihrer gesellschaftlichen Stellung entsprach. Dazu gehörte die Finanzierung einer Saison in London, um ihre beiden Schwestern in die vornehmen Kreise der Hauptstadt einzuführen, was wiederum notgedrungen ein Haus in einem –

wenn schon nicht mondänen, doch ehrbaren – Viertel der Hauptstadt erforderlich machte. Gibbs hatte erleichtert genickt, als Lysia ihm ihre Entscheidung mitgeteilt hatte, und versprochen, wie schon für ihren Vater nun auch für sie als rechte Hand in dieser Angelegenheit zu fungieren. Drei Wochen später war die erste Schiffsladung eingetroffen, und das hat sich seither alle zwei bis drei Wochen wiederholt.

Natürlich wusste Lysia, dass dieses gewagte Unterfangen gleichermaßen gefährlich wie ungesetzlich war. Oft genug hörte man von Männern, die bei Scharmützeln mit Zollbeamten verletzt oder gar aufgegriffen wurden, und auf Schmuggel stand nichts weniger als die Todesstrafe. Zudem schien sich der neue Premierminister, der Ehrenwerte William Pitt, den Kampf gegen den Schwarzhandel in großen Lettern auf die Fahnen geschrieben zu haben. Erst im Januar waren auf sein wütendes Geheiß hin drüben in Deal, in der Grafschaft Kent, sämtliche der seetauglichen Logger, die man dort zum Schutz vor den Winterstürmen an Land gezogen hatte, zerstört worden, weil der Minister die Seeleute des Schmuggels verdächtigt hatte. Ein eigens herbeigerufenes Regiment von Soldaten hatte die Segelschiffe zertrümmert und dann in Brand gesetzt. Die Rauchsäule, so sagte man, sei meilenweit zu sehen gewesen.

Lysia hatte deshalb – so wie ihr Vater zuvor – niemanden aus der Familie in das Geheimnis eingeweiht. Weder Mutter oder Tante noch die Schwestern ahnten von Lysias Leben als Schmugglerin, und Lysia verwandte sehr viel Anstrengung und Mühe darauf, es dabei zu belassen. Sollte es zum Fall der Fälle kommen, könnten alle vier ruhigen Gewissens behaupten, von nichts gewusst zu haben.

Die Entscheidung, sich auf solch unrühmliche Pfade zu begeben, war ihr weiß Gott nicht leichtgefallen. Aber was wäre ihr denn anderes übrig geblieben? Das wenige Geld, das sie vom Vater geerbt hatten, würde nicht lange reichen – und was dann? Alle Besitzungen des Colonels fielen Mr Ottershaw zu; die Farleys mussten das Haus räumen, sobald der Verwandte über die Schwelle von Fairlight Hall träte.

Lysia betete jede Nacht, dass dieser Zeitpunkt nicht allzu schnell kommen möge, und war unendlich dankbar, dass Mr Ottershaw sich für eine berufliche Karriere im fernen Masulipatam entschieden hatte und nicht in Sussex oder einer anderen nahen Grafschaft lebte. Dieser Umstand könnte ihr die nötige Zeit verschaffen, derer sie bedurfte, um für das Auskommen der Familie genügend Geld zu verdienen. Denn die Nachlassverwalter mussten Mr Ottershaw erst einmal ausfindig machen, um ihm die Nachricht vom Tod seines Verwandten und der damit einhergehenden Erbschaft zu überbringen. Keine einfache Sache, wenn sich der Mann in einer Faktorei der Ostindien-Kompanie befand, irgendwo am anderen Ende der Welt! Schon allein dieser erste Schritt nahm mehrere Monate in Anspruch, war aber inzwischen, das wusste Lysia, erfolgreich abgeschlossen.

Dann musste Mr Ottershaw natürlich seine Angelegenheiten regeln – auch das mochte sich langwierig gestalten –, bevor er sich schließlich nach Europa einschiffen könnte. Eine solche Reise dauerte, falls die Winde günstig bliesen und sie ohne Zwischenfälle verlief, zumindest vier Monate, widrigenfalls auch länger: rund um Afrika, vorbei am Kap der Guten Hoffnung, weiter nach Sankt Helena und zu den Kapverdischen Inseln, und schließlich über den Golf von Biskaya nach England.

Wenn Fortuna Lysia gewogen wäre, schenkte sie ihr mit etwas Glück noch zwei oder drei Monate. Das wäre ausreichend, um genügend Geld herbeizuschaffen, ein Haus in London zu kaufen und die Saison der Zwillinge zu finanzieren. Dann könnte Lysia das Schmuggeln sogleich beenden und – so helfe ihr Gott! – wieder ein ehrbares Leben führen.

»Reißt euch am Riemen, Männer! Noch ein halbes Dutzend Bootsladungen, dann haben wir es geschafft.« Gibbs' dröhnende Stimme drang in Lysias Gedanken und holte sie in das Hier und Jetzt zurück. Sie blinzelte ein paar Mal und feuchtete dann die Spitze des Bleistifts mit der Zunge an, ehe sie sich daranmachte, die Kolonnen in ihrem Schreibheft aufzuaddieren. Hin und wieder schaute sie hoch, um den Fortschritt der Arbeiten zu verfolgen. Bei einer dieser Gelegenheiten blieb Jenner, der beim Entladen der Boote half, neben ihr stehen und trank gierig aus einem irdenen Bierkrug. Der kahlköpfige Bär von einem Mann betrieb zusammen mit seinem Weib die einzige Taverne in Fairlight, das Ye Olde Cock Inn, wo er – wenig überraschend – unverzollten Branntwein ausschenkte.

Mit einem zufriedenen Schmatzen wischte sich der Wirt mit dem Unterarm über den Mund. »Aah, tut das gut! Meine Kehle war schon ganz ausgetrocknet.«

Augenzwinkernd bemerkte Lysia: »Beim nächsten Mal wird es wieder eine Nachtlieferung sein, Jenner.«

»Zum Glück, Miss Farley, ich spüre schon, wie sich die Hautfetzen von meinem Rücken lösen.«

»Jammere nicht wie deine Holde, Jenner«, rief da der etwa dreißigjährige Jim Turner, einer der Pächter von Fairlight Hall, und nahm dem Wirt kurzerhand den Krug aus der Hand, um selbst ein paar tiefe Züge zu tun. »Der dicke Pelz auf deinem breiten Rücken sollte doch Schutz genug sein, will man meinen.«

»Ja, ja, spotte nur, du Grünschnabel«, erwiderte der Wirt gutmütig lachend und hieb dem keinesfalls schmächtigen Turner mit seiner Pranke auf die Schulter, sodass dieser einen Schritt nach hinten taumelte.

»Heh, pass doch auf, Jenner, du verschüttest noch das ganze schöne Ale!«, giftete dieser daher sogleich.

»Lass mich auch mal kurz trinken, Turner«, verlangte Ned Anderson, der mit seiner zehnköpfigen Familie eine Fischerkate unterhalb von Chick Hill bewohnte. »Mein Gesicht glüht wie das Signalfeuer vom Leuchtturm.«

Die anderen lachten meckernd, und auch Lysia konnte sich ein Schmunzeln nicht verbeißen.

Da gesellte sich Jack Ryder zu ihnen. Er war der Neue. Gibbs war eines Tages im April zu Lysia gekommen und hatte ihr den Vetter seiner Frau, der wie diese aus Yorkshire stammte, als zusätzliche Hilfe angetragen. Ein Pferdeknecht, der wegen grundloser, böswilliger Beschuldigungen von seiner Herrschaft entlassen worden und daraufhin in den Süden gekommen war, um hier einen neuen Anfang zu machen. Absolut vertrauenswürdig und stark wie ein Bulle, hatte Gibbs gemeint. Ohne den Mann zu Gesicht bekommen zu haben, hatte Lysia zugestimmt. Sie konnte jede tüchtige Hand gebrauchen, und sie verließ sich – wie ihr Vater zuvor – uneingeschränkt auf Gibbs' Urteil.

Unauffällig ließ sie nun die Augen über die Gestalt des Neuen wandern, wie sie es – das musste sie sich zu ihrer Schande eingestehen – schon so oft in den vergangenen Wochen getan hatte. Aber Jack Ryder war auch ein Bild von einem Mann! Hochgewachsen, mit muskulösen Armen und Schenkeln, breiten Schultern, scharfkantigem Gesicht und dunklen, beinahe schwarzen Haaren – und ebensolchen Augen, die wohl jedes Frauenherz in höchste Erregung versetzten. Zu ihrem großen, großen Ungemach hatte Lysia feststellen müssen, dass sie diesbezüglich keine Ausnahme war. Dabei hatte sie sich immer für eine besonnene, vernünftige Person gehalten. Ja, tatsächlich hatte sie bereits ernsthaft daran gezweifelt, dass jemals ein Mann ihr Herz in Aufruhr versetzen könnte. Anders als die Zwillinge, die sich alle paar Wochen zu einem anderen Burschen in ewiger Liebe entbrannt glaubten, hatte sie nie mehr als freundschaftliche Gefühle für die jungen Männer ihres Bekanntenkreises empfunden.

Das war nun anders. Allein Jacks Anwesenheit genügte,

um ihr Herz schneller schlagen zu lassen. Ein Blick aus seinen funkelnden Augen, ein verschmitztes Lächeln, und ihr gesamter Körper schien richtiggehend zu glühen. Selbst der Klang seiner tiefen, vollen Stimme ließ ihren Puls aufgeregt flattern, dabei sprach er stets in diesem harschen Yorkshire-Dialekt, mit verschluckten Silben und eigenartig fremden Ausdrücken.

Man hätte meinen können, dieser Umstand reichte aus, um ihr die Unsinnigkeit ihrer unstandesgemäßen Schwärmerei zu verdeutlichen – bei jedem Wort aus seinem Mund: Jack war ein einfacher Diener, wogegen Lysia ein fest verwurzeltes Mitglied der vornehmen, adeligen Gesellschaft war. Doch weit, ach so weit, gefehlt! Ihr unvernünftiges Herz verzehrte sich geradezu nach dem stattlichen Rossknecht, ungeachtet jeglicher Standesunterschiede. Voller Sehnsucht wünschte sie sich insgeheim nichts weniger als das Unmögliche: von ihm berührt, geküsst zu werden, ihm nah zu sein. Dabei wusste sie doch, dass nichts davon jemals Wirklichkeit werden könnte. Gleichwohl war ihr Verstand keine Spur vernünftiger als ihr Herz: Obschon sie all das wusste, träumte sie dennoch davon, in Jacks starken Armen zu liegen und seine Lippen auf den ihren zu spüren. Himmel, wenn ihre Mutter von diesen unziemlichen Gedanken wüsste, wäre ihre Strafe weitaus mehr als nur Stubenarrest!

Wie viele der anderen Männer hatte Jack wegen der Hitze sein grobes Leinenhemd abgelegt, und heimlich ließ Lysia den gierigen Blick über seine sonnengebräunte Brust gleiten. Sie konnte nicht anders: Sie stellte sich vor, wie es wäre, ihre Hände den Augen folgen zu lassen. Wie sich seine warme, nackte Haut wohl anfühlen mochte?

Fasziniert beobachtete sie, wie Jack Wasser aus einem Lederschlauch über sein Gesicht schüttete, und verfolgte gleich einer Verdurstenden die Tropfen, die sich ihre Bahn über seinen Hals, seine Brust, seinen flachen Bauch hinab suchten. Ihr

Mund war plötzlich staubtrocken, und sie öffnete die Lippen, um sie mit ihrer Zunge zu befeuchten.

»So, Miss Farley, die *Intrépide* hat alles ausgespuckt, was in ihrem Wanst verborgen war. Jetzt heißt es noch, die letzten Fässer hinauf auf die Klippen bringen, dann können wir von hier verschwinden«, erklärte Gibbs direkt neben ihr, und Lysia zuckte so schuldbewusst zusammen, dass sie versehentlich einen dicken Strich quer über das halbe Schreibheft zog. Hastig wandte sie den Kopf zur Seite, in der Hoffnung, dass niemand ihr unziemliches Starren bemerkt hätte. Mein Gott, sie musste sich am Riemen reißen! Sie durfte sich von dem verführerischen Mannsbild aus Yorkshire nicht derart ablenken lassen. Schließlich war sie kein naives Ding, sondern hatte eine Schmugglerbande zu führen, sich um ihre Familie zu kümmern, ein Haus in London zu suchen, Fairlight Hall zu verwalten …

Sie wollte sich eben wieder den Zahlenkolonnen in ihrem Büchlein widmen, als vor ihrem Gesicht eine lederbezogene Feldflasche erschien, die einladend hin und her schwang. Sie sah auf – direkt in Jacks dunkle Augen.

»Ihr solltet was trink'n, Miss Farley. 's ist fuchtig heiß heut, und Ihr habt'n ganzen Abend nicht ein' Schluck getan.« Er sprach im breiten Dialekt seiner nördlichen Heimat, genau wie Gibbs' Frau.

Lysia schüttelte den Kopf und hoffte, dass ihre Wangen nicht so hitzig erschienen, wie sie sich anfühlten.

»Danke, Jack, das ist sehr aufmerksam. Aber Ale ist nicht das Meine.« Sie lächelte etwas gezwungen und kämpfte dabei mit der Versuchung, ihren Blick von seinem Gesicht hinunter auf seine nackte Brust wandern zu lassen. Stattdessen fixierte sie, geradezu krampfhaft, seinen Mund.

Jack entblößte seine tadellosen weißen Zähne zu einem breiten Grinsen, während er sich ein Stück vorbeugte. Ein paar Wassertropfen aus seinen Haaren landeten auf Lysias

Hand und dem Schreibheft. So heiß wie ihre Haut sich plötzlich anfühlte, wunderte sie sich, dass nicht ein leises Zischen zu vernehmen war.

»Wenn Ihr mich nich' verpetzt, Miss, dann verrat' ich Euch, dass hierin«, er deutete auf das Trinkgefäß, »nur Tee drin is'. Ihr könnt Euch also g'trost 'n ord'ntlichen Schluck g'nehmig'n.«

Damit drückte er ihr die Flasche in die Hand und marschierte zurück auf seinen Posten. Nach kurzem Zögern zog Lysia den Stöpsel heraus und trank gierig. Die herrlich kühle Flüssigkeit bahnte sich den Weg durch ihre Kehle, die beinahe so ausgetrocknet sein musste wie die von Jenner. Und wahrscheinlich glühte ihr Gesicht genauso rot wie das von Ned Anderson.

Wenig später – alle vierhundert Fässer waren inzwischen mithilfe der Seilwinden nach oben transportiert worden und Lysias Wangen etwas abgekühlt – klappte sie ihre Schreibmappe zu und erhob sich. Die *Intrépide* hatte bereits die Anker gelichtet und Segel gesetzt. Sie nahm Kurs zurück nach Frankreich. Es hatte kaum mehr als eine Stunde gedauert, die Ladung von Bord der Fregatte hinauf auf die Klippen zu schaffen. Der Colonel und Gibbs, dachte Lysia zufrieden bei sich, haben die Männer bestens gedrillt.

Einige zogen die Ruderboote an Land und versteckten sie wieder in der kleinen Höhle, deren Eingang sie mit Buschwerk vor neugierigen Augen verbargen, während die übrigen bereits auf den Strickleitern nach oben kletterten. Da inzwischen die Flut eingesetzt hatte, gab es keinen anderen Weg, der aus der Bucht hinausführte – der einzige Nachteil dieses Landungsplatzes.

Lysia verstaute Buch und Schreibzeug in ihrer Umhängetasche und schlang sich diese um die Schultern. Mit zusammengekniffenen Augen sah sie nach oben und verzog missmutig den Mund. Die steile Klippenwand erhob sich in scheinbar schwindelerregende Höhen, und die Aussicht, auf nachgebenden, schwankenden Seilen da hinaufzusteigen, bescherte ihr ein flaues Gefühl in der Magengegend. Es war nicht zu leugnen: Was das Klettern auf schwingenden Strickleitern betraf, war sie ein regelrechter Feigling. Es war nicht die Höhe, die ihr den Angstschweiß aus allen Poren trieb, die machte ihr nichts aus, doch der Umstand, nicht mehr als einen rutschigen, ausweichenden Strick unter den Sohlen zu haben, verursachte ihr Beklemmungen. Allerdings, wenn sie nicht bis zur nächsten Ebbe hier warten wollte, musste sie nun wohl oder übel den Aufstieg wagen. Also, besser nicht zu viel darüber nachdenken, sondern sich auf den nächsten Tritt, den nächsten Handgriff konzentrieren!

Lysia straffte die Schultern und griff, mit einem kleinen Seufzer auf den Lippen, nach der aus dicken Tauen geflochtenen Leiter. Die meisten Männer waren bereits oben angelangt. Vor ihr kletterte Gibbs – trotz seines Alters erstaunlich behände – aufwärts, während Jack neben ihr wartete. Er hatte darauf bestanden, der Letzte zu sein.

Nun, offensichtlich hatte er nicht nur ihr Zögern bemerkt, sondern auch dessen Grund erraten, denn er raunte ihr zu: »Es kann Euch nix passier'n, Miss. Bin gleich hinter Euch und geb acht auf Euch. Un' jetzt nix wie los!«

Sie nickte, atmete ein paar Mal tief durch und tat dann den ersten Schritt auf die Leiter. Vorsichtig erklomm sie Sprosse für Sprosse und arbeitete sich beharrlich nach oben. Unter ihr hörte sie Jack ihr folgen, wagte aber nicht, hinzusehen. Sie konzentrierte sich darauf, Fuß um Fuß auf die nachgebenden Seile zu setzen, und vermied es tunlichst, hinunter in die schwankende Tiefe zu blicken. Um sich selbst anzuspornen – und vielleicht auch abzulenken –, rief sie sich das Bild ihres Vaters ins Gedächtnis, der stolz auf seine älteste Tochter sein sollte. Trotzdem kam sie nur im Schneckentempo voran, und es war ihr, als ob sie bereits seit einer halben Ewigkeit an dieser nicht enden wollenden Steilwand entlangkletterte – doch die dumme Felskante wollte sich partout nicht zeigen. Weiter unten hörte sie Jack rufen: »Gleich habt Ihr's g'schafft, Miss! Nur noch 'n klein's Stück!«

Erleichtert, sich dem Ende ihres Martyriums zu nähern, setzte sie ihren Aufstieg mit neuem Schwung fort. Und endlich kam auch die Felskante in Sicht! Lysia war nicht mehr weit von ihrem Ziel entfernt, nicht mehr als ein Dutzend Sprossen, als plötzlich, gleichsam aus dem Nichts, eine wild kreischende Möwe auftauchte und so nahe an ihrem Kopf vorbeiflog, dass sie meinte, deren Flügelschlag zu spüren. Erschrocken versuchte sie auszuweichen – und drohte dabei, den Halt zu verlieren. Die Sohlen ihrer Stiefel rutschten vom Seil, die rechte Hand griff plötzlich ins Leere, und der Filzhut segelte davon. Sie hörte einen lauten, gotteslästerlichen Fluch – kam der aus ihrem Mund? –, als sie über dem Abgrund baumelte, vom Gewicht ihres eigenen Körpers unbarmherzig nach unten gezogen. Um Himmels willen, sie würde doch nicht in die Tiefe stürzen? Gedanken schossen durch ihren Kopf wie grelle Blitze: Würde sie das gleiche Ende wie ihr Vater finden? Die hohen Klippen hinabfallen und unten auf den Felsen zerschellen? Würde sie den Schmerz ertragen können? War das die Strafe für ihr frevelhaftes Tun? Wer kümmerte sich dann um ihre Familie?

Verzweifelt suchte sie nach Halt, hektisch mit den Füßen strampelnd, aber die verwünschten Seile schienen ihr auszuweichen. Mit aller Macht klammerten sich die Finger ihrer linken Hand um den quer laufenden Strick, doch Lysia wusste, die eine Hand allein würde die Last ihres Körpers nicht lange halten können. Ein verzweifeltes Schluchzen entrang sich ihrer Kehle, und sie spürte Tränen auf den Wangen. Nicht lange, und sie würde die Kraft verlieren und dann …

Da schlang sich plötzlich ein starker Arm um ihre Taille.

»Schhh, *lass*«, raunte eine beruhigende Stimme im nächsten Moment in ihr Ohr. Jacks Stimme. »Ich hab' dich.«

Dem Himmel sei Dank! Jack war da und hielt sie fest. Jack war stark – er würde sie vor dem Sturz in die Tiefe bewahren. Tränen der Erleichterung rannen ihr über die Wangen, und heftige Schluchzer, die sie nicht unterdrücken konnte, schüttelten ihren Körper. *Oh Jack, Jack!*

»Leg die Arme um mein' Hals und halt dich fest.«

Er versuchte, ihre Finger von den Stricken zu lösen, die sich dort wie Klauen festgekrallt hatten, aber Lysia, vor lauter Angst, ließ es nicht zu.

»*Lass*, hörst du mich?«

Sie nickte, aber es fiel ihr ungemein schwer, die Sicherheit der Taue aufzugeben. Doch mit Jacks Hilfe schaffte sie es schließlich, sich zu ihm umzudrehen. Zitternd klammerte sie sich an ihn wie an einen Rettungsanker und betete, dass der Rossknecht trotz des zusätzlichen Gewichts seinen Halt nicht verlöre.

Mit prüfendem Blick versicherte sich Jack, ob sie bereit war, und machte sich dann daran, den Rest der Strickleiter hinaufzuklettern. Lysia hing wie ein Sandsack vor seiner Brust.

»Schling die Beine um mein' Hüft'n, dann geht's gleich besser. Zum Glück trägst du eh kein' Weiberröck'.«

Lysia zögerte – auch wenn sie sich noch vor Kurzem nichts sehnlicher gewünscht hatte, als Jack nahe zu sein: Was er verlangte, ging eindeutig zu weit, geheime Sehnsüchte hin oder her. Doch ihn schienen diese Skrupel nicht zu plagen. Zudem registrierte ihr verworrener Verstand, ungeachtet des Umstandes, dass sie über einem fünfhundert Fuß tiefen Abgrund hing, in diesem Moment die unangemessene Anrede, derer sich der Stallknecht ihr gegenüber bediente. Sie wusste, sie sollte ihn wegen dieses allzu vertraulichen Umgangs zurechtweisen, immerhin war sie eine vornehme Dame, aber jetzt war wohl weder Zeit noch Ort dafür. Bei Gelegenheit würde sie das später nachholen.

»Mach, was ich dir sag, *lass*«, befahl er mit rauer Stimme. »Das erleichtert uns beid'n den Aufstieg.«

Da sie ihrem Lebensretter nicht noch mehr zur Last fallen wollte, als sie es ohnehin schon tat, gehorchte sie schließlich, wenn auch widerstrebend. Um ihre Schamesröte zu verstecken, vergrub sie ihr Gesicht an seinem Hals; zum Glück hatte er Hemd und Rock übergezogen, bevor er den Aufstieg begonnen hatte.

Als Lysia einen Augenblick später ihre Position geringfügig veränderte, hörte sie Jack kurz aufkeuchen und spürte dann seine Hand auf ihrem Hinterteil, das er hastig zurechtrückte, ehe er wieder in die Seile griff.

»Wage es nicht noch einmal, dorthin zu fassen, Jack Ryder!«, zischte sie indigniert in seine Halsgegend und hörte als Antwort ein dumpfes Grollen aus seiner Brust, das wahrscheinlich ein Lachen war. Machte er sich gar lustig über sie?

In kürzester Zeit und ohne merkliche Anstrengung erreichte Jack die rettende Klippenkante. Hilfreiche Hände zogen Lysia und danach Jack nach oben, und dann hatte sie endlich wieder festen Boden unter den Füßen. Dem Himmel sei Dank, sie waren in Sicherheit! Lysias Knie fühlten sich weich wie Butter an, und sie hätte sich am liebsten ins Gras fallen lassen und wäre eine Zeit lang nicht mehr aufgestanden, so froh war sie, einem fürchterlichen Schicksal mit knapper Not entronnen zu sein. Sie spürte ihre Lippen beben und kämpfte tapfer die Tränen hinunter, die nun angesichts der ungeheuren Erleichterung, die sie empfand, von Neuem zu fließen drohten. Sie versuchte stark zu sein, gerade vor den Männern, doch ihre Beine schienen plötzlich nachzugeben, sie wankte leicht, und da trat Gibbs vor und nahm sie in die Arme wie ein Vater sein verstörtes Kind. Er hielt sie eine Weile und strich etwas unbeholfen über ihren Rücken, und sie ließ es geschehen, dankbar für den Halt, den er ihr bot. Als sie meinte, sich wieder halbwegs im Griff zu haben, löste sie sich von ihm. Mit einem Taschentuch wischte sie sich über die Augen, rückte die Schultertasche zurecht und schaute dann in die Runde der Schmuggler. Deren angespannte Gesichter – auch das von Jack – waren allesamt von deutlich blasser Farbe. Ihr eigenes sah wohl nicht viel anders aus. Siebzehn Augenpaare musterten sie besorgt, und Lysia versuchte ein Lächeln, das ihr nur bedingt gelang. So rau und ungeschliffen die Männer auch sein mochten, so zeigten sie doch ehrliches Mitgefühl für die junge Frau in ihrer Mitte. Ihr wurde ganz warm ums Herz, und neuerlich drohten ihre Augen sich mit Tränen zu füllen. Doch dieses Mal waren es Tränen der Rührung.

Gibbs war schließlich der Erste, der räuspernd seine Stimme wiederfand.

»Das war verdammt knapp«, presste er sichtlich erleichtert hervor. »Ihr habt uns einen mächtigen Schrecken eingejagt, Miss.«

Die übrigen murmelten zustimmend.

»Ich weiß, Gibbs«, erwiderte Lysia, um eine feste Stimme bemüht. »Wenn ich ehrlich bin, habe ich mich schon das Schicksal meines Vaters teilen sehen.«

An den Gesichtern der Männer konnte sie ablesen, dass sie genau den gleichen Gedanken gehabt hatten.

»Aber zum Glück«, fuhr sie fort, »hat Jack Ryder das verhindert. Seine schnelle Reaktion und sein beherztes Eingreifen haben mir das Leben gerettet.« Sie wandte sich an Jack. »Vielen Dank! Ich weiß gar nicht, wie ich dir das vergelten kann.«

Der Rossknecht, noch immer bleich um die Nase, verbeugte sich gleich einem eleganten Höfling. »'s war mir 'ne Ehre, Miss Farley.«

Ihr fiel auf, dass er sie wieder in der üblichen respektvollen Weise ansprach, die alle Männer der Schmugglerbande ihr gegenüber verwendeten und deren Einhaltung Gibbs stets wie ein Habicht überwachte. Das vertrauliche Duzen war also, wie es schien, nur der lebensgefährlichen Situation geschuldet gewesen, und das konnte sie Jack unter diesen Umständen kaum verdenken.

»Du hast mir selbstlos das Leben gerettet«, beharrte sie, woraufhin der Stallknecht bloß mit den Schultern zuckte, als wäre daran nichts Außergewöhnliches gewesen. »Was hätt ich 'n sonst tun soll'n? Gibbs tät mir doch auf der Stell den Hals umdreh'n, hätt ich unser'n Capt'n in den Tod stürz'n lass'n.«

»Danke«, wiederholte Lysia nichtsdestotrotz, und dann übernahm Gibbs wieder das Wort, denn trotz des im letzten Moment vereitelten Unglücks, das niemanden hier oben am Klippenrand unberührt gelassen hatte, durften sie die gebotene Vorsicht nicht vernachlässigen. Dazu gehörte, möglichst schnell von hier zu verschwinden, mitsamt der Schmuggelware.

»Wir sind fertig zum Aufbruch, Miss Farley. Alles ist verstaut. Wie vereinbart haben wir heute auch zwei Karren beladen, der Rest ist auf Pferde verteilt.«

Lysia nickte zustimmend. Sie versuchte, es Gibbs gleichzutun und sich auf das Vordringliche zu konzentrieren. Üblicherweise bedienten sie sich, wenn sie so nahe der Küste operierten, keiner Fuhrwerke, um die Konterbande weiter ins Landesinnere zu transportieren. Zwar ließen sich darauf große Mengen verstauen, doch waren die hölzernen Gefährte zu schwerfällig und langsam und damit war das Risiko einer Entdeckung durch patrouillierende *Riding Officers* oder Soldaten deutlich höher. Doch heute Abend hatten sie eine Ausnahme gemacht, da sie ja wegen der Tanzveranstaltung in den Assembly Rooms nicht damit rechneten, Soldaten oder Zollbeamten zu begegnen.

Gibbs half Lysia auf den Kutschbock eines der Karren und nahm dann neben ihr Platz. Den anderen Wagen lenkte John

Carter, ein drahtiger, spitzgesichtiger Kerl, der an der Straße nach Winchelsea ein Fuhrunternehmen betrieb. Tom Wilson und Will Thatcher bauten die Seilzüge und Strickleitern ab, die sie in einer uneinsichtigen Klippenspalte versteckten, während die übrigen Schmuggler sich auf die Pferde schwangen, an denen die kleinen Eichenfässer, von denen jedes etwas vier Gallonen fasste, mit Stricken festgezurrt waren.

Mit einem schrillen Pfiff gab Gibbs das Zeichen zum Aufbruch, und die Karawane aus Karren, Tieren und Menschen setzte sich in Bewegung. Sie folgten einem einsamen Pfad, der sich Richtung Norden schlängelte, vorbei an wilden Rosen, üppigen Farnen und gelb blühenden Ginsterbüschen. Sie passierten Farmhäuser und Schäferhütten und mieden Dörfer als auch größere Straßen wie die London Road. Gibbs und Carter trieben die schweren Zugpferde unaufhörlich an, um möglichst rasch voranzukommen, dennoch dämmerte es bereits, als sie kurz nach Broomham Park, dem Anwesen des Bischofs von Chichester, einen Weg in westlicher Richtung einschlugen. Nach etwa knapp drei Stunden erreichten sie schließlich den Wald bei Cripps Corner, einen uralten Forst mit mächtigen Hainbuchen und Kastanienbäumen, dichtem Unterholz, durchzogen von schmalen Hohlwegen, trügerischen Gräben und kleinen Tümpeln: Nur wer ortskundig war, konnte den Wald gefahrlos durchqueren. Vor einer halb verfallenen Hütte, einstmals Unterschlupf von Arbeitern, die hier in längst aufgegebenen Gruben nach Eisenerz geschürft hatten, machten sie Halt und erleichterten die Packpferde von ihren Lasten. Dieser verlassene, gut versteckte Ort war einer jener Plätze, den sie gern als Zwischenstopp verwendeten, auf dem mehr als vierzig Meilen langen Weg nach Ofham. Der Forst war Teil der Ländereien von Ashburnham Place, doch weder deren Eigentümer, der Earl von Darrington, noch seine Familie suchten je diese Besitzungen auf, die nur von einer Handvoll Bediensteter verwaltet wurden – viel zu wenige, als dass denen die geheimen Vorgänge auffallen würden, die sich hier zutrugen: ein Umstand, den schon Lysias Vater und nun sie selbst zu nutzen pflegten. Denn wann immer möglich machten sie von Pfaden und Verstecken Gebrauch, die sich auf den weitläufigen, aber stark vernachlässigten Ländereien des Earls von Darrington befanden.

Die Packpferde – die meisten stammten aus den Stallungen von Fairlight Hall – wurden in eine kleine Koppel gebracht, die sie hinter der Hütte angelegt hatten, und John Carter und Lysia führten die stämmigen Zugtiere, kräftige, ausdauernde Kaltblüter, ebenfalls dorthin. In der nächsten Nacht würden sie alle hierher zurückkehren – nur ein paar wenige verblieben als Wachen an Ort und Stelle –, um den Tross weiter Richtung London zu geleiten, zu jenem Lagerhaus in Ofham, wo sie den Großteil ihrer Geschäfte abwickelten.

Nachdem alles für diese Nacht erledigt war, versammelten sich die Fairlight-Schmuggler um Gibbs und Lysia. Diese zog die Taschenuhr ihres Vaters aus der Westentasche und versuchte, im fahlen Mondlicht die Zeit zu entziffern.

»Viertel vor elf«, verkündete sie schließlich im Flüsterton. »Höchste Zeit, heimzukehren. Wir treffen uns morgen Abend wieder hier, bei Sonnenuntergang.«

Die Männer murmelten ihre Zustimmung.

»Um nicht aufzufallen, teilen wir uns auf und nehmen verschiedene Wege zurück«, ergänzte Gibbs, während er einen schwarzen Umhang um seine Schultern warf. »Jeweils drei oder vier Mann, nicht mehr.«

Die Schmuggler nickten und begaben sich zu den Reitpferden, die sie – so wie Lysias Stute Hippe – mitgeführt hatten. Die Tiere hatten keine Lasten zu tragen gehabt und würden sie daher in Windeseile zurückbringen. Nachdem sie sich verabschiedet hatten, verschwanden die Männer – in kleinen Gruppen – im Dunkel der Nacht.

»Bisher hat alles wunderbar geklappt«, wandte sich Lysia an Gibbs. »Hoffentlich bleibt es dabei. Ich muss mich sputen, denn der Tanz in den Assembly Rooms endet recht bald. Das heißt, meine Familie wird kurz nach Mitternacht zurück sein.«

Der Verwalter nickte. »Das sollten wir schon schaffen, Miss. Ohne die schweren Karren und vollbeladenen Packpferde sind wir weitaus schneller als auf dem Hinweg. Und Joss Goddard«, dabei deutete er mit dem Kopf in Richtung des Gärtners von Fairlight Hall, »und ich kennen die Gegend wie unsere Westentasche. Selbst bei Dunkelheit kommen wir zügig voran.«

»Dein Wort in Gottes Ohr«, lächelte Lysia und ging zu ihrer Stute. Dort half ihr Jack, der vierte in ihrer kleinen Gruppe, in den Sattel, und wenig später waren sie unterwegs, zurück nach Fairlight. Der Mond war nur eine schmale Sichel, die zudem immer wieder von Wolken verdunkelt wurde, aber nichtsdestotrotz kamen sie gut voran, so wie Gibbs es vorausgesagt hatte. Auch auf dem Rückweg hielten sie sich von Dörfern und größeren Straßen fern, und mit Ausnahme eines verspäteten Bauern, der ein verloren gegangenes Schaf heimtrieb, begegneten sie keiner Menschenseele. Ein Stück nach Sedlescomb, nachdem sie den Fluss Brede überquert hatten, verabschiedete sich Jack und nahm den Weg nach Battle und weiter nach Ashburnham, wo er dank Gibbs' Hilfe eine Stelle als Rossknecht gefunden hatte. Zwar besuchte weder Lord Darrington noch seine Familie dessen Besitzungen in Sussex, doch hielt der Earl nichtsdestotrotz einige Pferde auf dem Anwesen, die auch versorgt werden mussten. Nachdem der alte Pferdeknecht vor ein paar Monaten verstorben war, hatte Jack diese Stelle übernommen.

Schließlich erreichten Gibbs, Joss Goddard und Lysia Fairlight Hall, und Lysia fluchte undamenhaft, als sie in nicht allzu weiter Ferne das unverkennbare Geräusch einer herannahenden Kutsche vernahm.

»Oh Himmel, sie kommen schon! Schnell, schnell!«, rief sie aufgeregt und sprang vor den Stallungen von Hippes Rücken.

»Lauft, Miss«, drängte Gibbs, der ebenfalls abgestiegen war. »Joss und ich kümmern uns um die Pferde. Ich habe Mrs Gibbs angewiesen, die Tür zur Küche nicht abzusperren. Beeilt Euch, ich kann schon die Laternen der Karosse sehen!«

Lysia bedankte sich und rannte dann, so schnell sie konnte, über den Hof zu jenem Hintereingang, der in die Küche von Fairlight Hall führte. Als sie um die Ecke huschte, hörte sie noch das Knirschen des Kieses unter den Wagenrädern der Kutsche, die gerade in den Hof einbog. Rasch, Mädchen, rasch!

Auf dem Küchentisch hatte ein guter Geist, wahrscheinlich Mrs Gibbs, die Köchin von Fairlight Hall, eine brennende Kerze bereitgestellt, die Lysia sich nun schnappte und mit der sie dann in das zweite Obergeschoss hinaufhastete, wo sich die privaten Gemächer der Familie befanden. Als sie den Flur entlanglief, erklang bereits das fröhlich-wilde Durcheinander von Stimmen unten in der Halle und dann das aufgeregte Trappeln von Füßen, die die Treppen hinaufeilten.

Lysia riss die Türe zu ihrem Schlafzimmer auf, warf Halstuch, Rock und Umhängetasche in eine Kleidertruhe und stülpte ein weites Nachthemd über den Kopf. Kaum war sie unter die Decke ihres Himmelbetts geschlüpft, öffnete sich schon die Tür, und die beiden Schwestern stürmten in den Raum. Ihre Augen glänzten und ihre nach der letzten und von keiner geringeren als der Herzogin von Devonshire propagierten Mode *à la hérisson* frisierten Haare bauschten sich wie riesige gelbe Kräuselwolken um ihre vor Aufregung glühenden Gesichter.

»Lysia, Lysia«, riefen sie laut, »bist du noch wach?«

Lysia zog zur Sicherheit die Decke bis zum Kinn hoch und blinzelte den beiden scheinbar verschlafen entgegen.

»Jetzt auf jeden Fall«, erwiderte sie missmutig und tat so, als ob sie ein Gähnen unterdrücken müsste.

Die Zwillinge schienen ihre Antwort gar nicht zu hören, was auch kein Wunder war, denn sie schnatterten nun im Duett drauf los, sodass Lysia ihnen Einhalt gebieten musste.

»Eine nach der anderen, bitte«, flehte sie und hätte sich am liebsten die Ohren zugehalten, doch wagte sie nicht, die Arme unter der Bettdecke hervorzuholen. »Und in angemessener Lautstärke.«

Mit himmelwärts verdrehten Augen, die ihre Meinung zu einer solchen Aufforderung recht deutlich ausdrückten, befolgten die Zwillinge schließlich die Aufforderung.

»Ach, es war so herrlich, Lysia«, berichtete Amathia und klatschte begeistert in die Hände, und Eunike drehte sich einige Male im Kreis.

»Mein Kleid war das eleganteste von allen!«, schwärmte sie. »Du kannst dir gar nicht vorstellen, wie viele neidische Blicke ich geerntet habe.«

»Papperlapapp«, widersprach ihr die Zwillingsschwester und stellte sich vor sie, womit sie Lysias Sicht auf Eunike verdeckte.

»Stell dir vor«, erzählte Amathia mit verträumtem Blick, »ich habe mit *Lieutenant* Westfield getanzt. Ja, und dann noch mit Mr Farringdon, einem überaus eleganten Gentleman aus London, und mit Edward Milward. Ich habe keinen einzigen Tanz ausgelassen.«

»Ich doch auch nicht!«, rief Eunike erbost und drängte sich wieder nach vorn. »Lysia, du errätst nicht, wer, grün vor Neid, mein Kleid beäugt hat!«

So ging es eine ganze Weile, bis sich Amathia schließlich selbst unterbrach und Lysias Gesicht eindringlich musterte.

»Bist du etwa krank?«, fragte sie. »Deine Wangen sind recht gerötet.«

Lysia hätte gern abgewunken, aber dazu hätte sie die Hand unter der Decke hervorholen müssen.

»I wo«, erwiderte sie stattdessen schwach lächelnd, »ich habe vorhin eine Tasse heißen Tee getrunken. Der muss wohl seine Wirkung tun. Jedenfalls bin ich schon recht müde.« Sie gähnte nochmals, um ihre Worte wirkungsvoll zu unterstreichen.

Endlich verstanden die Schwestern den Wink mit dem Zaunpfahl, denn sie verabschiedeten sich tatsächlich.

»Dann lass uns morgen beim Frühstück weitersprechen. Wir werden dir alles erzählen. Ach, es war so aufregend!«

»Ich liebe es zu tanzen«, ergänzte Eunike, und dann waren die beiden unter lautem Türenschlagen verschwunden.

Lysia stöhnte auf. Gütiger Himmel, das hätte ja ordentlich schiefgehen können! Aber zum Glück waren die Zwillinge so auf sich selbst konzentriert, dass ihnen gar nicht in den Sinn gekommen wäre, dass ihre ältere Schwester unter dem Nachtgewand Hemd, Hosen und Stiefel trug … und dass sie in diesem Moment nur dank des beherzten Eingreifens eines einfachen Dieners nicht mit zerschelltem Körper am Fuße der Klippen von Goldbury Point lag.

DRITTES KAPITEL

Fairlight Hall, Fairlight, Sussex, am nächsten Tag

Das Frühstück am nächsten Morgen dauerte beinahe bis Mittag. Die ausführliche Berichterstattung der Zwillinge von den denkwürdigen Ereignissen des Vorabends, immer wieder unterbrochen von unzähligen Zwischenrufen Lady Farleys und Tante Augustas, schien kaum ein Ende nehmen zu wollen – immerhin war es die erste Tanzveranstaltung gewesen, die sie seit dem Tod des Vaters besucht hatten. Also war es bereits zu fortgeschrittener Tageszeit, als Lysia gemeinsam mit Gibbs aufbrach, um zuerst einigen der Pächter von Fairlight Hall den üblichen wöchentlichen Besuch abzustatten, wie es zu den Pflichten eines umsichtigen Gutsherrn gehörte, und danach nach Tunbridge Wells zu reiten. Letzteres hatte Lysia allerdings nicht vor, tatsächlich zu tun. Es war lediglich eine Ausrede, die ihr dazu diente, ihre ein- oder zweitägige Abwesenheit – je nachdem, wie lange der Schmugglertreck nach Ofham unterwegs sein würde – gegenüber ihrer nichtsahnenden Familie zu erklären.

Am obersten Treppenabsatz, vor der Eingangstür von Fairlight Hall, wo sich ihre Mutter, Tante Gussie und die beiden Schwestern versammelt hatten, verabschiedete Lysia sich und erinnerte ihre Familie noch einmal daran, dass sie erst am nächsten oder sogar übernächsten Tag heimkehren würde.

»Gibbs und ich werden Mr Blackhurst aufsuchen. Die Besprechung wird womöglich länger dauern, vielleicht müssen wir sie sogar am Mittwoch fortsetzen. Wir werden sehen.«

Mr Blackhurst war Teilhaber der alteingesessenen Kanzlei Messrs. Harries, Blackhurst & Co in Tunbridge Wells, die sich nicht nur als Nachlassverwalter um alle Belange der Erbschaft des Colonels kümmerte, sondern die Lysia auch mit der Suche nach einem passenden Haus in London beauftragt hatte.

»Mr Blackhurst hat vor ein paar Tagen Nachricht geschickt, dass er drei neue Objekte ausfindig gemacht hat. Sehr vielversprechend, meinte er. Sowohl hinsichtlich der Lage als auch des Preises.«

Auch das entsprach nicht der Wahrheit: Tatsächlich nämlich hatte Lysia ein bereits vor mehreren Wochen vorgeschlagenes Haus am Bedford Square ins Auge gefasst, hinsichtlich dessen nur noch die vollständige Kaufpreissumme aufzubringen war, bevor sie es ihrer Familie als mögliches neues Zuhause präsentieren konnte. Aber sie benötigte eine glaubwürdige Ausrede, um ihr langes Wegbleiben zu rechtfertigen. Sie verabscheute diese Lügengeschichten, aber redete sich auch ein, dass sie zum Schutz ihrer Familie unumgänglich seien.

»Ach, ich hoffe, es ist endlich etwas Geeignetes dabei«, seufzte Lady Farley schwer, während sie sich den schwarzen Spitzenschal fester um die Schultern zog. »Diese langwierige Suche zehrt schon fürchterlich an meinen Nerven.«

Sie hielt Lysia die Wange hin, damit diese einen Abschiedskuss darauf drücken konnte.

»Ich bin zuversichtlich, dass wir fündig werden«, meinte Lysia, nachdem sie der wortlosen Aufforderung Folge geleistet hatte. »Bis bald!«

Dann lief sie die Stufen auf den Vorplatz hinunter, so rasch es die langen Röcke ihres dunkelgrauen Reitkostüms erlaubten. Dort wartete Gibbs bereits mit ihrer Stute; er half ihr in den Sattel und schwang sich dann auf sein eigenes Pferd. Während Gibbs und Lysia aus dem Hof von Fairlight Hall ritten, winkte sie ihrer Familie ein letztes Mal. Mit etwas Glück hatte sie bei ihrer Rückkehr den fehlenden Geldbetrag dabei, den sie für den Kauf des kleinen Stadthauses am Bedford Square noch benötigte.

Ihr erster Besuch führte Lysia und Gibbs zur Witwe Philpott, die eine kleine, ärmliche Kate am Dorfende von Fairlight bewohnte. Sie ließen einen von Mrs Gibbs zusammengestellten Korb mit allerlei Lebensmitteln – Würsten, Butter, Brot und Fleischpasteten – dort und tauschten die neuesten Klatschgeschichten aus, ehe sie ihren Weg fortsetzten. Auf dem Bauernhof der Familie Selwyn half Gibbs, die geborstene Achse eines Karrenrades zu reparieren, während Lysia mit den vier Kindern *Himmel und Hölle* spielte. Bei den Boswells begutachteten sie die im Frühling geborenen Lämmer, und Lysia orderte fünf Laiber Käse für das Herrenhaus. Kurz vor der Wegbiegung nach Guestling trafen sie auf Mr Butterworth und dessen Sohn, die im Schweiße ihres Angesichts ein Stück Wald für neues Ackerland rodeten. Im Schatten deren Leiterwagens nahmen sie zusammen mit den beiden Männern einen kleinen Imbiss zu sich, während sie sich über die bald bevorstehende Ernte unterhielten, die – sollte nicht noch ein Unglück geschehen – nach Meinung des älteren Mr Butterworth dieses Jahr gut auszufallen versprach. Bevor sie weiterritten, versprach Lysia Mr Butterworth, ihm gegen einen guten Preis Saatgut für das neue Feld zu überlassen.

Nach einem Abstecher zu den Archers, die in der Nähe von Marsham einen Hopfengarten betrieben, und den Fischerkaten unterhalb von Chick Hill schlugen sie schließlich jenen schmalen Pfad ein, der sie, vorbei an der Mühle von Pickham, dem breiten Tal des Flusses Brede folgend, über

Sedlescomb in den Forst bei Cripps Corner brachte. Sie waren noch nicht weit gekommen, als aus einem heckengesäumten Seitenweg ein Reiter zu ihnen stieß, der – sobald er ihrer ansichtig wurde – sein Pferd zügelte und seinen Dreispitz zum Gruße lüpfte. Lysias Laune trübte sich merklich, als sie sah, wem das breite, gerötete Gesicht gehörte, und sie hielt ihre Stute mehr aus Höflichkeit an, denn aus ehrlicher Freude. Gibbs tat es ihr gleich.

»Gott zum Gruße, Miss Farley, Mr Gibbs«, rief der Bürgermeister von Hastings, während er seinen Hut in weitem Bogen schwenkte. Sein Mund war zu einem gefälligen Lächeln verzogen, doch die kleinen Augen blitzten berechnend – und Lysia fühlte sogleich Unbehagen aufsteigen.

»Einen schönen Nachmittag, Mr Milward«, hielt sie sich an die erforderlichen Umgangsformen, dabei hätte sie am liebsten die Schenkel in Hippes Seiten gedrückt, um schnellstmöglich von hier fortzukommen. »Herrliches Wetter für einen Ausritt, nicht wahr?«

Für einen kurzen Augenblick schürzte der Bürgermeister verächtlich die Lippen, so als wollte er kundtun, dass er nicht des Müßiggangs wegen unterwegs sei, doch im nächsten Moment war davon nichts mehr zu sehen: Seine Miene heuchelte Freundlichkeit. Was für ein hinterhältiger Geselle!

»Ich hatte geschäftlich in Winchelsea zu tun«, erklärte er, während seine Augen abschätzend über Lysias Gestalt streiften. »Sir Charles Palmer bietet sein Landgut Wickham Manor zum Verkauf an, und ich war zur Besichtigung dort. Für meinen Ältesten suche ich ja schon seit einiger Zeit ein standesgemäßes Anwesen, das er mit seiner künftigen Familie bewohnen kann.«

Bei dieser Erklärung ruhte sein Blick eindringlich auf Lysias Gesicht, und sie hätte beinahe verärgert nach Luft geschnappt. Wollte dieser anmaßende Kerl etwa andeuten, dass sie, Lysianassa Farley, Teil dieser *künftigen Familie* sein sollte?

Bei diesem Gedanken lief ihr ein kalter Schauer über den Rücken, doch sie zwang sich, ihre Abscheu nicht zu zeigen. Bei den nächsten Worten des Bürgermeisters wäre sie jedoch beinahe explodiert.

»Wir haben Sie gestern Abend vermisst, Miss Farley. Insbesondere mein Sohn Edward hat sich ganz fürchterlich gegrämt. Nach seinem Aufwartungsbesuch und Ihrem Verhalten ihm gegenüber hatte er wohl fest mit Ihrer Anwesenheit gerechnet und war bitterlich enttäuscht, als er feststellen musste, dass Sie Ihre Familie nicht begleiten. Damit haben Sie einem jungen, hoffnungsvollen Burschen einen sehr schmerzhaften Backenstreich versetzt. Sind Sie denn tatsächlich so kaltherzig? Oder ist es pure Gedankenlosigkeit?«

Lysias Wangen färbten sich rot, nicht aus Scham, sondern vor Zorn. Was fiel diesem selbstgerechten Flegel ein, ihr Vorwürfe zu machen? Doch Mr Milward war noch keineswegs zu Ende. Seine Stimme klang hart, seine Augen funkelten kalt, als er fortfuhr: »Zum Sommerball in den Assembly Rooms, im Juli, werden Sie erscheinen, Miss Farley, und Sie werden mit meinem Edward tanzen.«

Lysia wollte ihm gerade eine scharfe Entgegnung an den Kopf schleudern, als er zu seiner Pointe kam: »Falls Sie meinem«, hier machte er eine bedeutungsvolle Pause, »Begehr nicht nachkommen sollten, würde ich mich gezwungen sehen, Ihre Schmugglermachenschaften an die Behörden in London zu melden. Und Sie wissen, was das bedeutet, Miss Farley!«

Gott behüte! Lysias Fassung war dahin. Sprachlos vor Schreck schlug sie die Hand vor den Mund, um nicht laut aufzuschreien, und war zu nichts anderem imstande, als Mr Milwards weiterer Rede mit weit aufgerissenen Augen zu lauschen. Gibbs musste es ähnlich ergehen, denn sie hörte ein scharfes Aufkeuchen von seiner Seite.

»Mir sind die heimlichen Vorgänge in Fairlight seit vielen Jahren bekannt«, ließ der Bürgermeister sie großmütig wissen,

»doch habe ich immer ein Auge zugedrückt, weil es ebenso lange ausgemacht war, dass Sie, Miss Farley, meinen Ältesten heiraten. Es wäre mir ein leichtes, die Obrigkeit zu informieren, sollte diese Vereinbarung nicht mehr gültig sein.« Er sah sie lauernd an, den Kopf zur Seite geneigt, der Blick herausfordernd.

Lysia war es nicht möglich, das Entsetzen zu verbergen, das wie eine eiserne, kalte Faust ihr Herz umklammerte.

»Vereinbarung?«, flüsterte sie mit kalkweißem Gesicht. »Welche Vereinbarung?«

Mr Milward entblößte sein Gebiss zu etwas, das wohl ein Lächeln sein sollte, doch glich es in Lysias Augen eher dem Zähnefletschen eines Raubtiers – eines Raubtiers, das sich am Anblick ihrer Bestürzung gütlich weidete.

»Jene Vereinbarung, die ich vor vier Jahren hinsichtlich der Eheschließung meines Sohnes Edward getroffen habe. Mit Ihrem geschätzten Vater, Colonel Farley.«

Es dauerte einige Augenblicke, bis Lysia diese Worte fassen konnte. Dann jedoch verlor sie die Beherrschung und kreischte auf wie eine wilde Furie, sodass ihre Stute nervös tänzelte.

»Nein, niemals!«, schrie sie erzürnt. »Ihr lügt! Vater hat mir nichts dergleichen erzählt. Das ist eine Lüge, nichts als eine gemeine Lüge! Niemals hätte Vater mir das angetan, niemals!«

Mr Milwards Gesicht überzog ein breites, zufriedenes Lächeln, während er ihren Wutausbruch gelassen verfolgte. Selbst der Unwahrheit bezichtigt zu werden, ein Schlag gegen die Ehre jedes Gentlemans, ließ ihn offensichtlich ungerührt.

»Warum, glauben Sie, hat der Colonel für Sie keine Ehe arrangiert?«, fragte er nach einer Weile süffisant. »Ihnen keine geeigneten Kandidaten vorgestellt? Wogegen er das für Ihre Schwestern sehr wohl getan hat. Dabei sind Sie die Älteste und zählen bereits neunzehn Jahre.«

Lysia schüttelte abwehrend den Kopf. Es stimmte, dass ihr Vater sie nie zu einer Heirat gedrängt hatte. Aber der Grund dafür war ein ganz anderer: Er hatte ihr die Wahl lassen wollen – die Wahl eines Ehemanns gleichwie die Wahl, zu heiraten oder auch nicht.

»Warum, was denken Sie wohl«, höhnte Mr Milward nun mit schneidender Stimme, »ist Ihre Mutter so erpicht darauf, Sie mit meinem Sohn zu verkuppeln? Warum lässt sie Sie – ohne wachsame Anstandsdame – mit ihm allein, wie es die vornehme Etikette, der die Farleys doch so sehr huldigen, nur einem verlobten Paar zugesteht?«

Lysias Lippen begannen zu zittern, denn erste Zweifel regten sich in ihr. Sollte dieser verabscheuungswürdige Bastard tatsächlich die Wahrheit sagen? Hatte ihr Vater ihre Hand dem ältesten Sohn des Bürgermeisters von Hastings versprochen, während er ihr gleichzeitig vorgegaukelt hatte, hinsichtlich einer Ehe alle Freiheiten zu haben? Sie weigerte sich immer noch, diese Ungeheuerlichkeiten aus Mr Milwards Mund zu glauben, doch war sie sich keineswegs mehr so sicher, dass seine Behauptungen gelogen waren.

»Falls Sie mir nicht glauben sollten«, schien der Bürgermeister ihre Gedanken zu lesen, »ich kann Ihnen gern das Schriftstück zeigen, in dem Colonel Farley und ich genau diese Vereinbarung festgehalten haben und das übrigens bei einem Notar sicher verwahrt ist. Es wäre mir ein großes Vergnügen.«

Er ließ seine kalten, berechnenden Augen neuerlich über ihre Gestalt wandern. Darin war nicht der kleinste Funke Milde oder Erbarmen zu lesen.

»Ich erwarte, dass Sie sich meinen Wünschen fügen, wie es der Abmachung zwischen Ihrem Vater und mir entspricht. Sollten Sie das nicht tun, Miss Farley, ist Ihre Schmugglerbande schon bald Geschichte und Sie und Ihre Kerle«, dabei nahm er Gibbs ins Visier, »finden sich hinter den Gitterstäben des Gefängnisses wieder. Kalte, feuchte Zellen mit kaum Tageslicht und noch weniger Platz, die Sie bis zu jenem Tag beherbergen, an dem der Henker die gesamte Fairlight-Bande am Galgen aufknüpft! Und geben Sie sich nicht der falschen Illusion hin, dass man einer Lady dieses Schicksal ersparen würde. Der neue Premierminister greift hart durch, was den Schwarzhandel betrifft. Was würden Ihre Mutter, Tante und Schwestern zu alledem sagen? Denn ich nehme an, sie haben nicht die geringste Ahnung von den heimlichen Vorgängen in Fairlight, nicht wahr? Wie sollen sie die Schande ertragen, die Sie ihnen allen dann bereiten?«

Ohne eine Antwort abzuwarten, setzte er den schwarzen Dreispitz auf seinen grobknochigen Schädel, wünschte Lysia und Gibbs einen Guten Tag, und ritt des Weges, als ob nichts Besonderes vorgefallen wäre.

Sobald der Bürgermeister außer Sichtweite war, rutschte Lysia mit weichen Knien und zittrigen Händen aus dem Sattel ihres Pferdes und ließ sich gleich dort, wo sie aufkam, an Ort und Stelle, auf den staubigen Boden sinken. Sie schlang die Arme um die Knie, vergrub ihr Gesicht darin und schluchzte hemmungslos. Nach der ungeheuerlichen Nachricht, die sie eben vernommen hatte, war sie nicht länger in der Lage, an sich zu halten. Vor dem hinterhältigen Teufel hatte sie sich diese Blöße nicht geben wollen und mit aller Macht um ihre Fassung gekämpft, aber nun rannen heiße Tränen der Verzweiflung ihre Wangen hinunter, und schwere Schluchzer brachen aus ihrer Kehle hervor, die ihr wie zugeschnürt erschien.

Dieser schlangenzüngige Bastard! Wie konnte er es wagen, ihr derart dreist zu drohen? Ihrem Vater zu drohen? Sie hatte Milward nie gemocht, aber nun wusste sie, dass dieses Unbehagen keineswegs unbegründet gewesen war. Dem Mann war offensichtlich jedes Mittel recht, um seine Ziele zu erreichen, und er schreckte vor Drohung, Erpressung und Nötigung keineswegs zurück. Er wusste genau, wo er ansetzen musste, um seine Opfer seinem Willen zu beugen – und Lysia war da keine Ausnahme. Für das Wohl ihrer Familie und der ihr anvertrauten Menschen würde sie alles tun, schlimmstenfalls auch den Sohn dieser fetten Kröte heiraten. Sie schniefte laut und konnte nicht begreifen, dass sie den wahren Kern des Bürgermeisters nicht früher erkannte hatte: Heute hatte der Wolf seinen Schafspelz abgelegt – und sie war völlig unvorbereitet gewesen!

Schließlich, als sie sich einigermaßen gefasst hatte, sah sie auf. Gibbs stand neben ihr und reichte ihr ein grobes Leinentuch, das sie dankbar entgegennahm und kräftig hineinblies.

»Oh, Gibbs«, rief sie dann niedergeschlagen, »warum hat es nur so weit kommen können? Ich sitze in der Tinte, ganz tief in der Tinte, und habe keine Ahnung, wie ich da rauskommen soll. Hast du von alledem gewusst?«

Der Verwalter ließ sich neben ihr im Gras nieder und schüttelte mit ernster Miene den Kopf.

»Nein, Miss Farley, ich hatte noch nie zuvor davon gehört – und kann daher auch nicht sagen, ob der Dreckskerl die Wahrheit spricht oder nicht. Der Colonel hat mich zwar bei allen Dingen zurate gezogen, die die Gutsverwaltung betrafen, aber hinsichtlich seiner Familienangelegenheiten hat er sich mir niemals anvertraut. Ich schätze, wir müssen uns das Schriftstück ansehen, von dem Milward gesprochen hat.«

»Oh mein Gott, oh mein Gott«, wimmerte Lysia nun verzweifelt. »Ich werde die Frau von Edward Milward, und dieses hinterhältige Scheusal wird mein Schwiegervater. Oh mein Gott!« Sie hielt das Taschentuch vor ihre Nase und schnäuzte laut und gar nicht damenhaft hinein.

»Noch ist nicht aller Tage Abend, Miss Farley«, versuchte Gibbs, ihr Mut einzuflößen, »wir werden schon einen Ausweg finden.«

Einen solchen konnte Lysia beim besten Willen nicht erkennen; verzweifelt ob der Aussichtslosigkeit ihrer Lage wiegte sie sich vor und zurück.

»Ach, ich bin ein dummes, hilfloses Ding, Gibbs«, klagte sie, »das unbedarft und gedankenlos herumgeflattert und dabei der fetten Spinne ins Netz gegangen ist, ohne es auch nur zu bemerken. Ich sollte mich ohrfeigen!«

Neuerlich schüttelte Gibbs den Kopf.

»Nein, Miss Farley, Ihr dürft Euch keine Vorwürfe machen! Ihr seid nicht schuld an dem, was andere ausgekungelt haben – wenn sie es denn haben. Ihr habt das Beste aus etwas gemacht, das von einem Tag auf den anderen plötzlich Eure Angelegenheit war. Ihr kümmert Euch um Eure Familie und die Leute von Fairlight, und einige davon«, dabei spielte er etwas grimmig wohl auf Erstere an, »wissen das nicht einmal zu schätzen. Dabei sind sie ohne Euch hilflos wie kleine Kinder.«

Er fasste nach ihrem Ellbogen und half ihr beim Aufstehen.

»Jetzt kümmern wir uns erst einmal um uns'ren Auftrag, Miss. Und danach sehen wir weiter. Uns wird schon etwas einfallen, da bin ich mir sicher.«

Zu ihrem Leidwesen konnte Lysia diese hoffnungsfrohe Überzeugung gar nicht teilen. Dennoch rang sie sich ein Lächeln ab, um ihre Mutlosigkeit zu übertünchen, und nickte zustimmend.

»Ja, gut, Gibbs, du hast recht. Kümmern wir uns um unser Geschäft. Eines nach dem anderen.«

Dann wischte sie sich die restlichen Tränen von den Wangen und kletterte mit Gibbs' Hilfe zurück in den Sattel. In einem flotten Trab ritten Lysia und Gibbs wenig später Richtung Cripps Corner. Während des ganzen Weges über zermarterte Lysia sich das Hirn nach einem Ausweg aus der verworrenen Situation, doch fiel ihr keiner ein.

In der Ferne hörte Lysia die Kirchenglocken von Sedlescomb die achte Stunde schlagen, als Gibbs und sie die verborgene Hütte im Wald erreichten, wo die übrigen Mitglieder der Schmugglerbande schon eingetroffen waren. Lysia sprang vom Pferd und nickte allen einen kurzen Gruß zu – wegen des vorhin Erlebten fiel es ihr schwer, ihren Kummer zu verbergen. Die Männer, denen ihre gedrückte Stimmung nicht entging, musterten sie mit besorgten Blicken. Das scheint wohl zur Gewohnheit zu werden, dachte sie zerknirscht, während sie mit entschlossenen Schritten in die Hütte marschierte. Dort wechselte sie in ihre Arbeitstracht, die sie in ihrer Satteltasche mitgebracht hatte, und stopfte stattdessen das einfach geschneiderte Reitkostüm hinein. Als ihr neuerlich Tränen in die Augen steigen wollten, ermahnte sie sich selbst, sich zusammenzureißen und auf ihre anstehende Aufgabe zu konzentrieren, weshalb sie schließlich – was ihr keineswegs leichtfiel – mit heiterer Miene die Hütte verließ und sich zu Gibbs und den anderen gesellte.

»Bereit, Gentlemen?«, fragte sie in die Runde und erhielt als Antwort erleichtertes Kopfnicken. Zumindest ihren Männern gegenüber schien sie wieder die Alte zu sein, nur vereinzelt blinzelte einer noch skeptisch.

Die Packpferde waren inzwischen wieder mit den kleinen Branntweinfässern beladen, und Jack Ryder und zwei andere spannten eben die Rösser vor die beiden Karren.

»Dann nichts wie los!«, rief Lysia mit gespielt guter Laune. »Der Kaufmann erwartet uns am frühen Morgen.«

Jack trat zu ihr, um ihr auf den Kutschbock eines der Fuhrwerke zu helfen, und musterte besorgt ihr Gesicht, nachdem sie oben auf dem harten Sitz gelandet war. Sie zwang sich zu einem Lächeln, das wohl recht zaghaft blieb, von dem sie aber trotzdem hoffte, dass es von ihrer düsteren Gemütsverfassung ausreichend ablenkte. Sie hatte den Eindruck, dass Jack ihr etwas sagen wollte, doch da pfiff Gibbs durch die

Zähne und gab den Befehl zum Aufbruch. Und so reichte Jack ihr nur die Satteltasche und begab sich dann zu seinem ihm zugeteilten Ross.

Der Tross setzte sich so leise wie möglich in Bewegung. Tom Wilson und Ned Anderson ritten als Vorhut voraus, um sie rechtzeitig vor Gefahren zu warnen, die sie auf der etwa dreißig Meilen langen Strecke erwarten mochten. Um jedes unnötige Geräusch zu vermeiden, sprachen sie, wenn überhaupt, nur im Flüsterton; zudem waren die Hufe sämtlicher Pferde mit Lumpen umwickelt. So bewegten sich die Schmuggler von Fairlight beinahe wie Geisterschatten durch den dämmrigen Forst, immer in Richtung Norden.

Lysia teilte sich wieder mit Gibbs den Kutschbock; dieses Mal jedoch hielt sie die Zügel in der Hand und lenkte die Pferde geschickt um Schlaglöcher und Spurrillen. Als die Dunkelheit hereinbrach, musste sie sich doppelt konzentrieren, um nicht vom Pfad abzukommen, doch zumindest spendete die schmale Mondsichel etwas fahles Licht. Lysia war froh über die Ablenkung, denn sonst hätte sie sich während der Fahrt wahrscheinlich zu Tode gegrübelt.

Nach Mitternacht – sie hatten etwa die Hälfte des Weges zurückgelegt – tauschte sie mit Gibbs und übergab ihm die Zügel. Eine Weile versuchte sie, wach zu bleiben, doch die Ereignisse und Anstrengungen der vergangenen Tage forderten wohl ihren Tribut. Denn trotz des fortwährenden Holperns und Rüttelns des Wagens wurden ihr schließlich die Lider schwer, und ihr Kopf sank gegen die Schulter des Verwalters.

Als sie wieder erwachte, färbte bereits ein zartrosa Schimmer den Horizont im Osten. Sie blinzelte verschlafen und unterdrückte nur halbherzig ein Gähnen.

»Guten Morgen, Miss Farley«, hörte sie da Gibbs' leise, knarrende Stimme, und er hielt ihr eine Feldflasche unter die Nase. »Hier. Schöner, starker Tee. Zwar kalt, aber er weckt die

Lebensgeister. Mrs. Gibbs hat ihn aus der doppelten Menge Teeblätter gebrüht.«

Lysia richtete sich auf und nahm dankbar mehrere Schlucke.

»Herrlich«, murmelte sie und wischte sich mit dem Handrücken über den Mund. »Ich habe keine Ahnung, was ich ohne dich täte, Gibbs. Du bist ein wahrer Schatz!«

Der Verwalter brummte irgendetwas Unverständliches, doch sah sie, wie sich seine Mundwinkel nach oben zogen. Er würde es wahrscheinlich leugnen, doch das war ganz eindeutig ein Lächeln.

»Danke, dass du mir deine Schulter als Kopfkissen geborgt hast«, fuhr sie mit gedämpfter Stimme fort, »und darauf geachtet hast, dass ich nicht kopfüber vom Wagen gefallen bin. Ich stehe in deiner Schuld.«

»Keineswegs, Miss Farley«, er nahm selbst einen großen Schluck schwarzen Tee, »wir helfen uns gegenseitig. So sind wir Schmuggler nun mal.« Er grinste und prostete ihr mit der Feldflasche zu. »Schmuggler-Ehrenkodex, sozusagen.«

Mit einem verschmitzten Lächeln drückte sie seine Hand und fragte dann: »Wo sind wir?«

»Vor etwa einer Stunde haben wir den Medway überquert. Wir sind gut vorangekommen, und wenn es so weitergeht, sollten wir in einer weiteren Stunde Ofham erreichen.«

Lysia nickte zufrieden und sah sich um. Obwohl sie schon an die neun Stunden unterwegs waren, trieben die Männer ihre Pferde unbeirrt voran. Allen stand die Müdigkeit ins Gesicht geschrieben, und doch wagte keiner, ein Auge zuzumachen. Ein falscher Tritt, ein Straucheln, und die Reise konnte schneller zu Ende sein, als einem lieb war. Ein solches Risiko durften sie keinesfalls eingehen; das war jedem Einzelnen mehr als bewusst. Der Luxus von ein paar Stunden Schlaf war somit nur Lysia zuteilgeworden.

Schließlich kam ihr Ziel in Sicht: das kleine Dorf Ofham, eine Ansammlung von nicht mehr als einer Handvoll Häuser, zudem eine Kapelle und ein Gasthaus mit dem weit verbreiteten Namen King's Arms. An diesem Ort, so schien es, herrschte stets bedrückte Stimmung; außer den Schmugglern verirrte sich kaum eine Menschenseele hierher – möglicherweise beides der Tatsache geschuldet, dass der Weiler auf allen Seiten von dunklen Eichen- und Buchenwäldern umgeben war.

Der Tross aus Fairlight hielt auf einen großen Bauernhof aus rotem Backstein zu, der direkt am weitläufigen Dorfanger gelegen war. Das Gehöft bestand aus mehreren Scheunen, wie auch vier turmartigen Darren mit hoch aufragenden, spitzen Dächern, in denen noch vor einigen Jahren mithilfe von Holzkohlefeuern frisch geernteter Hopfen getrocknet worden war.

Nun gehörte das Anwesen dem Londoner Kaufmann Samuel Culpepper und diente ihm als Zwischenlager für all jene Waren, die er aus den umliegenden Grafschaften hier zusammentrug. Dort, wo früher auf mehrgeschossigen Trockenböden dicke Schichten von grünen Hopfenblüten ausgebreitet lagen, stapelten sich heute Branntweinfässer, in Ölhäute eingewickelte Packen von Tee und Tabak, wie auch Ballen wertvoller Seiden und Spitzen und warteten auf ihren Transport in die Hauptstadt. Die Schmuggler aus Fairlight waren nicht die einzigen Lieferanten des Kaufmanns. Eine Reihe anderer Schwarzhändler aus Sussex, Kent und Surrey versorgten ihn ebenso mit unverzollter Ware. Dass das ominöse Kommen und Gehen keinem der wenigen Bewohner Ofhams einen Hinweis an die Obrigkeit wert war, lag wohl daran, dass der gewiefte Kaufmann sie recht großzügig mit Schmuggelgütern versorgte. Zu den so Bedachten gehörten, das hatte Lysia vernommen, auch der Wirt des King's Arms sowie der hiesige Pastor.

Was den sicheren Transport der Konterbande nach London

betraf, hatte Samuel Culpepper, der auch Besitzer von drei kleinen Handelsschiffen war, eine nahezu perfekte Methode entwickelt. Während die Mehrzahl der Kaufleute die großen Lagerhäuser der Schmugglerbanden in Stockwell, einem ansonsten unbedeutenden Weiler am südlichen Themseufer, aufsuchten, um ihre Geschäfte abzuschließen und die Schwarzgüter dann mittels Fährbooten, Packpferden oder Karren in die Hauptstadt zu bringen, schaffte der findige Culpepper die illegalen Waren nach Gravesend, in jenen Hafen, an dem alle die Themse flussaufwärts fahrenden Schiffe auf ihrem Weg nach London anlegen mussten. Zollfahnder, *Searchers* genannt, kamen an Bord, um die Ladungen zu inspizieren und die Zollabgaben festzusetzen. Danach begleitete ein weiterer Zöllner, ein *Tide Waiter*, das Schiff, um sicherzugehen, dass es in London nur an den vorgeschriebenen Docks ankerte.

Culpeppers Handelsschiffe mussten sich dieser Prozedur natürlich auch unterziehen. Doch hatte der Kaufmann einige der Beamten bestochen, sodass diese nicht hinsahen, wenn er – nachdem die Ladung verzollt war – noch weitere Waren an Bord bringen ließ: nämlich jene in Ofham gehorteten Schmuggelgüter, die somit, zusammen mit den ordentlich abgefertigten Waren, bequem in die City verschifft wurden, ohne einen einzigen Penny an Abgaben entrichtet zu haben.

Gibbs lenkte den Karren durch den weiten Torbogen der ehemaligen Hopfenfarm und hielt inmitten des gepflasterten Hofs an, der sich nun rasch mit den Packpferden und Männern aus Fairlight füllte. Sogleich eilten ein paar kräftige Burschen herbei, die sich um die Tiere kümmerten und die Fässer abluden, während die Schmuggler derweil einer blaugestrichenen Türe zustrebten, hinter der sich die Küche befand. Dort warteten heiße Getränke und ein herzhaftes Frühstück auf sie, und in einem Hinterzimmer gab es Strohsäcke, auf denen sich die Männer für ein paar wenige Stunden zum Schlafen hinlegen konnten, bevor sie wieder die Heimreise antreten würden.

Während die Fairlight-Gentlemen in der Küche verschwanden, aus der der Duft von gebratenem Speck und frischem Brot herauswehte, begaben sich Lysia und Gibbs ans hintere Ende des Bauernhofs, wo Samuel Culpepper sein Kontor eingerichtet hatte. Trotz der frühen Stunde – es war kurz vor sechs Uhr – erwartete er sie bereits und winkte sie in den hellen, nüchternen Raum, wo er sie willkommen hieß und ihnen bedeutete, auf den Stühlen gegenüber seinem Schreibtisch Platz zu nehmen.

»Alles gut gegangen?«, erkundigte sich der kleine, schmale Mann, dessen Gesicht an eine Spitzmaus erinnerte. Währenddessen goss er aus einer Porzellankanne dampfenden schwarzen Kaffee in zwei Tassen und schob sie über den Tisch vor Lysia und ihren Verwalter.

»Ja, dem Himmel sei Dank«, erwiderte sie. »Wir haben dreihundertfünfundneunzig Fässer gebracht. Beste Qualität aus Frankreich, Holland und Jamaica.«

»Die braven Zöllner waren wohl anderweitig beschäftigt«, stellte Gibbs fest. »Nicht einmal die Rockschöße eines einzigen Steuerbüttels haben wir zu Gesicht bekommen.«

»Sehr gut, sehr gut!« Mr Culpeppers Nasespitze zuckte erfreut, während er sich zufrieden die Hände rieb. In Gedanken kalkulierte er wohl schon den Gewinn, den ihm diese Ladung einbringen würde.

Lysia kostete vorsichtig von dem heißen Getränk und spürte bald, wie sich ein wohlig warmes Gefühl in ihrer Leibesmitte ausbreitete. Wunderbar!

»Ich werde ein paar Stichproben nehmen, aber das ist ja sowieso Routine«, erklärte der Kaufmann. »Wenn alles meinen Erwartungen entspricht, richte ich danach die vereinbarte Summe her.«

Lysia und Gibbs nickten gleichzeitig, und als Mr Culpepper seinen Stuhl nach hinten schob, erhoben sie sich ebenfalls.

»Sind Sie so weit?«

Lysia nickte und folgte dem Kaufmann ins Freie. Mit Schreibfeder und Tintenfass ausgerüstet, hatte er ein großes gebundenes Buch unter den Arm geklemmt. In den kommenden drei bis vier Stunden würde er jedes einzelne Fass aus Fairlight darin vermerken, und Lysia würde neben ihm stehen und mit Adleraugen darauf achten, dass er keinen Fehler beging. Auch das war Routine.

Es bedurfte einiges an Überredungskunst, Gibbs dazu zu bewegen, diese wenigen Stunden zu nutzen, um wie der Rest der Gentlemen zumindest kurz etwas Schlaf zu finden. Er wollte Lysia beim Entladen nicht allein lassen, immerhin sei sie eine Frau und als Schmugglerin noch nicht ausreichend erfahren.

»Ach, Gibbs«, unterbrach ihn Lysia, »ich komme schon zurecht. Und was habe ich von einem Kerl, der auf dem Heimweg vor Müdigkeit vom Pferd fällt? Ich verspreche dir, ich werde dich ganz gewiss sofort rufen, sollte ich deiner Hilfe bedürfen.«

Mit letzterem Versprechen ließ sich Gibbs schließlich erweichen und trottete – unter mehrmaligem, herzhaftem Gähnen – Richtung Küche und Schlafstube davon.

»Gut, dann gehen wir es an!«, rief der Kaufmann und marschierte zu einem kleinen Tisch, den fleißige Hände in der Zwischenzeit in der Mitte des Hofs aufgestellt hatten. Er nahm dahinter Platz, und Lysia machte es sich auf einem hölzernen Hocker daneben so bequem wie möglich. Die jungen Burschen, die vorhin schon die Pferde mit Wasser und Hafer versorgt hatten, trugen nun jedes einzelne Fass herbei, auf dass es Mr Culpepper in seinem Inventarbuch erfassen konnte. Gewissenhaft und in klarer Schrift notierte er Inhalt, Sorte und Herkunft jedes *Half Anker*, und im Gegenzug vermerkte

Lysia in ihrem Schreibheft jedes an Culpepper übergebene Stück. Danach wurden die Fässer mittels hölzerner Schubkarren in einen gemauerten Keller gebracht, wo sie auf ihren Weitertransport warteten.

Es dauerte beinahe den gesamten Vormittag, bis alles verzeichnet und verstaut war. Lysia war froh, als sie es endlich geschafft hatten, denn ihr schwirrten schon die Zahlen vor den Augen. Der Kaufmann dagegen erhob sich mit demselben Elan, den er immer an den Tag legte.

»Kommen Sie mit in das Kontor, Miss Farley«, forderte er sie auf, »dann übergebe ich Ihnen das Geld.«

Das ließ sich Lysia nicht zweimal sagen, und kurze Zeit später zählte Mr Culpepper vor ihren Augen aus einer Schatulle ein dickes Bündel Zehnpfund-Banknoten wie auch etliche goldene Sovereigns ab, füllte sie in einen Lederbeutel und händigte ihr diesen aus.

»Dreihundertfünfundneunzig Fässer, wie Sie gesagt haben – das ergibt eine Summe von siebenhundertneunzig Pfund.«

Lysia nickte zustimmend. Culpepper zahlte ihr zwei Pfund für jedes Fass Branntwein, davon musste sie die Ausgaben für Anschaffung, Transport wie auch ihre fleißigen Helfer bestreiten; der Rest von etwa dreihundert Pfund verblieb den Farleys. Kein schlechtes Geschäft!

Gerade als Lysia den Geldsack in ihrer Satteltasche verstaute, steckte Gibbs seinen Kopf zur Türe herein und erkundigte sich mit einem stummen, fragenden Blick, ob alles in Ordnung wäre. Lysia nickte ihm zu, woraufhin der Verwalter erleichtert den Mund verzog. Culpepper lud sie beide dann noch zu einem einfachen Imbiss ein, Brot, Käse, Eier und Schinken, und zwischen den einzelnen Bissen berichtete er von den letzten Neuigkeiten aus London.

»Ich fürchte, es gibt unerfreuliche Nachrichten, was den … ähm … Schwarzhandel anbelangt. Ich nehme an, Sie haben davon noch nicht gehört – wobei Sie Glücklichen nicht betroffen sind.«

»Worum geht es?«, fragte Lysia neugierig, und Gibbs zog missmutig die struppigen Augenbrauen nach oben. Er erwartete wohl nichts Gutes.

Mit ernster Miene wog der Kaufmann den schmalen Kopf hin und her.

»Der Teeschmuggel hat seine letzten Tage gesehen, wenn das Parlament das Vorhaben des Premierministers gutheißt.«

»Wie das?«, wollte Gibbs wissen.

»Der Kanzler, William Pitt, hat vor ein paar Tagen im Unterhaus einen Antrag eingebracht, wonach er die Steuer für Tee auf lächerliche zwölfeinhalb Prozent senken will.« Seine Augen hasteten zwischen Lysia und Gibbs hin und her. »Stellen Sie sich nur vor: statt der bisherigen einhundertneunzehn Prozent nur noch solch ein kümmerlicher Bruchteil davon! Damit wäre der Teeschmuggel von einem Tag auf den anderen nicht mehr rentabel!«

Gibbs' Miene verdüsterte sich.

»Gilt das etwa auch für andere Waren? Oder tatsächlich nur für Tee?«

Mr Culpepper zuckte mit den Schultern.

»Derweil ist nur vom Tee die Rede. Aber ich verwette meine silberne Taschenuhr, dass sich dieser Jungspund Pitt, sollte sich der erhoffte Erfolg einstellen, Ähnliches auch für andere, ähem, Sparten des Schwarzhandels überlegen wird. Nichts ist ausgeschlossen, fürchte ich, bedenkt man den verbissenen Eifer, mit dem der Premierminister den Schmuggel ausrotten will.«

Lysia war bei diesen Aussichten blass geworden. Ja, wollten denn die schlechten Nachrichten gar kein Ende mehr nehmen? Zuerst Milwards Drohungen, nun eine Hiobsbotschaft aus London!

»Himmeldonnerwetter«, schimpfte Gibbs nun ungehalten, »wovon soll unsereins dann leben?«

Oder ein Haus kaufen, fügte Lysia in Gedanken hinzu. Oder eine Saison in London für zwei junge, hoffnungsvolle Debütantinnen finanzieren?

»Vielleicht stimmt das Unterhaus ja dagegen?«, meinte sie verzagt, doch Mr Culpepper machte ihre Hoffnungen mit einer wegwerfenden Handbewegung zunichte.

»Pah, damit rechnen Sie lieber nicht, Miss Farley. Dem Kanzler – und wahrscheinlich auch den Abgeordneten – sitzen nicht nur gewichtige Teehändler wie Richard Twining im Genick, sondern auch die mächtige Ostindien-Kompanie. Und der König unterstützt das Vorhaben wohl auch, denn um das entstehende Loch in dessen Staatssäckel zu stopfen, das mit dem Wegfall der hohen Teezölle entsteht, will Pitt zum Ausgleich eine zusätzliche Fenstersteuer erheben.«

»Verdammte Schweinepisse!«, fluchte Gibbs.

Und Lysia war bei diesen Nachrichten der Appetit gründlich vergangen.

Schließlich verabschiedeten sich Lysia und Gibbs von Mr Culpepper und versprachen, Nachricht zu schicken, sobald die nächste Lieferung bereit wäre. Lysia warf sich die prall gefüllte Satteltasche über die Schulter und trat ins Freie, dicht gefolgt von Fairlights Verwalter. Einer von Culpeppers Burschen reichte ihr Hippes Zügel, und als sie die Stute hinaus auf den Dorfanger führte, hörte sie bereits vielstimmiges Gebrüll, untermalt vom donnernden Hufschlag galoppierender Pferde. Die Fairlight-Schmuggler, offensichtlich wieder ausreichend erholt von den nächtlichen Strapazen, übten sich an dem hölzernen *Quintain*, der in der Mitte des Weilers aufgestellt war – wie einst die kühnen Ritter mit ihren Stechlanzen.

Eben spornte der junge Andrew Bishop, unter den johlenden Anfeuerungsrufen seiner Kameraden, seinen hellbraunen

Wallach an und stürmte, die Faust um einen langen Stock geballt, auf das kreuzförmige Gebilde zu. Zwar traf er den breiteren Arm des *Quintain*, was ja das Ziel dieser Ertüchtigung war, doch war er nicht schnell genug, sich zu entfernen, denn der schwere Sandsack, der am Ende des anderen Arms befestigt war, traf ihn mit voller Wucht in den Rücken – und beförderte ihn in den Staub des Dorfplatzes, wo er mit einem dumpfen Aufprall landete. Die Schmuggler höhnten schadenfroh und machten derbe Witze auf seine Kosten. Während sich der Geschmähte brummend aufrappelte und suchend nach seinem Pferd umsah, was ihm weiteres Gelächter eintrug, rief Jenner, der kahlköpfige Wirt, lauthals:

»Hey, *Tyke*, wie steht's mit unserem Burschen aus Yorkshire? Sich schon mal im Lanzenstechen geübt? Ich wette, ihr Jungs aus dem Norden trefft nur, wenn der Wind günstig weht und ein Ochse Milch gibt!«

»Ja, Jack«, stieß Will Thatcher, immer für einen Jux zu haben, sogleich in dasselbe Horn, »zeig uns, was du drauf hast!«

Etliche andere Männer taten es ihm gleich und stimmten ein wildes Gejohle an: *»Tyke! Tyke! Tyke!«*

Der solcherart Beschworene ließ sich jedoch keineswegs drängen. Mit einem skeptischen Blick auf sein Pferd runzelte Jack die Stirn. Für den Ritt nach Ofham hatte er eine große Shire-Horse-Stute ausgefasst, eine Rasse, die für ihren schweren, stämmigen Körperbau berühmt war, für ihre Ausdauer und Kraft, aber nicht für Schnelligkeit.

»Is' das euer Ernst? Mit mein' Betsy?«, fragte Jack mit hochgezogenen Brauen in die Runde und erntete einen Chor von enthusiastischen Jas.

»Komm schon, Jack«, brüllte Jim Turner und entblößte dabei seine fehlenden Vorderzähne, ein Andenken an ein Missgeschick mit einer Seilwinde, »zier dich nicht! Oder zieht ein *Tyke* lieber den Schwanz ein?«

Eine solche Herausforderung konnte kein gestandener

Mann, niemand, der etwas auf sich hielt, ignorieren, und so verfolgte Lysia, wie sich Jack mit einem kurzen, entschlossenen Nicken dem allgemeinen Begehr fügte und mit einem schwungvollen Satz in den Sattel seines schwerfälligen Pferdes sprang. Er beugte sich nach vorn und flüsterte in das Ohr der Stute. Dann tätschelte er ihr den Hals und warf noch einmal einen fragenden Blick in die Zuschauerschar.

»Genug Liebesgeschwätz, Jack! Oder willst du die Holde auch noch küssen?«, rief Jenner gut gelaunt, was neuerlich johlendes Gelächter auslöste. »Worauf wartest du, Junge?«

»Dann nichts wie los, meine Schöne«, raunte der Stallknecht der Stute zu und drückte die Schenkel in deren mächtige Seiten. Langsam ließ er sie antraben, in einem großen Kreis, rund um den *Quintain* herum. Runde für Runde ließ er sie laufen und legte dabei beständig an Tempo zu, bis das graue Shire-Horse in einen schweren Galopp fiel. Gibbs warf dem Stallknecht eine der Stechlanzen zu, einen an einem Ende zugespitzten langen Stock, den Jack mit einer Hand auffing, während er sein Pferd unablässig weiter anfeuerte.

»Schneller, Betsy, schneller, mein' *bonny* Betsy!«

Der Boden schien unter den wuchtigen Hufen der Stute zu beben, und Lysia sah gebannt, wie Jack sich tief über den Hals des Pferdes beugte; Mensch und Tier schienen zu einem einzigen Wesen zu verschmelzen, als sie auf das hölzerne Gestell zudonnerten. Es zeugte von wahrhaft meisterlichem Können, dass Jack die Stute, die sonst schwere Fuhrwerke zog, zu solcher Höchstleistung anzutreiben vermochte – was Lysia aufrichtig bewunderte. Doch befürchtete sie, dass selbst diese Höchstleistung nicht ausreichen würde, um Jacks Rücken den Sandsack zu ersparen. Sie – und wohl auch einige der Männer – hielten den Atem an, als Jack mit der Lanze zustach und mit der Spitze nicht nur den hölzernen Arm traf, sondern – oh, welch Meisterstück! – eines der dort hineingebohrten runden Löcher, sodass der Stock mit zitterndem Schaft darin stecken blieb. Schon kam der unbarmherzige Sandsack geflogen, und Lysia biss sich vor Aufregung auf die Unterlippe. Das Shire-Horse war zu langsam, es würde nicht reichen! Doch Jack zeigte neuerlich sein außerordentliches Geschick, was das Reiten anging: Einen Moment, einen Wimpernschlag nur, bevor der Sandsack auf seinen Rücken prallte, ließ er sich zur Seite kippen, hielt sich im Sattel einzig dank der Kraft seiner Arme und Beine, und das hinterhältige Ding sauste vorbei, verfehlte den Hals der Stute lediglich um Haaresbreite – und dann waren Jack und seine Betsy außer Reichweite des im Kreis wild herumwirbelnden *Quintain.*

Ein begeisterter Jubelschrei ging durch die Zuschauermenge, dem sich Lysia nicht entziehen konnte. Sie schrie und hüpfte und lachte und schüttelte bewundernd den Kopf. Der Stallknecht aus Yorkshire hatte ihnen allen eine Kostprobe höchster Reitkunst vorgeführt! Hut ab!

Jack ließ die Stute einige Runden auslaufen und kam dann in einem großen Bogen zurück. Er sprang aus dem Sattel und kraulte liebevoll Betsys Mähne.

»Das hast d' gut g'macht, mein' *bonny!*«, lobte er das Tier, das aufmerksam die Ohren spitzte und zufrieden schnaubte.

Die Männer klopften ihm anerkennend auf die Schultern – auch wenn sie gern jemanden triezten, so waren sie doch ein eingeschworener Haufen, und Jack, der Neue, war längst ein akzeptiertes Mitglied geworden. Sie sprachen ihm ihren Respekt aus, lobten seine Geschicklichkeit.

Schließlich jedoch machte Gibbs dem Ganzen ein Ende.

»Genug Unfug getrieben, Gentlemen! Es wird höchste Zeit aufzubrechen!« Er blinzelte gegen den Himmel, wo heute graue Dunstfetzen hingen. »Die Sonne hat bereits den Zenit überschritten. Also los!«

Widerspruchslos fügten sich alle dem Befehl, und wenig später waren die Fairlight-Schmuggler auf dem Weg Richtung Süden. Tom Wilson und Ned Anderson waren wieder als

Vorhut vorausgeritten, der Rest folgte mit Karren und Pferden nach. Ohne schwere Ladung kamen sie nun deutlich schneller voran als auf dem Hinweg.

VIERTES KAPITEL

High Weald, Kent, am selben Tag

Die Schmuggler von Fairlight hatten noch nicht die Hälfte der Strecke zurückgelegt, als Tom Wilson und Ned Anderson in wildem Galopp heranpreschten.

»Dragoner!«, rief der rothaarige Ned aufgeregt, während er seinen fuchsfarbenen Wallach so scharf zügelte, dass der mit den Vorderbeinen aufstieg. »Etwa eine Meile voraus. Die verfluchten Bastarde kommen schnurstracks auf uns zu.«

»Ein ganzer Trupp, mehr als dreißig Mann«, ergänzte Wilson den atemlos gestammelten Bericht seines Kameraden. »Alle mit aufgepflanzten Bajonetten.«

»Verdammte Schweinepisse!«, fluchte Gibbs ungehalten, und Lysia hätte es ihm am liebsten gleichgetan. Die Männer waren nicht so zurückhaltend. Alle möglichen Schimpfwörter und Verwünschungen segelten ihr um die Ohren.

»Wir teilen uns auf und nehmen verschiedene Wege, in kleinen Gruppen zu jeweils drei oder vier Mann«, ordnete Gibbs nach kurzem Überlegen an.

Die Schmuggler nickten zum Einverständnis, und der Verwalter von Fairlight ließ seinen Blick suchend über ihre Gesichter schweifen, bis er an dem von Jack hängenblieb.

»Jack Ryder, du wirst Miss Farley begleiten.«

Was, um Himmels willen? Lysia öffnete den Mund, um Einspruch zu erheben – lieber wollte sie mit dem alten Gibbs reiten. Allein die Vorstellung, mehrere Stunden in trauter Zweisamkeit mit dem schneidigen Rossknecht zu verbringen, ließ ihr Herz viel zu aufgeregt hüpfen. Dagegen war sie einfach machtlos. Ja, nicht einmal all die Sorgen, die auf ihren Schultern lasteten und die der Bürgermeister von Hastings gestern noch um eine hässlich quälende erweitert hatte, änderten etwas daran. Unumwunden gab sie es zu: Sie hatte Angst vor sich selbst, Angst vor dem Mädchen, das für einen Mann aus dem einfachen Volk leidenschaftlich entbrannt war. Viel zu frisch noch waren die Erinnerungen an die Rettungsaktion in der Klippenwand: Auch wenn sie dabei Todesängste ausgestanden hatte, waren da, das musste sie sich eingestehen, auch andere – faszinierende – Momente gewesen, Momente, deren Wiederholung sie inbrünstig herbeisehnte: Eng umschlungen war sie an Jacks Leib gepresst gewesen. Sie war ihm so nahe gewesen, wie ein Mensch einem anderen nur sein konnte; sie hatte seinen Herzschlag gespürt, jedes Anspannen seiner kraftvollen Muskeln. Und sie wollte mehr! Oh, sie wusste, wie unvernünftig dieses Verlangen war, wie ungebührlich, wie unpassend, dennoch war sie außerstande, etwas dagegen zu tun. Im Gegenteil, sie befürchtete, dass sie sich womöglich, bei geeigneter Gelegenheit, gar hinreißen ließe, ihm ihre Gefühle zu offenbaren. Nein, so weit durfte es keinesfalls kommen!

Doch Gibbs schüttelte den Kopf, während seine grauen Augen sie eindringlich beschworen. Er konnte wohl schon an ihrem Gesicht ablesen, dass sie mit seiner Anweisung nicht einverstanden war. »Es ist am gescheitesten so, Miss Farley. Jack ist der beste Reiter unter uns. Er kann mit Euch mithalten.«

Lysia kniff die Lippen zusammen, immer noch nicht bereit, sich dieser Räson zu beugen.

»Ihr habt all unsere Einnahmen bei Euch«, fuhr Gibbs fort. »Es ist oberste Priorität, dass das Geld wie auch Ihr unbehelligt nach Fairlight gelangt. Wir übrigen werden versuchen, die Dragoner abzulenken und auf falsche Fährten zu locken, sollten sie Verdacht schöpfen. Aber Ihr, Miss Farley, müsst auf schnellstem Wege fort von hier.«

Endlich sah Lysia die Notwendigkeit von Gibbs' Plan ein. Natürlich hatte er recht: Dem Geld gebührte oberste Priorität – ohne Geld keine Zukunft. Also nickte sie, wenn auch widerstrebend, und hoffte dabei inständig, dass sich auch ihr Herz von dieser vernünftigen Erkenntnis überzeugen ließe.

Sichtlich erleichtert wandte sich Gibbs nun mit strenger Miene an Jack. »Wir vertrauen dir Miss Farley an, Bursche. Du wirst sie heil und unversehrt nach Fairlight Hall bringen. Wenn ihr auch nur ein einziges Haar gekrümmt wird, schneide ich dir höchstpersönlich die Eier ab, verstanden?«

Lysia war bei den letzten Worten die Röte in die Wangen geschossen, doch Jack schien von der Drohung keineswegs eingeschüchtert – im Gegenteil, nach einem kurzen Blick zu Lysia hin erwiderte er grinsend: »*Aye*, Gibbs, ich werd unser'n Capt'n hüten wie meine beiden …«, da legte er augenzwinkernd eine Kunstpause ein, »Augäpfel.«

»Das will ich hoffen«, brummte Gibbs und klopfte dem Stallknecht auf die breiten Schultern.

»Will, überlass Jack deinen Rappen. Mit seiner schwerfälligen Betsy ist er im Notfall nicht schnell genug.«

Kaum waren die Pferde getauscht, gab Gibbs den Befehl zum Aufbruch. Die verschiedenen Gruppen folgten Pfaden in alle Himmelsrichtungen, während Lysia und Jack einen schmalen Steig einschlugen, der sie nach Goudhurst führte. Sie wollten südwärts reiten, um möglichst schnell nach Fairlight zu gelangen.

***

Lysia und Jack kamen gut voran. Sie umgingen sämtliche Dörfer und Weiler und hielten sich von den Straßen fern. Der flotte Ritt durch unwegsames Gelände erforderte einiges an Geschick und Ausdauer, aber Jack war, so wie Lysia selbst, ein exzellenter Reiter. Gibbs' Einschätzung hatte sich wieder einmal als richtig erwiesen, stellte Lysia fest.

In der Nähe der kleinen, verschlafenen Ortschaft Hawkhurst, die einst der Unterschlupf der berüchtigten Hawkhurst-Gang gewesen war, einer Schmugglerbande von mehreren hundert Mann, die bis zu ihrem unrühmlichen Ende wegen ihrer Brutalität und Mordlust allseits gefürchtet gewesen waren, wollte Lysia eben den Schutz eines kleinen Wäldchens verlassen, als ihr Jack, der knapp hinter ihr ritt, plötzlich zurief zu warten. Also zügelte sie ihre Stute und wandte sich mit fragendem Blick zu ihm um. Er sagte nichts, sondern legte den Kopf schief und lauschte. Lysia konnte beim besten Willen nichts Ungewöhnliches ausmachen, doch gehorchte sie seiner Aufforderung, als er ihr bedeutete, abzusteigen und ihr Pferd ruhig zu halten.

»Kein' Mucks«, flüsterte er, während er es ihr gleichtat, und seine Hände über die Nüstern seines schwarzen Wallachs legte.

Eine kurze Weile später tauchte eine ganze Schwadron Soldaten auf, die – so wie sie – Richtung Süden ritten. Mit angehaltenem Atem und wild pochendem Herzen verfolgte Lysia, wie die Rotröcke – nur ein paar Yards entfernt – an ihrem Versteck vorbeistoben, und dann in einer gewaltigen Staubwolke so schnell verschwanden, wie sie aufgetaucht waren.

»Die werden doch nicht nach Fairlight unterwegs sein«, äußerte Lysia ihre Befürchtungen, als die Kavalleristen nicht mehr als ein Haufen roter Punkte in der Ferne waren. »Vielleicht verstärken sie den Militärstützpunkt von Fairlight Down. Culpepper hat erzählt, dass der Premierminister alle möglichen Maßnahmen ergreift, um den Schmugglern das Handwerk zu legen.«

Jack sah den Soldaten eine Weile nachdenklich hinterher, bevor er antwortete: »Wie auch immer, Miss! Für mein' Gefühl wimmelt's hier gar viel von der'n Sorte, und wenn die roten Teuf'l – so wie's scheint – den Weg über Cripps Corner nehmen, dann müss'n wir uns 'ne andere Route such'n. Ich hab kein' Lust, den verflucht'n Hummerbuckeln hinterherzutrotten und – wenn's dem Deibel einfällt – von denen entdeckt zu wer'n, sollt einer zufällig rückwärts guck'n.«

Lysia war derselben Meinung. Auch wenn sie natürlich ausreichend Abstand zu der Schwadron halten würden, wäre es viel zu gefährlich, demselben Weg zu folgen. Es war am Vernünftigsten, nicht das allerkleinste Risiko einzugehen. Zu viel stand auf dem Spiel.

»Dann machen wir einen Bogen ostwärts«, schlug sie vor, »und reiten hinüber nach Rye, und von dort weiter nach Fairlight.«

Nach kurzem Überlegen brummte Jack zustimmend. »*Aye*, Miss. Das kost' uns zwar die ein oder and're Stund, aber mir is' deutlich wohler, wenn wir ausreichend Abstand zu den Rotröck'n halten. Sicher is' sicher, mein ich.« Er zwinkerte ihr zu. »Und mir liegt 'was an mein' Augäpfeln, wie Ihr Euch denk'n könnt.«

Bei dieser Anspielung fuhr Lysia zum zweiten Mal an diesem Tag die Röte in die Wangen, und sie beeilte sich, diesen Umstand zu verbergen: Sie nickte kurz, schwang sich, bevor Jack ihr behilflich sein konnte, in Hippes Sattel und lenkte die Stute, ohne einen Blick über die Schulter zu werfen, ob der kecke Rossknecht ihr folgte oder nicht, in südöstliche Richtung. Sie hörte Jack noch etwas Unverständliches murmeln, das wie *Kratzberscht* klang – vielleicht hatte sie sich aber auch geirrt –, doch dann vernahm sie dicht hinter sich den Hufschlag seines Rappen.

Bald stellte sich allerdings heraus, dass sie mit der Entscheidung zugunsten einer neuen Route nur eine Misslichkeit gegen eine andere eingetauscht hatten.

Bei Newenden, einem kleinen, in grüne Auen eingebetteten Weiler, überquerten sie den Rother über eine steinerne Brücke, die sich in drei weiten Bögen über den Fluss spannte, und ließen dann das verschlafene Dorf Beckly, in dem noch vor ein paar Jahren die Eisenschmelzöfen befeuert worden waren, rechter Hand liegen. Danach folgte ein recht trostloser Straßenabschnitt, nach Flackly Ash hin, der kaum Häuser oder Gehöfte aufwies, dafür an beiden Seiten von dichten Wäldern gesäumt wurde. Hier stand am Wegesrand eine verlassene Köhlerkate, halb verfallen – ein trauriger, aber keineswegs seltener Anblick in Sussex. Von den einst zahlreichen Eisengießereien, Holzkohlemeilern und Leinenwebereien des Landes waren die meisten verschwunden und hatten viel zu viele ohne Arbeit zurückgelassen. Wer nicht mehr genug verdiente, um sich und den Seinen das Nötigste zum Leben zu beschaffen, musste sein Heim aufgeben und entweder in der Fremde sein Glück versuchen oder in einem der Armenhäuser um Aufnahme betteln.

Diejenigen, die weder das eine noch das andere hinnehmen wollten, wandten sich in ihrer Not unlauteren Beschäftigungen wie dem Schmuggelhandwerk zu, um sich und ihre Familien ernähren zu können. Ob man ihnen angesichts der miserablen Umstände dieses verbotene Tun tatsächlich vorwerfen konnte, bezweifelte Lysia. Aber sie war in dieser Frage wohl nicht unvoreingenommen, denn schließlich tat sie im Grunde genommen nichts anderes.

Just in dem Moment, als Lysia und Jack das heruntergekommene Häuschen passierten, tauchten dahinter plötzlich zwei finstere Gestalten auf, hoch zu Ross, die niederträchtigen Visagen bis zur Nase hinauf von schwarzen Tüchern verhüllt, Pistolen im Anschlag. Beim Allmächtigen, Straßenräuber! Vor

Schreck blieb Lysia beinahe das Herz stehen, und sie hörte Jack unflätig fluchen.

»Halt, ihr beiden!«, rief der eine Wegelagerer, ein Kerl von breiter, gedrungener Statur mit langen, strähnigen Haaren, der seine Waffe auf Jack richtete, während der Zweite, ein hagerer, baumlanger Bursche, Lysia ins Visier nahm. Die beiden Halunken musterten ihre Opfer abschätzend aus schmalen Augen – offensichtlich fiel es ihnen schwer, sich einen Reim darauf zu machen, wer sich da vor ihre Pistolenläufe verirrt hatte. Und wenn man sich den Stallknecht aus Yorkshire so betrachtet, ist das wohl auch kein Wunder, dachte Lysia bei sich: Mit seinem dunklen Stoppelbart, dem roten Kopftuch und dem gut bestückten Patronengurt glich Jack selbst der landläufigen Vorstellung von einem ruchlosen Schurken.

»Was bringt euch diese Straße entlang?«, wollte nun denn auch der Dicke wissen. »Ein seltsames Pärchen seid ihr, meiner Seel!«

»*Aye*, das Kompliment geb ich gern z'rück«, spottete Jack, »und wüsst dabei nicht, was euch Gesindel uns're Pläne angeh'n.«

»Na, na, na«, fiel ihm da der Dürre ins Wort und fuchtelte gleichzeitig wild mit seiner Pistole herum, sodass es Lysia angst und bange wurde. »Nun mal nicht so vorlaut, Großmaul! Wenn mein Kumpan eine Frage stellt, will er auch 'ne Antwort hören, verstanden? Sonst kann ich dir oder deinem Freund, dem Grünschnabel da, auch gern 'ne Kugel in die Fresse jagen …«

Bei dieser Ankündigung wurde Lysia bleich wie eine Leinwand und aus lauter Furcht, der Räuber könnte seine Drohung wahrmachen, rief sie rasch:

»Wir wollen rauf nach Whittrisham, unser'n Herrn Vater besuchen.« In der Schnelle war ihr nichts Besseres eingefallen.

Daraufhin fing der Dicke zu grunzen an und erinnerte dabei recht frappant an das entsprechende Borstenvieh. »Hä, ihr zwei wollt Brüder sein? Da hol' mich doch der Kuckuck, sollt' der Kleine uns nicht 'nen gewaltigen Bären aufbinden …«

»Stiefbrüder«, verbesserte Lysia und bemühte sich, das Zittern ihrer Stimme zu unterdrücken, stattdessen genauso souverän und gelassen zu wirken wie Jack. »Unser Vater, ein Hufschmied aus Whittrisham, war zuerst mit Mistress Tutt aus Icklesham verheiratet. Sie hatten acht Kinder, eines davon – Nummer fünf – mein Halbbruder hier.« Sie deutete mit dem Daumen auf Jack. »Doch dann starb die arme Frau an der Schwindsucht, und Vater heiratete noch einmal und …«

»Schon gut, schon gut«, unterbrach der lange Kerl ihre Ausführungen. »Halt die Luft an, Kleiner, eure Familiengeschichte kümmert hier nicht die Bohne! Was mich dagegen brennend interessiert: Wenn ihr also den lieben Papi besucht, habt ihr doch sicherlich was Schönes für ihn dabei, hm?«

»Ja klar«, fiel nun Jack heftig nickend in die Lügengeschichte ein und klopfte mit treuherzigem Augenaufschlag auf seine Satteltasche. »Wir bring'n ihm 'nen neuen Rock aus flandrischem Tuch, und zwei schöne Hemden …«

»Ach, halt uns nicht zum Narren!«, fauchte der dürre Räuber ungehalten. »Wenn ihr versucht, uns für dumm zu verkaufen, knallen wir euch auf der Stelle ab.« Mit einem lauten *Klack!* zog er den Pistolenhahn nach hinten und richtete die Waffe auf Jacks Gesicht. Der solcherart Bedrohte zuckte nicht einmal mit der Wimper – Lysia wusste nicht, ob sie ihn dafür bewundern oder wegen seines Leichtsinns kräftig schütteln sollte. Ihr selbst war jedenfalls mehr als mulmig zumute.

»Also, noch einmal,« fuhr der Lange fort, »und für dich, Nummer fünf, schön langsam und verständlich: Her mit euren Münzen, und zwar rasch!«

Lysia war, als klopfte ihr das Herz bis zum Hals, kalter Schweiß trat auf ihre Stirn, ihre Finger waren klamm. Was sollte sie nur tun? Wenn die beiden Gauner die Taschen durchsuchten, die an Hippes Sattel befestigt waren, würden sie den Geldbeutel entdecken: die gesamten Einnahmen, die ihr Samuel Culpepper heute Morgen ausbezahlt hatte. Das musste sie verhindern. Himmelherrgott hilf!

Offenbar hatte sie diesen flehentlichen Ruf, wenn auch im Flüsterton, doch immerhin für Jack hörbar, geäußert, denn der Stallknecht warf ihr einen kurzen Blick zu – wohl um ihr ohne Worte Mut zuzusprechen.

Deshalb sah er auch, wie Lysia plötzlich einen Punkt weiter hinten an der Straße fixierte, den Arm ausstreckte und mit dem Zeigefinger aufgeregt fuchtelnd dorthin deutete: »Dragoner!«, schrie sie mit vor Schreck geweiteten Augen. »Dragoner! Da hinten!«

Natürlich waren da keine Soldaten, und auch sonst niemand, aber die kurze Ablenkung genügte, damit Jack unbemerkt seine Pistole ziehen und den Hahn spannen konnte. Und danach ging alles sehr schnell.

Die beiden Straßenräuber, die sich – wenn auch nur für einen Moment – nach den vermeintlichen Rotröcken umgedreht hatten, fluchten erbärmlich, als sie ihren Fehler erkannten, und ihre Köpfe fuhren wieder zu ihren Opfern herum. Doch da zerfetzte schon der ohrenbetäubende Knall eines Schusses die Luft, und beinahe gleichzeitig heulte der Dürre auf: Jack hatte – was für ein Treffer! – dem Gauner die Pistole aus der Hand geschossen. Winselnd vor Schmerz, Lysia meinte, zumindest einen fehlenden Finger auszumachen, hielt er die blutüberströmte Hand an die Brust gedrückt und rutschte vom Pferd. Wie ein Sack ließ er sich zu Boden fallen und wälzte sich heulend im Straßenstaub.

Der Dicke, der das Ungemach seines Gefährten fassungslos verfolgt hatte, stieß ein wütendes Gebrüll aus, gleich einem wildgewordenen Stier. Ehe sichs Lysia versah, war er mit seinem Pferd neben ihr. Seine Pistole zielte direkt auf ihre Brust.

»Du verfluchte kleine Ratte«, schrie er mit sich überschlagender Stimme, »das wirst du büßen! Ich knalle dich ab wie einen räudigen Köter!«

Schlagartig war Lysia, als verlangsamte sich der Lauf der Welt. Jeden einzelnen Augenblick jeder vertickenden Sekunde, jedes Detail dessen, was um sie herum vorging, erlebte sie überdeutlich und unwirklich in die Länge gezogen: das zornige Pochen an der Schläfe des Räubers; das aufgeregte Wiehern der Pferde; eine vorbeifliegende Hummel; Jacks wütend zusammengepresste Lippen. Unmittelbar vor ihr, gnadenlos und unheilvoll, tanzte jene metallene, dunkle Öffnung auf und ab, aus der jeden Moment die todbringende Kugel gefeuert würde. Unfähig sich zu bewegen, vor Angst wie erstarrt, vermochte Lysia nicht, den Blick von der Waffe in der Hand des Unholds zu wenden. Ihre Lippen formten lautlos Worte, während sie gebannt beobachtete, wie sich der Zeigefinger des Dickwansts auf den Abzug legte. Gleich käme der Schmerz, würde ihren Leib durchzucken, stechend und scharf. Sie versuchte, sich dafür zu wappnen. Herr im Himmel, mach mich stark!, flehte sie stumm.

Da plötzlich riss sich Jack sein rotes Tuch vom Kopf und schleuderte es auf das Ross des Räubers. Der Stoff verfing sich in den Ohren des Wallachs, rutschte über dessen Stirn und Augen und ließ das Pferd verstört scheuen. Fluchend kämpfte der Dicke einige Augenblicke lang um sein Gleichgewicht im Sattel, doch viel zu schnell hatte der Wegelagerer seinen Wallach wieder unter Kontrolle, zumindest so weit, um die Pistole erneut auf Lysia zu richten. Den Lauf ruhig zu halten, gelang ihm allerdings nicht, denn sein Pferd tänzelte noch immer nervös. Mit wutverzerrtem Gesicht zielte er auf Lysias Brust und schrie »Stirb, du elende Kanaille!«, indessen trieb Jack seinen Rappen – Lysia nahm die Bewegung nur aus dem Augenwinkel wahr – direkt an ihre linke Seite. Was hatte der Rossknecht vor? Für weitere Überlegungen blieb ihr aber keine Zeit, denn da ertönte ein ominöses Klicken – der Räuber hatte den Hahn seiner Pistole gespannt. Lysia krallte die Finger in Hippes Zügel und kniff die Lider fest zusammen – in Gedanken schimpfte sie sich einen miesen Feigling, weil sie nicht einmal den Mut hatte, ihrem Schicksal ins Auge zu sehen.

Im nächsten Moment ließ der laute Knall des gefürchteten Schusses Lysia zusammenfahren, gleichzeitig wurde sie von Jack zur Seite gestoßen. Sie vernahm das zischende Geräusch der abgefeuerten Pistolenkugel, und danach einen eigenartigen, beinahe unmerklichen Laut zu ihrer Linken. Lysia wartete auf den Schmerz, der nun ihre Brust zerreißen würde – doch der blieb aus. Ungläubig riss sie die Augen auf und sah suchend an sich herab. Kein Blutfleck! Nichts! Wie konnte das sein?

Jack, der, wie sie jetzt erst begriff, sich schützend vor sie geworfen hatte, kam im Sattel wieder hoch, im Anschlag eine geladene Pistole, die er aus seiner Satteltasche gefischt hatte. Ohne viel Federlesens hielt er die auf den fülligen Wanst des Dicken gerichtet und schürzte die Lippen.

»Ich zähle bis drei«, stieß er wütend hervor. »Wenn ich euch beide dann immer noch sehe, jage ich dem Nächstbesten von euch diese Kugel ins Herz. Und seid gewiss: Ich treffe besser als der Fettwanst hier. Eins …«

Ohne schussbereite Waffen – das Nachladen hätte viel zu lange gedauert – reichte es den beiden Spießgesellen, einen Blick zu tauschen.

»Zwei.«

Wortlos gehorchten sie. Der Dürre rappelte sich auf – sieh an, wie schnell! – und hievte sich mit Hilfe seines Kumpans in den Sattel seines Wallachs. Dann preschten die beiden davon, als wäre der Leibhaftige hinter ihnen her.

»Drei.«

Kaum waren sie weg, ließ sich Jack vom Pferd gleiten und leise ächzend ins Gras fallen. Vorsichtig legte er die Pistole neben sich ab und holte dann – mit etwas ungelenken Bewegungen – eine kleine metallene Flasche aus der Innentasche seines Rocks. Mithilfe seiner Zähne öffnete er den Verschluss und nahm einen kräftigen Zug.

»Verdammt«, schimpfte er, als er das Trinkgefäß wieder absetzte, »das war verflucht knapp! Wir könnten jetzt beide tot hier liegen!«

Er streckte Lysia die Flasche entgegen, und als sie zu ihm trat, um sie entgegenzunehmen, fiel ihr auf, dass seine Hand zitterte. Auch sein Gesicht war übermäßig blass.

Sie hockte sich neben ihn und nahm einen tiefen Schluck, musste jedoch sogleich hustend abbrechen. Was immer das war, es brannte in ihrer Kehle wie Höllenfeuer.

»Schottischer Whisky«, klärte Jack sie auf und nahm ihr die Flasche mit den Worten: »Wir woll'n ja nichts verschütten!«, wieder aus der Hand.

Sie wollte den vorlauten Knecht gerade erbost zurechtweisen, als ihr der dunkle Fleck auf seinem linken Ärmel, oberhalb des Ellenbogens, auffiel.

»Du meine Güte!«, rief sie erschrocken. »Was ist das?«

Mit schiefem Grinsen sah ihr der Rossknecht zuerst ins Gesicht, dann auf den rot verfärbten Rockärmel.

»Der Tölpel hat zwar sein Ziel, nämlich Euch, verfehlt und die Kugel stattdessen in die dicke Rinde des Baumstamms dort hinten versenkt, doch vorher hat sie wohl meinen Arm gestreift.«

»Du meine Güte!«, wiederholte Lysia ihren Ausruf. »Das ist mir gar nicht aufgefallen!«

»Wie auch, wenn Ihr die Lider so fest zusammenkneift, dass ich schon meinte, Ihr zerquetscht Eure Augäpfel!«

Wegen dieser ungehörigen Bemerkung war sie stark versucht, ihm gegen den Arm zu boxen, angesichts seiner Verwundung aber unterließ sie das und begnügte sich mit einer passenden Entgegnung.

»Ach, und du musstest dich, was Besseres ist dir nicht eingefallen, genau in die Bahn des Geschosses werfen?«, zog sie ihn auf.

»Wenn ich es nicht getan hätte, hätte die Kugel Euch erwischt.«

Schlagartig wurde Lysia wieder ernst, denn damit hatte Jack sicherlich recht. Er hatte sie mit seinem Körper geschützt und vor Schaden bewahrt – so, wie er es Gibbs versprochen hatte. Und statt herumzualbern sollte sie lieber nach seiner Wunde sehen. Sie rappelte sich auf die Knie hoch und machte sich an seinem Rock zu schaffen.

»Was soll'n das wer'n?«, fragte er mit hochgezogenen Brauen, und mit einem Mal wurde ihr bewusst, wie nahe sie seinem Gesicht war. Sie konnte sogar erkennen, dass seine immer so dunkel wirkenden Augen tatsächlich von einem tiefen Grau waren. Aber wo war sie nur mit ihren Gedanken?

»Ich werde mir deine Wunde ansehen, Jack Ryder«, konzentrierte sie sich auf das Vordringliche, »und ich will keine Widerrede hören.«

»Seid Ihr etwa auch 'n Arzt, Miss Farley?«

Er funkelte sie einige Momente herausfordernd an, doch dann fügte er sich ihrer Anweisung und half ihr dabei, seinen Rock von den Schultern zu streifen. Lysia entschlüpfte ein erschrockenes »Um Himmels willen!«, als sie sah, was darunter zum Vorschein kam: Der gesamte Ärmel seines Hemdes war von leuchtend rotem Blut durchtränkt. Bei dessen Anblick musste sie schwer schlucken. Zwar hatte sie schon des Öfteren kleinere Verletzungen versorgt – das gehörte bei den Landbewohnern eben dazu –, doch mit Schusswunden war sie noch niemals zuvor konfrontiert gewesen. Gleichzeitig verkrampfte sich ihr Herz, als ihr so deutlich vor Augen geführt wurde, welch Wagnis Jack für sie eingegangen war.

»Oh Jack!«, flüsterte sie und schob den Hemdsärmel vorsichtig nach oben. »All das Blut!«

»'s ist nur 'ne Fleischwunde«, tat er die Verletzung heldenhaft ab. »Die Kugel steckt im Baum, nicht in mir.« Dennoch griff er zur Whiskyflasche und nahm nochmals einen ordentlichen Schluck.

Lysia musste nun doch ein Schmunzeln unterdrücken. Männer und ihre Eitelkeiten! In dieser Hinsicht waren sie alle gleich, egal welchen Standes.

»Einen Verband wirst du dennoch bekommen, Jack Ryder, schon um den Blutfluss zu stillen.«

Sie holte zwei leidlich saubere Leinentücher aus ihrer Satteltasche. Das eine presste sie eine Weile auf die Wunde, danach wickelte sie das andere fest um Jacks Oberarm und verknotete es innen. Die ganze Zeit über verfolgte Jack ihr Tun aus zusammengekniffenen Augen, ließ aber alles ohne Widerspruch geschehen.

»Mehr kann ich im Moment nicht tun«, erklärte sie. »In Rye wird sich ein Arzt die Wunde ansehen – das verspreche ich dir.«

Sie streifte den Hemdsärmel nach unten und half Jack, den Rock wieder anzuziehen.

»Mir deucht, Ihr seid auch 'n Engel«, murmelte er schließlich und sah ihr dabei so tief in die Augen, dass es in ihrem Bauch flatterte, als wäre dort ein ganzer Schwarm Schmetterlinge beheimatet.

»Papperlapapp«, entgegnete sie leichthin, um ihre Reaktion zu verbergen, »dir macht wohl doch der Blutverlust zu schaffen!«

Er grinste schief und hievte sich in die Höhe. Lysia erhob sich ebenfalls und legte, bevor er sich abwenden konnte, eine Hand auf seinen unverletzten Arm. »Ich möchte mich bei dir bedanken, Jack, dass du mir – jetzt schon zum zweiten Mal – das Leben gerettet hast! Vorhin habe ich solch fürchterliche Angst verspürt, dass ich kaum noch einen klaren Gedanken fassen konnte. Das ist der erste Überfall, den ich miterlebt habe – ich weiß, ich habe mich wie eine dumme Gans benommen. Es tut mir leid …«

Er unterbrach sie, indem er einen Finger unter ihr Kinn legte – was sie geschehen ließ – und es anhob. Unter gewöhnlichen Umständen sicherlich eine mehr als unangebrachte Geste, aber was war an den Ereignissen dieses Tages schon gewöhnlich?

»Ihr seid die tapferste und mutigste Lady, die mir jemals unter'komm'n is'«, flüsterte Jack. »Ihr wart geistesgegenwärtig und habt nie die Nerven verlor'n. Wenn wir aus diesem Scharmützel lebend hervorg'angen sind, dann gebührt Euch 'n großer Anteil dran.«

Lysia war sich zwar sicher, dass er in dieser Hinsicht maßlos übertrieb, dennoch war es wunderbar, ein solch herrliches Kompliment zu hören.

»Wir haben sie gemeinsam in die Flucht geschlagen«, wisperte sie einlenkend und konnte dabei den Blick nicht von seinen dunklen Augen lösen. Darin glühten unzählige winzige Funken, die auf sie überzuspringen schienen. Zumindest breitete sich in ihrem Leib eine nie gekannte sengende Hitze aus.

»Wie's Stiefbrüder eb'n tun«, grinste Jack schulterzuckend – und damit war der Bann gebrochen.

***

Es dämmerte bereits, als Lysia und Jack schließlich einige Stunden später in dem altehrwürdigen Städtchen Rye eine kopfsteingepflasterte Gasse auf jenen Hügel hinaufritten, auf dessen halber Höhe sich in der Middle Street ihr Ziel befand: das Mermaid Inn. Lysia selbst war noch nie hier gewesen; aber von Gibbs, der den Wirt des Mermaid Inn recht gut kannte – er gehörte nämlich zu den lokalen Abnehmern ihres Branntweins –, wusste sie, dass in diesem Gasthaus Schmuggler willkommen waren und ihnen sicherer Unterschlupf geboten wurde.

Ursprünglich hatten Lysia und Jack Rye nur passieren wollen, um gleich nach Fairlight weiterzureiten. Doch wegen des Zeitverlusts aufgrund ihrer Begegnung mit den Straßenräubern und vielmehr noch wegen Jacks Verwundung hatte sich Lysia entschieden, hier für die Nacht einzukehren. Immerhin waren es noch mehr als acht Meilen nach Hause, die sie wieder querfeldein zurücklegen müssten, und sie wollte Jacks Schusswunde unbedingt von einem Arzt behandeln lassen.

Vor dem weiß getünchten, von Geißblatt umrankten Fachwerkhaus mit gelben Butzenscheiben saßen sie ab, und Jack inspizierte neugierig das Wirtshausschild über dem Einfahrtstor, das, in bunten Farben, eine Meerjungfrau darstellte.

»Sehr passend«, schmunzelte er mit einem Blick zu Lysia hin.

»Was meinst du?«, fragte sie verständnislos, während sie nach Hippes Zügeln griff.

Er deutete mit dem Kopf auf das Zeichen mit der Nixe und meinte verschmitzt: »Na, welch's Gasthaus würd'n besser zu Euch pass'n als ein's mit 'm Namen Mermaid Inn?«

Als ihr die tiefere Bedeutung seiner Worte klar wurde, musterte sie ihn ungläubig. »Du weißt, dass ich nach einer der griechischen Nereiden benannt bin? Den Nymphen, die den Meeresgott Poseidon begleiten?«

Er zuckte mit den Schultern und schien plötzlich verlegen. Lysia meinte sogar, im Licht der Hoflaternen auszumachen, dass er rot anlief.

»Mein früh'rer *Maister*, mein Dienstherr«, rückte er schließlich mit einer Erklärung heraus, »hat etliche Journale aus London und Edinburgh abonniert. Das *Gentleman's Magazine* und all so'n Zeug. Wenn er alles fertig studiert g'habt hat, hat er's immer uns Dienerschaft überlass'n. Un' so hab ich halt recht viel g'lesen, alles Mögliche, was da so drin stand eben. Erfindungen, Entdeckungen, aber auch alte Sagen und so was.«

Er grinste verlegen. »Aber jetzt sollt'n wir lieber reingeh'n, denk ich. Sonst schlag'n wir zum Schluss hier drauss'n noch Wurzeln.«

Sie nickte, noch immer verwundert. Ein belesener Rossknecht, der noch dazu wusste, dass Lysianassa eine der fünfzig antiken Nereiden war, wer hätte das gedacht!

Sie führten die Pferde in den Innenhof, und sogleich flitzte ein Junge von elf oder zwölf Jahren herbei, mit wirren Locken und kecken Augen, der sich um Hippe wie auch Jacks Rappen kümmerte. Nachdem sie sich vergewissert hatten, dass die Tiere gut versorgt waren, betraten Lysia und Jack die Schankstube, die – das sah man auf den ersten Blick – bestens besucht war. Auf den grob geschnitzten Holzbänken drängte sich einfaches Volk, Männer wie Frauen, dicht an dicht. Der Lärm war nahezu ohrenbetäubend, und die Luft geschwängert von einer Mischung aus Bier, Schweiß und Bratenduft. Mägde mit erhitzten Gesichtern hasteten zwischen den Tischen hin und her, um die hungrige und durstige Gästeschar zu bedienen.

Hinter dem Tresen aus geschwärzten Eichenbohlen stand ein vierschrötiger Bulle von einem Kerl mit breitem Gesicht, lederner Schürze und mehreren goldenen Zähnen: Isaac Fletcher, der Wirt, so wusste Lysia dank Gibbs' Beschreibung. Mit dem ist sicherlich nicht gut Kirschen essen, dachte sie bei sich, als sie zu ihm trat.

Misstrauisch sah der Wirt auf und musterte die Neuankömmlinge aus schmalen Augenschlitzen. »Was wollt ihr?«, fragte er mürrisch. »Wir sind voll, wie ihr seh'n könnt.«

Bevor Jack etwas erwidern konnte, antwortete Lysia rasch: »Ein Himmelbett mit Seidenlaken und grüne Bohnen.«

Der Stallknecht warf ihr einen Blick zu, der besser als tausend Worte besagte, dass er ernsthaft an ihrem Verstand zweifelte. Doch Master Fletchers grimmiges Gesicht verwandelte sich plötzlich in eine freundlich strahlende Sonnenscheibe.

»Aaah«, meinte er und bot sein vergüldetes Gebiss in einem breiten Grinsen dar. »Freunde vom alten Gibbs.«

Lysia nickte lächelnd. »Ja, richtig.« Die Himmelbett-Seidenlaken-grüne-Bohnen-Parole war ein zwischen Gibbs und dem Wirt des Mermaid Inn vereinbarter Geheimcode, den der Verwalter Lysia bei der Einweihung in die Schmugglergeschäfte ihres Vaters anvertraut hatte. Colonel Farley und Gibbs hatten mit etlichen ihrer Verbündeten solche Losungsworte verabredet, und Gibbs hatte darauf bestanden, dass Lysia sie alle auswendig lernte. Man konnte schließlich nie wissen, wann man sie eines Tages gebrauchen könnte. Nun, heute war so ein Tag, und Lysia war heilfroh, sich an ihre Lektionen erinnert zu haben. So konnten Jack und sie sich der tatkräftigen Hilfe von Isaac Fletcher sicher sein.

»Dann kommt mal mit, meine Herr'n«, forderte der Wirt sie auf. »Im oberen Stock hab ich noch 'ne kleine Kammer frei. Die müsst ihr aber teilen.«

Auf so etwas hatte Lysia sich schon eingestellt und war daher nicht übermäßig überrascht. Notfalls würde sie auf dem Boden schlafen, und ihre Kleider würde sie natürlich anbehalten – und inständig hoffen, dass niemand jemals von dieser Nacht erführe.

Sie folgten dem Wirt hinauf, und mit einer schwungvollen Bewegung öffnete Master Fletcher eine schmale Tür. Dahinter verbarg sich ein leidlich sauberer Raum, der ein Bett, einen Tisch und zwei Stühle enthielt – das war es dann auch schon.

»Bitte sehr, euer Reich für eine Nacht. Abendessen gibt's unten in der Schankstube, wenn ihr Hunger habt.«

»Vielen Dank, Herr Wirt«, erwiderte Lysia. »Wir brauchen

außerdem dringend einen Arzt. Können Sie einen herkommen lassen? Mein, äh, Gefährte hat einen Streifschuss am linken Oberarm abbekommen. Wir sind vorhin, drüben bei Flackly Ash, von Straßenräubern überfallen worden.«

Der Wirt blinzelte kurz – offensichtlich überraschten ihn solche Ankündigungen nicht weiter – und nickte dann.

»Ja, ich lasse nach Doktor Payne schicken. Der ist vertrauenswürdig. Geld habt ihr, um ihn zu bezahlen?«

Lysia nickte grinsend. »Ja, die Wegelagerer waren letztendlich nicht erfolgreich.« Sie deutete auf den Stallknecht. »Jack hat sie in die Flucht geschlagen.«

»Na, da hat der alte Gibbs ja zwei tüchtige Burschen angeheuert! Dann lass ich euch mal allein. Solltet ihr noch was brauchen, wisst ihr ja, wo ihr mich findet.« Er präsentierte noch einmal seine goldbestückten Zähne und war dann verschwunden.

Keine Viertelstunde später steckte ein schnaufender rundlicher Mann mit altmodischer Perücke und geröteter Nase seinen Kopf in die Kammer.

»Guten Abend, Gentlemen. Archibald Payne, mein Name, Doktor der Medizin, meine Profession. Master Fletcher sagte mir, jemand hier ist einer Pistolenkugel in die Quere gekommen?«

Er lächelte freundlich, während er eine monströse schwarze Ledertasche auf dem Tisch abstellte.

»Ja, mein Bruder«, verwendete Lysia neuerlich die frühere Rechtfertigung. Jack zog zwar eine dunkle Augenbraue nach oben, entlarvte ihre Lügenmär aber nicht.

»Nun gut«, erwiderte der Doktor mit der gleichen skeptischen Miene, die auch schon die beiden Wegelagerer bei dieser Erklärung aufgesetzt hatten. »Dann wollen wir uns den Patienten doch gleich ansehen.«

Er wandte sich an Jack. »Leg Rock und Weste ab, Bursche.«

Der Rossknecht tat brav, wie ihm geheißen, und dann schob der wohlbeleibte Medicus den – nun inzwischen von eingetrocknetem Blut braun gefärbten – Hemdsärmel nach oben und löste den von Lysia notdürftig angelegten Verband. Mit kritischem Blick begutachtete er die Wunde.

»Hm, ja, Kugel sitzt keine drinnen. Aber das muss schleunigst genäht werden. Junger Mann«, damit war Lysia gemeint, »wir brauchen heißes Wasser und eine Flasche Branntwein. Oder besser noch zwei.« Verschwörerisch grinsend fügte er erklärend hinzu: »Auch der Arzt muss sich stärken. Und der Branntwein im Mermaid Inn ist einer der besten der gesamten Grafschaft, darauf habt ihr mein Wort.«

»Wem sagen Sie das«, murmelte Lysia und machte sich dann auf den Weg, die gewünschten Sachen herbeizuschaffen.

Mit zwei Krügen in der Hand hastete sie wenig später zurück. Eine Magd hatte inzwischen eine Schüssel mit heißem Wasser gebracht, und Dr. Payne fädelte gerade einen langen Faden in eine erschreckend dicke Nadel, bei deren Anblick Lysia ein flaues Gefühl im Magen verspürte. Ein rascher Blick zu Jack hin sagte ihr, dass der Rossknecht zum Glück aus bedeutend härterem Holz geschnitzt war, denn er beobachtete das Tun des Arztes recht gelassen, wie es schien.

Lysia überreichte Jack und Dr Payne jeweils einen Krug, woraufhin beide dem darin enthaltenen Branntwein, tatsächlich bester Cognac, kräftig zusprachen. In Jacks Fall war das angesichts der gleich bevorstehenden Malträtierung nur zu verständlich; in des Medicus Fall erklärte sich so zumindest der Grund für seine rote Knollennase. Als Jack nach Meinung des Arztes ausreichend präpariert war, machte sich dieser ans Werk. Zuerst reinigte er die Wunde gründlich mit heißem Wasser; dann schüttete er reichlich Branntwein darüber, wobei Jack laut aufstöhnte. Schließlich nähte er mit überraschend geschickten Fingern das klaffende Fleisch zusammen, und Jack – das musste man ihm zugestehen – hielt sich ausnehmend tapfer: Bis auf die Schweißtropfen auf seiner Stirn und die zusammengekniffenen, beinahe weißen Lippen war ihm nichts von den Schmerzen anzumerken, die er sicherlich, auch trotz der betäubenden Wirkung des Alkohols, verspüren musste. Einmal gewährte ihm der Arzt eine kleine Pause, in der sich Jack nochmals am Cognac gütlich tat, aber dann bohrte sich die dicke Nadel schon wieder unbarmherzig in das geschundene Fleisch, aus dem frisches, hellrotes Blut hervorquoll.

Die ganze Zeit über ließ Lysia den Arzt und dessen unheilvolles Werkzeug nicht aus den Augen. Wie eine eifersüchtige Glucke über ihr Küken wachte sie über Jack – sie musste sichergehen, dass ihm kein weiteres Übel widerfuhr. Das schuldete sie ihrem treuen Schmuggler – oder zumindest war es das, was sie sich einredete.

In ihrem Hals saß ein dicker Kloß, und sie war angespannt wie eine Feder, dennoch zwang sie sich, nicht wegzusehen. Dabei war es ihr, als ob sie jeden einzelnen Stich an ihrem eigenen Leib verspürte. Und all das Blut …

Ihre Knie wurden mit einem Mal weich, und in ihren Ohren rauschte es heiß.

»Nimm meine Hand«, raunte da Jack. Sogleich kam sie seiner Bitte nach und kniete sich zu ihm, dankbar für die Aufgabe. Und die Ablenkung. Es war eine kräftige Hand, groß und wohlgeformt.

»So ist es gut, Bruderherz«, flüsterte Jack.

Sie sah zu ihm auf und erspähte gerade noch das schiefe Lächeln, das er zu verbergen suchte, sobald er ihren Blick bemerkte. In ihr keimte der leise Verdacht, dass er sie gar nicht seinetwillen um Hilfe gebeten hatte, sondern um ihretwillen: Trotz seiner misslichen Lage war ihm ihr plötzlicher Schwächeanfall offensichtlich nicht entgangen.

»So, das hätten wir geschafft«, verkündete da endlich der Arzt, und Lysia atmete erleichtert auf. Nach der anstrengenden Arbeit – seine Wangen glühten wie die untergehende Abendsonne – stärkte sich der Medicus neuerlich mit einigen Schlucken Cognac, bevor er seine Siebensachen in der großen, schwarzen Ledertasche verstaute.

»Am besten, du gönnst dem Arm ein paar Tage Ruhe«, riet er Jack und hielt ihm den Branntweinkrug hin, den der Rossknecht mit einigen kräftigen Zügen leerte.

Inzwischen hatte Lysia eine Guinea aus ihrer Satteltasche gekramt, die sie Dr. Payne in die Hand drückte. Nach einem kurzen, prüfenden Blick auf die goldene Münze verabschiedete sich dieser überschwänglich, wünschte eine gute Nacht und dem Patienten baldige Besserung, und zwängte dann seinen runden Bauch durch die enge Tür in den Flur hinaus.

Jack wischte sich mit dem Handrücken über den Mund und wandte sich dann augenzwinkernd an Lysia: »'s wird wohl Zeit, dass wir was Festes in den Magen bekomm'n. So weiß im G'sicht wie wir zwei grad sin', könnt man uns tatsächlich für Brüder halt'n.«

Lysia lachte erleichtert. Wenn der Stallknecht zum Scherzen aufgelegt war, konnte es ihm nicht allzu schlecht gehen. »Einverstanden«, erwiderte sie. »Es ist ein gutes Zeichen, denke ich, dass du Appetit hast. Und ich glaube, ich könnte selbst einen halben Ochsen verschlingen.«

»Dann auf in d' Wirtsstub«, grinste Jack.

Mit dem gesunden Arm griff er sich Lysias Satteltasche und erhob sich. Leicht schwankend ging er voraus, während Lysia – jederzeit bereit, ihn zu stützen – ihm nachfolgte.

Die Schankstube hatte sich inzwischen – wenn das auch vorhin kaum möglich schien – noch mehr gefüllt, und Jack forderte einige Kerle, nach deren verwegenem Aussehen ebenfalls dem Schmugglerhandwerk angehörend, auf, Platz für seinen Bruder und ihn zu machen. Mit ein paar derben Scherzen rückten die Männer zusammen, und Jack und Lysia ließen sich – einander gegenübersitzend – auf den schmalen Holzbänken nieder. Eine dralle Schankmaid, der die fahlblonden Strähnen im verschwitzten Gesicht klebten, stellte sogleich zwei Humpen Ale vor sie hin. Dabei machte sie Jack schöne Augen und ließ ihn in ihren üppigen Ausschnitt gucken, während eine zweite, eine hübsche Brünette mit Sommersprossen, zwei Teller Hammeleintopf und frisches Brot brachte.

Voller Heißhunger stürzte sich Lysia über das einfache, aber bekömmliche Mahl und sah zwischen den einzelnen Löffeln, dass Jack es ihr gleichtat. Was das dunkle, trübe Bier anging, war sie weit weniger enthusiastisch: Skeptisch beäugte sie den bis zum Rand gefüllten Becher und überlegte schon, stattdessen Tee zu bestellen, als Jack – er schien wieder einmal ihre Gedanken lesen zu können – ihr mit einer unauffälligen Kopfbewegung bedeutete, das Ale zu trinken.

Sie sah sich unauffällig um: Die Männer hatten alle entweder Bier oder gar noch Hochprozentigeres vor sich stehen; kein einziger schlürfte Tee oder Limonade. In Gedanken schalt sie sich eine Närrin. Jack hatte natürlich völlig recht. Ein Kerl, der an diesem Ort nicht dem Alkohol zusprach, war schon an und für sich verdächtig, erregte aber jedenfalls Aufmerksamkeit – etwas, das Lysia unbedingt vermeiden wollte. So zog sie also den irdenen Humpen zu sich heran und nahm ein paar vorsichtige Schlucke daraus. Der herbe, bittere Geschmack war ihr fremd, und sie musste sich zwingen, nicht das Gesicht zu verziehen.

Ihr Sitznachbar, ein muskulöser Kerl mit vernarbter Stirn und einer offensichtlich mehr als einmal gebrochenen Nase, hatte ihr wohl zugesehen, denn er legte seine schwere Pranke auf ihre Schulter und lachte laut.

»Keine Sorge, Bürschlein! Das Bier hier ist nicht vergiftet. Du kannst schon ordentlich sauf'n.«

Unter seinem abwartenden Blick blieb ihr nichts anderes übrig, als dem Befehl – denn nichts weniger war es – Folge zu leisten, und so leerte sie den halben Krug in einem Zug.

»Na, siehste, tut doch gar nicht weh!«

Wieder lachte er und winkte dann die brünette Schankmaid herbei. »Elsie, einen weiteren Becher für meinen jungen Freund hier. Er hat grad seinen Durst entdeckt, wie's scheint!«

Sobald der neue Humpen vor Lysia stand, nickte ihr der Sitznachbar auffordernd zu, und so trank sie auch den zweiten Krug bis zur letzten Neige. Erleichtert stellte sie fest, dass sich das Narbengesicht mit zufriedener Miene nun endlich wieder seinen Kumpanen zuwandte.

Auch Jack hatte ihre erste Erfahrung mit dem dunklen Gerstensaft aufmerksam verfolgt. Er stürzte sein eigenes Ale in einem einzigen langen Zug hinunter und wischte dann mit dem Rockärmel den Schaum von der Oberlippe. Dabei sah er sie so eindringlich an, dass sie den stummen Hinweis nicht missverstehen konnte. Sie ahmte seine Geste nach – als er aber laut und vernehmlich rülpste, musste sie passen: Selbst unter diesen widrigen Umständen brachte sie solch undamenhaftes Verhalten nicht über sich. Stattdessen rieb sie sich zufrieden den Bauch, wie sie es vorhin bei Jack beobachtet hatte.

Mit fortschreitender Stunde wurde die Stimmung in der Wirtsstube immer ausgelassener. Die Gäste sprachen dem Alkohol allesamt reichlich zu, zotige, laute Scherze machten die Runde, dicke Rauchschwaden hingen im Gebälk der Decke. Der Stallknecht holte eine Pfeife aus seiner Rocktasche, stopfte sie mit Tabak und paffte dann genüsslich daran. Ein Schmuggler in einem Schäferkittel, der einige Plätze weiter an ihrem Tisch hockte, gab gerade eine – sicherlich arg übertriebene – Geschichte zum Besten, die anscheinend von den einfältigsten Zollbeamten Englands handelte. Als er fertig war, tranken alle – also auch Lysia – auf seine Schlauheit, dank derer er den tollpatschigen Dummköpfen ein Schnippchen geschlagen hatte. Lysia bezweifelte, dass auch nur die Hälfte der Erzählung der Wahrheit entsprach, stimmte aber in den allgemeinen Lobrausch ein. Jack zwinkerte ihr zu – offensichtlich war er mit ihrer Vorstellung zufrieden, und inzwischen war schon wieder ein neuer Krug Bier – der insgesamt vierte – vor ihr gelandet.

Zusammen mit dem Ale hatte sich, zu Lysias Verblüffung, die kleine Schankmaid namens Elsie auf der Holzbank direkt neben Lysia eingefunden. Mit kokett klimpernden Augenlidern drängte sie sich an den vermeintlichen Burschen mit den zimtblonden Locken, woraufhin Lysia es mit der Angst zu tun bekam. Hilfesuchend – nicht auszudenken, was passierte, sollte das aufdringliche Frauenzimmer Lysias wahres Geschlecht entdecken! – sah sie zu Jack hinüber, nur um festzustellen, dass dieser von der drallen Blondine in Beschlag genommen war. Das freche Weibsstück hatte sich doch tatsächlich auf Jacks Schoß gezwängt, ihre feisten Arme um seinen Hals geschlungen und zog nun seinen Kopf hinunter in den großzügigen Ausschnitt ihres fleckigen Mieders, aus dem ihre üppigen Brüste überzuquellen drohten. Mit einem verführerischen Lächeln öffnete sie die obersten Bänder der Verschnürung und bog den Rücken durch, um ihre Reize noch besser zu präsentieren.

Dieses unverschämte Luder!

Am liebsten wäre Lysia aufgesprungen und hätte die aufdringliche Person weggezerrt, doch Jack schien anderer Meinung zu sein. Denn er drückte Dutzende Küsse auf die schweißglänzende, gerötete Haut der fülligen Maid, und seine rechte Hand umschloss ganz eindeutig eine ihrer gewaltigen Brüste. Dabei lallte er – zusätzlich zum Cognac während der Verarztung seiner Wunde hatte er schon mindestens fünf Humpen Ale in sich hineingeschüttet – kaum verständliche Koseworte.

Aus schmalen Augen – war das gar Eifersucht, die ihre Brust so rasend brennen ließ? – beobachtete Lysia Jacks Liebeswerben, und dann – ohne, dass sie etwas dagegen hätte tun können – sah sie plötzlich vor ihrem geistigen Auge sich selbst an Stelle der blonden Schankmaid auf den strammen Schenkeln des stattlichen Rossknechts sitzen. Ihre Wangen wurden siedend heiß, und ihre Haut prickelte bei der Vorstellung, was Jacks Hände und Lippen mit ihr anstellten. Doch da forderte Elsie, die kleine Brünette, die ihr offenbar ihrer Meinung nach zustehende Aufmerksamkeit ein und biss Lysia ins Ohrläppchen. Diese wäre beinahe vom Sitz hochgefahren; die wollüstigen Bilder waren jedenfalls mit einem Schlag verschwunden.

»Ich will tanzen«, raunte die vorwitzige Maid in Lysias Ohr. Und mit einer lauten, durchdringenden Stimme, die man solch einem zarten Persönchen niemals zugetraut hätte, brüllte sie im nächsten Moment durch den gesamten Raum, sodass Lysia zusammenfuhr: »He, Ed, Harry, Jim, spielt auf! Ich will tanzen!«

Die drei Angesprochenen taten ihr tatsächlich den Gefallen. Ein paar andere anwesende Frauenzimmer, die nach ihrer grellen, billigen Aufmachung zu urteilen dem ältesten Gewerbe der Welt angehörten, unterstützten Beifall klatschend Elsies Begehr, und so ertönte wenig später eine fröhliche, mitreißende Melodie.

Die kleine Magd zerrte Lysia von ihrem Sitz hoch und in die Mitte der Wirtsstube, wo eilig Tische und Bänke zur Seite geschoben wurden, griff nach Lysias Händen und legte sie sich keck um die Hüften, und dann hüpften sie gemeinsam im Kreis, zum Klang von Fiedel, Flöte und Schalmei. Mehrere andere Paare folgten, und die, die auf den Bänken verblieben, sangen lauthals die Strophen des Liedes mit – ein zotiger, mehrdeutiger Text, der immer wieder zu schrillen Pfiffen und brünftigen Rufen Anlass gab. Alle, mit Ausnahme von Jack und der feisten Blondine, die – wie Lysia nach einem kurzen Blick erbost feststellen musste – scheinbar unbeirrt weiter ihrem Geturtel nachgingen. Sie wollte eben zu ihm gehen, um ihn zurechtzuweisen – wie wollte er schließlich auf die wertvolle Satteltasche achtgeben, wenn er betrunken herumtändelte? –, doch da fasste ihre Tanzpartnerin erneut nach ihren Händen und zog sie in die nächste Runde. Leicht schwankend – der ungewohnte und reichliche Biergenuss machte sich nun doch bemerkbar – blieb Lysia nichts anderes übrig, als widerwillig zu gehorchen.

Tanz folgte auf Tanz, und irgendwann verlor Lysia das Zeitgefühl. Die Wirtsstube glich einem Hexenkessel, es wurde gegrölt, getrunken, gespielt. Sie hatte aufgehört zu zählen, wie viele Tänze sie bereits absolviert hatte. Ihre Füße schmerzten fürchterlich, ihr Kopf musste rot wie ein Radieschen sein, aber Elsie schien unermüdlich. Jedes Mal, wenn die Musikanten ihre Instrumente weglegen wollten, forderte die kleine Schankmaid ein neues Stück – und weiter ging's!

Lysia trank gerade gierig aus einem Alebecher – die Hitze in der Schankstube war beinahe unerträglich, und dies war die einzige Gelegenheit, für die Elsie ihr eine kurze Pause gönnte. Dabei beobachtete sie, wohl zum hundertsten Mal, verstohlen aus den Augenwinkeln das Geschehen an Jacks Tisch. Sie versuchte sich einzureden, dass es ihr gleichgültig wäre, was Jack mit wem tat. Doch als sie sah, dass die dralle Blondine noch immer wie eine Klette an Jacks Hals hing, ihm ihren Busen entgegenreckte und dabei lustvoll stöhnte, durchströmte sie das heiße Verlangen, dem Weibsbild die Augen auszukratzen und sie hinaus in die Gosse zu jagen. Ja, zum Teufel, sie war eifersüchtig! Und wie! Sie wusste, das stand ihr nicht zu, nicht was Jack anging, den Stallknecht aus dem einfachen Volk. Doch wie um Himmels willen sollte sie das ihrem verrückten Herzen klarmachen, das all jene Berührungen so begierig ersehnte, die einer anderen so offen vor ihren Augen dargeboten wurden?

Dabei war es nur eine Frage der Zeit, wann Jack und sein Liebchen – ach, wie war ihr die feiste Dirne verhasst! – gemeinsam verschwinden würden, um sich ein ungestörtes Plätzchen zu suchen. Wenn er es wagen sollte, das Luder in ihre gemeinsame Kammer zu bringen, dann … dann … dann Gnade ihm Gott!

Genau in diesem Moment wurde Lysia vom Läuten einer schrillen Glocke aus ihren blutrünstigen Gedanken gerissen. Sie hatte keine Ahnung, was das Signal bedeutete, bis gleich darauf einige Gäste aufgebracht riefen: »Zöllner! Zöllner!«

Der Albtraum jedes Schmugglers!

Innerhalb weniger Augenblicke leerte sich die Wirtsstube. Diejenigen, die mit der Obrigkeit keinen allzu engen Kontakt wünschten, hatten sich – schnell wie der Wind – aus dem Staub gemacht. Die Musik verstummte, das Tanzen wurde eingestellt. Elsie verschwand in die Küche, und ehe Lysia es sich versah, wurde sie an der Hand gepackt und weggezerrt. Sie wollte eben protestieren, da bemerkte sie, dass es Jacks Hand war. Seine blonde Gespielin war nirgends zu sehen, dafür hatte er die Satteltasche über der Schulter.

»Kommt«, rief er ihr zu und zog sie, ohne eine Erwiderung abzuwarten, hinter sich her. »Wir müss'n schleunigst fort von hier!«

Sie mussten über umgeworfene Bänke und Stühle klettern und der ein oder anderen Lache aus verschüttetem Bier ausweichen, und eben als Jack die Tür aufreißen wollte, die hinaus in den Innenhof führte, stellte sich ihnen Master Fletcher, der Wirt des Mermaid Inns, in den Weg.

»Ich zeig euch einen geheimen Ausgang. Schnell, hier entlang!«

Jack nickte und folgte dem Wirt, Lysia weiterhin im Schlepptau. Ihr fiel auf, dass der Rossknecht trotz der Unmengen Alkohol, die er konsumiert hatte, bewundernswert gerade lief und klar sprach. Vor ihren eigenen Augen dagegen schien alles zu verschwimmen, die Welt seltsam verzerrt, und sie stolperte mehr, als dass sie ging.

Über eine schmale Treppe lotste Master Fletcher sie hinunter in den Keller des Gasthauses, wo er Jack eine brennende Fackel in die Hand drückte. »Dort hinten, an der Rückwand des Gewölbes«, erklärte er, »beginnt ein Tunnel, der unterirdisch bis hinüber zum Ye Olde Bell Inn führt. Lauft bis an dessen Ende, und ihr werdet im Weinkeller des Gasthauses herauskommen. Von dort gelangt ihr über den Hinterhof in den Jarretts Yard. Los, beeilt euch!«

»Tausend Dank, Herr Wirt, wir sind Ihnen was schuldig«, erwiderte Jack mit einem kurzen Kopfnicken und rannte los. Lysia versuchte, mit ihm Schritt zu halten, ohne hinzufallen, doch ihre Füße schienen eigenartig träge, gerade so, als hätten ihre Stiefel bleierne Sohlen.

Jack ließ sich von ihrer Unbeholfenheit aber nicht aufhalten, sondern zerrte sie unbeirrt weiter. Er bückte sich in den Tunnel und drückte dabei Lysias Kopf nach unten – sonst hätte sie sich wohl an der Oberkante gestoßen. Im Lichtschein der Fackel hastete er weiter, Lysia immer fest an der Hand. Nach einer Weile gelangten sie in einen Raum mit groben Lehmwänden, in dem Dutzende Eichenholzfässer lagerten.

»Das muss der Keller des Ye Olde Bell Inn sein«, mutmaßte Jack. »Hier geht's nich' weiter.«

Lysia nickte schwerfällig. »Ja.«

Er warf ihr einen scharfen Blick zu und leuchtete dann mit der Fackel den Raum aus. »Ah, dort hint'n im Eck is' 'ne Tür.«

Diese erwies sich zum Glück als unversperrt, und so schlichen sie so leise wie möglich – nur einmal verfehlte Lysia eine Stufe und wäre ohne Jacks helfende Hand wohl lang hingeschlagen – die steile Treppe hinauf, die sie an der Rückseite des Gebäudes ins Freie führte: in den von Master Fletcher erwähnten Hinterhof.

Jack löschte die Fackel und zog Lysia weiter, bis zu einer mehr als zehn Fuß hohen Backsteinmauer, die den Hof ringsum umschloss. Mit einer weit ausholenden Bewegung warf der Rossknecht die Satteltasche über die Mauer und formte dann aus seinen Händen eine Aufstiegshilfe für Lysia. Die machte davon Gebrauch, schaffte es wegen ihres angeschlagenen Zustands aber nicht von selbst, über die Mauer zu klettern. Also half Jack kurzerhand nach, packte sie am Hinterteil und schob sie nach oben. Mit einiger Anstrengung – es bedurfte mehrerer Versuche – gelang es ihr endlich, die Beine über die Mauer zu bekommen. Sie setzte sich auf, beugte sich vorsichtig vor und starrte nach unten, auf die andere Seite der Einfriedung. Nichts als Dunkelheit. Gähnende Schwärze.

Ein verhaltenes Fluchen ließ sie über die Schulter zurück, hinunter in den Hof sehen, wo Jack gerade dabei war, die Mauer zu erklimmen. Indem er winzige Ziegelvorsprünge nutzte, hangelte er sich behände nach oben. Es gibt wohl nichts, was dieser Rossknecht nicht vermag, überlegte Lysia bewundernd. Aber war sie nicht eigentlich böse auf ihn? Sie versuchte, in ihrem Verstand, der einem dicken, zähen Brei glich, Antworten zu finden, musste aber nach einer Weile aufgeben. Überhaupt fiel es ihr schwer, einen klaren Gedanken zu fassen, musste sie sich eingestehen. Vielleicht hätte sie nicht gar so viele Becher Bier trinken sollen?

Inzwischen war Jack neben ihr angelangt, schwang die Beine auf die andere Seite der Mauer und sprang – ohne zu zögern – nach unten.

Lysia hörte einen dumpfen Aufprall und dann sein drängendes Rufen: »Du musst springen, Lysia!«

Überrascht zog sie die Augenbrauen nach oben. Seit wann duzte der Stallknecht sie? Sie dachte eine Weile über diese Frage nach, kam aber einzig zu dem Schluss, dass es ihr ausnehmend gut gefiel, ihren Namen aus seinem Mund zu hören.

»Spring, Lysia!« Dieses Mal klang seine Stimme deutlich ungehalten.

Lysia schüttelte den Kopf. »Ich kann nicht. Ich sehe nichts. Da ist alles schwarz, da unten.«

Ein Geräusch wie ein übertrieben schweres Seufzen drang an ihr Ohr, das sie sich aber nicht erklären konnte.

»Du musst mir vertrauen, Lysia. Ich fange dich auf. Aber, Himmelherrgott noch mal, spring!« Bei den letzten Worten war er immer lauter geworden.

»Pst!«, wies sie ihn flüsternd zurecht. »Sonst hört man uns noch. Man darf uns nicht entdecken.« Das sollte er eigentlich selbst wissen, schließlich war er Schmuggler. Sich unauffällig zu verhalten, war deren zweite Natur.

»Lysia!«, seine Stimme klang nun hart und unnachgiebig – und immer noch viel zu laut. »Wenn du nicht sofort herunterspringst, schwöre ich, versohle ich dein kleines, strammes Hinterteil …!«

Gibbs hätte ihn, da war sie sich sicher, wegen dieser anmaßenden Worte ordentlich gescholten, aber Lysia wollte großzügig darüber hinwegsehen. »Ich sagte doch schon, ich sehe nichts«, erklärte sie ihm stattdessen mit Engelsgeduld das, was doch offensichtlich sein sollte. »Wie kann ich da springen?«

Er seufzte neuerlich – etwas theatralisch, wie sie fand.

»Lysia, vertraust du mir?«

Schon wieder sprach er sie an, als wären sie Freunde. Vertraute. Sie dachte über seine Frage nach.

»Ja«, erwiderte sie schließlich zögerlich. »Ich glaube, ja.«

»Dann beweise es.«

»Wie?«

»Indem du dich von der Mauer abstößt und nach unten springst. Direkt in meine Arme. Ich habe Gibbs versprochen, dass dir nichts geschieht, und habe ich mein Versprechen nicht bisher gehalten?«

Ja, das hat er, überlegte sie. Ohne ihn wäre sie entweder von den Soldaten aufgegriffen oder von den Straßenräubern totgeschossen worden. Oder von den Zöllnern im Mermaid

Inn geschnappt und ins Gefängnis geworfen worden. Oder alles zusammen.

Da hörte sie wieder seine Stimme, immer noch drängend, aber nun weicher, sanfter. »Komm in meine Arme, *lass.*«

In seine Arme. Ja, das würde sie sehr gern tun, gestand sie sich ein. Oh, wie sehnte sie sich danach, von Jacks starken Armen umschlungen zu werden! Seinen Herzschlag zu spüren, seine Lippen auf ihrer Haut, heiß und fordernd, seine Hände auf ihrem Körper, liebkosend und besitzergreifend zugleich, so wie sie es vorhin in der Wirtsstube beobachtet hatte, als die dralle Schankmaid auf Jacks Schoß gesessen war. Ach, wie beneidete sie das dreiste Luder, das all das erfahren durfte, was ihr selbst verwehrt bliebe – nur, weil sie eine hochwohlgeborene Dame war, die einen einfachen Knecht kaum eines Blickes würdigen durfte. Wie sehr missgönnte sie dem blonden Weibsstück all die Aufmerksamkeiten, die Jack ihm gewidmet hatte!

»Hast du das auch deinem Liebchen in der Schankstube zugerufen?«, konnte sie sich nicht verkneifen zu fragen. »Ihr beide konntet ja kaum voneinander lassen. All das Geturtel und Getändel! Dabei hätte ich deiner Hilfe bedurft, Jack, um mich von dieser Klette Elsie zu befreien. Aber Jack Ryder hatte ja nur Augen für das keuchende Weibsbild auf seinem Schoß!«

So, jetzt war das auch gesagt! Er sollte ruhig wissen, dass sie mit seinem Verhalten in der Wirtsstube des Mermaid Inn nicht einverstanden war.

Ein paar Momente lang war es still – ha, sollte er diesen Brocken nur verdauen! –, dann vernahm sie leises, aber dennoch deutliches Fluchen, ehe er zu ihr hinaufrief: »Nun gut! Wenn wir das schon hier und jetzt erörtern müssen – eine Notwendigkeit, die mir nicht ganz einsichtig ist: Das war alles nur gespielt, Lysia, vorgetäuscht. Um nicht aufzufallen. Es war nicht echt. Ich bin auch nicht betrunken, wie du vielleicht gemerkt hast, obwohl man das hätte vorhin annehmen können.« Dann fügte er bissig hinzu: »Im Gegensatz zu anderen Personen, die sich unbedingt die heutige Nacht für ihren ersten Rausch aussuchen mussten!«

Lysia entschied sich, die letzte Bemerkung zu ignorieren – wahrscheinlich war diese auf sie gemünzt.

»Es war nur gespielt?«

»Ja«, kam die nun gequält klingende Antwort. »Ich schwöre es bei allem, was mir heilig ist! Ich schwärme nicht einmal für solch üppige Weiber.«

»Ach nein? Für welche dann?«

»Für … für andere eben.«

Ah, nun wich er aus!

»Komm schon, Jack! Ich will wissen, für welche Weiber ein stattliches Mannsbild wie du schwärmt.«

Hm, vielleicht hätte sie ihm nicht sagen sollen, dass sie ihn für gut aussehend hielt. Womöglich bildete er sich noch etwas darauf ein. Und bei seinen nächsten Worten schwang tatsächlich ein verhaltenes Lachen in seiner Stimme mit, das ihre Befürchtung bestätigte.

»Lysia, jetzt ist der denkbar ungünstigste Zeitpunkt, meinen Frauengeschmack zu diskutieren. Auch wenn ich mich von deinem Interesse sehr geehrt fühle, *lass!* Aber die Zöllner können jeden Moment hier auftauchen. Wir sollten besser verschwinden, so lange wir noch können.«

Vielleicht hatte er recht, aber so schnell wollte sie nicht aufgeben. »Wenn du es mir sagst – und es muss die Wahrheit sein –, dann springe ich.«

Sie hörte ihn ungehalten fluchen. »Himmelherrgott! Was habe ich nur getan, dass ich dermaßen geplagt werde!« Er zeterte eine Weile vor sich hin – wahrscheinlich fuhr er sich dabei aufgebracht durchs dunkle Haar – und räusperte sich schließlich. »Nun gut. Andernfalls sitzen wir hier wahrscheinlich bis zum Sankt Nimmerleinstag fest.«

»Es muss die Wahrheit sein«, erinnerte sie ihn.

»Nichts als die Wahrheit«, erwiderte er spöttisch, doch als er dann fortfuhr, klang seine Stimme ungewöhnlich weich: »Ich träum von einem Mädchen, anmutig und schlank, mit langen Beinen und schönen, wohlgeformten Brüsten. Ihre Haut ist zart und makellos, die seidigen Locken duften wie eine Sommerwiese. Ihre Lippen schmecken süßer als die süßesten Kirschen, und ihre Augen erinnern mich an das Meer.«

»Oooh, das ist wunderschön, Jack«, flüsterte Lysia ergriffen. Wer hätte gedacht, dass der Rossknecht solch poetische Worte zustande brächte? Im Geheimen – sie konnte nicht anders – verglich sie sich selbst mit Jacks Idealbild eines Frauenzimmers, doch da ihre Mutter bei mehr als einer Gelegenheit ihre Ähnlichkeiten mit einem groben Holzklotz hervorgehoben hatte, fand sie nicht allzu viele Gemeinsamkeiten. Sie seufzte schwer.

»Lysia, du hast ein Versprechen gegeben.« Da war wieder Jacks drängende Stimme. Ja, und recht hatte er! Sie hatte tatsächlich ein Versprechen gegeben.

»Gut«, kündigte Lysia an. »Dann springe ich jetzt.«

Gesagt, getan. Entschlossen stieß sie sich von der Mauer ab und ließ sich in den tiefen, stockdunklen Abgrund fallen. Dort wurde sie, wie zugesagt, von zwei starken Armen aufgefangen und an eine breite, muskelgestählte Brust gedrückt. Sie wäre gern eine Weile dort geblieben, doch zwei große Hände rückten sie ein Stück ab. Sie schwankte benommen und griff haltsuchend nach Jack, was ihn scharf aufkeuchen ließ. Da erinnerte sie sich, zugegebenermaßen verspätet, seiner Verletzung am Oberarm und entschuldigte sich sogleich.

»Tut mir leid, Jack, ich stehe wohl etwas neben mir.«

Er brummte etwas Unverständliches, aber es kamen Worte wie *betrunkene Frauenzimmer* und *Sturkopf* darin vor, und bückte sich dann nach Lysias Satteltasche.

»Danke, Jack«, flüsterte sie. »Für alles.«

»Schon gut«, erwiderte er. »Aber jetzt weiter.«

Er griff wieder nach ihrer Hand, was nun schon ganz selbstverständlich schien, und gemeinsam rannten sie an einem hölzernen Schuppen und einer Lagerhalle vorbei, und gelangten in eine Sackgasse, welche in eine der Straßen mündete, die aus der Stadt hinausführten. Hand in Hand überquerten sie die kleine Brücke, die sich über den Fluss Brede spannte, und marschierten weiter, bis sie sich endlich – ein gutes Stück von Rye entfernt – im Schutz eines großen Heuhaufens eine provisorische Schlafstatt einrichteten. Lysia hatte sich kaum hingelegt, als ihr auch schon die Augen zufielen und sie in einen tiefen Schlaf sank. Wirre Träume zuckten ihr durchs Hirn, zuletzt von einem gut aussehenden Straßenräuber mit rotem Kopftuch und dunklen, glühenden Augen, der ihr einen wilden, leidenschaftlichen Kuss abrang.

FÜNFTES KAPITEL

In der Nähe von Rye, Sussex, am nächsten Morgen

Irgendetwas kitzelte Lysias Nase. Irgendetwas Lästiges, Penetrantes. Obwohl sie es mit ihrer Hand zu verscheuchen suchte, kam es immer wieder und störte ihren Schlaf. Seufzend wälzte sie sich auf die andere Seite, doch der Störenfried folgte ihr. Jetzt spürte sie ihn am Ohr, auf ihrer Wange, an ihrem Mundwinkel. Sie schlug danach, aber das vermaledeite Ding entwischte.

»Weg mit dir«, murmelte sie schlaftrunken, nicht gewillt, zu solch früher Stunde schon ein Auge zu öffnen. Sicherlich war es nicht mehr als zwei oder drei Stunden her, dass sie zu Bett gegangen war.

Wie aus weiter Ferne hörte sie ein leises Lachen, und dann war da wieder das Kitzeln auf ihrer Nase. Himmel, wenn sich ihre Zofe Kitty einen schlechten Scherz erlaubte, dann würde sie ihr nachher eine Standpauke halten, die sich gewaschen hätte! Was fiel der dummen Göre ein, ihre Herrschaft zu ärgern? Noch dazu in aller Herrgottsfrühe?

»Miss Farley, s' is' Zeit aufzusteh'n!«

Hm, das war nicht Kittys Stimme. Es war eine tiefe, wohlklingende Stimme mit einem eindeutig amüsierten Unterton. Die Stimme eines Mannes. Jacks Stimme!

Sie schrak auf. »Oh Gott, wo bin ich?«

Die heftige Bewegung verursachte ein unangenehmes Hämmern in Lysias Schädel. Es fühlte sich an, als wäre ein ganzes Infanterieregiment darüber hinweggetrampelt. Sie verzog das Gesicht und drückte beide Hände gegen die Schläfen, aber das verschaffte ihr nur geringfügige Linderung. Vorsichtig drehte sie den Kopf zur Seite und da hockte tatsächlich – sie hatte also richtig gehört – der Rossknecht von Ashburnham Place. In dem Moment erinnerte sie sich, zwar nicht ganz klar, aber doch, an die Ereignisse des letzten Tages und insbesondere der letzten Nacht: der Überfall durch die Straßenräuber, Jacks Verwundung, die feucht-fröhliche Nacht im Mermaid Inn wie auch die anschließende Flucht. Sie stöhnte laut und vergrub das Gesicht in den Händen, doch Jacks amüsiertes »Aj, aj, aj« ließ sie wieder aufsehen.

»Da hat's jemand'n ja ganz ord'n'tlich erwischt«, bemerkte er, ihrer Meinung nach völlig unnötigerweise. Er drehte einen Strohhalm zwischen den Fingern – wohl das Folterwerkzeug, das vorhin ihren Schlaf gestört hatte – und musterte sie mit einer Mischung aus Belustigung und Mitleid.

»Ich hoff nur, Gibbs schiebt Euer grün's Gesicht nicht mir in d' Schuh.«

Er hielt ihr eine blecherne Tasse unter die Nase, aus der der süßlich-würzige Duft von heißem Kräutertee stieg. Anscheinend war Jack bereits seit einer Weile auf den Beinen, hatte ein Lagerfeuer entfacht und Tee gekocht.

»Hier, das vertreibt's ärgste Brumm'n.« Dabei deutete er auf seinen Kopf, und Lysia wunderte sich, woher er von ihren Höllenqualen wusste.

»Ihr seid nicht d' Erste«, schien er ihre unausgesprochene Frage verstanden zu haben, »die nach 'ner durchzecht'n Nacht am nächst'n Morg'n vom Katz'njammer 'plagt wird. Is' mir in meiner Jugendzeit auch ab und an passiert.« Er grinste breit und sah dabei – wahrscheinlich auch wegen der dunklen Bartstoppeln, die nun seine Wangen und das Kinn bedeckten – recht verwegen aus. Anders als sie schien er von den Ereignissen im Mermaid Inn keineswegs mitgenommen.

»Manch einer schwört ja auf schwarz'n Kaffee als Abhilf' in ein' solch'n Fall«, fuhr er fort, »aber damit kann ich nicht dien'n. Hab' daher Kamillenblüt'n und Mädesüß 'pflückt und auf'brüht – die wachs'n hier zuhauf. Mistress Hudson, die alte Köchin von mein'm Dienstherr'n daheim in Yorkshire, hat immer g'meint, ein Trank von solch'n Kräutern lindert's Schäd'lbrumm'n und 'n flau'n Mag'n.«

Dankbar griff Lysia nach dem Trinkgefäß und nahm ein paar vorsichtige Schlucke und tatsächlich fühlte sie sich etwas besser. Als sie die Tasse geleert hatte, schenkte Jack ihr nach und bedeutete ihr auszutrinken. Folgsam kam sie seiner Aufforderung nach. »Aaah, tut das gut, herrlich! Danke, Jack!«

»Nun noch 'n ausgieb'ger, langer Spaziergang, und im Nu seid Ihr wieder herg'stellt«, verkündete er gut gelaunt.

Wovon spricht er?, dachte sie verwirrt.

»Wir müss'n nach Fairlight lauf'n, fürcht' ich, Miss Farley«, schien er auch dieses Mal ihre Gedanken lesen zu können. »Uns're Rösser hab'n wir in Rye g'lass'n, also bleibt uns nix and'res übrig, als auf Schusters Rapp'n zu reit'n.«

Als er ihr verzagtes Gesicht sah – immerhin ging es um eine Strecke von acht Meilen – fügte er grinsend hinzu: »Vielleicht hab'n wir ja Glück und ein Bauer nimmt uns auf sein'm Karr'n mit. Zumindest ein Stück lang.«

So war es dann auch. Nachdem sie ihre Sachen zusammengepackt hatten und aufgebrochen waren, wanderten sie durch die flachen Marschen, die sich hier in der Umgebung von Rye bis zum Meer hin erstreckten. Die Sonne schien warm vom Himmel, und der flotte Marsch an der frischen Luft vertrieb allmählich Lysias Kopfschmerzen und ließ eine gesunde Farbe in ihre Wangen steigen, wie Jack nach regelmäßig prüfenden Blicken zufrieden feststellte.

In dem sumpfigen Schwemmland begegnete ihnen keine Menschenseele, einzig ein paar Fischreiher, Kiebitze und Seeschwalben begleiteten ihren Weg.

Kurz nach Winchelsea, als sie auf einen breiten Feldweg wechselten, rumpelte ein Ochsengespann heran, und auf Jacks freundliche Bitte hin ließ der Bauer, ein gutmütiges Männlein mit wettergegerbtem Gesicht, sie hinten auf seinem Wagen mitfahren. Eingezwängt zwischen Mehlsäcken – er war auf dem Heimweg von der Mühle in Iham – und Bretterkisten lauschten sie den nicht enden wollenden Klatschgeschichten des Bauern, der die Worte, offenbar hocherfreut über die unerwartete Gesellschaft und die damit verbundene Gelegenheit, nur so hervorsprudelte.

Ein Stück nach Icklesham – hier bog der Bauer Richtung Norden ab, wo sein Gehöft lag – verabschiedeten sie sich und gingen wieder zu Fuß weiter. Es war etwa zwei Meilen vor Fairlight, als Jack meinte, Lysia solle besser ihre Kleider wechseln.

»'s is' nicht ausg'schloss'n, dass uns bald jemand begegn't, der Euch kennt. Und dann hätt' Ihr 'ne schwere Zeit zu erklär'n, warum Ihr in Mannshos'n steckt, nicht wahr?«

Daran hatte sie gar nicht mehr gedacht, musste sie sich eingestehen. »Ja, stimmt, Jack«, nickte sie. »Danke für den Hinweis.«

Sie kamen gerade an einem kleinen Waldflecken vorbei, wie geschaffen für einen Garderobenwechsel.

»Ich bin gleich wieder zurück«, erklärte Lysia und holte das graue Reitkostüm aus ihrer Satteltasche.

»Falls Ihr Hilf braucht … ich mein, mit 'n Verschlüss'n oder so …«, Jack brach ab und räusperte sich.

»Oh danke«, winkte Lysia ab, konnte aber nicht verhindern, dass sich ihre Wangen röteten, »ich komm schon allein zurecht. Das ist der Vorteil eines Reitkostüms.«

Damit verschwand sie hinter ein paar Bäumen mit kräftigen Stämmen, wo sie sich, so rasch wie möglich, ihrer Männerkleidung entledigte, und dann in das zweckdienliche graue Gewand schlüpfte. Die Locken band sie zu einem einfachen Zopf, den sie mit ein paar Haarnadeln am Hinterkopf feststeckte. Auf eine Kopfbedeckung musste sie leider verzichten, denn keine vornehme Dame hätte so ein Ding wie den alten, verbeulten Schlapphut auch nur in ihre Nähe gelassen. Sie versuchte, die gröbsten Knitterfalten aus den Röcken zu streichen, was nur bedingt gelang, und eilte dann zu Jack zurück. Der wartete mit vor der Brust verschränkten Armen lässig an ein Holzgatter gelehnt und ließ, sobald er sie sah, seine dunklen Augen langsam über ihre Gestalt wandern, in eindeutig anerkennender Weise - was Lysias Wangen wieder brennen und die Schmetterlinge in ihrem Bauch flattern ließ - und zupfte dann, ganz nonchalant, einen Grashalm aus ihren Locken.

»Der hat sich da reing'schummelt, so scheint's«, bemerkte er. »So, nun seid Ihr wieder 'ne richt'ge Lady.«

Mit einem neckischen Augenzwinkern schlang sich Jack Lysias Satteltasche um die Schulter, und dann setzten sie ihren Marsch Seite an Seite fort.

Als ihrer beider Mägen vernehmlich knurrten - die Sonne hatte den Zenit bereits überschritten -, pflückte Jack von einem Baum am Wegesrand verlockend rote Kirschen und bot Lysia die Hälfte an. Während sie die Früchte dankend annahm - sie war tatsächlich hungrig -, steckte Jack eine in den Mund und spuckte dann den Kern in weitem Bogen in den angrenzenden Kleeacker. Lysia überlegte einen Moment, es ihm gleichzutun, entschied dann aber doch, dass ein solches Tun einer vornehmen Dame unangemessen wäre.

»Verdammt!«, fluchte Jack verhalten, während er missmutig den Flug des kleinen Kerns verfolgte, »meine Brüder würd'n sich krumm lach'n, könnt'n sie seh'n, wie kurz das Ding fliegt.«

Als Lysia ihm einen verwunderten Blick zuwarf, erklärte er mit einem schiefen Lächeln: »Meine Brüder und ich hab'n uns früher oft im Kirschkernweitspuck'n geübt. War so 'ne Wettgeschichte zwisch'n Jungens, wie das Weitpink…«, er brach etwas verlegen ab, »ähem, das Steineflitsch'n. Wer's weiter schafft, g'winnt.«

Lysia musste sich ein Schmunzeln verkneifen. Bis auf den beinahe zweitgenannten Wettbewerb hatte sie sich als kleines Mädchen ebenfalls in diesen Zeitvertreiben geübt.

»Meine Freundinnen und ich haben Austernschalen übers Wasser hüpfen lassen«, erzählte Lysia, woraufhin Jack die Augenbrauen nach oben zog, während er eine weitere Kirsche in den Mund steckte. Seine Augen blitzten schelmisch, während er sie unverhohlen musterte.

»Na, wer hätt'n das gedacht! 'ne vornehme Lady war mal 'ne kecke Göre! Wobei, nach dem, was wir gestern erlebt hab'n, sollt mich das gar nich' wund'rn.«

»Jack!«

Sie hätte ihn wegen seiner allzu vertraulichen Rede zurechtweisen müssen, das wusste Lysia, aber es fiel ihr unerklärlich schwer, diesen gut aussehenden Burschen mit dem verschmitzten Lächeln, das ihr Herz so sehr in Aufruhr versetzte, zu maßregeln. Zudem hatte Jack sich abgewandt, weil er einen weiteren Kern in die Botanik beförderte. Dieses Mal brummte er zufrieden, als er sah, wo das Flugobjekt auftraf.

»Hast du manchmal Heimweh?«, fragte Lysia unvermittelt. »Ich kann mir vorstellen, dass es nicht leicht ist, so weit weg von seiner Familie und seinen Freunden zu sein.«

Er warf ihr einen überraschten Blick zu – wahrscheinlich wunderte er sich, dass sich eine höhergestellte Person nach dem Befinden eines einfachen Knechts erkundigte – und zuckte dann wie beifällig mit den Schultern.

»Ja, natürlich, ich denk oft an sie. Aber auch, als ich noch in Yorkshire g'lebt hab, hab ich sie schon länger nich' g'seh'n. Mein' Schwestern sind all'samt verheirat' und leb'n bei ihr'n Ehemännern und Kindern, und von mein' Brüdern ist einer in der Armee und einer bei der Marine.«

»Oh.«

Er grinste. »Ich war der Einzige, der bei der Mutter g'blieb'n is'.«

»Dann bist du das Jüngste ihrer Kinder?«, fragte Lysia weiter, von einer unerklärlichen – und sicherlich unangebrachten – Neugierde getrieben.

»Iwo«, entgegnete Jack, »ganz und gar nich'. Cathy is' zwei Jahr älter, der Rest kam nach mir. Insg'samt sin' wir fünf. Ein Schwesterch'n starb bald nach der G'burt.«

»Ich habe zwei Schwestern«, erklärte Lysia. »Zwillinge.«

Jack grinste wieder. »*Aye*, ich weiß.«

Sie sah verlegen zu Boden. Natürlich wusste er das.

»Schmeck'n Euch die Kirsch'n nich'?«, fragte er. »Ihr habt noch kein' einz'ge kostet.«

»Oh! Oh, ja.«

Sie hatte die Früchte in ihrer Hand ganz vergessen. Mit leicht geröteten Wangen – die Hitze schien ihr nahezu regelmäßig aufzusteigen – steckte sie eine in den Mund, und sogleich spürte sie das süße Aroma auf der Zunge.

»Mmmh, die schmecken ja herrlich! Ich liebe Kirschen«, schwärmte sie hingerissen.

»Ich auch.« Jacks dunkler Blick ruhte mehrere Augenblicke lang auf ihren Lippen, ehe er eine der roten Früchte in die Luft warf, um sie gleich darauf mit den Zähnen aufzufangen. Und da erinnerte sie sich an seine Beschreibung jenes Mädchens, von dem er insgeheim träumte: Ihre Lippen wären süßer als die süßesten Kirschen. Mit einem Schlag glühten Lysias Wangen.

»Wer kümmert sich dann um deine Mutter, wenn du hier in Sussex lebst?«, stellte sie hastig die nächste Frage, um zu einem unverfänglichen Thema zu wechseln, und hoffte inständig, dass er ihre verräterische Gesichtsfarbe nicht bemerkte.

»Zum Glück is' sie 'ne rüst'ge Frau, die gut allein z'rechtkommt«, erklärte Jack, nachdem er die Kirsche hinuntergeschluckt hatte.

»Oh«, meinte Lysia nachdenklich, die unerwarteterweise Mitgefühl empfand für die unbekannte alte Frau, die irgendwo in Yorkshire allein, ohne Mann und Kinder, in einer kleinen, ärmlichen Kate hauste. Sie äußerte ihre Gedanken laut, und Jack musste sich räuspern, bevor er antworten konnte: »Kein' Sorg', Miss! Muttern kommt mich demnächst b'such'n. Mit'n extra Geld, das ich hier verdien', kann ich 'nen Platz in der Postkutsche für sie bezahl'n. Sie is' schon ganz aus dem Häusch'n desweg'n!«

»Wie schön!«, rief Lysia erleichtert, und bevor sie wusste, wie es dazu kam, waren die nächsten Worte aus ihrem Mund: »Hast du einen Schatz, der auf dich wartet, daheim in Yorkshire?«

Am liebsten hätte sie sich auf den Mund geschlagen – oder wäre im Erdboden versunken. Himmel, wie konnte sie ihm eine solche Frage stellen! Er musste ja weiß Gott was von ihr denken!

Als sie einen vorsichtigen Blick zu ihm hin wagte, sah sie ihre Befürchtungen aufs Schlimmste bestätigt: In seinen Augen tanzten kleine Funken, und seine Miene spiegelte jene maskuline Zufriedenheit wider, die die Herren der Schöpfung, egal welchen Standes, so gern an den Tag legten, wenn sie sich des eindeutigen und unverhohlenen Interesses eines Frauenzimmers gewiss waren.

»Es … es tut mir leid«, stammelte sie verlegen, »das geht mich natürlich nichts an. Ich dachte nur …« Sie brach ab. Ihre Wangen schienen regelrecht zu brennen und am liebsten hätte sie ihre unüberlegten Worte ungeschehen gemacht. Aber das war natürlich unmöglich. Vielleicht konnte Lysia sie auf den übermäßigen Alkoholgenuss der letzten Nacht schieben.

»Was dacht't Ihr?«, bohrte Jack unbarmherzig nach und bot ihr gleichzeitig eine weitere Kirsche an.

Verwirrt starrte sie darauf und schüttelte dann den Kopf.

»Danke, nein. Ich … ich dachte …« Beim Allmächtigen, was für eine verfahrene Situation! Sie war doch sonst nicht so ungeschickt, wenn es um das Führen einer Unterhaltung ging! Und nach Jacks Gesichtsausdruck zu schließen, schien er die Situation in vollen Zügen zu genießen. Oh Grundgütiger!

»Ich möchte nur wissen«, fuhr sie fort, als sie sich wieder einigermaßen gefangen hatte, »wie es um meine … meine Leute steht. Hier weiß jeder von jedem alles. Und mein Vater, Colonel Farley, versuchte immer, wie auch ich jetzt, den Menschen, für die wir Verantwortung tragen, nahe zu sein, ihre Ängste, ihre Bürden wie auch ihre Freuden zu verstehen, für sie da zu sein. Wir sind doch so etwas wie eine große Familie.«

Jacks Miene drückte Verwunderung aus.

»Das is' Euerm Vater und Euch hoch anzurechnen, Miss Farley. Die meist'n Grundherr'n scher'n sich 'n Dreck um ihre Leut'. Alles, was die interessiert, is' das Geld in ihrer Kass'.«

Lysia runzelte bekümmert die Stirn.

»Womöglich wird es hier bald nicht anders sein, fürchte ich. Der Erbe meines Vaters, Mr Ottershaw, ist ein Beamter der Ostindien-Kompanie. Er kennt weder die Menschen hier noch das Land. Ich glaube nicht, dass er schon jemals auf Fairlight zu Besuch gewesen ist.« Sie seufzte schwer. »Aber vielleicht sehe ich auch alles zu schwarz. Die Aussicht, all das, was mir lieb und teuer ist, bald aufgeben zu müssen, lastet zugegebenermaßen schwer auf mir.«

Jack musterte sie eindringlich, und aus Verlegenheit begann Lysia, am Wegesrand blühende Blumen und Gräser zu pflücken und zu einem Strauß zu binden. Was war nur los mit ihr, dass sie diesem einfachen Knecht ihre geheimsten Gedanken und Sorgen anvertraute?

Eine Weile schritten sie schweigend nebeneinander her, Lysia beschäftigte sich mit dem Binden des Blumenstraußes, der stetig größer wurde, bis Jack schließlich, aus heiterem Himmel, erklärte: »*Nay*, hab ich nich'.«

Lysia warf ihm einen verständnislosen Blick zu. »Was hast du nicht?«

Er grinste breit. »'nen Schatz daheim. Das war's doch, was Ihr wiss'n wolltet.«

»Oh, ja«, erwiderte Lysia und konnte nicht verhindern, dass sich ihre Wangen neuerlich röteten. Wohl zum hundertsten Mal. »Ja, das habe ich.«

»Vielleicht find ich hier ein'n«, fuhr Jack scheinbar unbedarft fort. »Die Mädchen in Sussex sin' sehr hübsch, soweit ich seh.«

Dabei ließ er seine dunklen Augen so offensichtlich über ihr Gesicht und ihre Gestalt wandern, dass sie gar nicht anders konnte, als anzunehmen, dass er sie, Miss Lysianassa Farley, zu diesen hübschen Mädchen aus Sussex zählte. Machte er sich etwa Hoffnungen in Bezug auf sie? Falls ja, musste sie ihn schnellstens davon abbringen. Die Schwärmerei eines Dieners für eine vornehme Dame war genauso aussichtslos wie der umgekehrte Fall. Das wusste sie selbst seit einiger Zeit wohl am besten.

»Jack«, begann sie daher, »du darfst nicht denken …«

Sie brach abrupt ab, als sie den Pastor von Fairlight, Mr Tillinghurst, und dessen Frau Charlotte Arm in Arm ihnen entgegenschlendern sah.

Jack hatte das Paar auch entdeckt und fiel sogleich ein paar Schritte zurück. Wie es einem devoten Diener entsprach, blieb er hinter Lysia.

»Einen wunderschönen Tag, Miss Farley«, grüßte Mr Tillinghurst fröhlich und lüpfte seinen Hut. Seine Frau nickte freundlich, und Lysia äußerte eine entsprechende Erwiderung. Zum Glück schien den beiden ihre ungewöhnliche Aufmachung – das verknitterte Reitkostüm und der unbedeckte Kopf – nicht weiter aufzufallen.

»Ein geradezu herrlicher Nachmittag für einen ausgiebigen Spaziergang, nicht wahr«, stellte der Reverend fest, während er zuerst Lysias Wiesenblumenstrauß und danach Jack neugierig beäugte, der halb verdeckt von Lysia ebenfalls stehen geblieben war.

»Den jungen Mann habe ich allerdings noch nicht in meiner Kirche gesehen«, stellte Mr Tillinghurst fest. Seinen aufmerksamen Augen entging selten etwas.

Jack räusperte sich und verbeugte sich knapp. »Ich wohn' drüb'n in Ashburnham Place, Sir.«

»Jack Ryder arbeitet dort, ist aber ein Verwandter unseres Verwalters«, fühlte sich Lysia bemüßigt zu erklären und bevor jemand fragen konnte, was sie mit einem fremden Diener zu schaffen hatte.

»Aah, beim Earl von Darrington! Ein solch wunderbares Anwesen! Erst vor ein paar Wochen, kurz nach den Feiern zu meinem vierzigsten Geburtstag, haben meine liebe Charlotte und ich einen Ausflug dorthin unternommen. Wir waren überaus begeistert von der außergewöhnlichen Lage und der exzellenten Aussicht! Lord Darrington kann sich deswegen überaus glücklich schätzen, und es ist, unser beider Meinung nach, eine fürchterliche Schande, dass Seine Lordschaft niemals nach seinem Besitztum hier in Sussex sieht. Seit vielen Jahren schlummert das Anwesen in einem Dornröschenschlaf vor sich hin, dabei könnte man so viel daraus machen.«

»Ja, wahrhaft schade«, stimmte Mrs. Tillinghurst ein, die selten anderer Ansicht als ihr Mann war. »Wie schön wäre es, wenn der Earl und seine Familie zumindest ein paar Wochen im Jahr hier verbringen würden. Es ist doch immer bemerkenswert, wie sehr die Anwesenheit der Grundherrenfamilie die gesamte Umgebung belebt und die Gesellschaft anregt.«

Lysia nickte zustimmend, obwohl sie tatsächlich recht dankbar für Lord Darringtons Fernbleiben war, denn dieses erlaubte es den Schmugglern von Fairlight ja gerade, von dessen vernachlässigten Besitzungen für ihre Zwecke Gebrauch zu machen. »In der Tat«, erklärte sie etwas zu überschwänglich, »was für eine ausgezeichnete Idee! Dann könnte der Earl auch weitere Diener und Knechte einstellen. Es gibt ja leider viel zu viele Männer hier in Sussex, die Arbeit suchen. Meist vergeblich.«

»Ja, es trifft uns hart«, pflichtete der Pastor ihr bei, »dass in den letzten Jahren so viele Eisenwerke aufgegeben wurden. Aber gegen die Konkurrenz aus dem Norden ist man wohl machtlos. Die Eisenhütten in Shropshire und Schottland produzieren statt mit Holzkohle, wie hier, mit dem wirkungsvolleren Koks, der aus den dortigen Kohlevorkommen gewonnen wird. Kohle hierher in den Süden zu transportieren, kommt den meisten zu teuer, deshalb haben viele Gießereien geschlossen und die Arbeiter entlassen. Wahrscheinlich darf es einen dann gar nicht verwundern, dass sich so viele der armen Kerle dem verbotenen Schmugglerhandwerk zuwenden.«

»Bevor man verhungert, greift man nach jedem Strohhalm«, bekräftigte seine Frau, »auch wenn der unrechtmäßig ist.«

»Sie sind sehr verständnisvoll«, erwiderte Lysia vorsichtig.

»Die christliche Nächstenliebe gebietet es, jene zu bedenken, mit denen es das Schicksal weniger gut gemeint hat als mit uns.«

»So wahr, mein lieber Mann«, fiel Mrs. Tillinghurst ein,

bevor sie sich an Lysia wandte. »Übrigens, Miss Farley, am zweiten Sonntag im August veranstalten wir im Armenhaus in Hastings wieder ein Benefizteekränzchen und benötigen noch dringend helfende Hände. Wollen Sie uns dabei vielleicht unterstützen? Sie könnten das Ausschenken des Tees übernehmen, falls Ihnen das recht ist. Und wenn die Damen Zeit haben, würden wir uns sehr freuen, wenn auch Ihre Familie uns beehrt.«

»Ich fürchte, meine Mutter, Tante und Schwestern haben schon bei den Pelhams in Crowhurst zu einem Picknick zugesagt. Aber wenn Sie mit mir vorliebnehmen wollen, dann komme ich sehr gern«, erwiderte Lysia lächelnd. Sie wusste, dass die übrigen Farley-Damen keinen Fuß in das ihrer Meinung nach verlotterte und verseuchte Haus in der All Saints Street in Hastings setzen, geschweige denn, dort eine Tasse Tee trinken oder ausschenken würden.

»Ich kann auch gern helf'n«, ertönte da plötzlich Jacks tiefe Stimme, und sowohl das Pastorenehepaar als auch Lysia wandten sich ihm erstaunt zu. Der Stallknecht zuckte aber bloß mit den Schultern. »Ich dacht' mir, vielleicht sin' Tisch' und Stühl' her- und wegzuräum'n, oder irg'ndein schwer's Zeug zu schlepp'n.«

Nachdem sich die allgemeine Überraschung gelegt hatte, strahlte Mrs. Tillinghursts Gesicht freudig. »Oh ja, da gibt es immer einiges zu tun, und einen starken, kräftigen Burschen können wir sehr gut gebrauchen. Vielen Dank!«

»Is' mir 'n Vergnüg'n, M'am«, erwiderte Jack.

»Sehr löblich, junger Mann«, meinte nun auch der Pastor. »Vielleicht sehen wir Sie ja doch einmal beim Kirchgang hier.«

Jack tippte mit der Hand an die Stirn. »Ja, vielleicht, Sir.«

Dann verabschiedete sich das Pastorenehepaar und setzte seinen Weg fort. Lysia und Jack taten es ihnen in entgegengesetzter Richtung gleich und bogen bald in einen Seitenpfad ein, der zwar etwas unwegsam, dafür aber eine Abkürzung nach Fairlight Hall war – und ihnen zudem die Durchquerung des Dorfs und damit viele neugierige Blicke ersparte.

Sie waren erst ein kurzes Stück marschiert, als sich plötzlich aus einem mannshohen Haselgebüsch ein großer, dunkler Schatten löste. Vor Schreck setzte Lysias Herz einen Schlag aus – lauerten ihnen gar schon wieder Straßenräuber auf? Erleichtert erkannte sie dann aber, dass der Schatten niemand anderer als Gibbs war.

Der Verwalter von Fairlight Hall war wohl nicht weniger froh, sie und Jack zu sehen, denn sein Gesicht leuchtete freudig auf, als er auf sie zuhastete, und er ließ es sich auch nicht nehmen, beide kurz an sich zu drücken.

»Na, endlich!«, stieß er schließlich hervor. »Wir haben uns schon die allergrößten Sorgen gemacht. Seit gestern Nachmittag habe ich auf allen Wegen nach Fairlight Männer postiert, aber von euch gab's nicht die geringste Spur. Was ist denn passiert, verdammt?«

In einer Kurzversion schilderte Lysia all die Erlebnisse, die Jack und ihr seit dem Abschied von den übrigen Schmugglern widerfahren waren, und sie ließ auch Jacks beherzten Einsatz, der ihr mehr als einmal aus der Patsche geholfen und ihm einen Streifschuss beschert hatte, nicht unerwähnt.

»Ohne Jack hätte ich es niemals bis hierher geschafft«, schloss sie ihren Bericht. »Ihm verdanke ich, dass ich unversehrt und um keine Münze ärmer heimkehre.«

»Gut gemacht, Bursche«, klopfte Gibbs, mit einem eigenartig schrägen Grinsen im Gesicht, Jack anerkennend auf die Schulter. »Du hast dein Bestes gegeben. Ich bin sehr stolz auf dich!«

Der Rossknecht nickte nur kurz, als wären die Heldentaten, die er vollbracht hatte, keine große Sache, ja, als wären ihm Gibbs' Lobesworte geradezu unangenehm. »Das is', was ich versproch'n hab, nich' wahr?«, erklärte er beinahe schroff.

»Ja«, stimmte Gibbs mit wackelnden Augenbrauen zu. »Das ist es.«

Auf diese ungewöhnlich gute, geradezu aufgekratzte Laune des sonst eher brummigen Verwalters von Fairlight konnte Lysia sich keinen Reim machen. Wahrscheinlich, so nahm sie an, konnte er sich noch genauso gut wie sie an die Folgen erinnern, die er Jack angedroht hatte, sollte der Stallknecht versagen. Wieder einmal spürte sie Röte ins Gesicht steigen.

»Unsere Pferde sind noch in Rye«, stammelte sie rasch, um ihr Unbehagen zu verdecken. »Wir mussten sie dort lassen, als wir vor den Zöllnern geflohen sind.«

»Aber das Geld is' hier«, warf Jack ein und tätschelte geradezu liebevoll die Satteltasche, die, prall gefüllt, über seiner Schulter lag. »Drauf hab ich g'achtet wie auf mein' Augapfel.« So wie Gibbs zuvor, ließ nun Jack seine Brauen vergnügt auf und ab tanzen. »Auf's Geld und auf unser'n hübschen Capt'n.« Er spitzte die Lippen und drückte einen lauten Schmatzer auf den ledernen Beutel.

Lysia verfolgte das Schauspiel verwirrt. Irgendetwas Eigenartiges ging zwischen den beiden Männern vor, doch hatte sie nicht die geringste Ahnung, was es sein könnte. Waren sie vielleicht nur erleichtert, dass alles gut ausgegangen war?

»Ich habe zwei Rösser mitgebracht«, warf Gibbs nun etwas ungehalten ein. »Es wird Zeit, heimzukehren.«

Jack nickte zustimmend und überreichte Gibbs die wertvolle Tasche. Während der Verwalter diese am Sattel seines Wallachs befestigte, trat der Stallknecht zu Lysia und blieb, kaum einen Schritt entfernt, vor ihr stehen. Sie musste den Kopf in den Nacken legen, um in sein Gesicht sehen zu können.

»*Aye*, ich muss mich verabschied'n, Miss«, verkündete er, und sie war versucht, den Kopf zu schütteln. Nach alledem, was sie gemeinsam erlebt hatten, war sie nicht bereit, ihn gehen zu lassen, so unvernünftig das auch war.

»Jack, ich …«, begann sie und brach dann ab. Was konnte sie ihm schon sagen außer einem unverbindlichen Lebewohl? Jack war tabu für sie. Ein Rossknecht und eine vornehme Dame – das waren höchstens die Hauptfiguren eines vulgären Skandals. Etwas, das sie ihrer Familie niemals zumuten könnte.

»Danke, Jack, für alles, von ganzem Herzen«, wisperte sie kaum hörbar, und als sie aufsah, in seine Augen, bemerkte sie, dass diese dunkler waren als sonst, beinahe schwarz – und ganz unverwandt auf ihre Lippen gerichtet. Ihr Herz klopfte plötzlich wild und ungestüm, und ihr Mund war mit einem Mal staubtrocken. Wünschte er sich gar, so wie sie, nichts sehnlicher als einen Kuss zum Abschied? Sie fuhr sich mit der Zunge über die Lippen, um diese zu befeuchten, und Jacks glühender Blick folgte ihrer kleinen Geste. Es war ihr, als ob es ihr die Haut versengte, dort, wo sein Blick sie berührte.

»Jack«, flüsterte sie erneut, und erneut brachte sie den Satz nicht zu Ende.

Er beugte sich zu ihr, und seine Stimme klang eigenartig belegt, als er unangemessen nahe an ihrem Ohr raunte: »Sagt mir, schmeck'n sie so süß wie Kirsch'n?«

Lysia konnte nichts dagegen tun, bei diesen Worten gingen ihre Wangen in Flammen auf. Und nicht nur die – auch der Rest ihres Körpers war längst heiß und fiebrig.

Wie gebannt starrte sie auf Jacks Mund, der sich dem ihren langsam, qualvoll langsam, näherte. In seinen Augen, in denen tausend Funken zu sprühen schienen, konnte sie seine Absicht lesen: Er wollte sie küssen.

Und beim Allmächtigen, das wollte sie auch! Sie hob ihm das Kinn entgegen und schloss die Augen …

»Es ist Zeit!«, knurrte da Gibbs vernehmlich von der Seite, und Lysia riss schuldbewusst die Lider wieder auf. Himmel, was hätte sie beinahe getan!

Sie sah auf, direkt in Jacks Gesicht, der, gänzlich unbeeindruckt von Gibbs' Befehl, seinen Blick noch immer auf ihre Lippen geheftet hatte. »Und?«, drängte er.

Mit hochroten Wangen erinnerte sie sich dessen, was er wissen wollte, und sie nickte kaum merklich. »Ja«, hauchte sie.

Seine Stimme hatte einen gequälten Klang, als er weitersprach. »Himmelherrgott, ich hab's g'wusst!«

Rasch machte er einen Schritt zurück, so als hätte er Angst, sich an ihr zu verbrennen – was kein Wunder wäre, so wie sie am ganzen Leib glühte – und vollführte hastig eine elegante Verbeugung. »Gehabt Euch wohl, Miss Farley! *Sithee!*«

Lysia war so durcheinander, dass sie beinahe vergessen hätte, zu antworten. »Komm gut heim, Jack!«

Mit einem geschmeidigen Satz sprang der verwegene Stallknecht in den Sattel eines der Pferde, die Gibbs mitgebracht hatte, und preschte Richtung Osten, Richtung Ashburnham Place, davon. Sie sah ihm verträumt hinterher, bis Gibbs Brummen sie zurück in die Wirklichkeit holte.

»Dann wollen wir mal«, erklärte Gibbs und half Lysia in den Sattel des zweiten Rosses. Er reichte ihr die Zügel, ließ diese aber nicht los, sondern blickte ihr prüfend ins Gesicht: »Miss Farley, ich muss Euch das fragen, es ist sozusagen meine Pflicht. Gerade auch nach Jacks Anspielung vorhin.«

Lysia sah den Verwalter von Fairlight verdutzt an. »Was musst du mich fragen? Und welche Anspielung?«

Gibbs räusperte sich. »Ist … ist zwischen Jack Ryder und Euch … ich meine, Ihr wisst schon … ist zwischen Euch etwas vorgefallen? Ähm, was ich wissen will: Hat er sich stets wie ein Gentleman verhalten?«

»Wie ein Gentleman? Er ist ein Rossknecht, Gibbs, wie soll er da die Manieren eines Gentlemans haben?«

Gibbs seufzte. »Ihr missversteht mich, Miss. Was ich meine … verdammt, ist das schwer auszudrücken! Nun, ist er Euch jemals zu nahegetreten? Immerhin wart Ihr zwei Tage und eine Nacht so gut wie immer allein mit ihm …«

Endlich verstand Lysia, worauf der alte Gibbs hinaus wollte. Sie lachte und schüttelte den Kopf. »Nein, du kannst beruhigt sein. Jack Ryder hat sich zu keiner Zeit Freiheiten herausgenommen, die ihm nicht zustehen.«

Gibbs nickte erleichtert. »Gut. Dann ist ja alles, wie es sein soll.« Damit hievte sich der Verwalter auf seinen braunen Wallach, und dann trabten sie querfeldein den Rest der Strecke nach Hause. Bei jedem Kirschbaum, an dem sie vorbeikamen, wanderten Lysias Gedanken, ungebetenerweise und ohne, dass sie es hätte verhindern können, zu Jacks dunklen Augen und verheißungsvollen Lippen, und sie malte sich aus, wie es wäre, von ihm geküsst zu werden. Dass sie, wenig später, im Hof von Fairlight Hall mit erhitzten Wangen und stürmisch pochendem Herzen vom Pferd sprang, lag weder an der warmen Junisonne noch an dem flotten Ritt über die grünen Wiesen.

Lysia eilte die Stufen zum Eingang von Fairlight Hall hinauf. Benister, der Butler, öffnete die Tür und hieß sie freundlich lächelnd willkommen. Auf ihre Frage hin, wo den alle wären, berichtete er, dass ihre Mutter und die Schwestern nach East-Bourne gefahren seien, um Einkäufe zu erledigen, was Lysia einigermaßen verstimmte, da sie ihrer Familie mehr als einmal gepredigt hatte, den Gürtel, bildlich gesprochen, enger zu schnallen. Aber, so schien es, kaum war die Katze aus dem Haus, schon tanzten die Mäuse auf dem Tisch! Im Moment jedoch wollte Lysia sich darüber nicht weiter ärgern. Alles, wonach sie sich sehnte, waren eine warme Mahlzeit, ein heißes Bad und frische Kleider.

Bevor sie sich in den Stallungen von Gibbs verabschiedet hatte, hatte er ihr versichert, dass alle fünfzehn Schmuggler heil und gesund zurückgekehrt seien, was Lysia mit großer Erleichterung vernommen hatte. Zudem hatte Gibbs gleich einen der Knechte hinüber nach Rye geschickt, um Hippe und Jacks schwarzen Rappen aus dem Stall des Mermaid Inn heimzuholen. Überdies hatte er versprochen, den Inhalt der Satteltasche in der geheimen Holzkassette im Studierzimmer zu verstauen. So weit, so gut!

Eben wollte Lysia die geschwungene Treppe hinauflaufen, die ins obere Geschoss führte, dorthin, wo auch ihr Zimmer lag, als lautes Rufen sie innehalten ließ.

»Lysia, huhuh!« Tante Augusta kam aus einem der Salons geeilt, mit wehenden Röcken und gefährlich schief sitzender Spitzenhaube. »Da bist du ja endlich!«, keuchte sie etwas atemlos, als sie Lysia herzte und einen Kuss auf deren Wange drückte. Ohne sich nach dem Verlauf der Reise oder gar Lysias Befinden zu erkundigen, fiel sie gleich mit der Türe ins Haus:

»Stell dir vor, Lysia, wen du eben verpasst hast!« Sie setzte lediglich ab, um ein paar Mal tief Luft zu holen, ehe sie schon weiterplapperte: »Mr Milward, der Bürgermeister, war vorhin da. Er hat nach dir gefragt.«

Bei der Erwähnung dieses Namens konnte Lysia nicht verhindern, dass ein eisiger Schauer ihr über den Rücken kroch. All der jüngsten Ereignisse wegen hatte sie ihre letzte Begegnung mit dem scheinheiligen Stadtoberhaupt ganz vergessen gehabt, aber nun kehrte die Erinnerung daran mit ganzer Wucht zurück. Wie auch der Zorn. Wie konnte es der hinterhältige Bastard wagen, ihr nachzuspionieren! Noch dazu in ihrem eigenen Heim!

Tante Augusta bemerkte von ihrem Unmut wohl nichts; vielmehr klimperte sie aufgeregt mit den Wimpern. »Er ist ja solch ein stattliches Mannsbild, nicht wahr? Und im allerbesten Alter.«

Lysia warf der Tante einen verwunderten Blick zu. Sie würde doch nicht etwa für den skrupellosen Bastard schwärmen?

»Was wollte er?«, fragte sie.

»Oh, er hat nachgefragt, im Auftrag seines Sohnes, ob du

zum Sommerball in die Assembly Rooms kommen wirst. Wenn es irgendetwas gibt, das dem entgegenstehe, meinte er, sei er mehr als willig, das Hindernis aus dem Weg zu räumen.«

Lysia schnaubte abfällig. »Droht er mir gar schon wieder, der ekelhafte Heuchler?«

Tante Augusta beäugte sie verwirrt.

»Wovon sprichst du, liebe Nichte? Mr Milward hat ganz sicherlich nur die besten Absichten, was dich und seinen Edward angeht. Da kannst du dir ganz gewiss sein!«

Sie tätschelte Lysias Hand.

»Hach, wie aufregend! Bald werden wir eine Hochzeit zu feiern haben! Ich kann es gar nicht erwarten!«

Etwas grob entzog Lysia ihr die Hand.

»Ich habe keineswegs zugestimmt«, herrschte sie die Tante an, »also freu dich nicht zu früh.«

»Oh, aber du willst doch sicherlich heiraten und einen Hausstand gründen, nicht wahr? Und stell dir nur vor, wie glücklich dein Vater, mein Bruder, wäre, hätte er von deiner Vermählung gewusst.« Ergriffen tupfte sie mit einem Taschentuch ihre Augenwinkel ab. »Hochzeiten machen mich immer so gerührt. Vielleicht, weil ich selbst nie die Gelegenheit dazu bekam.«

Nun wieder etwas besänftigt, drückte Lysia der Tante einen Kuss auf die Wange und den Strauß Wiesenblumen, den sie vorher auf dem Heimweg gepflückt hatte, in die Hand.

»Hier, für dich, Gussie. Ich bin mir sicher, du wärst eine wunderbare Braut.«

***

Es war an einem sonnigen, wolkenlosen Nachmittag ein paar Tage später, als Lysia von einem Felsen in der Mitte der kleinen, versteckten Bucht Fairlight Cove sprang, und in die azurblauen, salzigen Fluten tauchte. Mit kräftigen Zügen schwamm sie hinaus aufs Meer und ließ sich dann rücklings auf den sanften Wellen treiben. Sie genoss es, sich leicht wie eine Feder dahintragen zu lassen, schwerelos, sorglos; ihre einzigen Gedanken galten den Möwen, die hoch oben, über ihr, ihre eleganten Runden zogen. Nach einer Weile schließlich kehrte Lysia zum Strand zurück. So wie Gott sie geschaffen hatte, legte sie sich in den Sand und ließ sich von den Strahlen der heißen Junisonne trocknen.

Lysia liebte das Schwimmen im Meer seit sie ein kleines Kind war. Ihr Vater hatte darauf bestanden, dass sein *Nixlein*, wie er sie gern genannt hatte, diese Kunst beherrschen müsse und hatte sie bereits im Alter von drei oder vier Jahren hinunter zum Strand mitgenommen, gleichgültig welche Jahreszeit. Seitdem verband sie eine innige Liebe zu der schönen, alten Dame mit all ihren unterschiedlichen Launen, und manchmal fragte Lysia sich insgeheim, ob sie nicht tatsächlich eine Meeresnymphe war.

Fairlight Cove war eine einsame, schwer zugängliche Bucht – bei Flut, so wie jetzt, war sie überhaupt nur von der Meeresseite her erreichbar –, und Lysia nutzte gern diese Gelegenheiten, um unbemerkt und ungestört – und nackt – ihrer Leidenschaft zu frönen. Ihre Familie wusste natürlich nichts davon. Vornehmen Damen war es höchstens gestattet, von den sogenannten Badekarren Gebrauch zu machen, die man am westlichen Strand von Hastings gegen eine geringe Gebühr mieten konnte: schwerfällige Wagen mit hölzernen Häuschen darauf, von denen aus man über eine Treppe vorsichtig ins brusthohe Wasser stieg, um dort eine Viertelstunde herumzuwaten. Sogar aus London kamen die Leute nun, um in Hastings zu baden. Für Lysia hatte diese neue Mode allerdings rein gar nichts mit ihrem geliebten Schwimmen gemein: Wie sollte man sich auch – behindert von Röcken, Hosen und

Hauben – frei bewegen können? Vielmehr als ein Planschen im salzigen Nass war da nicht möglich.

Lysia rekelte sich und genoss die wärmenden Sonnenstrahlen auf ihrer Haut. Über ihr Gesicht hatte sie einen großen Strohhut gestülpt, um zu verhindern, dass es unschicklich bräunte, doch den Rest des Körpers bot sie unverhüllt der Sonne dar.

Nichts war zu hören außer dem beständigen Rauschen der Brandung und gelegentlichem Kreischen der Möwen. Sie seufzte zufrieden. Ach, wie herrlich war so ein Nachmittag am Strand! Sie wünschte, alles andere in ihrem Leben wäre ebenso einfach und freimütig wie diese unbeschwerten Stunden am Meer.

Doch viel zu schnell drängten sich die Sorgen des Alltags wieder in den Vordergrund. Ganz prominent die leidige Geldfrage, die ihr auch weiterhin noch Kopfzerbrechen bereitete. Gestern Abend hatten sich die Fairlight-Schmuggler im Hinterzimmer von Jenners Gasthof getroffen, um ihren nächsten Coup zu besprechen. Zudem hatte Lysia jedem Mann seinen ihm zustehenden Lohn für die jüngste Fuhre nach Ofham ausbezahlt. Die restlichen Münzen und Scheine waren in die Holzkassette gewandert, in der sie alle Einnahmen aus dem Schwarzhandel hortete. Zufrieden hatte sie heute Morgen, zusammen mit Gibbs, im Studierzimmer alles Geld gezählt: Noch etwa drei oder vier Schiffsladungen, dann hätte sie genug beisammen, um endlich das Haus am Bedford Square zu kaufen und den Zwillingen eine Saison in London zu finanzieren. Vorausgesetzt, alles klappte ohne Komplikationen.

Als eine solche – allein der Gedanke daran trieb ihr den Angstschweiß auf die Stirn – konnte sich der Bürgermeister von Hastings erweisen. Die letzte Begegnung mit ihm und dessen fürchterliche Behauptungen und unverblümte Drohungen ließen ihr keine Ruhe. Sie hatte deshalb, gleich am Tag nach ihrer Rückkehr aus Rye, Lady Farley zur Rede gestellt. Das war im Rosengarten von Fairlight Hall gewesen, wo Lysias Mutter, bewaffnet mit Brennnesselsud und Rosshaarbürste, Blattläuse bekämpft hatte. Lysia hatte sich zu ihr gesellt und ihr von dem schrecklichen Zusammentreffen mit Mr Milward berichtet und den angeblichen, für sie immer noch unfassbaren, Heiratsplänen.

Sie hatte mit vehementer Widerrede gerechnet, mit entrüstetem Aufschreien, doch nichts dergleichen war geschehen. Stattdessen war Lysias Welt in ihren Grundfesten erschüttert worden.

Lady Farley hatte eine Blattlaus zwischen den behandschuhten Fingern zerdrückt und dann aufgesehen. »Mein liebes Kind«, hatte sie der ungläubig lauschenden Tochter eröffnet, als wäre es nichts Außergewöhnliches, »dein Vater war von einer Verbindung mit den Milwards sehr angetan, und ich habe niemals einen Grund gesehen, ihm in dieser Hinsicht nicht beizupflichten.«

Lysia hatte dieser Rede mit wachsender Bestürzung gelauscht und schließlich, gleichermaßen fassungs- wie verständnislos, eingewandt: »Aber, Mama, wie kann das sein? Vater hat mir gegenüber niemals auch nur ein Wort darüber erwähnt. Im Gegenteil, er hat mir immer anheimgestellt, ob ich einmal heiraten möchte oder nicht, und wenn ja, wen. Wenn er diese Abmachung mit Mr Milward geschlossen hat, warum habt ihr mir nicht davon erzählt? Weder Vater noch du?«

»Wir hofften, dein Vater wie auch ich, dass sich das Ganze auf natürliche Weise entwickelt. Ohne unser Zutun und Eingreifen. Es gab ja reichlich Gelegenheiten, bei denen du und der junge Edward aufeinandergetroffen seid, und der Bursche schien immer recht vernarrt in dich zu sein.«

Lysia hatte nur abfällig geschnaubt. »Vernarrt in den Namen Farley stimmt wohl eher!«

Aber ihre Mutter schien sie missverstanden zu haben.

»Du brauchst dein Licht nicht unter den Scheffel zu stellen, mein Kind. Du bist durchaus hübsch anzusehen – wenn auch nicht mit der extraordinären Schönheit der Zwillinge gesegnet. Vorteilhafter wäre es gewisslich, wenn deine Haare schwarz, kastanienbraun oder, wie bei Amathia und Eunike, blond wären, so wie es die Mode verlangt, und nicht von dieser eigentümlichen Zimtfarbe, aber man kann nicht alles haben, nicht wahr?«

Obwohl Lysia üblicherweise nicht auf den Mund gefallen war, hatte es ihr für einige Augenblicke die Sprache verschlagen. Sie hatte sich erst sammeln müssen, um dann ein Argument vorzubringen, dem in Lady Farleys Weltauffassung stets allergrößte Wichtigkeit zukam und auf das sie deshalb ihre letzte Hoffnung gesetzt hatte. »Aber, Mama«, hatte sie begonnen, »die Milwards sind uns gesellschaftlich doch in keiner Weise ebenbürtig. Vater gehörte dem Ritterstand an und hatte sich zudem als Colonel der königlichen Armee mehrmals verdient gemacht. Dein eigener Vater war ein Baronet, und bist du nicht immer diejenige, die ihren Töchtern bei jeder sich ergebenden Möglichkeit predigt, nur ja über unserem eigenen Stand zu heiraten?«

»Ach, papperlapapp«, hatte Lady Farley mit einer wegwerfenden Handbewegung auch diesen Einwand abgetan, »das können die Zwillinge immer noch tun! Wenn eine von euch dreien den Spross einer in dieser Gegend durchaus bedeutenden Familie – und diese Tatsache kannst du nicht abstreiten – heiratet, so ist den Farleys damit durchaus wohlgedient. Du wirst sehen, der junge Edward wird bald Bürgermeister von Hastings – dafür wird sein Vater schon sorgen. Dann bist du immerhin Frau Bürgermeister. Ich finde, du könntest es weit schlechter treffen.«

Darauf hatte Lysia nichts weiter zu sagen gewusst. Mit ungläubig aufgerissenen Augen – denn sie war noch immer nicht in der Lage gewesen, all diese Eröffnungen zu fassen –

hatte sie schließlich gefragt: »Und was schlägst du vor, soll ich nun tun?«

Ihre Mutter hatte seufzend den Kopf geschüttelt – als wäre die Antwort darauf mehr als eindeutig. »Das, was eine brave, folgsame Tochter in solch einem Fall eben tut, will ich meinen: Edward heiraten.«

Bei den nächsten Worten hatte Lysias Stimme leicht gezittert: »Und sollte ich mich weigern, würdest du mich dazu zwingen?«

Lady Farley hatte kurz aufgelacht, während sie mit unerbittlicher Präzision eine weitere Laus zerdrückt hatte. »Dazu wird es sicherlich nicht kommen. Du wirst einsehen, dass die Heirat mit dem jungen Edward die beste Möglichkeit ist, deine Zukunft abzusichern. Die Verehrer stehen ja nicht gerade Schlange, und wovon willst du denn andernfalls leben? Als arme Verwandte im vornehmen Haushalt einer der Zwillinge?«

Lysia hatte schwer geschluckt. Ja, wovon wollte sie ihren Lebensunterhalt bestreiten?

»Ich könnte eine Stelle als Gouvernante annehmen. Meine Taufpatin, Lady Murray, könnte mir sicherlich bei der Suche nach einer geeigneten Position behilflich sein. Vielleicht in London …«

»Pah«, hatte ihre Mutter sie barsch unterbrochen. »Du willst lieber anderer Leute Bengel erziehen, als dich um deine eigene Familie zu kümmern? Dein eigenes Heim zu haben? Einen Ehemann und Kinder? Was, um Himmels willen, stört dich so sehr an Edward Milward? Er ist doch ein gut aussehender Bursche, und an seinen Manieren ist nichts auszusetzen.«

»Ich liebe ihn nicht«, hatte Lysia erklärt. »Ich mag ihn nicht einmal. Er ist nicht aufrichtig und …«

»Dummes Geschwätz!«, war ihr die Mutter neuerlich ins Wort gefallen. »Wenn ihr erst einmal Mann und Frau seid, werdet ihr euch schon aneinander gewöhnen. Und ein sicheres Auskommen, Ansehen und Vermögen sind viel wichtiger als Liebe. Die kannst du dir ja für deine Kinder aufheben.«

Lysia hatte zu Boden gestarrt, verbissen bemüht, die Tränen zurückzuhalten, die ihr mit einem Mal in die Augen schossen. »Ich gehe zurück ins Haus.«

»Tue das, Lysianassa«, hatte ihre Mutter sie entlassen, aber nicht ohne sie vorher streng zu ermahnen. »Beim Sommerball wirst du mit Edward tanzen. Und ich will diesbezüglich keine Widerrede hören!«

Ohne eine Antwort zu geben, hatte Lysia sich abgewandt und war davongelaufen. Inzwischen waren ihre Wangen tränennass gewesen, und sie hatte das Gesicht in die vom Meer heraufwehende Brise gehalten, um es zu trocknen, bevor sie das Haus erreichte. *Oh Vater, was hast du mir nur angetan?*

Vom schrillen Schrei einer Möwe aus ihren Gedanken gerissen, setzte Lysia sich auf und angelte nach einer Feldflasche, in der sie Tee mitgebracht hatte. Geistesabwesend schraubte sie den Verschluss auf und nahm einen Schluck. Sie wusste, sie saß mächtig in der Tinte: Eine Ehe mit dem widerwärtigen Edward schien unausweichlich.

Seit der Unterredung mit ihrer Mutter im Rosengarten, die so ganz anders verlaufen war, als sie gedacht hatte, hatte Lysia sich stundenlang, Tag und Nacht, den Kopf zermartert, um einen Ausweg aus dieser verfahrenen Situation zu finden, bisher aber ohne Erfolg. Dennoch: Eine Hochzeit mit dem blonden Milward-Sprössling wollte und konnte sie nicht akzeptieren. Ja, natürlich war ihr klar, dass wahre, echte Liebe zwischen Mann und Frau nur in den wenigsten Ehen zu finden war – schließlich war sie kein naives Ding. Aber zumindest wollte sie, wenn sie denn heiraten musste, einen ehrlichen, aufrichtigen Mann, dem sie vertrauen konnte, einen Mann, dem gegenüber sie nicht bloß Abscheu und Ekel empfand. Wie sollte sie bis an ihr Lebensende mit jemandem zusammenleben, dessen Gegenwart sie einfach nicht ertragen konnte? Und dabei hatte sie noch gar nicht bedacht, dass ihr Herz für einen ganz anderen schlug …

Jedenfalls war sie fest entschlossen, in eine Ehe mit Edward Milward nur dann einzuwilligen, wenn es tatsächlich keine andere Lösung ihres Dilemmas geben sollte. Wenn dies der einzige Weg wäre, um ihre Familie und die Menschen von Fairlight vor Schaden zu bewahren. Jeden Abend betete sie flehentlich, dass es dazu niemals kommen möge, auch wenn sie wusste, dass ihre Chancen mehr als schlecht standen. Denn die Möglichkeiten, der sich stetig enger zusammenziehenden Schlinge zu entschlüpfen, waren dünn gesät und zudem keineswegs überzeugend.

Vielleicht, so gingen ihre Überlegungen, sollte sie den Schmuggel fortsetzen? Auf diese Weise könnte sie nicht nur ihren Lebensunterhalt bestreiten, sondern darüber hinaus viel Geld verdienen. Wenn sie dem Bürgermeister eine genügend große Summe anböte, wer weiß, vielleicht entließe er sie dann aus der verhassten Ehevereinbarung. Sie seufzte leise und schüttelte den Kopf. Nein, sie war nicht dazu geschaffen, auf Dauer einer unrechtmäßigen Tätigkeit nachzugehen. Schon jetzt konnte sie ihr gequältes Gewissen nur damit beruhigen, dass sie sich einredete, es gäbe keinen anderen Weg, ihrer Familie ein standesgemäßes Auskommen zu verschaffen.

Oder vielleicht konnte sie Mr Ottershaw überreden, sie hier auf Fairlight Hall weiterhin wohnen zu lassen? Sie könnte sich um das Anwesen kümmern, wie sie es ja jetzt schon tat. Sie könnte ihm behilflich sein, mit den Menschen und den Gegebenheiten von Fairlight vertraut zu werden – schließlich lebte sie seit ihrer Geburt hier, während er ein Fremder war. Und ja, vielleicht würde er gar dem Bürgermeister die Leviten lesen und verlangen, dass der sie in Ruhe ließe? Allerdings hatte auch diese Überlegung – abgesehen davon, dass ihr

Mr Ottershaws Person und Charakter gänzlich unbekannt waren – einen entscheidenden Haken, denn ihr Ruf, und damit auch der ihrer Familie, wäre unumstößlich ruiniert: Es war schlicht undenkbar, dass eine unverheiratete Dame im Haus eines Junggesellen lebte.

Ach, Himmel noch eins, es musste doch irgendeinen Ausweg geben! Während sie weiter angestrengt vor sich hin grübelte, legte sie den Kopf in den Nacken. Dabei gewahrte sie über sich, oben am Klippenrand, eine kaum merkliche Bewegung. Sie kniff die Augen zusammen und sah genauer hin – ganz eindeutig, da stand eine Person, ein Mann. Und wenn sie sich nicht irrte, trug der – ja, fürwahr! – ein rotes Kopftuch. War das etwa gar Jack Ryder?

Wie von der Tarantel gestochen, sprang sie auf und griff nach einem großen Leintuch, das sie sich hastig um den nackten Leib schlang. Dann spähte sie neuerlich nach oben, doch inzwischen war niemand mehr zu sehen. Die dunkle Gestalt – wer immer das gewesen war – war verschwunden.

Sie schimpfte tüchtig vor sich hin, wohl auch, um den ausgestandenen Schrecken zu übertünchen. Noch niemals zuvor hatte sich jemand hierher verirrt, dazu war die Bucht viel zu abgelegen und unzugänglich. Wie lange hatte der Mann schon da oben gestanden? Hatte er sie erkannt? Wenn ja, dann würde wohl die Neuigkeit von der nackt badenden Miss Farley demnächst in aller Munde sein. *Sacrebleu!* Hatte sie nicht schon genug Schwierigkeiten am Hals?

Da war plötzlich das leise Geräusch herannahender Pferdehufe zu hören, das beständig lauter wurde. Inzwischen hatte die zurückweichende Flut einen schmalen Sandstreifen freigegeben, der ausreichte, um Fairlight Cove von der benachbarten Bucht aus zu erreichen.

Lysia wickelte das Tuch fester um sich und starrte gebannt auf jene Stelle, wo der Reiter jeden Moment auftauchen musste. War es vielleicht der Mann, der gerade noch oben auf den

Klippen gestanden hatte, und nun auf seinem Pferd hierher galoppierte? Nervös stellte sie fest, dass sie nicht einmal eine Waffe dabeihatte. Daher fiel ihr – als sie die junge Frau erkannte, die auf einem eleganten Apfelschimmel um die hohe Steilwand bog – erleichtert ein Stein vom Herzen, und ihr Gesicht überzog sich mit einem freudigen Strahlen.

»Einen schönen Nachmittag!«, grüßte Anne Webster, Lysias beste Freundin, lachend. »Ich dachte mir schon, dass ich dich hier finden kann. Amathia meinte, du wärest den ganzen Nachmittag unterwegs.«

Sie sprang von ihrem Pferd und umarmte Lysia herzlich. Die einzige Tochter Sir Godfrey Websters, des Herrn von Battle Abbey, war zwei Jahre älter als Lysia und das, was manche neuerdings abfällig einen Blaustrumpf nannten. Weder ihr flammend rotes Haar noch die zu große Nase oder der breite Mund entsprachen dem gängigen Schönheitsideal. Zudem vergrub sich Anne die meiste Zeit über in Büchern – sie war sehr belesen, wissensdurstig, und Lysia kannte niemanden, mit dem man besser die interessantesten und unterschiedlichsten Themen erörtern konnte. Seit dem gemeinsamen Besuch von *Mrs. Homer's Distinguished School for Fine Ladies* auf der Isle of Wight waren die beiden Mädchen unzertrennliche Freundinnen.

»Ich sehe, du warst schon schwimmen«, rügte Anne mit gespielter Strenge. »Du hättest wirklich auf mich warten können.«

Sie begann, ihre Kleider auszuziehen und diese zu einem sorgfältig drapierten Haufen aufzutürmen. Lysias Gewänder lagen dagegen im Umkreis von mehreren Yards verstreut: Sie hatte es so eilig gehabt, ins Wasser zu springen, dass sie für solche Nebensächlichkeiten gar keine Zeit gehabt hatte.

»Ich habe es nicht mehr ausgehalten, ich gestehe es«, gab Lysia grinsend zu. »Und du hast ja selbst gesagt, du weißt nicht, wie schnell du dich von der Präsentation der neuesten Kamelienzüchtung deines Vaters losreißen kannst.«

»Ich konnte in einem günstigen Moment unauffällig verschwinden«, lachte Anne, die nun nur noch in ihrem bis zu den Knien reichenden leinernen Unterhemd dastand – anders als Lysia badete sie niemals nackt. Eingedenk des heimlichen Beobachters von vorhin tat Lysia ihr es nun gleich und zog sich ein Hemd über, und dann rannten sie beide kreischend und lachend ins Wasser. Sie hüpften ausgelassen über die hereinkommenden Wellen und – als das Wasser tief genug war – tauchten sie unter und schwammen hinaus ins offene Meer. Anne musste als Erste Luft schnappen, während Lysia noch ein paar Längen weiter kam, bis auch ihr Kopf endlich die Wasseroberfläche durchbrach.

»Lysianassa, die Meeresnymphe!«, rief Anne gut gelaunt, und da wurde Lysia mit einem Schlag an die Worte jenes Mannes erinnert, der ganz Ähnliches vor ein paar Tagen gesagt hatte, vor einem berüchtigten Schmugglergasthaus in Rye.

Lysia schüttelte den Kopf, um sich vom Wasser in den Ohren und jener Erinnerung zu befreien, und dann schwamm sie, an Annes Seite, in gemächlichem Tempo weiter hinaus.

»Bist du jemandem begegnet, als du zur Bucht geritten bist?«, fragte Lysia schließlich, als sie sich nebeneinander, auf dem Rücken liegend, von den Wellen schaukeln ließen.

Anne klang verwundert. »Nein. Hätte mir jemand begegnen sollen?«

»Ich weiß nicht. Ich habe mir eingebildet, eine Gestalt oben auf den Klippen gesehen zu haben. Aber vielleicht habe ich mich auch getäuscht.«

»Hm, ja, wahrscheinlich«, überlegte Anne. »Hierher verirren sich ja nicht einmal Hasen, um sich gute Nacht zu sagen.«

Und dann erkundigte sie sich nach dem Verbleib von Mr Ottershaw, der Haussuche in London sowie Lysias Familie, und Lysia wollte gleichermaßen sämtliche Neuigkeiten aus Battle Abbey hören. Da Anne und Lysia beste Freundinnen waren, waren sie gegenseitig mit all den Sorgen und Nöten der jeweils anderen vertraut – die einzige Ausnahme war Lysias Verwicklung ins Schmugglergeschäft: In dieses dunkle Geheimnis hatte Lysia auch ihre beste Freundin nicht eingeweiht.

»Ich muss dir übrigens von einer Ungeheuerlichkeit berichten, die mir recht schwer zu schaffen macht«, begann Lysia, als sie sich zurück zum Strand treiben ließen. »Die mich betrifft.«

Anne zog erwartungsvoll die feuerroten Brauen nach oben.

»Du wirst es nicht glauben«, fuhr Lysia fort, »denn ich kann es selbst noch immer nicht fassen: Mein Vater hat mit dem Bürgermeister von Hastings vor ein paar Jahren eine Vereinbarung geschlossen. Demnach soll ich dessen Sohn Edward heiraten.«

Anne war so überrascht, dass sie aus der entspannten Haltung geriet, in der sie eben noch auf der Wasseroberfläche getrieben war, und einige Momente heftig mit den Armen rudern musste, um nicht unterzugehen. »Wie bitte?«, stieß sie endlich wasserspuckend hervor. »Soll das ein schlechter Scherz sein?«

Lysia drehte sich zu ihrer Freundin um und schüttelte bekümmert den Kopf. »Mitnichten. Meine Mutter hat es mir vor ein paar Tagen bestätigt – und mir gleichzeitig ans Herz gelegt, den Bürgermeisterspross zum Manne zu nehmen. Gleichgültig, ob ich ihn ausstehen kann oder nicht. Sie meinte, er sei meine einzige Chance auf ein anständiges Leben als Ehefrau und Mutter. Noch dazu mit meinen unmöglichen Haaren.«

Die Freundin schnaubte verächtlich, und dafür hätte Lysia sie umarmen mögen.

»Was für ein ausgemachter Humbug!«, rief Anne empört.

»Deine Mutter – das muss man leider sagen – lässt das nötige Einfühlungsvermögen und Taktgefühl oftmals vermissen. Wie übrigens auch deine Tante und deine beiden Schwestern. Aber das weißt du ja selbst am besten.«

Inzwischen waren sie am Ufer angelangt und wateten auf den Strand hinaus. »Lass dich um Himmels willen nicht breitschlagen«, ermahnte Anne sie, »und lass dir ja nicht einreden, diese Heirat wäre das Beste für deine Familie! Ich wage zu wetten, deine Mutter würde ganz anders reagieren, ginge es um eine deiner Schwestern!«

Da musste Lysia ihr wohl oder übel recht geben. Für Amathia und Eunike würde an einen Mister Edward Milward, auch wenn er einmal zum Bürgermeister von Hastings gewählt würde, kein einziger Gedanke verschwendet.

»Mama will mich eben versorgt sehen«, versuchte Lysia eine halbherzige Erklärung.

»Das kannst du auch anders haben«, erklärte Anne in ihrer gewohnt praktischen Art. »Du weißt, ich möchte schon seit Langem eine Schule für adelige junge Damen eröffnen. Wie wäre es, wenn wir das gemeinsam machen? Ich könnte mir nichts Schöneres vorstellen, als zusammen mit dir etwas Neues aufzubauen.«

Lysia sah auf und lachte. »Oh, das klingt verlockend, Anne! Ich bezweifle zwar, dass ich das Talent zur Lehrerin habe, aber gib mir etwas Zeit zum Überlegen.«

Dann wurde sie wieder ernst. »Jedenfalls werde ich nicht umhinkommen, beim Sommerball mit Edward zu tanzen.« Nicht ihrer Mutter zuliebe, sondern wegen der Drohung des Bürgermeisters. »Ich weiß, die Assembly Rooms sind dir zuwider, aber es wäre mir eine große Unterstützung, wenn du an dem Abend auch kommen könntest.«

Anne trat zu Lysia und drückte aufmunternd deren Hand. »Natürlich, teure Freundin, das ist doch gar keine Frage! Ich werde an deiner Seite sein.«

SECHSTES KAPITEL

Assembly Rooms, Swan Inn, Hastings, Sussex, Samstag 10. Juli 1784

Der Schein Dutzender Kerzen spiegelte sich in den gläsernen Kristallen der großen Kronleuchter, die hellen, vibrierenden Klänge des Streichquartetts übertönten das vielfältige Stimmengewirr, die Luft war schwer von Parfüms, Schweiß, Pomade und Puder.

Am heutigen Abend fand der alljährliche Sommerball statt, der wegen des Gerüchts, die Herzogin von Devonshire gedenke die Veranstaltung mit ihrer Anwesenheit zu beehren, in diesem Jahr besonders viele Besucher in den eleganten Ballsaal des Swan Inns gelockt hatte – darunter auch die Farleys.

Lysia stand mit einer Gruppe ihrer Freunde – Lady Murray, Miss Anne Webster, Miss Helen Murray, Miss Sophie Thynne und deren Verlobtem, dem Viscount St. Asaph – am Rande des Tanzparketts beisammen, direkt unterhalb der Musikergalerie, und führte eine angeregte Unterhaltung, die sich gerade um aerostatische Experimente drehte, die seit den Ballonversuchen der beiden Franzosen Montgolfier im letzten Sommer in aller Munde waren. Dem Anlass des Abends entsprechend trug sie eine elegante Robe aus silberfarbener Atlasseide – *Capitaine* Fréthun brachte hie und da einen Ballen

Stoff mit, den er ihr zu einem günstigen Preis überließ –; die zimtblonden Locken waren mit perlenbesetzten Spangen zu einer anmutigen, beinahe schlichten Frisur hochgesteckt; in ihrer Hand hielt sie einen zarten Fächer aus Elfenbein, und in Gedenken an ihren Vater – am Sommerball vor einem Jahr hatten sie zum letzten Mal miteinander getanzt – hatte sie ein schwarzes Samtband ums Handgelenk geschlungen.

»Ich stelle mir eine Fahrt in einem solchen Fluggerät herrlich aufregend vor«, erklärte Lysia nun mit leuchtenden Augen. »Hoch droben dahinschweben wie ein Vogel, leicht und schwerelos. Was muss das für ein überwältigendes Gefühl sein! Die einzige Grenze ist der Horizont, nichts als endlose Weite, so weit das Auge reicht.«

»Nichts als erschreckende Tiefe, wenn man nach unten sieht – und fällt«, kommentierte Lady Murray trocken. »Weiß Gott, oft genug hört man, dass diese Ballons Feuer fangen oder sonst ein Unglück passiert. Da bleibe ich lieber mit beiden Füßen auf festem Boden.«

»Ohne Wagnis kein Gewinn«, entgegnete Lysia lächelnd und dachte dabei auch an ihr Schmuggelgeschäft.

»Mir ist es unerklärlich«, meinte Sophie Thynne, »wie solch ein großes Ungetüm, das mit nichts als Luft gefüllt ist, überhaupt in der Lage ist, in den Himmel zu steigen. Noch dazu muss man bedenken, dass ein schwerer Korb samt Tieren oder Menschen daran hängt – oder wie es erst kürzlich aus Frankreich hieß, eine Gondel.«

»Es ist keine gewöhnliche Luft darin«, erläuterte Anne Webster, »sondern ein Gas, das entflammbare Luft genannt wird. Das habe ich erst kürzlich in einer Abhandlung der Royal Society gelesen.«

»Ja, ganz recht«, pflichtete ihr der Viscount St. Asaph bei. »Dieses Gas ist leichter als herkömmliche Luft, daher schwebt der Ballon nach oben, ganz von selbst. Ich habe einem solchen Experiment – oder wohl eher Spektakel – in den St. George's

Fields in London beigewohnt. Dort hatte Mr Astley – ja richtig, meine Damen, der umtriebige Besitzer von Astley's Amphitheatre – im März eine Ballonfahrt vorgeführt, die erste auf englischem Boden. Alles, was Beine hatte, kam, um sich die Sensation ja nicht entgehen zu lassen.«

»Oh, wie beneide ich Sie um dieses Erlebnis!«, rief Lysia. »Nicht unweit von hier, von Cowes auf der Isle of Wight, ist ein solcher Apparat vor einem Monat aufgestiegen. Die Passagiere waren ein Gentleman und – stellen Sie sich vor! – vier Damen, und der Flug soll eine ganze Stunde gedauert haben. Ach, wie gern wäre ich dabei gewesen!«

Die lebhafte Konversation wurde noch eine Weile weitergeführt, wechselte zu anderen Themen wie des Königs rauschende Geburtstagsfeierlichkeiten, der in diesem Jahr erfreulich ertragreichen Makrelenfangsaison und dem fürchterlichen Unwetter vor drei Tagen, das in der Gegend von Plymouth die Ernte großteils vernichtet hatte, bis schließlich eine vor Aufregung schrille, Lysia bestens bekannte Stimme das Gespräch zu einem jähen Ende brachte.

»Ah, hier bist du, Tochter! Ich suche dich schon die längste Zeit. Sieh doch nur, wen ich mitgebracht habe: deinen eifrigen Verehrer Edward Milward!«

Bei diesen Worten setzte Lady Farley, recht unbekümmert, ihre beiden Ellbogen ein, um sich und ihrem goldgelockten Anhängsel Platz in der kleinen Gruppe zu verschaffen, und rempelte dabei Helen Murray wie auch Sophie Thynne mehrmals heftig an. Mit vor Scham geröteten Wangen – wie konnte sich Mama nur derart unhöflich benehmen? – und nur mit Mühe kaschiertem Widerwillen wandte sich Lysia ihrer Mutter zu, um sich anzuhören, welches Anliegen derart dringend war, dass es keinen Aufschub duldete. Dabei konnte sie sich die Antwort längst denken.

»Der liebe Edward«, platzte Lady Farley ohne Rücksicht auf die Unterhaltung der Gruppe und ohne Entschuldigung für deren Unterbrechung heraus, »hat mir vorhin seinen Herzenswunsch anvertraut. Nichts sehnlicher begehrt er, hat er mir gestanden, als noch einmal mit dir zu tanzen, Lysia, aber der gute Junge ist zu schüchtern, dich deswegen anzusprechen.« Mit gespieltem Tadel schlug sie den zugeklappten Fächer gegen Edwards Arm, der kein Wort sagte, nur da stand und Lysia mit Kalbsaugen voll tiefster Bewunderung anstarrte.

»Ich habe ihm erklärt«, plapperte Lady Farley mit einem kurzen Blick zu ihrem Protegé weiter, »dass er sich ganz unnötigerweise Gedanken mache. So sehr ihn seine Sorge auch auszeichnet, so fehl am Platze ist sie doch in diesem Fall. Denn genau wie Edward möchtest auch du möglichst viel Zeit in seiner Gesellschaft verbringen, nicht wahr?«

Angesichts dieser haarsträubenden Unwahrheit schnappte Lysia empört nach Luft. »Aber, Mutter …«, begann sie, verstummte jedoch, als sie Lady Farleys Miene bemerkte, eisern und streng, die ihr wortlos übelste Konsequenzen androhte, sollte sie hier und jetzt Widerrede wagen. Verzweifelt um Hilfe suchend fiel ihr Blick auf Edward, nur um festzustellen, dass sich auf dessen Gesicht ein triumphierendes Strahlen abzeichnete, und am liebsten hätte sie vor Zorn laut geschrien. Sie hatte heute bereits bei zwei Gelegenheiten mit dem Bürgermeistersohn getanzt, hatte also mehr als erfüllt, was dessen Vater wie auch Lady Farley so eindringlich verlangt hatten. Ein weiteres Mal wäre nur dann schicklich, wenn Edward und sie feste Absichten in Hinblick auf eine Heirat hätten und diese, gleich hier auf dem Ball, aller Welt verkünden wollten. Sowohl Edward Milward als auch Lady Farley waren bestens im Bilde, was die Anzahl der von Edward und Lysia gemeinsam absolvierten Tänze betraf. Dennoch drängte Lysias Mutter auf eine weitere Runde – und Edward Milward machte aus seiner angeblichen Leidenschaft für Lysia keinen Hehl. Das lässt nur den einzigen Schluss zu, dachte Lysia bitter bei sich, die beiden setzen alles daran, eine Verlobung anzukündigen! Noch heute Abend!

»Oh herrje, welch fürchterliches Pech!«, mischte sich da Anne Webster – ein Hoch auf die allerbeste Freundin! – mit scheinbar konsternierter Bestürzung ein, »Lysianassa hat diesen Tanz gerade vorhin einem anderen Herrn versprochen!«

Hätte Lysia nicht mit unumstößlicher Bestimmtheit gewusst, dass sie nichts dergleichen getan hatte, hätte sie Anne die mit unschuldiger Engelsmiene vorgebrachte Lüge ohne Weiteres abgenommen. Doch die Freundin ging sogar noch weiter und brachte für Lysia ein regelrechtes Opfer, denn Anne Webster, das wusste Lysia, fand am Tanzen genauso viel Gefallen wie an Zahnschmerzen und Migräne und besuchte die Assembly Rooms, wenn überhaupt, nur wegen der Musik und der anregenden Gesellschaft.

»Wenn Sie mit mir Vorlieb nehmen wollten, Mr Milward«, fuhr Anne honigsüß lächelnd fort, »dann würden Sie mir tatsächlich eine sehr große Freude bereiten. Ich warte schon den ganzen Abend darauf, dass ein Kotillon gespielt wird, und jetzt stimmen die Streicher endlich einen an.«

Weder der Angesprochene noch seine Fürbitterin konnten dem etwas entgegensetzen, und so blieb dem Sohn des Bürgermeisters nichts anderes übrig, als gute Miene zum vereitelten bösen Spiel zu machen: Höflich bot er der Ehrenwerten Miss Webster den Arm und geleitete sie in die Mitte des Saales, wo er ihr gegenüber Aufstellung nahm. Sein Blick, so bemerkte Lysia, hastete für einen Moment zu jener bedrohlich wirkenden, riesenhaften Gestalt, die, im Schatten einer Säule lungernd, das ganze Geschehen aufmerksam wie ein Schießhund verfolgt hatte und nun die Lippen missbilligend schürzte: Edwards Vater, der Bürgermeister von Hastings. Lysia entging nicht das wütende Aufblitzen in dessen eng stehenden Augen, bevor er sich abrupt umdrehte und in das angrenzende Kartenspielzimmer davonstapfte. Er würde diesen Vorfall sicherlich nicht auf sich beruhen lassen, fürchtete Lysia, und sie musste sich wohl auf eine scharfe Schelte gefasst machen. Doch war sie im Moment so erleichtert, einem weiteren Tanz mit Edward – und Schlimmerem! – entgangen zu sein, dass sie Anne am liebsten ein *tausendfaches Dankeschön* nachgerufen hätte. Daran änderten auch die bösen Blicke nichts, die Lysias Mutter ihrer Ältesten zuwarf, ehe sie schmollend von dannen zog.

»Dass der Gute seine matrimonialen Hoffnungen hoch gesteckt hat, ist ja noch einigermaßen verständlich«, flüsterte Helen Murray, während sie, so wie Lysia, das ungleiche Paar beobachtete, das scheinbar unbefangen plaudernd auf den Beginn des Kotillons wartete, »aber, dass deine Mutter ihn darin derart bestärkt und unterstützt, ist doch höchst verwunderlich.«

»Wem sagst du das«, runzelte Lysia verdrossen die Stirn. Zwar wusste sie nun von der geheimen Ehevereinbarung zwischen ihrem Vater und dem Bürgermeister, doch verstand sie genauso wenig wie Helen, auch nach dem Gespräch im Rosengarten nicht, wie ihre Mutter eine solche Verbindung, die aus Sicht der Farleys ein gesellschaftlicher Abstieg wäre, gutheißen konnte, zumal Lysias Mutter den wahren Grund der Abmachung, nämlich das Auffliegen der Schmugglerbande zu vereiteln, gar nicht kannte.

»Miss Farley«, wandte sich da Lord St. Asaph, ein junger Gentleman von angenehmem Äußeren und erlesenen Manieren, augenzwinkernd an Lysia, »wenn ich das vorhin richtig verstanden habe, haben Sie diesen Tanz einem anderen Herrn zugesagt. Spricht etwas dagegen, dass ich derjenige bin? Mich gelüstet es nach etwas Bewegung, und daher möchte ich Sie sehr gern um diesen Kotillon bitten.«

Lysia, nun wieder etwas gefasster nach der schockierenden Vorstellung ihrer Mutter, lächelte dankbar. So wie es schien, war sie mit wahren Freunden reichlich gesegnet. »Wenn Sophie nichts dagegen hat, sehr gern. Ich möchte ihren Verlobten nicht ohne ihr Einverständnis mit Beschlag belegen.«

Diese Äußerung brachte ihr einen Klaps von Sophies Fächer ein.

»Ach, du dumme Gans, du weißt genau, dass ich nichts dagegen habe! Auch wenn wir verlobt sind, ist George doch keineswegs mit eisernen Ketten an mich geschmiedet.«

»Sie haben es gehört, Miss Farley«, erwiderte der Viscount mit vergnüglich wackelnden Augenbrauen. »Meine Braut hat ihre Erlaubnis erteilt!«

»Nun denn«, rief Lysia, nun wieder gut gelaunt. »Dann sehr gern!«

Lord St. Asaph geleitete sie in die Mitte des Tanzparketts, wo sie beide ihre jeweiligen Plätze in den Reihen der Herren und Damen einnahmen. Auch Amathia und Eunike hatten sich eingefunden, in Begleitung zweier junger, übereifriger Galane. Ihr ausgelassenes Lachen übertraf selbst das dröhnende Stimmengetöse des Saals.

Der Viscount verbeugte sich, Lysia vollführte einen tiefen Knicks, und dann ertönten schon die ersten Klänge des Kotillons. Den anderen Paaren folgend, führten sie die vorgeschriebenen Schritte und Figuren aus, und unterhielten sich dabei, wenn immer es die Tanzfolge zuließ, über die hektischen Hochzeitsvorbereitungen, die Reise auf den Kontinent, die der Viscount mit seiner Braut nach der Heirat unternehmen wollte, wie auch den Umbau des Anwesens in Netherfield. Das junge Paar gedachte das elegante Haus in der Nähe von Battle Abbey als seinen Wohnsitz einzurichten. Schneller als ihnen lieb war, spielte das Streichquartett den letzten Akkord, und so überredete der Viscount Lysia zu einem zweiten Tanz. Mittendrin bemerkte sie einen Zuschauer, der breitbeinig am Seitenrand stehend, unverwandt in ihre Richtung starrte, die Arme grimmig vor der Brust verschränkt. Offensichtlich hatte der Bürgermeister das Kartenspiel aufgegeben und war in den

Ballsaal zurückgekehrt, um Lysia und ihren Tanzpartner nicht aus den Augen zu lassen. Ganz zweifelsohne missfiel ihm, was er sah. Mit Entsetzen beobachtete Lysia, wie er mit der Hand eine rasche horizontale Bewegung vor dem Hals ausführte – dabei fixierte sein Blick Lysias Gesicht. Die stumme Drohung war nicht misszuverstehen, und Lysia spürte, wie sich ihr die Nackenhaare aufstellten. Doch im nächsten Moment forderte der Viscount ihre Aufmerksamkeit.

»Miss Farley, ich möchte diese Gelegenheit nutzen, Ihnen – in Sophies Namen und meinem eigenen – von aufrichtigem Herzen zu danken. Ohne Ihre und Miss Websters Hilfe wäre es kaum möglich gewesen, Treffen zwischen Sophie und mir zu arrangieren, geschweige denn zu einem gemeinsamen Verständnis zu kommen. Sie wissen ja selbst, dass Sophies Eltern – was deren fünf Töchter angeht – beinahe zwanghaft vorsichtig sind.«

Lysia lächelte. »Ach, diesen Dienst habe ich meiner lieben Freundin doch überaus gern erwiesen! Ich bin wohl eine unverbesserliche Romantikerin, denn wenn mir solch tief empfundene Liebe wie die zwischen Ihnen beiden begegnet, kann ich gar nicht anders, als dieser zum Sieg zu verhelfen.«

»Dann wünsche ich Ihnen«, erwiderte der Viscount galant, »dass Sie selbst solche Liebe erfahren. Oder vielleicht gibt es ja schon jemanden, der Ihr Herz erobert hat? Aber verzeihen Sie, diese Frage ist indiskret.«

Lysia schüttelte den Kopf. »Nein, es gibt niemanden. Ich bin auch viel zu sehr mit der Verwaltung von Fairlight Hall und der Suche nach einem Haus in London beschäftigt, als dass ich für Herzensangelegenheiten Zeit und Muße hätte.«

Doch als wollte ihr verräterischer Verstand ihre Worte Lügen strafen, entstand da, ungebetenerweise und aus heiterem Himmel, Jacks vertrautes Gesicht vor Lysias geistigem Auge und ließ ihr Herz einen aufgeregten Sprung machen. Und im nächsten Moment – höchstwahrscheinlich war ihr der Champagner zu Kopf gestiegen – sah sie ein anderes Bild vor sich: eine Hochzeitsfeier in der kleinen Kirche von Fairlight – vor dem blumengeschmückten Altar stand Lysia zusammen mit Jack, einträchtig Hand in Hand. Der Rossknecht holte einen einfachen Ring aus seiner Rocktasche und streifte ihn über ihren Finger. Dabei blickte er so tief in ihre Augen, dass ihr ganz warm ums Herz wurde; dann neigte sich sein Mund langsam zu ihrem herab, seine Lippen …

Ungestüm schüttelte Lysia den Kopf, um das verlockende Bild verschwinden zu lassen, das ihr uneinsichtiger Verstand heraufbeschworen hatte. Doch kaum war ihr das gelungen, da tauchte – zu ihrer grenzenlosen Bestürzung – Jacks Gesicht schon wieder vor ihr auf. Seit den gemeinsam bestandenen Abenteuern auf dem Heimweg von Ofham war das so oft geschehen, dass es eine Weile dauerte, bis Lysia gewahrte, dass es dieses Mal keine Einbildung war: Die schwungvollen Tanzschritte des schottischen Reels hatten sie und den Viscount zu jenen großen Fenstern an der rückwärtigen Wand des Saals gebracht, die hinaus in einen Obstgarten gingen. Und dort, hinter der Scheibe des mittleren Fensters, war, ganz deutlich und ohne jeden Zweifel, ein winkender Jack zu sehen. Und – oh Grundgütiger! – er winkte ihr zu!

Lysia musste ihre Füße zwingen, sich im Takt der Musik weiterzubewegen, während ihr Verstand fieberhaft nach Erklärungen suchte. Himmel, wie war Jack nur dorthin gekommen? Soweit sie wusste, gab es vor dem Fenster keinen Balkon. Er musste die Fassade hinaufgeklettert sein. Bei nochmaligem Hinsehen meinte sie denn auch, ein Seil zu erkennen, an dem er sich mit einer Hand festklammerte.

Doch das war noch nicht alles! Durch das Fenster gleich daneben starrte ein zweites, nicht weniger vertrautes Gesicht, jenes von Gibbs – und der winkte ihr ebenfalls zu. Er stand, wie unzweideutig zu erkennen war, auf einer Leiter, die an die

Hausmauer gelehnt war, und bedeutete ihr, wild gestikulierend, nach draußen zu kommen. Und zwar rasch!

War etwas Schlimmes passiert? Schon produzierte ihr Verstand die haarsträubendsten Vermutungen, ihre Gedanken rasten wie aufgescheuchte Hühner hin und her, kalter Schweiß trat auf ihre Stirn. Sie musste so schnell wie möglich zu Gibbs und Jack hinaus, um zu erfahren, welch wichtige Nachricht die beiden hierher gebracht hatte. Himmelherrgott, jeden Moment konnte einer der Gäste die Schmuggler bemerken und Alarm schlagen! Nicht auszudenken! Sie durfte keine Zeit verlieren. Als Lord St. Asaph mit Blick zu den besagten Fenstern hin – oh nein, er hatte die beiden Männer auch entdeckt! – überrascht ausrief: »Aber das ist doch …!«, unterbrach Lysia ihn daher etwas unhöflich und zerrte ihn von der Tanzfläche, bevor er seinen Satz vervollständigen konnte.

»Entschuldigen Sie, Mylord, ich muss mich ganz dringend frischmachen.«

Die Augenbrauen des Viscounts schossen steil in die Höhe, doch ungeachtet seines fragenden Blicks und ohne ihm weitere Erklärungen zu geben, ließ Lysia den verdutzten Herrn stehen und hastete, so schnell es möglich war, ohne unnötige Aufmerksamkeit zu erregen, aus dem Ballsaal. Sie raffte die bauschigen Röcke und rannte die Treppen hinunter und hinaus ins Freie, wo sogleich zwei dunkle Gestalten auf sie zustürmten: Gibbs und Jack.

»Was ist geschehen?«, wollte Lysia, etwas atemlos von dem überstürzten Abgang, wissen.

Mit verhaltener Stimme zischte Gibbs: »Miss Farley, die *Intrépide* liegt draußen auf dem Meer, gleich unterhalb von Hastings Castle.«

Lysia sah ihn mit großen, fassungslosen Augen an, als hätte sie nicht richtig verstanden.

»Was?«, flüsterte sie entsetzt. »Das ist einen Tag zu früh! Sie hätte doch erst morgen eintreffen sollen …«

»Sie ist aber schon heute da«, beharrte der Gutsverwalter. »Wer weiß, vielleicht hat *Capitaine* Fréthun eines seiner anderen *Rendezvous* absagen müssen, weil ihm ein Revenue Cutter der Zöllner hinterher geschnüffelt hat. Die Frage ist: Was sollen wir nun tun?«

Lysia überlegte nicht lange. Sie konnte es sich im wahrsten Sinne des Wortes nicht leisten, den Franzosen unverrichteter Dinge ziehen zu lassen. Er würde seine Waren sicherlich anderen Schmugglern verkaufen, und dann könnte es weiß Gott wie lange dauern, bis er wieder eine Ladung für sie bereit hätte. Nein, sie mussten ihre Pläne ändern und das Geschäft mit Fréthun schon heute Nacht abwickeln.

Gibbs erriet wohl ihre Gedanken, denn er flüsterte leise:

»Ich hab Eure Arbeitskleidung dabei, Miss Farley, und Jack und ich haben die übrigen Männer vorsorglich hinunter zum Strand geschickt. Die Jungs sollten – während wir hier sprechen – bereits unterwegs sein.«

Lysia nickte. »Sehr gut! Ich gebe noch meiner Mutter Bescheid und bin in ein paar Minuten wieder da. Wartet hier so lange auf mich.«

Gesagt, getan. Sie eilte zurück in den Ballsaal, fand ihre Mutter zusammen mit Tante Gussie nach kurzer Suche beim Punschtisch, wo diese dem würzig-süßen Getränk genüsslich zusprachen, stammelte eine erfundene Erklärung – sie sei von einer plötzlichen Migräne befallen, und Gibbs würde sie nach Hause bringen – und hastete wieder davon, bevor Lady Farley oder Tante Augusta verfängliche Fragen stellen konnten, wie zum Beispiel jene, warum und auf welche Weise Gibbs plötzlich nach Hastings gekommen war.

Wieder draußen im Freien wollte Lysia eben den Fuß in den Steigbügel ihrer Stute stecken, die Gibbs am Zügel hielt, als Jack sie zurückhielt. »Eu'r Kleid!«, flüsterte er eindringlich. »Ihr müsst Euch was andres anzieh'n.«

»Hier?«

Er zuckte mit den Schultern. »Wo sonst? Hinter'm Haus is' ein Gärtlein, mit 'n paar Bäumen und großen Büsch'n drin. Sucht Euch 'nen schicklichen aus.«

Lysia kniff die Augen zusammen. »Machst du dich etwa lustig über mich, Jack Ryder?«

»I wo, ich will Euch nur 'ne Latte unangenehmer Erklärungen erspar'n, weshalb Eu'r Ballg'wand nach Ross stinkt und so.«

»Jack hat recht«, drängte nun auch Gibbs. »Beeilt Euch, Miss Farley.« Er drückte ihr einen Beutel in die Hand. »Hier, Eure Sachen.«

Sich fügend griff Lysia nach dem Beutel und lief dann die Längsseite des Gasthofs entlang, an dessen rückwärtigem Ende sie eine kleine Pforte fand, durch die sie in den Garten schlüpfte. Leise Schritte hinter ihr ließen sie den Kopf wenden: Jack folgte ihr auf dem Fuße.

Im schwachen Licht, das aus den Fenstern der Assembly Rooms fiel, baute er sich vor ihr auf. »Ihr braucht wohl 'ne Zofe, nicht wahr«, erklärte er mit schiefem Lächeln, »oder kommt Ihr allein aus dem Ding da raus?«

Einen Moment lang wollte sie widersprechen, ihn zurechtweisen und zurück zu Gibbs schicken, doch dann sah sie die Richtigkeit seiner Schlussfolgerung ein. Ohne Hilfe würde sie es tatsächlich nicht schaffen, all die schwer erreichbaren Verschlüsse zu öffnen, und nickte. Für jungfräuliche Schamhaftigkeit war jetzt wohl nicht die rechte Zeit.

Hinter einem weit ausladenden Holunderstrauch drehte sie ihm den Rücken zu. Mit geschickten Fingern, als ob er so etwas jeden Tag täte, löste Jack flink die unzähligen Haken an der Rückseite des Kleides und schob dann die Ärmel von ihren Schultern. Als nächstes folgte das seidene Schnürmieder, das ebenso rasch abgestreift war. Plötzlich jedoch hielt der Rossknecht inne, und dann hörte Lysia ein leises Stöhnen – als litte er Schmerzen.

»Jack, was ist los? Ist etwas mit deiner Wunde?«

Er antwortete nicht, stattdessen spürte sie im nächsten Moment seine große, schwielige Hand, die zärtlich, beinahe ehrerbietig, über ihren Nacken und den halb entblößten Rücken hinabstrich.

»Allmächtiger, so wunderschön und makellos!«

Lysia stieß erschrocken die Luft aus. Sie hätte sich ihm entziehen müssen, doch war sie nicht in der Lage, auch nur einen einzigen Schritt zu tun. Als wäre sie angewurzelt. Sie erbebte unter Jacks Berührung; jedoch nicht vor Kälte, denn überall dort, wo seine Fingerspitzen ihre Haut liebkosten, war es, als ob sie brannte. Ihr ganzer Körper schien mit einem Mal zu glühen. Als hätte sie Fieber.

»So vollkommen wie ein silberner Mondstrahl«, flüsterte der Stallknecht nahe an ihrem Ohr, und es war ihr, als ob alles in ihr vibrierte.

»Jack«, wisperte sie, erregt und ängstlich zugleich, »was machst du mit mir?«

Wiederum gab er keine Antwort, stattdessen fuhr er fort, vernehmlich seufzend, mit beiden Händen ihrem Leib zu huldigen. Unablässig schürte er das Feuer, das einmal entfacht war. Die Seidenrobe hing nun lose um Lysias Hüften, und mit einer hastigen Bewegung streifte Jack das rüschenbesetzte Spitzenunterhemd nach unten.

»Oh Gott, *lass*, du bringst mich um den Verstand«, raunte er heiser, und wieder meinte Lysia, er stehe unter Schmerzen. Seine Finger hatten die Rundungen ihres Gesäßes erreicht, lockerten die Knoten an ihren Unterröcken und tauchten noch weiter hinab. Forschend, drängend, besitzergreifend.

»Grundgütiger!«, ächzte er schwer.

Als seine Hände Anstalten machten, nach vorn zu wandern, dorthin, wo das Zentrum all der unbeschreiblichen Hitze gelegen schien, die Lysia in Brand setzte, überfiel sie Panik.

»Jack!«, rief sie schrill und versuchte, nach seinen Armen zu fassen.

»Sssch, *lass*, nicht so laut«, flüsterte er. »Wir wollen doch nicht die Ballbesucher alarmieren.« Aber seine Hände waren auf ihren Rücken zurückgekehrt und strichen nun langsam ihre Wirbelsäule hinauf.

»Jack«, stammelte Lysia, verzweifelt bemüht, einen klaren Gedanken zu fassen, während ihr verräterischer Körper nichts sehnlicher wünschte, als dass Jack für immer so weitermachte. Aber sie hatten eine Aufgabe zu erledigen, ermahnte sie sich selbst. Eine Aufgabe, die keinen Aufschub duldete.

»Jack, wir müssen uns beeilen«, stieß sie mit Mühe hervor.

Er brummte etwas Unverständliches, das ein Ja hätte sein können oder auch nicht, aber machte sich schließlich daran, die Perlenspangen aus ihrer Frisur zu lösen. Doch als die langen, weichen Locken hinab bis zu ihren Hüften fielen, stöhnte er erneut auf und vergrub sein Gesicht tief in ihrem Haar.

»Jack«, rief sie verzweifelt. »Jack! Gibbs wartet auf uns!«

Da hörte sie ihn leise fluchen, ehe er, widerstrebend, aber doch, gehorchte und von ihr abließ. Mit zusammengepressten Lippen half er ihr, aus den voluminösen Röcken zu steigen, und sie bemerkte, dass seine Hände zitterten. Und während er sich, nun wieder ganz manierlich, abwandte, schlüpfte sie in die von Gibbs mitgebrachten Sachen: ein einfaches Mieder aus steifem Barchent, das sie leicht selbst zu schließen verstand, und darüber ihre übliche Arbeitskleidung.

Inzwischen hatte Jack das silberfarbene Seidenkleid, so gut es ging, in dem Beutel verstaut, und gemeinsam beeilten sie sich, zu Gibbs zu gelangen.

»Na endlich!«, stieß dieser sichtlich erleichtert hervor. »Ich dachte schon, ihr beide hättet da hinten Wurzeln geschlagen. Wohl gar nicht so einfach, 'ne Dame aus 'ner festlichen Robe zu schälen, hä?«

Dabei musterte er sie beide argwöhnisch, und Lysia hoffte

inständig, dass die Dunkelheit ausreichte, um ihre erhitzten Wangen zu verbergen. Noch immer brannte ihr Körper lichterloh, und sie wagte Jack nicht mehr als einen kurzen Blick zuzuwerfen. Seine beinahe schwarzen Augen, so schien ihr, glühten in der Nacht wie feurige Kohlen.

Zum Glück nahm Gibbs an ihrem veränderten Aussehen keinen Anstoß – wenn er es denn überhaupt bemerkte –, denn ohne eine weitere Bemerkung half er Lysia in den Sattel. Kurz darauf trabten sie zu dritt durch die kopfsteingepflasterten Straßen der Stadt, hinunter zu dem weitläufigen Strand, der sich im Westen von Hastings erstreckte, im Schatten jener Felsenklippen, auf denen seit Hunderten von Jahren die Ruinen von Hastings Castle thronten.

Wie Gibbs vorausgesagt hatte, hatten sich die übrigen Schmuggler – bis auf Wheeler, den Kutscher, der sich bereithalten musste, die Farley-Damen vom Ball heimzufahren – bereits eingefunden. Draußen auf See war die dunkle Silhouette der *Intrépide* zu erkennen. Sobald Lysia das Zeichen dazu gab, entzündete Will Thatcher eine speziell gefertigte Laterne, eine Spout Lantern, die eine waagerecht abstehende, schmale Tülle aufwies. Indem er deren Abdeckung kurz entfernte, konnte er einen Lichtstrahl gezielt auf die französische Fregatte richten, deren Kapitän somit wusste, dass keine Gefahr drohte und das Löschen der Ladung beginnen könnte. Als das entsprechende Antwortsignal von Bord der *Intrépide* aufleuchtete, schoben die Schmuggler die Boote ins Wasser und ruderten mit kräftigen Schlägen hinaus zu dem Schiff auf Reede.

Derweil wartete Lysia zusammen mit Gibbs am Strand und verfolgte gespannt das Fortkommen der kleinen Schaluppen. So nahe bei der Stadt operierten sie nur selten, und sie konnte sich eines mulmigen Gefühls nicht erwehren. Zum zweiten Mal an diesem Abend schien Gibbs ihre Gedanken zu erraten.

»Die Mondsichel steht heute schmal, Miss Farley, und die meisten Offiziere besuchen den Sommerball in den Assembly Rooms. Es wird keiner Menschenseele auffallen, was wir hier tun. Macht Euch keine Sorgen.«

Lysia schlang die Arme um sich, weniger um sich gegen die kühle Brise zu schützen, die vom Meer her blies, als vielmehr um sich selbst in Sicherheit zu wiegen. »Ja, du hast recht. Es wird schon alles gut gehen.« Und dann fügte sie leise hinzu: »Es muss gut gehen.«

Der Gutsverwalter brummte etwas Unverständliches und kratzte sich hinter dem Ohr: »Bleibt noch die Frage, wo wir die Ware für diese Nacht hinschaffen. Nach Cripps Corner ist es von hier aus zu umständlich.«

Lysia rieb sich nachdenklich das Kinn. »Hm, wir könnten die Fässer in den St. Clements Caves lagern. Die sind nicht mehr als einen Katzensprung von hier.«

»Die alten Sandsteinhöhlen?«, wiederholte Gibbs mit ungläubig quiekenden Unterton in der Stimme, als hätte Lysia vorgeschlagen, die Konterbande direkt vor dem Königspalast abzuladen. Bei hellstem Tageslicht. »Kein wackerer Mann setzt dort seinen Fuß hinein, Miss Farley. Jedes Kind weiß, dass es in den Höhlen spukt.«

Angesichts Gibbs' Statur, Alter und Profession konnte Lysia sich ein Grinsen nicht verkneifen. »Gibbs, hast du etwa Angst vor Gespenstern?«

Der Verwalter schnaubte verächtlich. »Natürlich nicht. Ich bin nur vorsichtig.«

Lysia verbiss sich ein Lächeln, ehe sie erwiderte: »Nun gut, dann ist es entschieden. Wir bringen die Ware in die St. Clements Caves, über den Eingang gleich oben bei der Burgruine.«

Gibbs nickte, obwohl seine Miene weiterhin Unbehagen ob des – seiner Meinung nach wohl haarsträubenden – Plans ausdrückte. »Dann organisiere ich mit Ned und Joss mal Karren und Pferde.«

Es dauerte zwei Stunden, bis alle Spirituosenfässer an Land gebracht waren. Wie üblich verzeichnete Lysia jedes einzelne davon in ihrem sogenannten Haushaltsbuch. Mit der letzten Bootsfuhre ruderte Gibbs mit hinaus zur Fregatte, um *Capitaine* Fréthun die vereinbarte Geldsumme, pro Fass ein Pfund, zu übergeben. Zwei weitere Stunden später, es war nun bereits lange nach Mitternacht, hatten sie die Konterbande – zum Glück ohne Zwischenfälle, wofür Lysia ein stilles Dankgebet zum Himmel sandte – hinauf zum Eingang der St. Clements Caves geschafft und dort in einer der Grotten des weit verzweigten, unterirdischen Labyrinths abgeladen, einer großen, kuppelähnlichen Halle aus Sandstein, die man über einen etwa hundertfünfzig Fuß langen Tunnel erreichte. Der Weitertransport würde später auf Pferderücken erfolgen, um schneller und damit unauffälliger fortzukommen.

Die erste Überraschung war, dass die Höhlen – obwohl feucht, kalt und finster – nicht unbewohnt waren. Kaum hatten sie das Tunnelende passiert, stießen sie auf ein altes, hutzeliges Weiblein und deren Gefährten, die hier unten hausten, seitdem sie wegen angeblich ungehörigen Betragens aus dem Armenhaus der Stadt verwiesen worden waren und keine andere Bleibe gefunden hatten. Nachdem der anfängliche Schreck auf beiden Seiten überwunden war, versicherte sich Lysia mit ein paar Münzen des Stillschweigens des greisen Paares.

Gerade hatten sie das letzte Fass in der Höhle verstaut, da erwartete Lysia und ihre Männer die zweite Überraschung: Wie aus dem Nichts tauchten plötzlich von allen Seiten her dunkle Schatten auf, beinahe lautlos, und umzingelten die Schmuggler aus Fairlight. Einen Moment lang dachte Lysia, dass Gibbs mit seiner Befürchtung von wegen Geistern doch recht gehabt hatte, doch dann sah sie die gezückten Pistolen und Messer, die auf sie gerichtet waren. Sie wurden von Halunken aus Fleisch und Blut bedroht!

Das alles geschah so schnell, dass Gibbs und die übrigen Männer gar nicht dazu kamen, die eigenen Waffen zu ziehen. Zudem waren sie zahlenmäßig weit unterlegen.

»Guten Abend, Herrschaften«, trat ein breit grinsender Kerl in die Mitte vor, mit einer brennenden Fackel in der Hand, augenscheinlich der Anführer der unheimlichen Schar. »Seid herzlich willkommen in unserer bescheidenen Behausung!« Über seine gesamte linke Wange zog sich eine hässliche gezackte Narbe, und ein Auge war von einer schwarzen Klappe verdeckt. Diese Beschreibung passte auf einen Mann, von dem Lysia bislang nichts Gutes gehört hatte: Jevington Jigg, Raufbold, Wilderer und Pferdedieb, außerdem Kopf einer berüchtigten Schmugglerbande, die seit einigen Jahren in der Gegend von Jevington, einem Dorf drüben bei East-Bourne, ihr Unwesen trieb. Himmel, wo waren sie da nur hineingeraten!

Wütend blitzte Lysia die beiden Alten an, denen kein Wort der Warnung über die Lippen gekommen war, doch die zuckten nur mit den Schultern und zählten, in einer Ecke der Grotte auf Lumpen kauernd, zum wiederholten Male ihre neu erworbenen Münzen.

Von ihrer rechten Seite hörte Lysia leises Fluchen: Gibbs hatte den zwielichtigen Rädelsführer wohl auch erkannt, was seine nächsten Worte, die laut von den felsigen Wänden widerhallten, bestätigten. »Was bringt euch hierher nach Hastings? Ist euch der Boden rund um Beachy Head zu heiß unter den Sohlen geworden?«

Der Einäugige lachte meckernd. »Wir sind immer offen für Neues, und anscheinend«, dabei deutete er auf die ordentlich gestapelten Fässer, »sind wir gerade zur rechten Zeit gekommen. Das sieht nach bestem französischen Cognac aus, wenn mich nicht alles täuscht. Cream-Pot Tom?«

»Ja, Boss«, bestätigte ein rundlicher Kerl mit schwarzen Zahnstummeln und hässlicher Fratze, nachdem der die Fässer genauer inspiziert hatte. »Ganz recht. Ein paar ganz edle Tropfen.«

Offensichtlich war dem Anführer Lysias verwunderter Blick ob des eigenartigen Namens seines Untergebenen aufgefallen, denn mit einem hämischen Grinsen erklärte er nun: »Unser guter Tom wird nicht wegen der Ähnlichkeit seiner Gestalt mit einem Sahnetopf so genannt, sondern weil's der gute Cream-Pot Tom am liebsten mit drallen Milchmägden treibt. Er schleckt ihre Töpfchen aus, fein säuberlich und mit viel Pläsier.«

Seine Männer lachten derb und riefen ihrem Kumpan zotige Scherze zu, sodass Lysia keinen Zweifel haben konnte, was der Einäugige gemeint hatte. Ihr stieg die Schamesröte ins Gesicht. Jack, der zu ihrer Linken stand, tat einen Schritt nach vorn und stellte sich damit, wie sie bemerkte, schützend halb vor sie.

»Wer ist euer Anführer?«, fragte da das Narbengesicht, und bevor jemand die Verantwortung übernehmen konnte, die allein ihr oblag, antwortete Lysia mit ruhiger, fester Stimme: »Das bin ich.«

Die struppigen Brauen des Einäugigen wanderten überrascht nach oben, während er Lysia eingehend musterte.

»Die Gentlemen von Fairlight – das seid ihr doch? – lassen sich von einem Grünschnabel anführen?«

»Pass auf, was du sagst!«, warnte Jack, der immer noch Lysias Gestalt halb verdeckte und keine Anstalten machte, sich wegzubewegen. Zum einen war sie ihm dankbar dafür – sie wollte sich gar nicht ausmalen, was passierte, sollten diese nichtswürdigen Schurken ihr wahres Geschlecht und ihre wahre Identität herausfinden –, zum anderen konnte sie nicht zulassen, dass Jevington Jigg sie als Feigling betrachtete.

Deshalb machte sie einen Schritt zur Seite und erklärte mit betont tiefer Stimme: »Diese Fässer gehören uns, und weder du noch deine Männer vergreifen sich daran. Ihr werdet euch an die ungeschriebenen Gesetze aller Gentlemen halten: Keiner pfuscht einem anderen in dessen Handwerk.«

»Gut gesprochen, Grünschnabel«, antwortete der narbengesichtige Rädelsführer anerkennend. »Doch warum sollte ich mich daran halten?« Er grinste neuerlich. »Oder anders gefragt: Was sollte uns geschehen, sollten wir uns nicht daran halten? Die Verlockung ist doch tatsächlich groß, wie ihr selbst zugestehen müsst: Spirituosen bester Qualität, bereits entladen und gelagert, und mit fünfzig Mann sind wir eindeutig in der Überzahl. Selbst wenn wir euch alle hier auf der Stelle erschießen, sind die Chancen gering, dass eure Leichen jemals gefunden werden. Und wenn man sie findet, wird keiner uns in Verdacht haben. Wie ihr schon selbst festgestellt habt, halten wir uns in dieser Gegend üblicherweise nicht auf.«

Verdammt! Lysia konnte den unschicklichen Fluch, wenn er auch stumm geschah, nicht zurückhalten. Der elendige Bastard hatte natürlich recht. Hier drinnen würde niemand nach ihnen suchen. Nichts als blanke, weiße Knochen, verstreut über das unterirdische Labyrinth, würden von ihnen übrig bleiben. Kalter Schweiß trat auf ihre Stirn. Sollte sie nicht nur ihre Ware, sondern auch das Leben ihrer Männer wie auch ihr eigenes verlieren?

»Hah«, mischte sich nun Jack ein, »dann is' Jevington Jigg also nich' nur 'n Dieb und Schmuggler, sondern auch 'n kaltblüt'ger Mörder?«

Der Vorwurf schien den Einäugigen nicht weiter zu stören. »Wie gesagt, die Versuchung ist groß. Ihr müsstet mir schon etwas Anständiges bieten, damit ich meine Absicht ändere.«

Mit einem Blick in die Runde seiner Männer fügte er feixend hinzu: »Meine Burschen haben bereits Blut geleckt. Ich kann sie doch schwerlich enttäuschen, nicht wahr, Jungs?«

Die rauen Kerle grölten ihre Zustimmung, und Lysias letzter Hoffnungsschimmer schwand dahin.

Dieser verdammte Lump! Er wusste ganz genau, wie er ihre Lage ausnutzen konnte, und er zögerte nicht, sich an ihnen zu bereichern. Es half nichts, diese Schiffsladung war wohl verloren! Sie konnte das Leben ihrer Männer nicht aufs Spiel setzen. Von Gibbs wusste sie, dass ihr Vater sehr stolz gewesen war, in all den Jahren, in denen er dem Schmuggel nachgegangen war, keinen einzigen Mann verloren zu haben. Ja, es hatte natürlich hie und da Verletzungen gegeben – das war unvermeidbar, und manche davon waren noch heute sichtbar, wie Jenners hässlich gebrochene Nase oder Wheelers abgetrenntes Ohr. Aber niemand war je ums Leben gekommen, weil er ein Mitglied der Schmugglerbande von Fairlight war. Und das wollte Lysia um jeden Preis weiter so halten. Niemals könnte sie für ihre Familie und sich ein Haus kaufen, das mit dem Blutzoll der Männer von Fairlight bezahlt war.

Lysia wollte Jevington Jigg eben verkünden, dass sie ihm die Fässer überließe, als Jack ihr zuvorkam.

»Wärst d' bereit, im Ausgleich für fuffzehn Pferd deiner Versuchung zu widersag'n?«, fragte er den Anführer der Jevington-Bande. »Sin' all's reinrass'ge Vollblüter mit nachg'wies'nem Stammbaum, bestens g'halten, g'sund und gut trainiert.«

Der Einäugige runzelte skeptisch die Stirn, aber in seine Augen war ein habgieriges Glitzern getreten. Der Fisch zappelte an Jacks Angel. Ohne jeden Zweifel.

»Du scheinst zu wissen, dass ich eine Vorliebe für edle Gäule habe«, meinte er vorsichtig. »Aber ich frage mich, wo es solche Prachtstücke geben soll. Und wie die in unsere Hände gelangen, ohne dass wir uns die Finger verbrennen.«

Jacks Gesicht blieb unbewegt, als er antwortete: »Die Pferd' steh'n in den Stallung'n von Ashburnham Place.«

Lysia keuchte erschrocken auf, und Jevington Jigg schoss Jack einen scharfen Blick zu, der eindeutig besagte, dass er den anderen für einen Narren hielt. »Bist du völlig verrückt? Das ist das Anwesen des Earls von Darrington. Der hochwohlgeborene Schnösel lässt seine Besitzungen sicherlich bestens bewachen.«

»Eb'n nich'«, entgegnete Jack. »Weder der Schnös'l noch sein' Familie hab'n sich in den letzten Jahr'n hier in Sussex blick'n lass'n. All's wird bloß von 'ner Handvoll Diener verwalt't. Es wär 'n leicht's, die Pferd' unb'merkt wegzubringen. Ich kann euch dabei helf'n.«

»Wieso das?«, fragte der narbengesichtige Schmuggler.

»Ich arbeit' dort seit 'nem halb'n Jahr als Stallknecht. Ich kenn 'n Hausbrauch von der Dienerschaft und all' die Örtlichkeit'n. Wenn'ste willst, könn'n wir auf der Stell' aufbrech'n. *Stante pede.*«

»Jack«, wandte da Lysia leise mahnend ein, »das wäre Diebstahl! Ich kann nicht zulassen, dass du unseretwegen, meinetwegen und wegen meiner Familie zum Pferdedieb wirst.«

Geradezu belustigt warf Jack ihr einen Blick zu, der wortlos zu besagen schien, dass Schmuggel nicht weniger illegal war als Diebstahl. Lysia wusste das natürlich, aber es war doch etwas ganz anderes, der von gesichtslosen, weit entfernten Beamten verwalteten Staatskasse ein paar Steuereinnahmen vorzuenthalten, als einem unmittelbaren Nachbarn dessen Hab und Gut zu entwenden.

»Keine Sorg', Capt'n«, erwiderte Jack, wieder ernst, »der Schnös'l hat so viel Geld, dass er den Verlust der Pferd' leicht verschmerz'n kann. Da bin ich g'wiss.«

Lysia war davon keineswegs überzeugt, aber Jevington Jigg hatte seine Entscheidung inzwischen wohl gefällt.

»Nun gut, ich bin einverstanden«, erklärte er großmütig, »eine solch einmalige Gelegenheit mag ich mir nicht entgehen lassen, und wie du schon festgestellt hast, Rossknecht, sind meine Interessen nicht auf den Schmuggel beschränkt, sondern durchaus, äh, vielfältig.«

Er wandte sich an seine Männer. »Gentlemen, wir brechen auf. Ich möchte das versprochene Geschäft noch in dieser Nacht abwickeln, bevor es hell wird.«

Die dunklen Schatten gehorchten widerspruchslos und verschwanden in den Gängen des unterirdischen Labyrinths so lautlos und schnell, wie sie gekommen waren – nur eine Handvoll Kerle blieb zusammen mit ihrem Anführer zurück.

»Ihr drei begleitet uns«, bestimmte der Einäugige und deutete dabei auf Jack, Gibbs und Lysia. »Ich will sichergehen, dass uns der Stallknecht keine Falle stellt oder es sich plötzlich anders überlegt. So wie es mir scheint, steigen unsere Chancen auf eine erfolgreiche Tour, wenn der Grünschnabel und der Grauschädel dabei sind.«

Jack und Gibbs wollten Einspruch erheben, doch der Anführer der Jevington-Bande gebot ihnen kopfschüttelnd Einhalt. »Darüber verhandle ich nicht. Steht unsere Abmachung, oder nicht? Wenn ihr es euch anders überlegt, genügt ein Pfiff von mir, und meine Jungs kehren blitzschnell zurück.«

»Die Abmachung steht«, erklärte Lysia mit tiefer Stimme. Wie sie dem Earl von Darrington jemals den Wert der fünfzehn Vollblutpferde ersetzen sollte, wahrscheinlich ein kleines Vermögen, war ihr derzeit noch ein Rätsel, aber irgendwie würde sie es schaffen.

Jevington Jigg nickte anerkennend. »Gut, dann kommt. Hier entlang.«

Lysia trug den Männern von Fairlight auf, die Branntweinfässer bis zu ihrer Rückkehr zu bewachen; Gibbs fügte hinzu: »Mit entsicherten Pistolen!«, und dann folgten Jack, Gibbs und Lysia dem Einäugigen, der sie mit zielsicherer Gewissheit durch die endlos scheinenden, labyrinthartigen Tunnel und Grotten führte, bis sie nach einer Weile durch einen versteckten Ausgang hinaus in die Nacht gelangten. Lysia benötigte ein paar Momente, um sich zu orientieren, aber dann erkannte sie, dass sie oberhalb der Stadt, auf einer Anhöhe standen, die große, dunkle Fläche des Meeres weit unter ihnen. Über ihnen funkelten die Sterne am samtschwarzen Himmel, aber es würde nicht mehr allzu lange dauern, bis die Dämmerung im Osten einsetzte.

»Wir haben keine Gäule übrig«, erklärte der Rädelsführer mit einer Kopfbewegung zu einer Baumgruppe hin, wo mehrere Dutzend Pferde warteten. »Ihr drei müsst jeweils mit einem von uns reiten.«

Bei diesen beiläufig dahingesagten Worten wurde Lysia recht bange, denn zu zweit auf einem Ross würde es nicht lange dauern, bis ihr wahres Geschlecht entdeckt war. Schon allein der Gedanke, was dann alles passieren könnte, ließ ihr die Gänsehaut über den Rücken kriechen.

»Der Capt'n und ich reiten z'sammen«, blaffte da Jack. »Oder wir reit'n gar nich'.«

Jevington Jigg schien einen Moment lang zu überlegen, ob es wert war, dieses Scharmützel auszutragen, doch seine Gier nach rascher Beute obsiegte offenbar.

»Nun gut«, lenkte er ein. »Aber haltet euch schön brav in unserer Mitte. Alles, was nur im Entferntesten nach einem Fluchtversuch aussieht, beschert euch eine Pistolenkugel in den Rücken – so schnell könnt ihr gar nicht schauen. Verstanden?«

»Verstanden«, knurrte Jack und schwang sich in den Sattel des stämmigen Wallachs, den ihm Cream-Pot Tom auf Anweisung seines Anführers abtrat. Er streckte seine Hand aus und zog Lysia zu sich hinauf. Sie schlang die Arme um seine Hüften und schmiegte die Wange an seinen Rücken. »Danke, Jack!«, wisperte sie.

Zum Zeichen, dass er sie gehört hatte – und wohl auch, um sie zu beruhigen –, drückte er ihre Finger, und auf einen schrillen Pfiff von Jevington Jigg hin stob die unheimliche Schar in die Nacht davon, Richtung Nordwesten, Richtung Ashburnham Place.

Der scharfe Ritt von etwa zehn Meilen, querfeldein, dauerte nicht mehr als eine Stunde, und schließlich durchquerten sie, nun angeführt von Jack, einen weitläufigen Park mit majestätischen Bäumen, deren Wipfel leise im Wind rauschten. Über eine steinerne Bogenbrücke gelangten sie an das andere Ufer eines großen Sees, in dessen Mitte ein antik anmutender Pavillon stand, und dann tauchte das Haus vor ihnen auf, prächtig und erhaben, mit einem tempelartigen Portikus, Pilastern und Kuppeln und mehrgeschossigen, flankierenden Seitenflügeln. Selbst bei Dunkelheit konnte man die klassische Schönheit des Anwesens erahnen, und Lysia war unverständlich, warum der Earl von Darrington nicht ein einziges Mal zumindest für einen kurzen Besuch hierherkam. Da Ashburnham Place von seinen Besitzern nicht als Wohnsitz genutzt wurde, nicht einmal vorübergehend, gab es für die hiesigen Familien keinen Anlass, dem Haus ihre Aufwartung zu machen. So war auch Lysia, bis auf einen oder zwei Ritte durch den Park vor etlichen Jahren, niemals hier gewesen.

Im Schutz von ein paar alten, mächtigen Eichen, dort, wo Schritte als auch Hufe vom Gras gedämpft wurden, ließ Jack alle absitzen und bedeutete den Jevington-Schmugglern, ihm unauffällig zu folgen. Lysia und Gibbs schlichen hinterdrein.

Die Stallungen befanden sich an der Ostseite des Hauses, gleich hinter einer verlassenen Orangerie, und wie Jack versprochen hatte, standen in den Boxen fünfzehn Vollblüter, herrliche Tiere von edler, kraftvoller Gestalt. Angesichts der späten Besucher spitzten sie aufmerksam die Ohren und wieherten leise, beruhigten sich aber wieder, als Jack flüsternd auf sie einredete. Es war offensichtlich, dass er die Pferde gut kannte und umgekehrt sie ihm vertrauten. Mit routinierten, geschickten Handgriffen legte er einem nach dem anderen das Halfter an, führte es ins Freie und übergab es den Jevington-Schmugglern.

Jack hatte etwa die Hälfte der Pferde ausgehändigt, als plötzlich das flackernde Licht einer Laterne im Stalltor erschien. Es beleuchtete ein verwelktes, von tiefen Furchen überzogenes Gesicht, das von einem Flaum schlohweißer Haare umrahmt war. Lysia hielt vor Schreck den Atem an. Jetzt hatte man sie erwischt! Gleich würde der greise Knecht Alarm schlagen und ihnen den Rest der Dienerschaft auf den Hals hetzen.

Die besorgten Augen des Alten irrten verstört umher, doch als er schließlich Jack entdeckte, schien er erleichtert. »Alles in Ordnung?«, fragte er mit krächzender Stimme.

Jack hatte den Knecht wohl nicht kommen sehen, denn er wandte sich erst bei dessen Anrede zu ihm um. »Ja, Jenkins, alles in bester Ordnung. Ich bringe nur die Pferde hinaus. Meine Freunde hier«, er deutete auf die Jevington-Schmuggler, »haben sie gekauft.«

Die weißen Augenbrauen wanderten verwundert nach oben. »Alle?«

»Ja, alle. Sie haben einen solch guten Preis geboten, dass Mylord nicht Nein sagen konnte.«

Der Diener öffnete schon den Mund, um eine weitere Frage zu stellen, doch da schnitt Jack ihm das Wort ab.

»Leg dich wieder schlafen, Jenkins. Ich kümmere mich um alles.«

Zuerst zögerte der Alte, doch dann besann er sich anders. »Nun gut«, erwiderte er schließlich und schlurfte kopfschüttelnd davon.

Es dämmerte bereits, als Jack den Halfterriemen des letzten Rosses, eines rassigen dunkelbraunen Hengstes, den Jevington-Schmugglern in die Hand drückte. Mit einer spöttischen Verbeugung bedankte sich deren Rädelsführer und gab dann den Befehl zum Aufbruch.

»Verdammt schade um die schönen Tiere«, brummte Gibbs verdrießlich, der wie Lysia und Jack den davonjagenden Schurken samt ihrer wertvollen Beute nachschaute.

»Was sie wohl damit anfangen werden?«, fragte Lysia nachdenklich.

»Ich verwette mein bestes Paar Stiefel«, polterte Gibbs ungehalten, »dass die dreckigen Halunken die Tiere am nächsten Rossmarkt zu Geld machen werden. Verfluchtes Pack!«

Jack hatte seit dem Aufbruch der Jevington-Schmuggler kein Wort gesagt. Noch immer blickte er mit undurchdringlicher Miene dorthin, wo die Bande zwischen den Bäumen verschwunden war. Lysia trat zu ihm und legte die Hand auf seinen Arm.

»Jack, es ist das Beste, wenn du untertauchst. Der alte Diener, Jenkins, hat gesehen, wie du die Pferde den Schmugglern übergeben hast. Sobald er erfährt, dass Lord Darrington diese gar nicht verkauft hat, wird er die Behörden verständigen. Und dann wird er sich an deine Rolle in dieser Nacht erinnern. Pferdediebstahl wird mit dem Galgen bestraft.«

Jack wandte ihr sein Gesicht zu, und da bemerkte sie das eigenartige Blitzen in seinen dunklen Augen. »Macht Ihr Euch grad Sorgen um mich, Miss Farley?«, fragte er.

»Ja, natürlich tue ich das!«, rief sie erbost. »Wie kannst du nur solch eine Frage stellen! Ich bin für das Wohl all meiner Männer verantwortlich, also auch für deines!«

Er beugte sich zu ihr und raunte so leise, dass nur sie es hören konnte: »Habt Ihr für mich nich' 'n bisschen mehr übrig als bloß Fürsorglichkeit? Schlägt Eu'r Herz nich' schneller, wenn Ihr an mich denkt? Wenn ich in Eur'r Näh bin? Wenn ich Euch berühr? Mir geht's ganz gewisslich so mit Euch …«

Von diesem unverhofften Geständnis war Lysia so überrascht, dass ihr im ersten Moment die Worte fehlten. »Jack, ich …«, begann sie schließlich, brach aber ab, als Gibbs' mahnende Stimme dazwischenfuhr: »Wir sollten uns auf den Weg nach Fairlight machen, Miss Farley! Die Sonne geht bereits auf, und Ihr solltet rechtzeitig zum Frühstück zu Hause sein, damit niemand Verdacht schöpft.«

Lysia wusste, dass Gibbs – wie meistens – recht hatte, und so löste sie widerstrebend den Blick von Jacks Gesicht. Dabei sehnte sie sich so sehr danach, in diesen dunklen Augen zu versinken. Dort brannte nun das gleiche Feuer, das sie schon im Garten des Swan Inn darin hatte lodern sehen. Und dank Jacks Geständnis vollführte ihr Herz die wildesten Freudensprünge und mochte sich gar nicht mehr beruhigen. Denn mit unumstößlicher Gewissheit wusste sie, dass sie jede seiner Fragen mit Ja beantworten konnte.

SIEBENTES KAPITEL

Am Strand von Hastings, Sussex, Montag 26. Juli 1784

»Iiiieh, du spritzt mich ja ganz nass!«, rief Eunike erbost. »So pass doch auf, du ungeschicktes Ding!«

Amathia war die hölzerne Treppe des Badekarrens hinabgestiegen, dabei ausgerutscht und mit lautem Platschen im Wasser gelandet – unglücklicherweise in unmittelbarer Nähe ihrer Zwillingsschwester. Eine der Badefrauen half ihr wieder auf die Beine, und nun watete sie vorsichtig – die Arme weit von sich gestreckt und das Kinn himmelwärts gereckt – durch das hüfthohe Wasser. Von Schwimmen konnte keine Rede sein, was – das musste Lysia zugeben – mit all dem hinderlichen Gewand auch gar nicht einfach wäre. Sie trugen nämlich alle die übliche Badebekleidung: lange, sackartige Hemden aus dickem, grauen Flanell, die nicht mehr als Hände und Gesicht unbedeckt ließen. Die Haare waren unter Hauben von ähnlich unförmiger, voluminöser Machart verstaut.

Lady Murray hatte die Farley-Damen zum Baden im Meer eingeladen und zu diesem Zweck zwei Badekarren gemietet. Hastings, wie auch etliche andere Städtchen und Ortschaften an der südenglischen Küste, rühmte sich seit einigen Jahren dieser Errungenschaft, die es auch der feinen Gesellschaft erlaubte, dem gesundheitsfördernden Planschen im Meer zu frönen – und dabei gleichzeitig der Etikette Genüge zu tun. Seitdem ein gewisser Dr. Russell vor dreißig Jahren die Meereskur zur Vorbeugung und Behandlung von allerlei Leiden propagiert hatte, kamen die Gäste sogar aus London hierher, um die Vorzüge der Seeluft und des Salzwassers zu genießen.

Zu den vehementen Verfechtern des Badens im Meer gehörten auch Lady Murray und Lysias Mutter: Lady Murray wegen der Sorge um die Gesundheit ihrer Familie sowie all ihrer Bekannten, Lady Farley wegen des Umstandes, dass das Meereskuren selbst in den allerhöchsten Kreisen *en vogue* war. Mit einem überlegenen: »Na, seht ihr!«, hatte sie dementsprechend vorhin den Bericht einer der Badefrauen kommentiert, die mit gewichtiger Miene erzählt hatte, dass der Prinz von Wales vor vier Tagen drüben in Brighthelmstone eingetroffen sei, um, der Empfehlung seines Leibarztes folgend, im Meer zu baden.

Am Strand vor Hastings' Promenade hatte die Damengruppe – Lady Murray und ihre Tochter Helen sowie Lysia und deren Familie – heute Morgen die beiden Badekarren bestiegen, einfache hölzerne Hütten auf großen Rädern, die dann von stämmigen Pferden ein Stück hinaus ins Meer gezogen worden waren. Dort hatte sich bereits ein halbes Dutzend dieser fahrbaren Buden aneinandergereiht und solcherart einen Sichtschutz zur Stadt hin gebildet, sodass die badenden Damen – Herren war an diesem Strandabschnitt der Zutritt verwehrt – ungestört und unbeobachtet der Pflege ihrer Gesundheit nachgehen konnten.

Während die Pferde abgeschirrt und ans Ufer zurückgebracht worden waren, hatten sich die Damen im Inneren der dürftig belichteten Holzhütten umgekleidet und dann über die Treppe am rückwärtigen Ende ins Wasser gewagt. Dabei waren ihnen die sogenannten Dipper behilflich, Frauen von meist kräftiger, großer Statur, zu deren Aufgaben es auch gehörte, ihre Kundinnen kopfüber unter Wasser zu tauchen, einmal, zweimal oder auch öfter, je nach Geschmack und Bedarf, damit das gesundheitsförderliche Meerwasser den größtmöglichen Effekt erzielen könnte. Zudem liehen die Dipper ihre stützenden Arme jenen Damen, die Gefahr liefen, von anbrandenden Wellen von den Füßen gerissen zu werden, und banden Nichtschwimmerinnen, wie Lysias Mutter und Tante Augusta, mit Seilen an die Karren, um ungewolltes Abtreiben zu verhindern.

Sobald die Farley-Damen sich in den sicheren Händen der Dipper befanden, watete Lysia noch ein Stück weiter hinaus, legte sich auf den Rücken und ließ sich dann mit geschlossenen Augen auf dem Wasser treiben. Amathias und Eunikes Gekreische war hier draußen etwas besser zu ertragen. Eine der beiden schrie gerade wie am Spieß, weil sich irgendetwas Grässliches, Monströses, Glitschiges, wahrscheinlich eine Alge, um ihre Schulter geschlungen hatte.

Am liebsten hätte Lysia sich ja auf den Bauch gedreht und wäre mit kräftigen Zügen hinaus ins Meer geschwommen, aber das kam natürlich nicht infrage: Vornehme Damen badeten im Meer der Gesundheit wegen, aber sie schwammen nicht um des Vergnügens willen – auch wenn sie sich selbst vielleicht für eine Meerjungfrau hielten. Lysia konnte sich ein Schmunzeln nicht verkneifen.

Dann wanderten ihre Gedanken wieder einmal zu jenem Mann, der wusste, dass Lysianassa der Name einer der fünfzig Nymphen Poseidons war, der mit jedem Blick, jedem Lächeln, ihr Herzen schneller schlagen ließ, der eine ganze Schiffsladung Branntwein vor den gierigen Händen der Jevington-Schmuggler gerettet und sich selbst deshalb in allerhöchste Gefahr gebracht hatte. Sie wusste gar nicht, wie sie das an ihm jemals gutmachen sollte.

Nachdem Jevington Jigg samt seiner unheimlichen Schar und des Earls von Darrington fünfzehn Vollblutpferden von dannen gezogen war, hatten Lysia und Gibbs den Heimweg nach Fairlight angetreten. Natürlich hatten sie dabei einen Abstecher zu den St. Clements Caves gemacht, um die Männer dort, bis auf drei, die zum Schutz der Fässer in den Höhlen verblieben, von ihrem Wachdienst zu erlösen und nach Hause zu schicken. Am Abend wollten sie sich alle wieder einfinden, um die Konterbande nach Ofham zu transportieren. Nach einem scharfen Ritt über Wiesen und Felder hatte Lysia es schließlich mithilfe von Gibbs' Frau gerade noch rechtzeitig in das Speisezimmer von Fairlight Hall geschafft: Adrett frisiert und in einem geblümtem Musselinkleid hatte sie ihren Platz am Frühstückstisch eingenommen. Tante Gussie hatte die dunklen Schatten unter Lysias Augen der vorgetäuschten Migräne vom Vorabend zugeschrieben und ihr geraten, sich noch etwas hinzulegen, ein Ratschlag, den Lysia später auch befolgt hatte, und dann hatten sich alle mit Heißhunger dem Frühstück gewidmet und die Ereignisse der Ballnacht Revue passieren lassen. Amathias und Eunikes anfängliche Enttäuschung darüber, dass die Herzogin von Devonshire nicht erschienen war, war durch die zahlreich anwesenden, sehr tanzfreudigen Offiziere – ein Hoch auf die königliche Armee! – zum Glück ausreichend aufgewogen worden. Tante Augusta hatte beim Kartenspielen bemerkenswerterweise – üblicherweise verlor sie ihren Einsatz – eine Guinea gewonnen. Nur Lady Farley war mit dem Verlauf des Abends nicht vollauf zufrieden und hatte ihrem Ressentiment zwischen Spiegeleiern, jungen Zwiebeln und gebratenem Speck, entsprechend Ausdruck verliehen. Doch Lysia, sie war das Ziel dieser giftigen Pfeile, hatte geduldig und wiederholt darauf hingewiesen, dass sie niemals, niemals einem Herrn, dem sie einen Tanz versprochen habe, einen Korb zu geben gedenke. Daraufhin hatte ihre Mutter erbost und mit so viel Vehemenz in eine frisch geröstete Toastscheibe gebissen, dass die Krümel in weitem Bogen davonflogen, hatte sich aber letztendlich darauf beschränkt, Lysia ab und an böse anzufunkeln.

Was Jack anging, hatte Lysia ihn seit jener verhängnisvollen Nacht vor mehr als zwei Wochen immer wieder gebeten, ja angefleht, Ashburnham Place zu verlassen und sich zumindest für eine Weile rar zu machen. Gibbs hatte angeboten, ihn bei sich aufzunehmen, und auch einige andere Fairlight-Schmuggler hätten ihm Unterschlupf gewährt. Doch der sture Stallknecht hatte dankend abgewunken – als ginge es um unbedeutenden Krimskrams und nicht um sein Leben. Es werde sicherlich eine Zeit dauern, hatte er unerschrocken gemeint, bis der Earl von Darrington den Diebstahl entdecke und dann vergehe gewisslich weitere Zeit, bis die Suche nach den Pferdedieben beginne. So lange wollte er noch in Ashburnham Place bleiben und Jenkins und den anderen dort zur Hand gehen. Lysia jedenfalls war seither ein angsterfülltes Nervenbündel: Jedes Mal, wenn jemand Neuigkeiten brachte, fürchtete sie, dass es jene von Jacks Festnahme wäre.

»Einen Penny für deine Gedanken!«, riss Helen Murrays Stimme sie aus ebendiesen, und Lysia schlug die Augen auf. Die Freundin war zu ihr gewatet und versuchte nun, sich so wie Lysia von den Wellen schaukeln zu lassen.

»Ist es vielleicht der hartnäckige Blondschopf Edward Milward, der dir Kopfzerbrechen bereitet?«, fragte sie.

»Ach, an den habe ich in letzter Zeit kaum oder gar nicht gedacht«, erwiderte Lysia ehrlich. Nicht der goldgelockte Edward, sondern ein gewisser schneidiger – und unvernünftiger, leichtsinniger, viel zu störrischer! – Rossknecht raubte ihr nächtens den Schlaf. »Ich versuche, Edward so gut wie möglich auszuweichen, ohne dabei ihm oder meiner Mutter«, oder dem Bürgermeister, fügte sie im Stillen hinzu, »allzu sehr auf die sprichwörtlichen Zehen zu treten. Ja, und ich hoffe immer noch, dass er diese Unsinnigkeit als solche einsieht und sich einer anderen, für ihn geeigneteren Dame zuwendet.«

Dass das kaum der Fall wäre, solange der Bürgermeister mit der Ehevereinbarung ein Faustpfand besaß, auf dessen Einlösung er pochen konnte, war ihr mehr als klar, doch weigerte sie sich, die Hoffnung aufzugeben.

»Hm, ja«, kam Helen nachdenklich zum selben Schluss wie Lysia, »Edwards Bewunderung für dich scheint weniger aus dem Herzen als mehr aus dem Willen seines Vaters zu erwachsen. Am Sommerball hat Edward, nachdem du dich verabschiedet hattest, recht begeistert und fröhlich ausnahmslos mit den jüngeren Mädchen getanzt – auch mit Amathia im Übrigen. Wenn ich es mir recht überlege, und ich weiß, du bist mir nicht böse, wenn ich das sage, schwärmt er tatsächlich wohl eher für Frauenzimmer im Alter deiner Schwestern.«

»Das wäre durchaus verständlich«, räumte Lysia keineswegs gekränkt ein, »oft genug beobachtet man, dass Männer bei der Wahl ihrer Braut – sofern nicht andere Umstände wie Familie, Titel und Vermögen ausschlaggebend sind – Frauen vorziehen, die ihnen altersmäßig unterlegen sind. Wohl hoffen sie«, fügte sie etwas bissig hinzu, »dass dies dann auch in anderer Hinsicht zutrifft.«

Helen lachte. »Zum Beispiel in Angelegenheiten des Verstandes.«

»Ganz genau«, erwiderte Lysia grinsend.

»Ach, was nützt einem all der Geist und Esprit, wenn man dann letzten Endes doch als vertrocknete alte Jungfer sitzen bleibt!«, seufzte Helen, die, obwohl sie durchaus hübsch anzusehen war, bisher vergeblich auf einen Heiratsantrag gewartet hatte.

»Mit zwanzig Jahren bist du keineswegs eine alte Jungfer!«, schimpfte Lysia sogleich. »Lass dir das von meiner Tante oder meiner Mutter nur ja nicht einreden! Die beiden wissen leider oftmals gar nicht, welchen Schaden sie mit ihren unüberlegten Worten anrichten. Du wirst sehen, in nicht allzu ferner Zukunft wird ein in Liebe entbrannter Galan um deine Hand anhalten. Und sein Zwillingsbruder um meine.«

»Und sein hochwohlgeborener Cousin um die von Anne«, kicherte die Freundin.

»So wird es sein! Oh Helen, ihr beide müsst mich unbedingt regelmäßig in London besuchen, darauf bestehe ich! Dann nehmen wir die heiratswilligen Gentlemen dort gemeinsam unter die Lupe. Die soll's in der Metropole ja wie Sand am Meer geben, habe ich mir sagen lassen.«

Helens Augen blitzten vergnügt. »Ach, Lysia, wie werde ich dich vermissen!«

»Du meinst, ohne die verrückten Farleys wird Hastings langweilig sein?«, lachte Lysia, wurde dann aber ernst. »Ich werde dich auch vermissen, liebste Helen, dich und Anne und Sophie und all die anderen. Wie ich es ohne euch in London aushalten soll, ist mir ein Rätsel. Es ist mir Ernst mit dem, was ich vorhin gesagt habe: Ihr müsst uns so oft wie möglich besuchen kommen.«

»Versprochen«, grinste Helen und sah dann mit gerunzelter Stirn an sich hinunter. Nach etlichen Anläufen hatte sie es endlich geschafft, sich in eine horizontale Position zu manövrieren. In ihrem weiten Gewand musste aber noch etliche Luft eingeschlossen sein, denn das Hemd bauschte sich nun in großen Blasen um ihren Körper. »Sieh doch nur, Lysia«, rief sie erheitert, »gleichen wir zwei in unseren grauen Flanellsäcken nicht gestrandeten Walen, unförmig und fett?«

Lysia sah ebenfalls hinunter und nickte dann bestätigend. »Ja, du hast recht, ganz eindeutig!«

Dann kicherten und glucksten sie beide wie kleine Mädchen und mussten schließlich prustend nach Luft schnappen, als eine Welle, die sie nicht bemerkt hatten, über sie hinwegschwappte.

»Helen, Lysia!«, ertönte da Lady Murrays Stimme. »Kommt! Es ist bald Mittag. Zeit, heimzukehren!«

***

Ein paar Stunden später saßen die Damen unter einem Pavillon mit flatternden Wimpeln am Ende der Promenade von Hastings und genossen Tee und Kuchen. Mit Hilfe von Lady Murrays Zofen – sie hatte den Farleys ihr Haus zum Frischmachen angeboten – waren die Haare der Badenixen gewaschen, getrocknet und ausgehfein arrangiert worden. Dann war man, wie viele andere Herrschaften auch an diesem Tag, die Promenade entlangspaziert. Heute, am sechsundzwanzigsten Juli, bot Hastings nämlich, zusätzlich zu seinen üblichen Annehmlichkeiten, eine ganz besondere Attraktion: den alljährlich stattfindenden *Rock Fair.*

Aus der Stadt wie auch den umliegenden Dörfern strömten die Leute herbei, jeglichen Alters, jeglichen Standes, Fischer, Handwerker, Bauern, Gentlemen wie auch vornehme Damen, alle in ihren besten Gewändern, um sich an den Vergnügungen des Jahrmarkts zu erfreuen. Das Angebot war so bunt wie die Besucherschar: Fahrende Händler priesen ihre Waren an, Marionettentheater ließen Puppen zappeln, Zigeuner legten Karten. Es gab Zwerge und Riesen zu bewundern und gebrannte Nüsse und Honigkuchen zu verzehren. Es wurde gefeiert, getanzt und getrunken.

Einige wenige, darunter auch Lady Murray, standen dem ausgelassenen Spektakel missbilligend gegenüber. Denn natürlich lockte eine solch große Menschenmenge in Spendierlaune auch Taschendiebe, Raufbolde und anderes übles Gelichter an. Daher waren die Damen für ihren Nachmittagsspaziergang in der Stadt geblieben und die Promenade entlang geschlendert. Wann immer sie Bekannte trafen, verweilten sie, um einen kurzen Schwatz zu führen; fremde Gesichter – wohl betuchte Gäste aus London – waren mit einem eleganten Kopfnicken bedacht worden. Schließlich hatte man Plätze im Pavillon ergattert, wo man geschützt von der Julisonne, aber doch im Freien, einen kleinen Imbiss genießen und nebenbei den Strom der Vorbeiflanierenden beobachten konnte. Die meisten strebten Richtung Westen, aus der Stadt hinaus, dorthin, wo der *Rock Fair* abgehalten wurde, und während die reiferen Damen ihrer Runde sich damit begnügten, Tee wie Ausblick in angenehmer Gesellschaft zu genießen, rutschten die Zwillinge unruhig auf ihren Stühlen hin und her. Es war ihnen mehr als deutlich anzusehen, dass es sie fürchterlich drängte, sich der Schar der Jahrmarktsbesucher anzuschließen. Als schließlich ein paar junge Offiziere in roten Uniformen – wahrscheinlich Bekanntschaften vom Sommerball – den Zwillingen einladend zuwinkten, war es um die beiden geschehen.

»Mama«, setzte Amathia an, »bitte lass uns …«, doch bevor sie ihren Satz zu Ende bringen konnte, traten zwei Herren an den Tisch der Damen, was die allgemeine Aufmerksamkeit sogleich auf die Neuankömmlinge lenkte, und so musste Amathia ihren Mund unverrichteter Dinge schließen.

»Einen schönen Nachmittag, verehrteste Grazien!«, grüßte der Bürgermeister von Hastings jovial und verbeugte sich tief. Sein Sohn Edward tat es ihm gleich, hauchte dann aber noch einen Kuss auf Lysias Handrücken, was sowohl sein Vater als auch Lady Farley mit Wohlwollen verfolgten.

»Oh, welch willkommene Überraschung, Mr Milward!«, rief Lysias Mutter freudestrahlend und – ohne das Einverständnis Lady Murrays einzuholen, die die Farleys immerhin hierher eingeladen hatte – bat sie die beiden Herren, mit klimpernden Wimpern und eifrig gestikulierenden Armen, ihnen Gesellschaft zu leisten, was Mr Milward und sein Sohn höchst erfreut und ohne zu zögern annahmen. Es war mehr als deutlich, dass dies von Anfang an die Absicht der beiden gewesen war.

Der Bürgermeister zwängte seine massige Gestalt in einen

schmalen Stuhl zwischen Tante Augusta und Lady Murray, währenddessen der blond gelockte Edward links von Lysia Platz nahm.

Sobald die Herren mit Tee und Süßem versorgt waren, machte sich Tante Augusta daran, ihre Neugier zu stillen. »Was gibt es denn für Neuigkeiten, lieber Mr Milward?«, fragte sie gurrend. »Sie sind doch stets über alles so herrlich gut informiert, ein Mann in Ihrer Position!«

Der Angesprochene nickte geschmeichelt und antwortete dann, während er gleichzeitig einen Schokoladenkeks mit den Backenzähnen zermalmte: »Ach, leider kann ich nur von einem großen Unglück berichten, meine Damen. Vor zwei Tagen ist in der Bucht von Weymouth, drüben in Dorset, ein Ostindien-Schiff, die *Adventure*, gesunken. Sie hatte Kurs auf den Hafen von Portsmouth, ist jedoch unglücklicherweise, so heißt es, auf einen Felsen aufgelaufen und leckgeschlagen. Die gesamte Ladung, Tee aus China, wurde ins Meer gespült. Seither versuchen die Bewohner der Bucht, die Packen aus dem Wasser zu fischen.«

»Ooh, welch fürchterliche Misere!«, rief Lady Farley und schlug die Hände zusammen. »All der gute Tee! Der ist doch sicherlich völlig ruiniert, wenn er von Salzwasser durchtränkt ist!«

»Die Blätter sind üblicherweise ballenweise in Ölhäute eingewickelt, da sollte also nichts passieren«, beruhigte der Bürgermeister, während er nach einem zweiten Keks griff. Tante Augusta folgte seinem Beispiel.

»Und wie steht es um die Mannschaft?«, erkundigte sich Lysia. »Konnten sich alle rechtzeitig in Sicherheit bringen?« Bei der Erwähnung eines Ostindienfahrers hatte sie aufgehorcht und hatte für einen ganz kurzen Moment, und dafür hatte sie sich sogleich geschämt, den Wunsch in sich verspürt, dass sich Mr Ottershaw an Bord befunden hätte und das heimtückische Riff nicht nur das Schiff, sondern auch den

Verwandten unwiederbringlich auf den Meeresgrund haben sinken lassen.

»Ja, ja«, erwiderte Mr Milward, »alle bis auf den letzten Mann. Fischer sind mit Ruderbooten hinausgefahren und haben die armen Teufel eingesammelt.«

»Aber der schöne Tee!«, wiederholte Lady Farley betroffen. »Wie viele Leute nun auf ihren Tee verzichten müssen, ein schrecklicher Gedanke!«

»Die Schmuggler werden schon für Ersatz sorgen«, meinte der Bürgermeister mit einem bitteren Zug um den Mund.

»Dabei will der neue Premierminister doch gegen diese Halunken scharf vorgehen, nicht wahr?«, warf Lady Murray ein. »Zumindest hat man den Eindruck, dass jede Woche mehr Soldaten hierher an die Küste kommen.« Wohl unbewusst fasste sie bei dieser Bemerkung an den gestreiften Seidenschal, der ihr um den Hals lag. Er war unverwechselbar von französischer Herkunft und – darauf hätte Lysia gewettet – niemals von einem britischen Zollbeamten in Augenschein genommen worden.

Die Gesichter der Zwillinge, die die bisherige Unterhaltung etwas gelangweilt verfolgt hatten, leuchteten bei dem Stichwort *Soldaten* wieder auf. »Lysia«, nahm Amathia einen neuen Anlauf, »du möchtest doch sicherlich auch zum *Rock Fair* hinüberspazieren. Oh komm, lass uns hingehen! In den letzten Jahren warst du von den Darbietungen doch immer ganz begeistert.«

Damit hatte die jüngere Schwester keineswegs unrecht – Lysia hätte tatsächlich sehr gern den Jahrmarkt besucht. Doch wäre es ihrer Ansicht nach äußerst unhöflich, sich bei ihrer Gastgeberin vorzeitig zu entschuldigen, nur um dorthin zu entschwinden. Nicht ohne Hintergedanken wandte sie sich daher an ihren blond gelockten Sitznachbarn: »Mr Milward, würde Ihnen denn ein Abstecher zum *Rock Fair* gefallen?«

Der junge Galan gehörte wohl auch zu den glühenden Anhängern des Jahrmarkts, denn sogleich rief er voller Inbrunst: »Es wäre mir das allergrößte Vergnügen, die drei Misses Farley dorthin zu begleiten.«

»Oh nein«, winkte Lysia rasch ab, »da habe ich mich, ich Tollpatsch, wohl etwas ungeschickt ausgedrückt! Es geht um Amathia und Eunike, ich selbst sitze lieber hier und genieße in Ruhe den sonnigen Nachmittag. Das Baden im Meer heute Morgen hat mich übermäßig ermüdet, fürchte ich.«

Gerade als Lady Farley sich einmischen wollte – wohl um Lysia doch zum Mitgehen zu zwingen –, erklärte Lady Murray: »Ich muss leider darauf bestehen, dass mein ältestes Patenkind hier bei uns am Tisch bleibt. Helen und ich müssen mit Lysia noch die Vorbereitungen für das Benefizteekränzchen im Armenhaus besprechen. Es sind ja nur noch drei Wochen bis dahin, und es gibt noch so viel zu tun.«

Lysia warf ihrer Patentante einen dankbaren Blick zu, den diese augenzwinkernd gutierte. Und dann bestürmten Amathia und Eunike den Bürgermeistersohn mit solcher Nachdrücklichkeit, dass dieser gar nicht anders konnte, als sich flugs zu erheben und den Zwillingen sein Geleit anzubieten. Beinahe wären deren Euphorie Eunikes Teetasse sowie ein Sahnekrug zum Opfer gefallen, die beim hastigen Aufstehen vom Tisch gestoßen worden wären, hätten Helen Murray und Lysia nicht rettend eingegriffen.

An seinem Vater, der das ganze Spektakel mit essigsaurem Gesicht verfolgte, schlich Edward in etwas geduckter Haltung vorbei. Doch sobald sich die Zwillinge links und rechts bei ihm eingehakt hatten und sie ein paar Schritte gegangen waren, hörte man dreistimmiges Gelächter und allerlei Scherze hin und her fliegen.

»Ach, die jungen Leute!«, blickte Tante Gussie ihnen etwas wehmütig hinterher. »So unbeschwert und ausgelassen! Da wäre man doch gern wieder siebzehn, nicht wahr?«

Dabei beugte sie sich zu Mr Milward hinüber und tätschelte vertraulich seinen Arm. Der Bürgermeister starrte zwar in dieselbe Richtung, schien aber – nach den eng zusammengezogenen Brauen zu schließen – ganz anderen Gedanken nachzuhängen, jedenfalls reagierte er nicht auf die altjüngferlichen Neckereien.

Erst als die Tante ihm einen heftigen Klaps mit dem Fächer verpasste, wandte er sich wieder den am Teetisch verbliebenen Damen zu.

Sogleich versuchte Gussie, ihn in ein Gespräch zu verwickeln: »Im Übrigen, lieber Mr Milward, haben auch wir Neuigkeiten zu berichten.«

Statt die auf eine solche Ankündigung übliche höfliche Frage zu stellen, fixierte der Bürgermeister nun Lysia mit Blicken, die schlimmstes Ungemach verhießen – weshalb diese angestrengt den Zuckerguss ihres Himbeertörtchens studierte. Es bedurfte eines weiteren Schlags von Tante Augustas Fächer, um den Bürgermeister endlich wieder zum Reden zu bewegen. Lysia wollte gar nicht wissen, welche Schauerlichkeiten in seinem Kopf umgegangen waren.

»Oh, in der Tat?«, presste Mr Milward schließlich recht einsilbig hervor.

Für die Tante war die dürftige Erwiderung allerdings wohl ausreichend, denn sie stürzte sich sogleich und mit viel Elan in eine recht ausführliche und mit etlichen neu hinzugefügten Ausschmückungen versehene Schilderung vom jüngsten Kuraufenthalt des Prinzen von Wales im nahe gelegenen Brighthelmstone.

»Es ist ja eine sehr schöne Entwicklung«, fügte Lady Murray hinzu, als der Bericht zu Ende war, »dass immer mehr vornehme Persönlichkeiten, ja sogar der künftige König, die Annehmlichkeiten unserer Küsten schätzen und hier, auch in Hastings, etwas Zeit verbringen. Als Stadtoberhaupt muss Sie dieser Umstand ja überaus erfreuen.«

»Das tut er, das tut er, Mylady«, antwortete der Bürgermeister, der die Sprache wiedergefunden zu haben schien. Er schlürfte recht geräuschvoll etwas Tee und blickte dann abschätzend in die Runde der Damen am Tisch. »Wenn wir gerade von vornehmen Persönlichkeiten sprechen: Wahrscheinlich haben Sie davon noch nicht gehört, es ist nämlich noch nicht allgemein bekannt, nicht einmal die Dienerschaft weiß Bescheid.«

»Was denn, um Himmels willen?«, rief Lady Farley erwartungsvoll und setzte die Teetasse, die sie eben zum Mund führen wollte, rasch wieder ab. »So lassen Sie sich doch nicht alles wie Würmer aus der Nase ziehen!«

Mr Milward, das war unschwer zu erkennen, sonnte sich in seinem Wissensvorsprung. Nach einem weiteren, recht ausgiebigen Schluck Tee senkte er die Stimme zu einem vertraulichen Raunen: »Werte Damen, aus verlässlicher Quelle habe ich erfahren, erst heute Morgen, dass der Earl von Darrington nach Ashburnham Place kommen wird! Dem Vernehmen nach will Seine Lordschaft mehrere Wochen bleiben.«

Diese völlig unerwartete Ankündigung löste bei allen begeisterte Ausrufe aus, einzig Lysia war wie vom Blitz getroffen. Ihr erster Gedanke galt Jack. Wenn sein Dienstherr hier auftauchte, würde dieser natürlich sofort den Diebstahl seiner edlen Rösser bemerken. Sie musste Jack umgehend warnen.

»Oh, wie herrlich!«, klatschte Lady Farley entzückt in die Hände, und Lysia war ihr für die nachfolgende Frage dankbar, denn sonst hätte sie sie selbst stellen müssen. »Wann wird Seine Lordschaft denn erwartet?«

»Irgendwann im Laufe der nächsten Woche, heißt es.«

»Hach, wie aufregend!«, meinte Tante Gussie. »Der Earl wird doch hoffentlich seinen Pflichten nachkommen und Einladungen an die Familien der Gegend aussprechen.«

»Ist der Gentleman schon gebunden?«, platzte Lysias Mutter abrupt dazwischen. Wenn sie etwas wissen wollte, war sie nicht zu bremsen.

»Soweit ich gehört habe, nicht, aber das wird sich wohl rasch klären lassen, sobald Seine Lordschaft eingetroffen ist.« Mr Milward verzog den Mund. »Ich weiß natürlich, dass diese Frage die Damenwelt immer ganz besonders interessiert. Mit Ausnahme jener Frauenzimmer natürlich, die ihr Herz bereits vergeben haben.« Dabei warf er Lysia einen vielsagenden Blick zu. »Nicht wahr, Miss Farley?«

Lysia nickte etwas abwesend, denn sie war mit ihren Gedanken meilenweit weg: Während sie mit halbem Ohr der Unterhaltung am Tisch lauschte, überlegte sie fieberhaft, auf welchem Weg sie Jack am schnellsten warnen könnte.

***

Am nächsten Vormittag, bald nach dem Frühstück, entschuldigte sich Lysia damit, einen ausgedehnten Ausritt unternehmen zu wollen, da ihre Stute in letzter Zeit häufig unruhig gewesen sei, und galoppierte, kaum dass sie den Park von Fairlight Hall hinter sich gebracht hatte, auf kürzestem Weg nach Ashburnham Place. Vor den Stallungen traf sie auf den weißhaarigen Diener Jenkins, denjenigen, der sie, Gibbs und Jack in jener verhängnisvollen Nacht vor zwei Wochen bei ihrem Rosshandel mit den Jevington-Schmugglern überrascht hatte. Der alte Mann hantierte mit einer Schubkarre, und Lysia nützte die Gelegenheit, um ihn nach Jack zu fragen.

»Jack?«, erwiderte Jenkins zuerst verwirrt, zum Glück hellte sich sein Gesicht aber im nächsten Moment auf. Er begann, etwas einfältig zu kichern, und Lysia wunderte sich schon, ob er wohl seiner fortgeschrittenen Jahre wegen an geistiger Verwirrung leide, doch dann gab er doch eine brauchbare Auskunft. »Ach so, Jack, ja! Ja, der ist drüben auf der Koppel und repariert das Gatter. Keine Ahnung, warum er das macht.«

Lysia nahm an, seine letzte Bemerkung bezöge sich auf den Umstand, dass der Alte sich wunderte, warum der Stallknecht auf der Pferdekoppel arbeitete, wenn es denn gar keine Pferde mehr gab, und sparte sich daher die Nachfrage.

Jenkins spuckte aus und wischte mit dem Rockärmel über den Mund, dann deutete er hinter die Stallungen. »Dort entlang, Miss.«

»Danke«, erwiderte sie freundlich und machte sich auf den Weg.

Sie trabte durch ein kleines Waldstück und kam bald auf eine weitläufige Wiese, in deren Mitte sich eine große Koppel befand. Beim Einlass fand sie Jack, der mit einem schweren Hammer einen hölzernen Pfosten in die Erde trieb. Unwillkürlich hielt sie Hippe an und beobachtete fasziniert das Schauspiel, das sich ihr bot. Der anstrengenden Arbeit wegen hatte der Rossknecht sein Hemd abgelegt, und bei jedem der weit ausholenden, wuchtigen Schläge spannten sich die eindrucksvollen Muskeln an Armen und Rücken. Himmel, welch ein Anblick! Sie sah ihn nicht zum ersten Mal mit nacktem Oberkörper, aber zum ersten Mal war sie dabei allein mit ihm. Sie konnte ihn ausgiebig bewundern, statt nur verstohlen einen Blick auf ihn zu erhaschen. Und es war, als ob ihr Blick geradezu an ihm klebte – beim besten Willen schaffte sie es nicht, woanders hinzusehen.

Lysia glitt aus dem Sattel und näherte sich Jack ohne große Eile. Dabei fiel ihr auf, dass seine sonnengebräunte Haut von einer dünnen Schicht Schweiß überzogen war und seine sehnigen Unterarme von dunklen Haaren.

»Hallo, Jack!«, rief sie schließlich und stellte fest, dass ihre Stimme eigenartig belegt klang.

Der Stallknecht fuhr, in seiner Arbeit innehaltend, zu ihr herum – offensichtlich hatte er sie nicht kommen hören. Er musterte sie überrascht, und dann rannten seine Augen wider jede Höflichkeit über ihre Gestalt, jeden Moment auskostend, und als er wieder aufsah, bemerkte sie darin das schon vertraute begehrliche Glitzern. Als ob ihr Körper voller Eifer darauf antwortete, jagte ein heißer Schauer durch ihren Leib. Himmel, was ein bloßer Blick dieses Mannes mit ihr anstellte!

»Miss Farley«, begrüßte er sie mit einer Stimme so warm und dunkel wie wilder Honig. Er blickte hinter sie – wohl in der Erwartung, dort ihre Begleitung zu sehen –, doch als er niemanden entdecken konnte, zog er eine Augenbraue nach oben.

»Ihr kommt allein?«, fragte er verwundert. »Is' das nich' töricht? Gibbs oder n' Bursche hätt'n Euch begleit'n soll'n.«

Sie war nicht auf eine Rüge gefasst und hatte im Moment auch wenig Sinn dafür.

»Das, was ich dir sagen muss, soll niemand hören.«

Nun wanderte auch die zweite Braue nach oben.

»Jetzt bin ich aber g'spannt wie 'n Flitzebog'n. Wollt Ihr mir etwa 'nen Antrag mach'n?« Er grinste.

»Jack, die Sache ist ernst! Und duldet keinen Aufschub.«

Das Grinsen verschwand, und er lehnte sich mit vor der Brust verschränkten Armen an einen der Holzpfeiler. »N' gut, ich bin ganz Ohr, Miss Farley.«

Lysia musste ihre Augen vom imposanten Muskelspiel seiner Oberarme losreißen – was er bemerkte und ihr wissend zuzwinkerte –, doch dann konzentrierte sie sich voll und ganz auf ihre Aufgabe: Jack zu warnen.

»Jack, der Bürgermeister hat gestern erzählt, dass der Earl von Darrington nach Ashburnham Place kommt, denk dir nur, bereits nächste Woche!«

Daraufhin entspannte sich Jack merkbar – offensichtlich hatte er eine schlimmere Nachricht erwartet – und schüttelte den Kopf.

»*Nay*, das stimmt nich'. Er is' bereits da.«

»Wie bitte?«, entfuhr es Lysia entsetzt, und sie warf einen raschen Blick zurück zum Herrenhaus, als könnte der Earl von Darrington dort jeden Moment auftauchen.

Sie senkte ihre Stimme zu einem leisen Flüsterton.

»Er ist schon eingetroffen?«

»*Aye.*«

»Aber was machst du dann noch hier? Du musst schleunigst fort!«

»Weshalb?«, fragte er, und Lysia hätte ihn am liebsten gepackt und durchgeschüttelt. Ja, wollte er die Gefahr denn noch immer nicht sehen, in der er schwebte!

»Weil du geholfen hast, seine Pferde zu stehlen«, zischte Lysia und drehte sich erneut zum Haus um. »Ohne mit der Wimper zu zucken, wird er dich verhaften und an den Galgen bringen lassen!«

Jacks Interesse schien nun endlich geweckt.

»Und das würd' Euch missfall'n?«

»Missfallen? Missfallen? Jack, ich könnte es nicht aushalten, wenn dir etwas passiert, nur weil du uns geholfen hast. Verstehst du das nicht? Keine Million Branntweinfässer wären es wert, dich am Galgen baumeln zu sehen!«

Er lächelte, als ob dieser düstere Ausblick auf sein nahes Ende ihn keineswegs bekümmerte. Himmel, warum wollte er nicht verstehen!

Lysia trat nun einen Schritt vor, nahm sein Gesicht in ihre Hände und blickte ihm eindringlich in die Augen.

»Jack, bitte, ich flehe dich an, du musst von hier verschwinden! Ich könnte es nicht ertragen, wenn dir etwas zustößt. Bitte!«

Wieder lächelte er nur.

»Würd't Ihr mich begleit'n?«

Sie sog überrascht die Luft ein und ließ die Arme zur Seite fallen.

»Würd't Ihr?«, wiederholte er die Frage und nahm nun seinerseits ihr Gesicht in seine Hände. Seine großen, schwieligen, wunderschönen Hände. »Ich muss 's wiss'n.«

Lysia senkte den Blick, ihre Stimme war kaum mehr als ein Wispern. »Wenn ich frei wäre, Jack, würde ich nichts lieber tun«, gestand sie ihm ihres Herzens Sehnsucht. »Ich würde mit dir gehen, gleichgültig wohin, nur um bei dir zu sein. Aber ich muss mich um meine Familie kümmern.«

»Ich weiß«, entgegnete er leise und zog sie an sich. Sie ließ es geschehen, und dann streiften seine Lippen über die ihren, zuerst vorsichtig, zart, gleich einem Windhauch, als wollte er ihr die Möglichkeit geben, ihm Einhalt zu gebieten. Doch als sie nichts dergleichen tat, vertiefte er den Kuss, kostete sie, erforschte sie, nahm sie in Besitz – und sie konnte nicht anders, als jeden seiner Vorstöße, jede seiner Berührungen mit der gleichen stürmischen Leidenschaft zu erwidern. Seufzend schlang sie die Arme um seinen Hals und drängte sich an ihn. Er stöhnte lustvoll, und dann setzten seine Hände die Erkundung fort, die seine Lippen begonnen hatten: Sie streiften über ihre Arme, ihren Rücken, ihr Hinterteil, ihre Brüste – es gab nichts, wovor er Halt machte, keine Grenzen, keine Barrieren. Er setzte sie in Brand, schürte das Feuer in ihr, ließ die Flammen auflodern. Sie hörte sich hemmungslos keuchen und spürte, wie ihr die Knie weich wurden. Um den Halt nicht zu verlieren, klammerte sie sich noch fester an ihn, presste ihren hitzigen Leib gegen seinen, bot ihm schamlos ihren Mund dar. Es war, als wollte sie eins mit ihm werden, mit ihm verschmelzen. Nichts und niemand sollte zwischen ihnen sein. Zumindest für diesen Augenblick.

»Jack«, flüsterte sie drängend, »Oh Jack!«

»Ja, mein Herz, meine wunderschöne Meeresnymphe! Mein süßer Engel!«, raunte er an ihren Lippen.

Wäre es nach Lysia gegangen, hätte diese Umarmung niemals geendet, hätte sie den Rest ihres Lebens liebend gern in Jacks Armen verbracht, doch Jack schien vernünftiger als sie selbst. Er pflanzte mehrere rasche Küsse auf ihre Nase, ihre Stirn und Wangen, ehe er ihren Kopf an seine Brust zog. Sein Herz, stellte sie zufrieden fest, schlug genauso wild wie ihr eigenes. Eine Weile standen sie nur da, hielten sich, schwelgten im Glück dieses Moments. Und Lysias unbändiges Herz wünschte sich nichts sehnlicher, als dass die Zeit stillstehen möge.

Doch langsam meldete sich die Vernunft zurück, und Lysia erinnerte sich ihres eigentlichen Vorhabens. »Jack«, mahnte sie ihn leise, doch eindringlich, »du musst fort von hier!«

Aber wieder wollte er sie nicht verstehen. »Ich muss d' Arbeit hier noch fertigmach'n, aber danach könn'n wir zum Stall z'rück.«

Aaah, dieser bockige Sturkopf! Nicht zum ersten Mal heute hätte sie ihn am liebsten durchgeschüttelt, musste aber zur Kenntnis nehmen – was an seinem Gesichtsausdruck deutlich abzulesen war –, dass er seine Meinung auch dann sicherlich nicht ändern würde. Was für ein störrisches Mannsbild!

»Gut, dann helfe ich dir«, erklärte sie kurzerhand, was ein überraschtes Staunen in sein Gesicht zauberte. Sie lächelte verschmitzt. »Dann sind wir schneller. Ich gehe auch Gibbs öfters zur Hand, du musst also keine Angst haben.«

Er schien noch immer nicht vollends überzeugt, löste sich aber schließlich von ihr und griff nach dem schweren Hammer.

»Nun denn«, meinte er, »dann halt' den Pfost'n da fest. Den muss ich noch einschlag'n.«

Gesagt, getan. Während Jack mit kräftigen Schlägen den Pflock in die Erde trieb, malte Lysia sich aus, wie es wäre, eine kleine, einfache Kate mit ihm zu teilen, dort den Haushalt für ihn zu führen, abends mit ihm auf einer Bank vor der Hütte zu sitzen und den Sonnenuntergang zu betrachten. Sie stellte fest, dass sie zu solch einem Leben bereit wäre. Sie wäre bereit, ihm überallhin zu folgen. Sie, die vornehme Miss Lysianassa Farley, einem einfachen Stallknecht. Sie lächelte versonnen. Oh, wie herrlich wäre das!

»Na, träumst du schon von unser'm nächst'n Schmatz,

lass?«, neckte Jack. Er prüfte, ob der Pfosten fest genug saß und nickte dann zufrieden.

Lysias Wangen liefen rot an.

»Ich … äh …«, begann sie, doch bevor sie sichs versah, drückte Jack einen kurzen Kuss auf ihre Lippen.

»Den hat sich mein fleiß'ger G'hilf mehr als verdient.« Sein Grinsen schien von einem Ohr zum anderen zu reichen.

Dann zog er sein Hemd über, hievte den Hammer auf seine Schulter und nahm ihre Hand. »Komm.«

Lysia führte Hippe am Zügel mit sich, und so schlenderten sie wie ein ganz gewöhnliches Liebespaar Hand in Hand zurück zu den Stallungen. Sie wisperten Liebkosungen, blickten einander tief in die Augen, lachten glücklich.

Dort angekommen, öffnete Jack das Tor und ließ Lysia den Vortritt. Das Erste, was sie hörte, als sie über die Schwelle ging, war das leise Wiehern von Pferden, dann das Rascheln von Stroh, und dann sah sie, dass die Boxen besetzt waren. Von fünfzehn Vollblütern.

Überrascht wandte sie sich zu Jack um, der mit dem Daumen ihre Kinnlade nach oben schob. Offensichtlich war ihr der Kiefer nach unten geklappt, so verblüfft war sie.

Sie deutete auf die Rösser. »Sie sind wieder hier?«

Jack nickte verschmitzt. »*Aye*, all fuffzehn.«

»Wie das?«, fragte sie verwirrt. Irgendwie konnte sie noch nicht glauben, was die Augen ihr offenbarten.

Er zuckte mit den Schultern. »Der gute Jevington Jigg is' wohl so von Habgier z'fress'n, dass er's nich' abwart'n konnt und all' fuffzehn Tier gleich am Mittwoch drauf am Rossmarkt von Lewes zum Verkauf anbot'n hat. Ein'm Gentleman, der dort war, dem Viscount St. Asaph, is' das eig'nartig vorkomm'n, und er hat sich nach d' Herkunft der Pferd' erkundigt. Jevington Jigg hat nich' mehr als 'ne lahme Erklär'ng parat g'habt, weshalb der Viscount die Constables verständigt hat. Als die eintroff'n sin', hat uns'r Freund Beine in d' Hand g'nomm'n und is' verschwund'n. Ohne de Pferd.«

»Er konnte nicht gefasst werden?«

Jack schüttelte den Kopf. »*Nay*, leider is' er 'ntwischt. Aber ich denk, so schnell wird er sich nich' trau'n, sein hübsch's G'sicht hier in der Gegend zu zeig'n.«

»Und die Rösser?«

»Die wurd'n noch am selb'n Tag nach Ashburnham Place 'bracht. Der Viscount – er is' 'n Bekannter des Earls und hat sich hier bei uns im Stall ab und zu 'n Reitpferd aus'borgt – hat 'n paar der Tiere wieder'kannt. Sind ja auch recht auffällig. Er hat 'n Boten hierher g'schickt, und als wir 'n Diebstahl b'stätigt hab'n, war all's g'ritzt.«

Lysia war so erleichtert über diese Nachricht, ihr fiel der sprichwörtliche Stein vom Herzen, dass es ein paar Momente dauerte, bis sich ihr eine ganz andere, dennoch unumgängliche Frage stellte.

»Du Schuft! Dann hast du die ganze Zeit über gewusst, dass die Pferde in Sicherheit sind und du damit auch! Und trotzdem hast du mir nicht Einhalt geboten, als ich dich verzweifelt zur Flucht zu überreden versuchte?«

Jack grinste breit und entblößte dabei seine makellos weißen Zähne.

»Tut mir leid, *lass*. Noch niemals z'vor hat 'n hübsch's Frau'nzimmer solch Angst um mich gehabt, das musst ich halt auskost'n. Noch dazu 'n Meerjungfrau mit zimtblond'n Lock'n.«

Er lachte, und Lysia konnte ihm nicht wirklich böse sein.

»Du Schuft!«, wiederholte sie, doch dieses Mal klang es mehr nach Liebkosung als nach Tadel.

Da hob Jack sie hoch und setzte sie auf einen groben Holztisch, sodass ihre Lippen auf gleicher Höhe waren.

»Hiermit entschuldig' ich mich für mein Miss'tat«, flüsterte er und küsste sie so leidenschaftlich, dass sie alles um sich herum vergaß.

»Ähem, alles in Ordnung?« Die krächzende Stimme von Jenkins ließ Lysia und Jack auseinanderfahren, und Lysia versteckte ihr Gesicht an Jacks Brust, doch es war zu spät. Der alte Knecht hatte sie bereits entdeckt. Was ungünstige Zeitpunkte für sein Erscheinen anbelangte, schien er ein ausgezeichnetes Gespür zu haben.

Als er die eindeutige Umarmung des Paares bemerkte – Jack hatte seine Arme schützend um Lysia geschlungen –, räusperte er sich verlegen: »Äh, pardon, nichts für ungut«, und schlurfte wieder davon.

Lysia stöhnte und sah auf. »Oh nein! Nun wird er überall herumerzählen, dass Miss Farley einen Stallknecht geküsst hat!«

»'nen äußerst gut aussehend'n Stallknecht«, korrigierte Jack.

»Ach, Jack«, rief Lysia aufgebracht, »es ist mir ernst!«

»Keine Sorg, mein Herz. Jenkins is' verschwiegen wie 'n Grab. Er wird nix rumerzähl'n.« Er strich eine lose Strähne hinter ihr Ohr und trat einen Schritt zurück.

»Dein Wort in Gottes Ohr.« Sie hüpfte vom Tisch herunter und schüttelte ihre Röcke aus. »Ich muss los, Jack. Ich habe meiner Familie nur gesagt, dass ich Hippe ausreite.«

Daraufhin stemmte er einen Arm gegen die Wand und versperrte ihr solcherart den Weg. »Geg'n 'n klein'n Wegzoll lass ich dich gern vorbei, *lass.*«

Erwartungsvoll legte sie den Kopf schief. »Ach ja? An was hast du gedacht, du Schuft?«

Er wackelte mit den Augenbrauen und spitzte die Lippen. »An was wohl, Miss Farley?«

Mit gespielter Empörung stemmte sie die Hände in die Hüften. »Manche Männer sind unverbesserlich!« Doch dann stellte sie sich auf die Zehenspitzen und kam seinem kecken

Begehr nach. Erst als sie beide schwer atmend nach Luft rangen, beendete Lysia den Kuss, was sie einige Überwindung kostete.

»Ich schwör, das sin' d' süßesten Lipp'n auf Gottes Erden«, flüsterte Jack nahe an ihrem Ohr.

»Jack, ich muss los. Ich bin schon viel länger weg, als ich versprochen habe.«

»Ich werd dich begleit'n. Ich will nich', dass d' allein unterwegs bist.«

Seine Miene duldete keinen Widerspruch, so erhob Lysia keinen. Und insgeheim war sie froh – so konnte sie Jacks Gesellschaft, seine Nähe, noch eine Weile länger genießen.

Jack zog Weste und Rock an, sattelte einen der Vollbluthengste und folgte ihr dann ins Freie. Er half Lysia in Hippes Sattel, und dann ritten sie querfeldein nach Fairlight.

Außer Sichtweite des Hauses verabschiedete sich Jack mit einem weiteren Kuss, der Lysia voller Sehnsucht zurückließ, und dann legte sie den Rest der Strecke allein zurück. Als sie sich einmal umdrehte, sah sie Jacks Gestalt noch immer an der Stelle, wo sie sich verabschiedet hatten – er wollte wohl sichergehen, dass sie wohlbehalten nach Hause käme. Und obwohl sie bezweifelte, dass ihr hier noch etwas passieren könnte, wärmte ihr diese Geste das Herz.

Wenig später sprang Lysia im Hof von Fairlight Hall aus dem Sattel, und sie war in Gedanken noch ganz bei Jack und seinen leidenschaftlichen Küssen, als Gibbs, aufgeregt winkend, auf sie zu eilte.

»Miss Farley«, rief er mit angespannter Miene, »es gibt Neuigkeiten! Mr Ottershaw ist heute Mittag eingetroffen.«

***

Etwa eine Stunde später saß Lysia im blauen Salon von Fairlight Hall, zusammen mit Mutter und Tante, ihren beiden

Schwestern sowie dem Cousin ihres verstorbenen Vaters, Mr Ambrose Peregrine Ottershaw.

Der Tag, den sie monatelang gefürchtet hatte, war gekommen – und mit ihm der Mann, der das Ende der Farleys hier in Fairlight einläuten würde. In der letzten Viertelstunde hatten Lysia und ihre Familie gebannt Mr Ottershaws Schilderung vom Schiffbruch in der Bucht von Weymouth gelauscht, jener fürchterlichen Katastrophe, von der ihnen der Bürgermeister von Hastings erst gestern berichtet hatte. Mr Ottershaw, einer der Passagiere der unglückseligen *Adventure*, war nach einem beherzten Sprung über Bord samt seiner Reisekiste von heimischen Fischern aus dem Wasser gezogen worden. Nachdem er sich bei seinen Rettern mit ein paar Münzen aus seinem durchnässten Geldbeutel bedankt und von den Strapazen ausreichend erholt hatte, hatte er sich direkt nach Fairlight aufgemacht.

Verstohlen musterte Lysia den entfernten Verwandten, dem sie niemals zuvor begegnet war. Mr Ottershaw war ein hochgewachsener Mann von etwa dreißig Jahren mit kupferroten Locken, breiter Stirn und fleischiger Nase; einzig die hellblauen Augen hatten Ähnlichkeit mit jenen ihres Vaters. Die Haut war tief gebräunt, was wohl der ostindischen Sonne geschuldet war, die reich bestickte Weste aus teurer Wildseide spannte leicht über seinem Bauch – ein Zeugnis der sichtlich bekömmlichen exotischen Küche.

»Ich bedaure sehr«, erklärte er mit gedämpfter Stimme und ernster Miene, »dass unser erstes Zusammentreffen unter solch betrüblichen Umständen erfolgt. Viel würde ich geben, hätte ich meinen lieben Vetter Charles noch einmal zu Lebzeiten gesehen, aber meine Verpflichtungen der Ostindien-Kompanie gegenüber haben dies leider nicht erlaubt.«

Er zog ein spitzenbesetztes Tuch aus der Rocktasche und tupfte über seinen Mund, bevor er weitersprach:

»Ich hatte gar nicht damit gerechnet, mein Erbe bereits so

früh anzutreten. Ich will nicht sagen, dass mir der Zeitpunkt ungelegen kommt, nein, mitnichten, aber gerade jetzt war ich noch nicht darauf eingestellt. Vor einem halben Jahr wurde ich zum Vize-Faktoristen von Masulipatam ernannt.«

Als sämtliche Damen ihn verständnislos anstarrten, fügte er erläuternd hinzu: »Eine sehr verantwortungsvolle Position, zudem gut dotiert. Sie verstehen sicherlich, dass ich meine Karriere deshalb nicht aufgeben möchte. Zumindest jetzt nicht.«

Lysia war ob dieser Eröffnung mehr als überrascht. Die Anwälte, die mit Mr Ottershaw im letzten Jahr brieflich in Kontakt gestanden hatten, hatten von dieser Absicht nichts erwähnt.

»Dann werden Sie zurück nach Ostindien reisen?«, fragte sie erstaunt.

Mit stolzgeschwellter Brust antwortete Mr Ottershaw: »Die Direktoren der Kompanie haben mich ersucht, durchaus dringlich, möchte ich sagen, noch ein paar Jahre in ihrem Dienst zu verbleiben. Sie meinten, ich könnte mit meinen erworbenen Kenntnissen und Fähigkeiten, die ich selbst für durchaus bescheiden halte, noch beträchtlich zum Fortkommen der Ostindien-Kompanie beitragen.« Er lächelte verbindlich. »Ich bin nur deshalb nach England gekommen, um die Erbschaft zu regeln und für die Verwaltung des Anwesens in meiner Abwesenheit zu sorgen.«

»Oooh«, kam daraufhin die mehrstimmige Antwort. Damit hatte keine der anwesenden Damen gerechnet.

»Aber«, rief Tante Augusta verwirrt, »dann steht das Haus ja leer!«

»Ja, unvermeidlicherweise«, gab ihr Mr Ottershaw recht. »Allerdings werde ich ein paar wenige Diener und Knechte behalten. Gerade so viele, als notwendig sind, um alles in Schuss zu halten, nicht mehr. Ich möchte kein unnötiges Geld hinauswerfen, solange ich hier nicht selbst wohne.«

»Oh«, wiederholten die Farleys wie aus einem Mund.

Was soll die entlassene Dienerschaft dann bloß anfangen?, fragte sich Lysia im Stillen. Hier auf dem Land war es schwierig genug, eine neue Stelle zu finden.

Mr Ottershaw räusperte sich und sah in die Runde der ihn gebannt anstarrenden Damen. »Es liegt mir zweifelsohne fern«, fuhr er fort, »meinen lieben Verwandten Ungemach zu bereiten, daher habe ich nichts dagegen, wenn Sie noch eine Weile hier in Fairlight Hall wohnen bleiben. Vier Wochen scheinen mir eine angemessene Zeit, denken Sie nicht auch?«

Obwohl Lysia wusste, dass Mr Ottershaw dazu keineswegs verpflichtet war, es also tatsächlich eine sehr freundliche Geste seinerseits war, konnte sie sich den bissigen Unterton ihrer Antwort dennoch nicht verkneifen: »Oh, wie großzügig, Mr Ottershaw! Wir sind Ihnen unendlich dankbar für dieses liebenswürdige Angebot.«

An den Herrn ging der Spott jedoch gänzlich verloren, denn er lächelte breit, bevor er erwiderte: »Ach, das ist doch nicht der Rede wert! Ich tue, was ich kann, um Ihnen diese schwere Zeit zu erleichtern. Das gebietet doch schon das Andenken an den tapferen Colonel, meinen lieben Cousin, den ich immer, wenn auch aus der Ferne, hochverehrt habe.« Dann machte er eine wegwerfende Handbewegung. »Und so lange können Sie gern Ihre bisherigen Gemächer bewohnen, ich begnüge mich mit einem der Gästezimmer. Wenn ich dann in ein paar Jahren zurückkehre, werde ich sowieso alles renovieren.«

»Ach ja?«, rief Tante Gussie noch immer, oder schon wieder, verwirrt. »Aber es ist doch alles in Ordnung hier, nicht wahr?«

»Jeder hat eben seinen eigenen Geschmack«, verteidigte Eunike den Verwandten. »Wenn ich einmal als neue Herrin in ein Haus einziehe, werde ich sicherlich auch einiges umändern. Neue Möbel, Tapeten, Teppiche, …«

Mr Ottershaw warf ihr einen verständigen Blick zu, der sich in faszinierte Bewunderung wandelte, als er Eunikes Gesicht und ihre Gestalt näher inspizierte: die glänzenden goldblonden Locken, das pastellfarbene Kleid, das hübsche Dekolleté.

Lady Farley fiel der Blick wohl auch auf, denn rasch beeilte sie sich zu sagen: »Meine beiden Zwillinge sind, wie Sie sich denken können, viel bewunderte junge Damen. Unsere Hoffnungen, was ihre Heirat betrifft, sind äußerst hochgesteckt. Sie werden mir sicherlich zustimmen, dass die Hand eines Marquis oder Earls keineswegs undenkbar ist – ganz im Gegenteil.«

Mr Ottershaws Wangen röteten sich, als wäre er bei einer unrechten Tat ertappt worden. »Ja, natürlich«, murmelte er.

»Aber meine Älteste«, setzte Lysias Mutter fort, wobei ihre Augen verdächtig funkelten, »wäre noch frei. Falls Sie also auf Brautschau sind, dann überlegen Sie diese Option.«

»Mama«, rief Lysia bestürzt, »wie kannst du nur?«

Amathia und Eunike verfielen in unangebrachtes Gekicher, und Tante Augusta blickte verwirrt zwischen ihrer Schwägerin und ihrer Nichte hin und her, als hätte sie ein wichtiges Stück an Information verpasst. Lysia erging es ganz ähnlich.

Und auch in Mr Ottershaws Miene spiegelte sich blanke Konfusion. »Mr Milward«, begann er vorsichtig, »er war so freundlich, mich von Weymouth hierher zu begleiten – zufälligerweise traf ich ihn dort, weil er wegen des Schiffswracks Nachschau hielt – hat mich darauf hingewiesen, recht eindringlich, möchte ich sagen, dass sein Sohn, ich glaube, Edward ist sein Name, und Miss Farley«, dabei nickte er in Lysias Richtung, »einander versprochen sind. Ein überaus zuvorkommender Mann, der Herr Bürgermeister: Er hat angeboten, mir in allen Angelegenheiten behilflich zu sein, sollte ich Rat oder Unterstützung benötigen.« Es war mehr als offensichtlich, dass er sich von Mr Milwards Schöntuerei geschmeichelt fühlte.

»Hah!«, rief Lysia zornig – der Bürgermeister konnte es nicht lassen, anderen seinen Willen aufzuzwingen!

Doch bevor sie weiterreden konnte, schnitt ihre Mutter ihr das Wort ab: »Ach, diese Angelegenheit ist keineswegs so gewiss, wie es Mr Milward dargestellt hat. Es stimmt, dass Edward, sein Sohn, sich sehr um Lysia bemüht. Aber es ist noch viel zu früh, von einem gemeinsamen Verständnis der beiden zu sprechen. Lysias Absichten sind noch nicht derart gefestigt, dass sie nicht ein zielstrebiger Mann noch in andere Richtungen lenken könnte.«

Lysia wäre am liebsten im Boden versunken. Wie sich diese Unterhaltung zu einer Erörterung ihrer Heiratsaussichten gewandelt hatte, war ihr unerklärlich. Aber dass ihre Mutter sie wie ein beliebiges Stück Vieh jedem x-beliebigen Mann als Ehekandidatin antrug, machte sie wütend. Doch, so stellte sich gleich heraus, war ihre Mutter bei Weitem noch nicht fertig.

»Lysia interessiert sich sehr für ferne Länder. Sie würde Sie sicherlich gern nach … nach … – na, wie immer dieser Ort dort in Ostindien heißt – begleiten, sollten Sie eine Heirat in Erwägung ziehen. Zudem ist sie von robuster Gesundheit und praktisch veranlagt.«

»Mama!«, schrie Lysia auf, nun ernstlich entsetzt. »Das geht wahrlich zu weit!«

Zum Glück schaltete sich da Tante Gussie ein, wofür ihr Lysia zutiefst dankbar war: »Lieber Mr Ottershaw, wie wäre es mit einer Tasse frisch aufgebrühten Tees? Nach dem schrecklichen Schiffsunglück, das Sie durchleben mussten, ist sicherlich jede Stärkung willkommen.«

ACHTES KAPITEL

Fairlight Hall, Fairlight, Sussex, drei Tage später

Lysia saß am Schreibtisch im väterlichen Studierzimmer und starrte gedankenverloren zum Fenster hinaus. Ein bleierner Himmel ließ diesen Vormittag düster erscheinen, an den hohen Scheiben rannen Regentropfen hinunter.

Das alles fiel Lysia jedoch kaum auf, denn sie grübelte über die Ereignisse der letzten Tage nach.

Mr Ottershaws Ankunft war zwar früher erfolgt, als sie erwartet hatte, stürzte sie aber keineswegs in Verzweiflung: Bereits vor zwei Wochen hatte sie die Messrs. Harries, Blackhurst & Co mit dem Kauf des kleinen dreistöckigen Hauses am Bedford Square in Bloomsbury, London, beauftragt. Die Verträge waren unterschrieben, der Kaufpreis ausgehändigt, und zurzeit fanden noch kleinere Renovierungs- und Umbauarbeiten statt. Mitte August sollte der Umzug vonstattengehen.

Heute Abend erwartete sie die vorletzte Schiffsladung Konterbande, dann noch eine weitere in vierzehn Tagen. Danach würde sie den Schmuggel aufgeben. Nach *Capitaine* Fréthuns letztem Besuch hätte sie ausreichend Mittel, um im nächsten Jahr eine Saison für die Zwillinge zu finanzieren. Soweit verlief also alles nach Plan.

Trotzdem war da einiges, das ihr Kopfzerbrechen bereitete.

Zum einen die Fairlight-Schmuggler: Bis auf Gibbs, Lysias rechte Hand, wusste noch keiner von ihnen, dass Lysia das geheime Handwerk schon sehr bald aufgeben würde. Gibbs hatte vor, die Männer zu fragen, ob sie ohne Farley'schen Anführer weitermachen wollten, aber das war noch nicht geschehen. Für die meisten bot der Schmuggel ein schönes Zubrot, mit dem sie sich Dinge leisten konnten, die sonst unerschwinglich wären. Doch für ein paar wenige unter ihnen, etwa Andrew Bishop und die Elliott-Brüder, war der Schwarzhandel die einzige Einnahmequelle, die sie vor bitterer Armut und einem Leben im Armenhaus bewahrte. Sollte sich die Schmugglerbande tatsächlich auflösen, würde Lysia sich dafür einsetzen, dass diese Männer eine leidlich bezahlte Beschäftigung fänden.

Das brachte sie auch schon zur nächsten sorgenvollen Angelegenheit. Mr Ottershaw war von dem am Tag seiner Ankunft geäußerten Ansinnen, den Großteil der Dienerschaft von Fairlight Hall zu entlassen, nicht abzubringen gewesen. Er hatte mehrmals betont, dass er ihrer nicht bedürfe, so lange er in Ostindien weile; danach aber könne er sie mit Freuden wieder einstellen. Dieses vielleicht gut gemeinte Angebot war Lysia nicht mehr als eine einsilbige Antwort wert gewesen – hah, wovon sollten die Leute denn bis dahin leben, bitte schön?

Wegen ihrer eigenen angespannten Geldsituation konnte Lysia zu ihrem großen Leidwesen selbst nur eine Handvoll Diener mit nach London nehmen. Wie sie den Übrigen helfen sollte, war ihr noch nicht klar, aber irgendetwas musste ihr einfallen. Sie hatte sich schon vorgenommen, bei General Murrays Picknick in Beauport Park deshalb mit einigen Freunden und Bekannten zu sprechen. Vielleicht konnte jemand verlässliche Leute gebrauchen.

Ja, und schließlich waren da noch die Sorgen in eigener Sache. Dank ihrer Mutter hatte Lysia so viele Heiratsoptionen wie niemals zuvor, dummerweise bescherten sie ihr aber sämtlichst die grässlichsten Vorstellungen von ihrem künftigen Leben, und es war ihr schier unmöglich, sich damit abzufinden.

Sie seufzte schwer. Ach, könnte sie doch mit Jack irgendwohin gehen, wo niemand sie kannte! Es würde ihr nichts ausmachen, unter ihrem Stand zu heiraten, wenn sie dann an Jacks Seite leben könnte! Aber natürlich würde der Skandal ihre Familie schwer treffen: Die Aussichten ihrer Schwestern auf eine vorteilhafte oder auch nur standesgemäße Ehe wären für immer dahin; ihre Mutter und Tante würden zu gesellschaftlichen Außenseitern, die in keinem vornehmen Salon mehr empfangen würden. Sie wusste, das konnte sie ihnen nicht antun.

»Ach, hier steckst du«, rief Lady Farley und betrat dann das Studierzimmer. »Gibt es schon Nachricht vom Fortschritt der Umbauarbeiten?«

Lysia schüttelte den Kopf. »Nein, noch nicht. Aber Mr Blackhurst hat mir erst gestern brieflich versichert, dass alles plangemäß verläuft.«

Anfangs war ihre Mutter mit dem vorgeschlagenen Haus in Bloomsbury nicht einverstanden gewesen. Weder war die Lage ihrer Ansicht nach mondän genug, noch hatte es so viele Räumlichkeiten, wie es für die Familie eines angesehenen Colonels ihrer Meinung nach angemessen wäre. Doch Lysia hatte das Haus trotzdem gekauft. Sie hatte nicht länger warten wollen – was sich nun angesichts der frühzeitigen Ankunft von Mr Ottershaw als richtige Entscheidung erwiesen hatte. Zudem war das Haus günstiger als erwartet – so blieb mehr Geld für ihrer aller Unterhalt. Auch wenn ihr neues Heim den hohen Ansprüchen Lady Farleys nicht genügen mochte, war es doch für eine Familie des niederen Adels keineswegs unpassend. Und schlussendlich hatte Lady Farley dann doch ihr Einverständnis erteilt.

»Mr Ottershaw ist vorhin mit Gibbs nach Tunbridge Wells gefahren«, berichtete ihre Mutter.

Lysia nickte. »Ja, Gibbs bringt ihn zur Kanzlei der Nachlassverwalter. Vielleicht macht unser Gutsverwalter dabei solch guten Eindruck, dass zumindest Gibbs und seine Frau hierbleiben dürfen.«

Lady Farley beachtete diese letzte Bemerkung aber nicht, sondern fuhr fort, zunehmend aufgeregt, kaum, dass Lysia ausgesprochen hatte: »Er hat die Zwillinge mitgenommen! Und Augusta als Anstandsdame.«

»Wie bitte?«

»Ja, wenn ich es dir doch sage!« Lady Farleys schwarze Spitzenhaube hüpfte nun gefährlich auf und ab, während sie wild mit den Armen gestikulierte. »Die Mädchen waren natürlich Feuer und Flamme, als er sie einlud, wie du dir denken kannst. All die Geschäfte dort, und die feinen Herrschaften.«

Tatsächlich hatte Tunbridge Wells im Vergleich zu dem immer noch beschaulichen Städtchen Hastings deutlich mehr Attraktionen zu bieten. Die eisenhaltigen Quellen lockten schon seit Jahrzehnten Scharen von vornehmen Gästen in den Kurort, der mit alleegesäumten Promenaden und Kolonnaden aufwarten konnte. Dementsprechend gab es auch ein großes Angebot an Kaffeehäusern, Theatern und Modegeschäften. Das kleine, wenn auch aufstrebende Hastings konnte da keinesfalls mithalten.

»Nun ja, sie haben kaum Taschengeld, so viel werden sie schon nicht kaufen können«, versuchte Lysia ihre Mutter zu beruhigen.

»Ach, papperlapapp, wer redet denn von Geld! Ich habe Mr Ottershaw in Verdacht, ein Auge auf eine deiner Schwestern geworfen zu haben! Ist dir denn nicht aufgefallen, wie er bei seiner Ankunft Eunike gemustert hat? Das war der Blick eines Mannes auf Brautschau!«

»Ja, das ist mir nicht entgangen. Aber dank deiner Einmischung hast du seine Gedanken ganz rasch auf mich gelenkt. Nochmals besten Dank dafür, Mutter!«, bemerkte Lysia spitz.

Lady Farley winkte ungeduldig ab. »Wenn du nicht immer so stur wärest, würdest du einsehen, dass eine Verbindung mit Mr Ottershaw nicht das Schlechteste ist. Sehnst du dich nicht nach einem eigenen Heim, in dem du als Herrin schalten und walten kannst?« Ohne eine Antwort abzuwarten, fuhr sie fort: »Aber das ist ja wohl jetzt hinfällig! Mr Ottershaw scheint für Eunike entbrannt zu sein. Er hat sogar versprochen, mit den Zwillingen einen Modistenladen zu besuchen und ihnen etwas Hübsches zu spendieren. Hah, dieser hinterhältige Strolch! Am liebsten würde ich ihn vor die Tür setzen, aber dummerweise ist das Haus ja nun das seine.«

»Wäre eine Verbindung zwischen den beiden tatsächlich so unerfreulich?«, fragte Lysia vorsichtig.

Ihre Mutter warf fassungslos die Hände in die Höhe. »Unerfreulich? Nein, unerfreulich wäre das sicher nicht, es wäre desaströs! All unsere Hoffnungen auf eine Verbindung zu einer gesellschaftlich höherstehenden Familie wären dann allein auf Amathia gerichtet. Und um die scharwenzelte letztens Edward Milward derart herum, dass es mir angst und bange wird!«

Lysia konnte sich ein Lächeln nicht verkneifen. »Es scheint, dass all die Ehekandidaten, die du für mich vorgesehen hast, sich auf meine Schwestern stürzen.«

»Mach dich nur lustig, Lysia«, fauchte ihre Mutter, »aber es ist mir ernst! Meine Sorge gilt allein dem Fortkommen meiner Familie. Ich möchte all meine Mädchen unter der Haube sehen – das ist doch nicht zu viel verlangt!«

Lysia erhob sich und ergriff die Hand ihrer Mutter.

»Ich weiß, dass du nur unser Bestes willst, Mama. Aber

manchmal wäre angebracht, auch die Wünsche deiner Töchter zu beachten. Sie sind alle alt genug, um ihre eigenen Entscheidungen zu treffen.«

Lady Farley schien darüber einen Moment lang nachzudenken, doch dann ließ sie eine Hand rasch durch die Luft sausen.

»Piffpaff!«, rief sie. »Keine von euch hat die blasseste Ahnung, was das Beste für sie ist. Das Leben ist kein Honiglecken, und gerade wir Frauen müssen sehen, wo wir bleiben!«

»Nun gut«, lenkte Lysia ein. »Was soll ich also tun?«

Lady Farley atmete – nun, da sie sich der Kooperation ihrer Ältesten versichert hatte – erleichtert auf. »Wir müssen unter allen Umständen verhindern, dass Ottershaw Eunike einen Antrag macht. Das dumme Ding sagt zum Schluss noch ja, wenn er ihr Seide und Schmuck verspricht.«

Obwohl Lysia noch immer nicht einsah, was an einer Hochzeit Eunikes mit Mr Ottershaw so Beunruhigendes wäre, nickte sie folgsam. »Ich werde versuchen, die zwei voneinander fernzuhalten.«

Lady Farley tätschelte Lysias Hand. »Ich wusste, dass ich mich auf dich verlassen kann.«

***

Später am Abend hockte Lysia im Kreis der Fairlight-Schmuggler am Strand der Bucht von Tarnis Rocks. Sie warteten auf das Schiff von *Capitaine* Fréthun. Der Franzose hatte sich für etwa sieben Uhr angekündigt, aber nun versank die rotgoldene Scheibe der Sonne bereits im Meer, und sein Schiff war noch immer nicht aufgetaucht. Um sich die Wartezeit zu verkürzen, unterhielten sich die Schmuggler mit Schwänken und Erzählungen aus ihrem ereignisreichen Leben. Sie saßen um ein Feuer, über dem ein eiserner Kessel mit Hammeleintopf hing, den Gibbs' Frau mit Hilfe zweier Mägde von Fairlight Hall, Tilly und Sarah, hergebracht hatte. Auch Ehefrauen und Herzblätter anderer Männer waren heute anwesend, eine bunt gemischte Gruppe also.

Ein Lederschlauch, gefüllt mit stark gebrautem Ale, machte die Runde, und Lysia nahm abwesend einen Schluck, bevor sie merkte, was sie da gerade trank. Sie war nämlich damit beschäftigt, das Tun der jungen Küchenmagd Tilly zu beobachten. Die hatte sich, vorwitzig und frech, gleich neben Jack in eine kaum vorhandene Lücke zwischen ihm und seinem Nachbarn, Joss Goddard, gezwängt und machte ihm nun schon seit einer Weile schöne Augen. Sogar ihr Mieder hatte die dreiste Maid ein Stück nach unten gezogen, um ihre Reize besser zur Schau zu stellen. Jack ließ sie gewähren, lachte und machte harmlose Scherze. Am liebsten hätte Lysia der vorlauten Magd die Leviten gelesen. Wie konnte sie es wagen, sich an Jack heranzumachen!

Als Tilly dann Jacks Gesicht zu sich drehte und einen Kuss auf seine Lippen drückte, war Lysia nahe daran, aufzuspringen und das unverschämte Ding streng zurechtzuweisen. Doch da fing sie Gibbs' Blick auf, der unauffällig den Kopf schüttelte, und sie ließ sich wieder gegen den Felsen sinken, an dem sie gelehnt hatte. Gibbs hatte recht. Wie würde es aussehen, wenn sie Tilly von Jack wegzerrte, wo sich die anderen anwesenden Frauen kaum anders verhielten?

So knirschte sie mit den Zähnen und starrte hinaus aufs Meer. Wo blieb nur das verfluchte Schiff?

»Löscht das Feuer!«, rief Gibbs wenig später. »Es wird dunkel, und wir wollen keine ungebetenen Gäste auf uns aufmerksam machen.«

Lysia ärgerte sich, dass sie nicht selbst daran gedacht hatte. Zwar hielten oben auf den Klippen zwei Männer Wache, aber es wäre dennoch unvorsichtig gewesen, das Feuer brennen zu lassen. Die Fairlight-Gentlemen gingen niemals unnötige Risiken ein.

Es zischte und qualmte, als Ned Anderson einen Eimer Wasser über der Feuerstelle ausleerte, und dann wurde das Dunkel der Nacht nur noch von dem rotvioletten Streifen der im Meer versinkenden Sonne erhellt.

John Carter, der Fuhrmann, gab eine Geschichte über die weiße Frau von Herstmonceux Castle zum Besten, die dort angeblich schon des Öfteren am Burggraben gesichtet worden sei.

Als er ans Ende kam, pfiff Jim Turner durch seine beachtliche Zahnlücke:

»Hey, Jack, jetzt bist du an der Reihe. Erzähl uns was!«

Lysia hörte Tilly albern kichern – wer weiß, was das kecke Ding im Schutz der Dämmerung alles trieb! –, und so zog sie ihren Schlapphut tiefer in die Stirn und schloss die Augen. Diese verwünschte kleine Hexe!

»Ihr werdet's nich' glaub'n, was ich vor 'n paar Wochen g'sehen hab«, begann nun Jack mit seiner tiefen, vollen Stimme, und Lysia spürte eine Gänsehaut auf ihren Armen.

»Ganz hier in der Näh«, fuhr er fort. »Drüb'n in der Bucht von Fairlight Cove. 's war an ein'm sonnig'n Nachmittag, ich hab eins der Ashburnham-Rösser ausg'ritt'n und bin den Klipp'npfad entlang, völlig arglos und ohn' mir was zu denk'n. Da hört ich plötzlich, ganz leis, Platsch'n im Wasser unten. Ich hab's Pferd g'zügelt, bin abg'stieg'n und hab runterg'schaut.«

»Und was war da?«, fragte der junge Andrew Bishop neugierig.

»Wahrscheinlich ist ein Stück von den Klippen abgebrochen und ins Meer gestürzt. Kommt hier in der Gegend öfters vor«, unkte der freche Will Thatcher, und alle lachten.

Doch Jack ließ sich nicht beirren. Er senkte seine Stimme, als würde er nun gleich ein großes Geheimnis verraten.

»Unt'n im Wasser, Gentlemen«, verkündete er,

»schwamm 's wunderschönste Wes'n, das ich jemals zu G'sicht bekomm'n hab. 'ne Meerjungfrau, bei meiner Treu.«

Langsam kam Lysia ein schlimmer Verdacht.

»Haut wie silbrig's Mondlicht, sag ich euch, gold'ne Locken bis hinab zu 'n Hüften, 'ne schlanke, anmut'ge G'stalt. Ich stand da wie ang'wurzelt und konnt nix and'res tun, als sie anzustarr'n.«

»Sie hat dich in ihren Bann geschlagen«, flüsterte Ned Anderson, der Fischer, ehrfurchtsvoll, und Lysia wunderte sich kaum, dass die Männer eine solche Geschichte für bare Münze nahmen. Viele Menschen in dieser Gegend glaubten an Gespenster, Seeschlangen, Wassermänner – oder eben Meerjungfrauen.

»Sie war nackt?«, bohrte Andrew Bishop weiter.

»So nackt, wie Gott sie g'schaff'n hat«, bestätigte Jack. »Ich hab' alles deutlich seh'n könn'n.«

Inzwischen brannten Lysias Wangen wie Feuer, und sie zerrte den Hut noch tiefer ins Gesicht. Sie war sich nun sicher, dass Jack von ihr sprach, von jenem Nachmittag Ende Juni, an dem sie beim Schwimmen von einem Mann beobachtet worden war, der hoch oben auf den Klippen gestanden hatte. Einem Reiter mit einem roten Kopftuch. Jack, wie sie nun wusste.

»Häh, wo war das noch mal, Jack?«, erkundigte Jenner sich etwas zu eifrig. »Ich denke, ich werd' da morgen mal einen Abstecher hin machen. Vielleicht kann ich auch was sehen.«

Diese Erklärung trug ihm einen heftigen Knuff in die Seite ein, verabreicht von seiner Ehefrau, was ihn aufstöhnen und den Rest der Truppe schallend lachen ließ.

Lysia setzte sich auf und schob den Filzhut zurück. Es war inzwischen so dunkel, dass sie sicher war, niemand würde ihre tiefroten Wangen bemerken. Sie hörte Jack glucksend lachen und einen Schluck Ale nehmen.

»Sie würd' sich dir nich' zeig'n, Jenner«, behauptete er im

Brustton der Überzeugung. »Sie zeigt sich nur jen'm Mann, dess'n Herz in Lieb zu ihr entflammt is'.«

Ein paar Momente später – so lange dauerte es wohl, bis sie die in der Erklärung enthaltene Abfuhr verstanden hatte – schrie Tilly empört auf, woraufhin Jack entschuldigend mit den Schultern zuckte. »Tut mir leid, Mädchen, mein Herz is' schon vergeb'n. 's gehört der schönen Meeresnymph.«

Und als wären seine Worte nicht für Tilly, sondern eigentlich für eine ganz andere gedacht, war sein Blick dabei über Tillys Kopf hinweg zu Lysia gewandert. Ihr war, als ob sie trotz des Dämmerlichts das Glühen tief in seinen Augen erkennen könnte, beständig und verheißungsvoll. Oh Himmel, Jack!

»Ein Signal!«, schrie da Wheeler und sprang auf. Lysia musste sich zwingen, sich von Jacks eindringlichem Blick zu lösen und Wheelers ausgestrecktem Arm zu folgen, der hinaus aufs Meer deutete. Tatsächlich, weit draußen leuchtete drei Mal kurz hintereinander ein Licht auf, nach einer Pause weitere drei Male. Das mit *Capitaine* Fréthun vereinbarte Zeichen – die *Intrépide* war endlich eingetroffen!

Im Nu waren alle auf den Beinen, und Gibbs erteilte die vertrauten Kommandos. »Joss«, befahl er, »melde der Fregatte, dass die Luft rein ist. Ihr Übrigen, zieht hurtig die Boote ins Wasser. Los geht's!«

Gehorsam feuerte der Gärtner von Fairlight Hall eine speziell für diesen Zweck umgebaute Pistole ab: Es wurde keine Kugel abgeschossen, dafür war die obere Abdeckung der Pulverpfanne entfernt worden. Betätigte man also den Abzugshahn, so wie Joss Goddard nun, wurde ein kurzer, aber unübersehbarer, weil grellblauer Lichtblitz erzeugt, der auch noch weit draußen, dort, wo die *Intrépide* lag, gut auszumachen wäre. Danach lief alles wie am Schnürchen; jeder einzelne Mann wusste genau, was zu tun war. Und während die Schmuggler die wertvolle Konterbande anlandeten, packten die Frauen eilig die Reste der Mahlzeit zusammen und machten sich auf den Weg zurück ins Dorf.

Auch Lysia versuchte wie alle anderen, ihren gewohnten Aufgaben nachzugehen. Doch das fiel ihr in ihrer jetzigen Verfassung, nachdem sie Jacks Geständnis gehört hatte, fürchterlich schwer. Noch immer hallten ihr seine Worte süß in den Ohren, und im Geist wiederholte sie sie immer und immer wieder. Bis zu ihrem Lebensende, das wusste sie, würde sie Jacks Liebeserklärung nicht vergessen.

Oh Gott, sie fühlte sich so wunderbar! Statt hier *Half Anker* für *Half Anker* ins Schreibheft einzutragen, hätte sie sich am liebsten frohlockend im Kreis gedreht, ausgelassen getanzt, sich lachend im Sand gewälzt. Oh, welch herrliches, einzigartiges Glücksgefühl durchströmte sie! Sie wollte zu Jack laufen und die Arme um ihn schlingen, ihn mit Küssen bedecken, ihn niemals wieder loslassen. Jack, Jack, Jack! Alles in ihr rief nach ihm, sehnte sich nach ihm, verzehrte sich nach ihm.

Doch statt dem Drängen ihres Herzens zu folgen, tat sie ihr Bestes, sich nicht anmerken zu lassen, dass Miss Lysianassa Farley vor Glück beinahe platzte. Statt auch nur mehr als einen flüchtigen Blick in Jacks Richtung zu werfen, holte sie das Haushaltsbuch aus ihrer ledernen Umhängetasche, setzte sich auf einen Felsblock und feuchtete mit der Zunge die Bleistiftspitze an.

Lysia arbeitete konzentriert vor sich hin – nur einmal ertappte sie sich dabei, kleine Herzen in eine Ecke des Schreibhefts zu malen. Inzwischen war die gesamte Ladung an Land gebracht und bereits großteils mithilfe von Körben und Seilzügen die Klippen hinaufgehievt. Alle Einträge waren erledigt, und so machte sich Lysia zusammen mit Gibbs daran, den schmalen Steig hinaufzuklettern, der aus der Bucht hinausführte. Obwohl der Klippenpfad unwegsam und daher nicht ungefährlich war, zog sie diese Art des Aufstiegs den schwankenden Strickleitern hundert Mal vor.

Oben packten einige Männer die heraufbeförderten Fässer auf die bereitstehenden Karren und Pferde. Kurz nach dem letzten hochgezogenen Weidenkorb tauchten auch die übrigen Schmuggler auf dem felsigen Plateau auf, und nachdem alles verstaut war, setzte sich der Tross in Bewegung. Ihr heutiges Ziel war eine nicht allzu weit entfernte verlassene Scheune bei Guestling, in der sie die Konterbande für diese Nacht zwischenlagern wollten.

Auf dem Weg dorthin gab es keine Vorkommnisse, und auch das Abladen der Fässer verlief reibungslos. Doch gerade als sie dabei waren, die eichernen Behältnisse mit einer dicken Schicht Heu abzudecken, um sie vor den Augen neugieriger *Riding Officers* zu verbergen, stürmte plötzlich Tom Wilson, einer der vier Wachposten, die den Auftrag hatten, die Umgebung zu patroullieren, völlig atemlos in die Scheune. »Dragoner«, keuchte er. »Mindestens zwanzig Mann! Und nicht mehr als eine knappe halbe Meile in westlicher Richtung entfernt!«

»Verdammt!«, fluchten Gibbs und einige andere, und Lysia wäre beinahe Ähnliches über die Lippen gekommen.

»Wenn sie uns entdecken, sind wir verloren!«, rief sie. »Mit all dem Branntwein hier haben sie jeden Beweis, den sie benötigen.«

»Dann müssen wir sie ablenken«, erwiderte Gibbs.

Die Frage war nur, wie? Lysias Blick hastete suchend über die Gegenstände in der Scheune, bis sie fündig wurde.

»Die beiden Karren dort! Wir laden sie voll mit Heu und fahren sie in unterschiedliche Richtungen davon. Mit etwas Glück folgen die Soldaten den Fuhrwerken und lassen die Scheune unbehelligt.«

»Ja, gut«, stimmte Gibbs zu. »Mit ein paar von den Reitpferden machen wir es ähnlich. Dort hinten im Eck sind leere Fässer gestapelt – die schnallen wir auf die Sättel.«

Der Plan war das Beste, was sie in der kurzen Zeit zustande bringen konnten. Auch wenn die Soldaten die davonstobenden Reiter oder fortrumpelnden Karren aufhalten sollten, würden sie nicht mehr als getrocknetes Gras und hohle Fässer finden, deren Besitz nicht unter Strafe stand. Wenn alles gut ging, blieb der illegale Branntwein unentdeckt. *Oh Herr, steh uns bei!*

»Los, Gentlemen«, rief Gibbs, »an die Arbeit. Schnell, schnell!«

Im Eiltempo schleuderten Lysia, Gibbs und acht weitere Schmuggler mit hölzernen Gabeln Heu auf die Wagen und türmten es zu hohen Bergen, während die übrigen Männer ein paar leere Fässer an den Sätteln von Hippe und drei anderen Pferden befestigten.

»Ned, John«, gab Gibbs dann die Befehle aus, »ihr beide fahrt mit dem einen Karren nach Westfield. Jenner und Wheeler, ihr mit dem anderen nach Icklesham. Miss Farley, Jack, ihr reitet hinunter zur Küste, Joss und ich tun das gleiche Richtung Norden. Ihr übrigen trollt euch, fort mit euch!«

Ohne zu zögern, wurden Gibbs' Anweisungen befolgt, und gleich darauf polterten die beiden Holzwagen in entgegengesetzte Richtungen davon. Wenig später – da waren die Dragoner schon in Hörweite – trieben Lysia und die übrigen drei Reiter ihre Pferde an und preschten davon.

Doch sie blieben nicht lange unbemerkt. Gerade erst überquerten Lysia und Jack die der Scheune gegenüberliegende Heuwiese, da rief bereits einer der Soldaten: »Lieutenant, dort drüben bewegt sich was!«

Lysia verwünschte die Wolken, die heute Nacht den beinahe schon vollen Mond kaum verdecken wollten, und drückte Hippe die Schenkel in die Seiten. »Schneller, Mädchen, schneller!«

Dann ertönte ein Signalhorn, und im nächsten Moment war das Donnern von zahlreichen Hufen in ihrem Rücken zu hören.

Tief über den Hals ihrer Stute gebeugt, folgte Lysia dem dunklen Schatten unmittelbar vor ihr: Jack. Unaufhörlich trieb sie Hippe an, über Weiden und Felder, querfeldein.

»Halt!«, schrie ein Dragoner. »Haltet an!«

Und dann war da wieder der durchdringende Klang des Horns.

Für einen kurzen Moment wandte Lysia den Kopf und blickte über die Schulter zurück – und wäre vor Schreck beinahe erstarrt. Es schien, als ob der gesamte Soldatentrupp hinter Jack und ihr her war; die beiden Karren wie auch die anderen Reiter waren wohl unbehelligt entkommen. Was aber am Wichtigsten war: Sie hatten es geschafft, die Dragoner von der Scheune wegzulocken. Nur hatten Jack und sie jetzt mindestens zwanzig Soldaten im Nacken! Himmel, was sollten sie nur tun?

Schon tauchte das Meer vor ihnen auf, ein dunkles, schwarzes Band, und noch immer waren ihnen die Rotröcke dicht auf den Fersen.

Mit einem festen Schenkeldruck in Hippes Seiten schloss Lysia zu Jack auf und bedeutete ihm, ihr zu folgen. Sie waren nun bereits in der Nähe von Fairlight, und hier war sie mit den Pfaden und Wegen besser vertraut als er. Als Jack ihr zunickte, schlug Lysia wenig später einen holprigen Steig ein, der durch unwegsames Gelände führte, in der Hoffnung, dass die Soldaten sich davon abschrecken ließen und die Verfolgung aufgäben. Doch die Dragoner, so stellte sich bald heraus, waren von der hartnäckigen Sorte, denn der Großteil des Trupps blieb ihnen unerbittlich auf den Fersen.

Der Pfad führte nun entlang der Klippen, hoch oben über dem Meer, und Lysia konnte den schmalen Weg nur mit

Mühe ausmachen. Und die Soldaten waren noch immer hinter ihnen her!

Sie fluchte leise, denn nicht mehr lange, und sie würden die Covehurst Bay erreichen, eine weit geschwungene Bucht, an deren Ende eine schroffe Felsnase weit hinaus ins Meer ragte. Dort nahm der Klippensteig ein abruptes Ende – und damit wohl auch ihre Flucht.

Für einen kurzen Augenblick überlegte Lysia, anzuhalten und sich den Verfolgern zu ergeben – außer ein paar leeren Fässern würden die nichts finden. Aber dann müsste sie erklären, warum die vornehme Miss Farley des Nachts in Männerkleidern und in Begleitung eines fremden Stallknechts wie eine Verrückte durch die Gegend galoppierte. Nein, unmöglich! Also spornte sie ihre Stute von Neuem an.

So schnell es das Gelände zuließ, fegte Lysia auf Hippes Rücken den Rand der weitläufigen Bucht entlang, Jack immer dicht hinter sich, bis sie schließlich den ominösen Felsvorsprung vor sich sah – und eine gewagte Entscheidung traf.

Sie zügelte ihr Pferd scharf, und noch bevor Hippe ganz zum Stillstand gekommen war, sprang Lysia aus dem Sattel und schlug der Stute ordentlich auf die Flanken, um sie davonzutreiben. »Lauf, Mädchen, lauf!«

Jack tat es ihr mit seinem Hengst gleich, und schon stoben die Rösser davon, weg von den gefährlichen Klippen, Richtung Fairlight.

»Wohin nun?«, fragte Jack schwer atmend und warf einen kurzen Blick über seine Schulter – dorthin, wo die Dragoner rasch näher kamen. »Verdammt, sie sin' gleich da.«

»Jack, vertraust du mir?«

Seine Augen versanken für einen Moment in ihren, und, ohne zu zögern, nickte er. »*Aye.*«

»Dann komm!«

Lysia griff nach seiner Hand und rannte, mit Jack an ihrer Seite, auf die Spitze des Felsvorsprungs zu, die sich schwach gegen das schwarzglitzernde Meer abzeichnete. Neben sich hörte sie Jack vernehmlich fluchen, als er ihr Vorhaben erkannte, aber er lief zielstrebig weiter.

»Halt, im Namen des Königs, bleibt stehen!«, schrien die Dragoner hinter ihnen. Die Soldaten hatten den Felsvorsprung inzwischen ebenfalls erreicht. Plötzlich pfiffen Pistolenkugeln durch die Luft, und Jack fluchte neuerlich, und dann war die Felskante unmittelbar vor ihnen, und damit der alles verschlingende, finstere Abgrund.

Ohne anzuhalten oder auch nur zu zögern, sprangen Lysia und Jack hinunter in die stockdunkle Tiefe, noch immer Hand in Hand. Zusammen stürzten sie hinab, und Lysia hörte einen markerschütternden Schrei, der, wie sie dann bemerkte, ihrer eigenen Kehle entsprang. Nur Augenblicke später tauchten Jack und sie in das schwarze, kalte Nass ein, mit den Füßen voran, und die Wellen schlugen über ihren Köpfen zusammen. Lysia hielt die Luft an und strampelte mit den Beinen, um zurück an die Wasseroberfläche zu gelangen. Sie klammerte sich an Jack – keinesfalls durfte sie ihn loslassen, denn sie wusste nicht, ob er schwimmen konnte. Da schlangen sich plötzlich starke Arme um ihre Leibesmitte, und mit mächtigen, kraftvollen Stößen wurde sie dem Mondlicht entgegen nach oben befördert. Als sie endlich die Wasseroberfläche durchstieß, rang sie gierig nach Luft, und gleich darauf fühlte sie sich durch das Wasser zum Ufer hin gezogen. Die Flut hatte eingesetzt und rollte mit großen Wellen in die Bucht hinein, doch Jacks starke Arme hielten sie unverwandt und trugen sie sicher weiter. Schließlich spürte sie sandigen Boden unter den Füßen und rappelte sich auf. Gestützt von Jack, stolperte sie hinauf auf den Strand. Er half ihr auf einen flachen Felsen, auf den sie sich rücklings fallen ließ, alle viere von sich gestreckt, Jack direkt neben ihr, und dann keuchten und husteten sie und spuckten Wasser.

Jack war der Erste, der seine Stimme wiederfand.

»Das muss ein Ende haben!«, krächzte er, und Lysia nickte schwach. »Ja.«

Einige Zeit später – das Atmen fiel Lysia nun wieder leichter – stützte sich Jack auf seinen Ellbogen und musterte sie eingehend. »Bist du verletzt?«

Sie schüttelte den Kopf. »Nein. Du?«

»*Nay*«, erwiderte er. »Ich hab' zwar 'dacht, dass mein letzt's Stündlein g'schlag'n hat, aber ganz unerwartet bin ich heil un' ganz.«

Lysia lächelte ihn an und strich eine dunkle Haarsträhne aus seinem Gesicht. Er fing ihre Hand ein und drückte einen Kuss in die Innenfläche, woraufhin ihr ein warmer, prickelnder Schauer durch den Körper rieselte.

»Verdammt«, flüsterte er rau. »Ich dacht', wir schlagen auf'n Felsen auf.«

»Und dennoch bist du gesprungen?«

»Wenn es schon mein End' sein sollt, dann gemeinsam mit dir.«

»Oh Jack«, flüsterte sie und strich über seine Wange. »Ich liebe dich so sehr.«

Er beugte sich über sie, ganz nah zu ihr, sein Gesicht unmittelbar über ihrem.

»Allein das aus deinem süß'n Mund z'hören, war's wert zu spring'n.«

Bevor sie etwas erwidern konnte, umschlossen seine Lippen die ihren. Dieses Mal hielt er sich nicht mit zärtlichen, hingehauchten Küssen auf, sondern fiel wild und leidenschaftlich über sie her. Als wollte er Festmahl halten, weil sie sich einander ihre Liebe eingestanden hatten – und vielleicht auch, weil ihr Abenteuer so glimpflich ausgegangen war. Lysia erging es kaum anders, sie wollte, nein, sie musste ihn spüren. Überall. Sie schlang die Arme um seinen Hals und zog ihn zu sich herab. Als wäre er ihr Rettungsanker, drängte sie sich gegen ihn, hielt ihn umschlungen und wollte ihn niemals wieder loslassen.

»Wenn ich g'wusst hätt', wie süß Meerjungfrauen schmeck'n, hätt ich ein solch's Exemplar schon vor Jahren g'kostet«, raunte Jack grinsend eine ganze Weile später, direkt über Lysias Mund, während er ihr Halstuch löste und zur Seite warf. »Zum Glück weiß ich nu' auch«, fügte er in Anspielung an jenen sonnigen Nachmittag in Fairlight Cove hinzu, »wie sie unter ihr'n Nix'nkleidern ausseh'n!«

»Du Schuft«, wisperte Lysia gar nicht streng. »Hast du gar keinen Anstand? Du hättest deine Augen abwenden und weiterreiten müssen.«

»Das wär unmöglich g'wesen«, stöhnte Jack und vergrub seine Lippen an ihrem Hals. »Ich war wie verstein'rt und konnt' mich nich' von der Stell' rühr'n. Die hübsche Meeresnymph' muss mich mit 'nem Zauberbann belegt hab'n. Seither träum' ich jede Nacht von ihr.«

»Oh Jack!«

Seine Lippen waren weiter nach unten gewandert. Mit den Händen schob er den Halsausschnitt ihres nassen Hemdes auseinander und pflanzte dann feurige Küsse auf ihre feuchte Haut, direkt oberhalb des Mieders. Lysia war, als ginge sie in Flammen auf, als brenne sie überall dort lichterloh, wo er sie berührte.

»Oh Jack, Jack!«, stöhnte sie. »Hör nicht auf!«

Seine Finger schlüpften unter den Stoff ihres Mieders und liebkosten ihre Brüste, und sie meinte, vor Wollust zerfließen zu müssen. Um ihm besseren Zugang zu verschaffen, bog sie den Rücken durch, reckte sich ihm entgegen.

»Küss mich«, forderte er mit rauer Stimme und senkte seine Lippen auf die ihren, während seine geschickten, oh so wissenden Hände ihr hitziges Fleisch lustvoll kneteten. »Küss mich, *lass.*«

Mehr als willig gehorchte sie und verschmolz ihren Mund mit dem seinen.

Nach einer kleinen Ewigkeit, während der sie alles um sich herum wie auch den Rest der Welt vergessen hatten, lösten sie sich schließlich keuchend voneinander, und es dauerte eine Weile, bis sich Lysias Atem und Herzschlag wieder etwas beruhigt hatten. Ihr Verstand, der sich irgendwann verabschiedet hatte, kehrte langsam zurück. In dieser Hinsicht erging es Jack wohl ähnlich, denn etwas verspätet fragte er nun: »Können die Rotröck' uns hier unten erwisch'n?«

Lysia setzte sich auf, brachte ihre Kleidung in Ordnung und schüttelte den Kopf. »Wohl kaum. Es gibt nur einen einzigen steilen und zudem recht schlüpfrigen Pfad, der von den Klippen herunter in die Bucht führt. Ich bezweifle, dass die Dragoner das Wagnis eingehen, den in der finsteren Nacht zu benutzen, selbst wenn beinahe Vollmond ist. Von der Meerseite her könnten sie mit Booten hierher rudern, aber dazu müssten sie erst einmal nach Hastings oder nach Pett. Das dauert alles viel zu lange. Und von oben sind wir durch den Felsvorsprung geschützt.«

»Hm, ich hab' auch kein groß's Verlangen, einen halsbrecherisch'n Steig raufzuklettern. Für mein' Geschmack is' einmal Lebensg'fahr pro Nacht mehr als g'nug.«

Lysia schmunzelte. »Das musst du auch nicht. Gleich dort hinten beginnt ein geheimer Tunnel, und der endet im Park von Fairlight Hall.«

»Ah, dabei hätt' ich g'hofft, wir bleib'n bis Morgen früh hier in der Bucht. Ich hätt 'n Feuer g'macht, damit wir unser G'wand trocknen könn'n.« Er grinste breit und wackelte einladend mit den Augenbrauen. »Und bei der G'legenheit könnt ich mir gleich ganz aus der Näh beseh'n, was ich bisher nur aus der Fern g'schaut oder mit d' Händ' g'spürt hab.«

»Oh Jack«, rief Lysia, »du unverbesserliches Mannsbild!

Du schaffst es stets aufs Neue, mir die Röte in die Wangen zu treiben!«

»Ach ja?«, fragte er und tat unschuldig. »Die Farb' steht dir aber auch wahrlich gut, *lass.*« Dann senkte er seine Stimme zu einem dunklen Raunen. »Und daran kann ich erkenn'n, wann du unkeusche Gedank'n hast. In Bezug auf mich. So wie jetzt.«

»Oh Himmel, Jack!«, entgegnete Lysia entrüstet. »Du bist der keckste Rossknecht, den ich kenne!«

Über diese Bemerkung lachte er ausgelassen und erhob sich dann.

»Ich nehm an, 's wird Zeit für uns«, sagte er, während er Lysia auf die Füße half.

»Ja, wir sollten sehen, dass wir zurückkehren. Gibbs und die anderen machen sich sicherlich schon Sorgen.«

Also liefen sie über den Strand zu einer Felsspalte hin, die gerade breit genug war, dass ein einzelner Mann hindurchschlüpfen konnte.

»Das is' der Eingang zum Tunnel?«, fragte Jack.

Lysia nickte. »Ja. Drinnen liegen Fackeln bereit.«

Jack wollte schon den unterirdischen Gang betreten, da hielt Lysia ihn zurück. »Jack, ich muss dir noch etwas sagen. Du solltest wissen, dass ich das Schmugglerhandwerk aufgebe. Ich habe in den letzten Monaten genügend Geld verdient, um für meine Familie und mich unser neues Leben in London zu finanzieren. Die nächste Schiffsladung wird daher die letzte sein, danach ist Schluss. Gibbs überlegt noch, ob er weitermacht und will mit euch deswegen sprechen. Aber die Farleys werden nicht mehr mit von der Partie sein.«

Die anfängliche Überraschung in Jacks Gesicht machte rasch einer nicht ganz nachvollziehbaren Erleichterung Platz.

»Sehr gut!«, brummte er zufrieden. »Ansonst'n hätt' ich's dir verbieten müss'n.«

Mit dieser kryptischen Bemerkung ergriff er ihre Hand und führte sie durch den Tunnel nach Hause.

NEUNTES KAPITEL

Beauport Park, Hollington, Sussex,
Donnerstag 5. August 1784

»Meine liebe Miss Farley, ich muss Ihnen unbedingt meine neuen Setzlinge zeigen«, erklärte Sir James Murray, Besitzer des weitläufigen, in der Nähe von Hastings gelegenen Anwesens Beauport Park überschwänglich.

Als Armeeoffizier hatte er unter General Wolfe in den kanadischen Provinzen gedient, zusammen mit Lysias Vater, und war später viele Jahre lang Gouverneur von Quebec gewesen. Ursprünglich aus Schottland stammend, hatte er hier in Hollington vor etwa zwanzig Jahren ein elegantes Herrenhaus aus rotem Klinkerstein erbauen lassen. Seine erste Ehefrau war eine Schwägerin des jetzigen Bürgermeisters von Hastings gewesen – und vor zwei Jahren hatte er sich, nach Beendigung seiner Offizierslaufbahn als General, hier zur Ruhe gesetzt.

Nun veranstalteten seine zweite Gattin, Lady Ann, und er alljährlich Anfang August ein Picknick, zu dem alle respektablen Familien der Gegend eingeladen waren.

»Ach, lieber Gemahl, so langweile doch Miss Farley nicht«, rügte Lady Ann, während der zweijährige Sohn auf ihrem Arm lustig quäkte. Sie hatte Sir James, Lysia und Mr Ottershaw – Lysia hatte es sich zur Aufgabe gemacht, den übereifrigen Galan ihrer Schwester während des Picknicks mit Beschlag zu belegen, um ihn von Eunike fernzuhalten – hinüber in den Gehölzgarten begleitet.

»Keine Sorge, liebe Gattin, das tue ich keineswegs«, konterte der General. »Genau wie ihr Vater ist Lysianassa an Neuem und Unbekanntem äußerst interessiert.«

Lysia nickte bestätigend, woraufhin Sir James mit stolzgeschwellter Brust seine neuesten Erwerbungen präsentierte. »Diese *Thuja plicata* wie auch diese Douglasie habe ich aus Kanada eingeführt. Dort werden diese majestätischen Riesen an die sage und schreibe einhundertachtzig Fuß hoch, bei Stammumfängen von bis zu sechzig Fuß.«

Lysia drückte angemessen staunende Bewunderung aus, während Mr Ottershaw dem General ein unwiderstehliches Angebot unterbreitete. »Auch in Ostindien«, bemerkte er, »gibt es ganz herrliche Baumsorten. Von meiner nächsten Reise kann ich gern ein paar Exemplare mitbringen, wenn Sie interessiert sind.«

Sogleich leuchteten Sir James' Augen auf. »Wunderbar, ganz wunderbar! Damit würden Sie mir in der Tat einen unschätzbaren Gefallen tun. Mein Ziel ist es nämlich, müssen Sie wissen, ein einzigartiges, in England noch nie da gewesenes Arboretum anzulegen. Nachdem ich nun im Ruhestand bin, muss ich mich ja irgendwie beschäftigen, sonst falle ich meiner lieben Frau gar allzu lästig. Nicht wahr, Ann?«

Diese lachte bestätigend und wandte sich dann an Lysia und Mr Ottershaw: »Stellen Sie sich nur vor, James hat unser Personal mit Marschbefehlen herumkommandiert. Die Ärmsten waren so konsterniert, dass sie beinahe den Dienst quittiert hätten.«

»Pah«, meinte der General abschätzig, »etwas Disziplin hat noch keinem geschadet.«

»Oh, mein lieber Sir James und meine liebe Lady Ann«,

gesellte sich da Lysias Mutter zusammen mit Tante Augusta zu ihnen. »Lassen Sie mich Ihnen sagen, welch wundervolles Ereignis das Picknick dieses Jahr wieder ist! Überaus angenehme Gäste, herrliche Speisen, und selbst der Wettergott ist uns wohlgesonnen. Ich kann gar nicht in Worte fassen, wie sehr ich all das künftig vermissen werde!«

»Ach, liebe Lady Farley«, tröstete der General, »natürlich sind Ihre Familie und Sie auch im nächsten Sommer herzlich eingeladen.«

»Ja«, bekräftigte seine Frau. »Sie müssen unbedingt kommen. Wir rechnen ganz fest mit Ihnen.«

Lysias Mutter, sichtlich geschmeichelt, zupfte seufzend ihren Seidenschal zurecht. »Es ist ja nur wegen der Zwillinge, dass wir in die Hauptstadt umziehen. Die Aussicht auf eine vorteilhafte Vermählung ist dort natürlich um vieles besser. Wir Übrigen«, dabei sah sie zu ihrer Schwägerin und ihrer ältesten Tochter, »würden ja viel lieber in Sussex bleiben, hier, bei all unseren Freunden und Bekannten. Aber im Interesse der Familie müssen wir dieses Opfer wohl oder übel bringen.«

Lady Ann, eine brünette junge Frau mit herzlichen, aber ansonsten kaum bemerkenswerten Gesichtszügen lächelte: »Aber auch Lysianassa hat in der Metropole weitaus mehr Gelegenheiten, passende Gentlemen kennenzulernen, nicht wahr?«

Daraufhin winkte Lady Farley ab. »Ach, Lysia ist so gut wie vergeben.« Während sie ihren Fächer auseinanderfaltete, senkte sie ihre Stimme zu einem verschwörerischen Flüsterton. »Entweder Mr Ottershaw oder Edward Milward werden der Glückliche sein.«

Die Verblüffung angesichts dieser Ankündigung war dem Ehepaar Murray und noch mehr Mr Ottershaw deutlich ins Gesicht geschrieben. Letzterer lief zudem puterrot an, zusammen mit seinen kupferfarbenen Haaren eine ungünstige Kombination.

»Mama«, rief Lysia entsetzt, »das ist keineswegs so! Die Herren und ich sind befreundet, aber keiner von uns hegt darüber hinausgehende Absichten. Du bringst Mr Ottershaw wie auch mich in eine höchst unangenehme Situation, wenn du so etwas behauptest!«

Mr Ottershaw warf ihr einen dankbaren Blick zu, während er mit dem Finger hastig unter seinem Halstuch hin und her fuhr. Offensichtlich war ihm dieses plötzlich zu eng geworden.

Da erwies sich Tante Gussie überraschenderweise als Retterin in der Not, indem sie das Gespräch auf ein neues Thema lenkte.

»Sagen Sie, werter General, wird der Earl von Darrington uns heute mit seiner Anwesenheit beehren?«, fragte sie, während sie einen aufdringlichen Marienkäfer von ihrem Ärmel schnippte. Nun schlossen sich auch die Schwägerin des Generals, Lady Murray, sowie deren jüngste Tochter Helen, Lysias Freundin, der kleinen Gruppe an, und gemeinsam schlenderten sie an den prächtig blühenden Lilienbeeten entlang zu einem malerischen Teich mit Seerosen.

»Ich muss Sie leider enttäuschen, Mistress Farley. Mein liebes Weib hat Lord Darrington zwar eine Einladung geschickt, er musste aber – zu unser aller größtem Bedauern – absagen, da er derzeit geschäftlich für einige Tage in London weilt.«

»Oh, wie schade!«, rief Tante Gussie, sichtlich enttäuscht, »ich bin ja schon so gespannt, endlich seine Bekanntschaft zu machen.«

Lady Murray wandte sich an sie. »Wir sind jedenfalls ganz hingerissen von Seiner Lordschaft. Solch ein eleganter Gentleman! Ein angenehmer, gebildeter Gesprächspartner, galant, höflich und aufmerksam. Und überdies sehr gut aussehend, nicht wahr, Helen?«

Ihre Tochter nickte beipflichtend. »Ja, fürwahr! Hochgewachsen, stattlich, dunkelhaarig, ein Bild von einem Mann.«

»Wie? Waaas?«, rief Lady Farley schrill, sodass sich einige der anderen Gäste verwundert nach ihrer Gruppe umdrehten. »Hatten Sie etwa gar schon Gelegenheit, ihn persönlich kennenzulernen?«

Lady Murray nickte begeistert. »Ja, ja! Etliche Familien haben bereits Einladungen nach Ashburnham Place erhalten. Ein ganz und gar prachtvolles Anwesen! Wir waren äußerst beeindruckt von der herrlichen Lage und dem imposanten Haus.«

»Mir hat die Parkanlage besonders gut gefallen«, stimmte Lady Ann zu. »Stellen Sie sich nur vor, inmitten des malerischen Sees, auf dem Dutzende elegante Schwäne dahingleiten, findet sich sogar ein nachgebildeter griechischer Tempel!«

»Wenn ich das richtig verstanden habe«, ergänzte Sir James, »dann will Darrington sich nun ausgiebiger diesem Landgut widmen. Bisher hat er das Anwesen recht vernachlässigt – das hat er selbst zugegeben, als wir ihn letzte Woche dort besuchten.«

»Ooooh!«, rief Lady Farley empört. »Anscheinend waren alle schon dort, nur wir nicht! Wie kann er uns nur dermaßen brüskieren?«

»Aber wir haben doch eine Einladung erhalten, meine Liebe«, widersprach Tante Augusta verwirrt. »Für übermorgen. Seine Lordschaft kann ja nicht alle Familien der Grafschaft am selben Tag zu sich bitten.«

»Ja, Mama«, fiel Lysia ein, »und so bleibt uns mehr Zeit als den anderen, uns auf dieses denkwürdige Ereignis vorzubereiten.« Dabei zwinkerte sie verschmitzt mit den Augen und wandte sich erklärend an den Rest der Gruppe. »Seit Lord Darringtons Einladung ins Haus geflattert ist, herrscht bei uns allerhöchste Aufregung. Kleider werden gesichtet, Frisuren ausprobiert und wieder verworfen, stundenlange Beratschlagungen geführt.«

Lysias Freundin Helen lachte auf. »Na, glaubst du etwa, bei uns wäre es anders gewesen?«

Trotz all der vorgebrachten Beschwichtigungsversuche blieb Lady Farley jedoch uneinsichtig. »Wir hätten bei den Ersten dabei sein müssen«, fauchte sie, während sie mit der Spitze ihres zusammengefalteten Sonnenschirms einmal heftig auf den Boden klopfte und damit das unerquickliche Thema zu einem jähen Ende brachte.

Mr Ottershaw, der seinen Blick immer wieder über die anwesende Gästeschar hatte schweifen lassen – wohl um Eunike ausfindig zu machen –, erspähte nun den Bürgermeister von Hastings samt dessen Familie und ließ es sich nicht nehmen, hinüberzugehen und sich bei seinem Retter zu bedanken. Der gute Mr Milward, so hatte der Beamte der Ostindien-Kompanie den Farleys kurz nach seiner Ankunft in Fairlight berichtet, habe ihm nach dem verheerenden Schiffsunglück in der Bucht von Weymouth einen unschätzbaren Dienst erwiesen, indem dieser dem Gestrandeten eine Mitfahrgelegenheit in seiner Kutsche angeboten habe. Ja, der gute Mr Milward – dabei war Lysia ein kalter Schauer über den Rücken gelaufen – habe es sich nicht nehmen lassen, den Schiffbrüchigen bis nach Fairlight zu bringen und ihn direkt an der Schwelle von Fairlight Hall abzusetzen, sobald er erfahren habe, wer sein Reisebegleiter tatsächlich sei. Was Mr Ottershaw nicht müde wurde, als freundlichen Akt christlicher Nächstenliebe zu rühmen, hatte Lysias Ansicht nach bloß den einzigen Zweck, sich das Vertrauen des neuen Herrn von Fairlight zu erschleichen. Und dass gerade der Bürgermeister derjenige gewesen war, der den unerwünschten Erben in den Schoß der Farleys hatte fallen lassen, musste diesen mit hämischer Schadenfreude erfüllt haben. Dieser Teufel!

Kaum merklich seufzend folgte Lysia ihrem Verwandten – sie hatte ihrer Mutter ja versprochen, ihn nicht aus den Augen zu lassen –, und zu ihrer großen Erleichterung schloss sich ihnen auch Lady Ann an.

Nachdem Mr Ottershaw dem Bürgermeister wortreich seinen Dank ausgesprochen und sich nach weiteren Nachrichten zum Schicksal des gesunkenen Ostindien-Schiffs erkundigt hatte, fragte Lady Ann, wie Mr Milwards jüngste Reise nach London verlaufen sei. In Ausübung seines Amts als *Surveyor-General of the Customs for Kent* musste er sich regelmäßig in die Hauptstadt begeben, um seinen Vorgesetzten auch persönlich Bericht zu erstatten. Von seiner jüngsten Fahrt war er erst am Vortag zurückgekehrt.

»Die Reise selbst ging ganz passabel vonstatten«, erwiderte der Bürgermeister, »nicht mehr als die üblichen Strapazen. Aber als ich mich gestern auf den Heimweg machte, ließ ich die Metropole in hellster Aufregung zurück.« Sichtlich stolz, diese Neuigkeit als Erster mitteilen zu können, fuhr er mit gewichtiger Miene fort: »Stellen Sie sich vor, der Premierminister, der junge William Pitt, wäre beinahe über den Haufen geschossen worden!«

»Um Himmels willen!«, riefen Lysia und einige andere. »Wie das denn?«

Zum Glück für seine Zuhörer ließ sich Mr Milward nicht lange bitten. Mit lauter, tragender Stimme, sodass er von möglichst vielen Gästen gehört wurde, schilderte er die Einzelheiten des unglücklichen Vorfalls.

»Auf dem Heimweg von einer Dinnereinladung verirrte sich Pitts Kutsche, und er ließ daher bei einem Bauernhaus – das war außerhalb von London, in der Nähe von Wandsworth – anhalten, um nach dem Weg zu fragen. Die Hofhunde schlugen an, und der Bauer kam mit geladenem Gewehr heraus und befahl Pitt, keinen Finger zu rühren, andernfalls würde er sofort schießen. Der Premierminister versuchte, sein Anliegen zu erklären, doch der Bauer war weiterhin misstrauisch und schließlich feuerte er einen Schuss ab.«

»Um Gottes willen! Oh nein!«, riefen die Umstehenden, so auch Lysia, betroffen, auf das Schlimmste gefasst.

»Zum Glück«, fuhr Mr Milward fort, »ist aber nichts passiert«, woraufhin allgemeines erleichtertes Aufatmen zu hören war. »Die Kugel ging durch eine lockersitzende Falte von Pitts Rock. Ihm wurde nicht ein einziges Haar gekrümmt. Vom Schuss alarmiert, kam dann der Kutscher angelaufen, und da endlich ließ sich der Bauer überzeugen, dass es tatsächlich Großbritanniens Kanzler war, der vor ihm stand und nach dem Weg fragte.«

»Das war aber hübsch knapp«, stellte ein Gentleman fest, und Mr Ottershaw wog bedächtig den Kopf: »Eine unglückliche Verkettung von Umständen! Mr Pitt darf sich wahrlich glücklich schätzen, dass der Vorfall kein böses Ende genommen hat.«

»Es hieß«, berichtete der Bürgermeister weiter, »der Bauer habe Mr Pitt für einen Schmuggler gehalten.«

»Einen Schmuggler?«, rief Lysia erstaunt.

Mr Milward ließ es sich nicht nehmen, ihr einen vielsagenden Blick zuzuwerfen, ehe er antwortete: »Ja, so wird es erzählt, Miss Farley. Eigenartig, nicht wahr, wenn man bedenkt, dass gerade er sich den Kampf gegen den Schwarzhandel so groß auf die Fahnen geheftet hat.«

»Wohl eine Ironie des Schicksals«, meinte sein Sohn Edward lakonisch.

Eine Weile später saß Lysia zusammen mit einigen ihrer Freunde, Helen Murray, Anne Webster, dem Viscount St. Asaph und seiner Verlobten Sophie Thynne wie auch ihrem Verwandten Mr Ottershaw auf einer Picknickdecke unter einer großen, schattigen Linde. In einiger Entfernung spielten ein paar junge Leute, darunter Lysias Schwestern und Edward Milward, unter lautem Gekreische und Gejohle Blindekuh.

Lysia steckte sich eine süße Erdbeere in den Mund und genoss die herrliche Aussicht, für die Beauport Park berühmt war. Mit Ausnahme von Mr Ottershaw beteiligten sich alle rege an der leicht dahinplätschernden Unterhaltung, die sich seit einer Weile um die bald anstehende Hochzeit von Sophie und Lord St. Asaph drehte, die übereinstimmend zum gesellschaftlichen Höhepunkt dieses Sommers erklärt wurde. Der Beamte der Ostindien-Kompanie aber warf immer wieder verstohlene Blicke hinüber zu den ausgelassenen Spielern. Gerade war Eunike an der Reihe: Mit verbundenen Augen und weit nach vorn gestreckten Armen suchte sie, dabei oftmals über den Saum ihres rosafarbenen Seidenkleids stolpernd, aber unablässig kichernd, nach ihren Opfern. Mr Ottershaw, das war ihm anzusehen, wollte nichts lieber als hinübergehen, um sich an dem Spaß zu beteiligen oder zumindest als Zuschauer in ihrer Nähe zu sein. Doch jedes Mal, wenn er sich erheben wollte, verwickelte Lysia ihn rasch in das allgemeine Gespräch, stellte Fragen, die er aus Höflichkeit beantworten musste, und zwang ihn so zum Bleiben.

Erst als Edward Milward, mit gerötetem Gesicht und schwer atmend, ebenfalls auf der Picknickdecke Platz nahm – Lysia hatte aus den Augenwinkeln beobachtet, wie sein Vater ihn heftig gestikulierend hierher geschickt hatte –, gelang Mr Ottershaw die Flucht. Edward versuchte, Lysia in eine vertrauliche Unterredung zu verwickeln, was sie jedoch nicht zuließ. Dennoch war sie deshalb zu abgelenkt, um ausreichend auf den Verwandten achtgeben zu können. In einem unaufmerksamen Moment war es Mr Ottershaw gelungen, zu entwischen und schnurstracks zu den Blindekuh-Spielern zu laufen. Offensichtlich hatte er Eunike zu einem gemeinsamen Spaziergang überredet, denn Lysia sah gerade noch, wie die beiden dem Rosengarten zustrebten. *Sapperment!*

»Bitte entschuldigen Sie mich kurz.«

Hastig erhob sich Lysia und eilte dem Pärchen hinterher. Wo war nur ihre Mutter? Sie hatte doch Eunike im Auge behalten wollen.

Da tauchte Lady Farley aus einem Seitenpfad auf, mit unruhig umherschweifendem Blick. Als sie Lysias ansichtig wurde, lief sie auf sie zu und rief: »Hast du Eunike gesehen? Ich war nur kurz im Haus, um mich frisch zu machen, und als ich zurückkam, war sie wie vom Erdboden verschluckt.«

»Ja, Mama, sie und Mr Ottershaw sind im Rosengarten verschwunden. Komm, wir müssen uns sputen!«

Sie griff nach der Hand ihrer Mutter und zerrte sie, so schnell das möglich war, auf dem Kiesweg entlang, und durch einen Rosenbogen hindurch.

Der Anblick, der sich ihnen dann bot, entlockte ihrer Mutter einen erstickten Entsetzenslaut, und Lysia schlug erschrocken die Hand vor den Mund. Im Schutze einer Marmorstatue der Liebesgöttin Venus standen Eunike und Mr Ottershaw, eng umschlungen, die Lippen wie auch die Leiber lüstern ächzend aneinandergepresst. Mr Ottershaws fleischige Hände massierten Eunikes Busen, während ihre Finger seinen Schritt auf und ab fuhren.

»Auseinander!«, kreischte Lady Farley, doch es war bereits zu spät. Von der anderen Seite hatten Mr Tillinghurst, der Pastor von Fairlight, samt Ehefrau sowie die Websters den Rosengarten betreten und waren – kein Wunder! – abrupt stehen geblieben. Mit heruntergeklappten Kiefern und weit aufgerissenen Augen verfolgten sie alle das Schauspiel, das sich ihnen inmitten all der üppig blühenden Rosensträucher darbot. Denn Eunike und ihr Galan waren so ineinander versunken, dass sie ihre Zuschauerschar bisher nicht bemerkt hatten.

Dank Lysias Mutter hatte das Drama aber auch noch einen zweiten Akt. Wie eine entfesselte Furie stürmte Lady Farley auf das Liebespaar zu – Lysia konnte sich nicht erinnern, ihre Mutter jemals so schnell rennen gesehen zu haben – und schlug mit ihrem Sonnenschirm, ungeachtet der ungleichen Stärkeverhältnisse, auf Mr Ottershaw ein, der sich mit eingezogenem Kopf und erhobenen Armen gegen den wütenden Angriff zu schützen suchte. Eunike wollte wohl ihrem Galan zu Hilfe kommen, denn sie tat ihr Bestes, ihrer Mutter das lebensgefährliche Accessoire zu entreißen, was aber trotz immer neuer Anläufe nicht gelang.

Da erschien zum Glück Tante Augusta unter dem Rosenbogen, und Lysia wandte sich, in der Hoffnung auf Verstärkung, rasch an sie: »Gussie, hilf mir, wir müssen die Hyänen trennen, ehe sie sich zerfleischen!«

Trotz der tatkräftigen Unterstützung der Tante gelang das Vorhaben allerdings erst, als auch der Pastor sowie Sir James – das hysterische Weibergekreische hatte inzwischen weitere Zuschauer in den Rosengarten gelockt – eingriffen. Mit vereinten Kräften schafften sie es, Eunike, Lady Farley und Mr Ottershaw voneinander wegzuzerren und auf Armeslänge zu halten – oder auch mehr, denn auch jetzt noch versuchte Lysias Mutter, mit dem Sonnenschirm auf den Cousin ihres verstorbenen Mannes einzustechen.

»Junger Mann«, bellte der General in bestem Befehlston, an Mr Ottershaw gewandt, »tun Sie Ihre Pflicht!«

Dies ließ sich der Angesprochene nicht zweimal sagen. Mit keineswegs unglücklichem Gesicht sank er, etwas schwerfällig zwar, vor Eunike auf das Knie und bot ihr seine Hand zur Ehe an. Er hatte kaum ausgesprochen, da stimmte Eunike freudestrahlend zu.

Lady Farley, die vom Pastor und Tante Augusta weiterhin festgehalten werden musste, heulte auf: »Neeeeinn! Neeeiiin! Neeeeiiin!«

Schließlich sank sie, wohl von den Strapazen entkräftet, schluchzend in die Arme ihrer Schwägerin.

Sir James trat zu ihr und tätschelte wohlmeinend ihre bebenden Schultern. »Es ist am besten so, liebe Dame, glauben Sie mir. Wir lassen das Aufgebot bestellen, und Sie, junger

Mann«, dabei wandte er sich noch einmal an Mr Ottershaw, »nehmen bis zur Hochzeit Unterkunft in Hastings.«

Es war nicht auszumachen, ob Lady Farley diese Worte gehört hatte. Sie jammerte und schluchzte jedenfalls unverwandt weiter, und so trat Lysia zu ihr und legte eine Hand auf ihren Arm. »Komm, Mama, lass uns nach Hause fahren.«

Da endlich ließ sich Lady Farley, schwer gestützt auf ihre älteste Tochter und ihre Schwägerin, wegführen. Immer wieder aufs Neue von Weinkrämpfen geschüttelt, wankte sie langsam den Kiesweg entlang, der in den Vorhof von Beauport Park führte, dorthin, wo die Kutschen bereitstanden. Eunike und Amathia folgten direkt hinterdrein, erstmals schweigend und mit gesenkten Köpfen.

Und als ob der Himmel es Lady Farley gleichtun wollte, setzte wenig später ein heftiger Regenschauer ein und durchnässte die im offenen Landauer heimfahrenden Farley-Damen bis auf die Haut.

***

Zwei Tage später, am frühen Nachmittag des folgenden Samstags, saß Lysia auf einem samtbezogenen Sofa, das nicht mehr der neuesten Mode entsprach, aber von allerbester Handwerkskunst war, in einem der eleganten Empfangszimmer von Ashburnham Place, dem derzeitigen Wohnsitz des Earls von Darrington.

Ihre Mutter, Tante und Schwestern hatten auf Fauteuils und Sesseln Platz genommen. Der Butler, ein hochgewachsener, steifer Hüne mit weißem Haar – hatten denn alle Diener hier schlohweißes Haar? – hatte ihnen Tee mit Sahne und Mandelküchlein serviert.

Lysias Blick wanderte über ihre Familie, die erwartungsvoll die Salontüre fixierte. Jeden Moment musste der Earl höchstselbst eintreten und seine Gäste willkommen heißen.

Die Farley-Damen hatten sich alle fein herausgeputzt, aber die hübsche Amathia überstrahlte sie alle. Das charmante Geplänkel mit Edward Milward war vergessen, denn nun galt es, einen Earl zu erobern. Das war ihrem entschlossenen Gesichtsausdruck ganz deutlich abzulesen. Die goldblonden Locken waren aufwendig frisiert und mit Federn und Perlen geschmückt, das rüschenbesetzte Kleid betonte ihre schmale Taille und den weißen Schwanenhals. All ihre Vorzüge waren ins beste Licht gerückt.

Nun, Eunike war ja jetzt aus dem Rennen. An einem ihrer Finger glänzte ein Ring mit einem exotischen Stein, wohl aus Ostindien, und sie lächelte selig. In einem Monat würde sie heiraten, eine Tatsache, mit der sich Lady Farley noch immer nicht abgefunden hatte. Lysias Mutter hatte sich zwar von den Schrecken des Picknicks in Beauport Park einigermaßen erholt – nur den Vormittag des darauffolgenden Tages hatte sie das Bett gehütet – und sich seither wieder voller Elan der Ausstaffierung Amathias für die heutige Einladung gewidmet, doch war noch keineswegs alles eitel Wonne: So hatte sie es dem Verlobten ihrer Tochter nicht erlaubt, die Farleys heute hierher zu begleiten, obwohl dieser ein Verwandter des Colonels war.

Nach der Hochzeit wollte Eunike ihren frisch gebackenen Ehemann nach Masulipatam begleiten. Lysia war sich nicht sicher, ob das verwöhnte Pflänzchen, das schon bei den kleinsten Stechmücken aufgelöst schrie und sich regelmäßig über heißes Wetter lauthals beklagte, wusste, auf was es sich da einließ, aber nun war es wohl nicht mehr zu ändern.

Ja, und der Rest der Familie würde schon Ende nächster Woche in das neue Haus in London umziehen. Lysia fürchtete diesen Zeitpunkt mehr, als sie vor sich zugeben wollte. Natürlich freute sie sich auf all die Annehmlichkeiten, die die Metropole zu bieten hatte: Theater, Konzerte, Museen, Kaffeehäuser, Vergnügungsparks. Aber all ihre Freunde und Bekannten würde sie kaum noch zu Gesicht bekommen.

Und Jack – bei diesem Gedanken krampfte sich ihr das Herz jedes Mal so sehr zusammen, dass es schmerzte – würde sie danach wahrscheinlich nie wieder sehen. Es war schon mehrere, wie eine Ewigkeit erscheinende Tage her, seit sie ihm zuletzt begegnet war. Nach dem glimpflich ausgegangenen Abenteuer in der Covehurst Bay hatten die Fairlight-Schmuggler die in der Scheune gut versteckte Konterbande wie üblich nach Ofham gebracht. Obwohl es dabei natürlich keine Gelegenheiten für Vertraulichkeiten oder auch nur ein Gespräch unter vier Augen gegeben hatte, hatte Lysia dennoch diese Stunden genossen. Jeder Moment, den sie in Jacks Nähe sein konnte, erfüllte sie mit Glückseligkeit.

Daher hatte Lysia also gehofft, bei der Ankunft auf Ashburnham Place zumindest einen kurzen Blick auf Jack zu erhaschen. Auf dem Weg ins Haus hinein hatte sie sich beinahe den Hals verrenkt, aber er war nicht zu entdecken gewesen. Vielleicht könnte sie, wenn sie aufbrächen, noch schnell zu den Stallungen laufen …

In dem Moment ging die Tür auf, und der Butler kündigte den Earl von Darrington an. Lady Farley, Tante Augusta und die Zwillinge schossen aus ihren Sitzen, als ob diese in Flammen stünden, und eilten auf den Eintretenden zu.

Lysia erhob sich ebenfalls, blickte auf – und fühlte ihr Herz für einen Schlag aussetzen. Das Blut wich aus ihren Wangen, ihre Kinnlade sackte nach unten, und sie keuchte erschrocken auf. All das entging ihrer Familie zum Glück, denn die war vollauf damit beschäftigt, den hochgewachsenen, stattlichen Gentleman zu begrüßen, der eingetreten war.

Dieser aber sah über deren Köpfe hinweg, geradewegs zu Lysia hinüber. Sein Blick bohrte sich in ihren, und tief drinnen schienen seine Augen zu glühen, Augen, die ihr bestens vertraut waren. Jacks Augen.

Lysia wich einen Schritt zurück und tastete blindlings nach einer Konsole, um daran Halt zu finden. Sie fürchtete, ihr würden jeden Moment die Knie nachgeben. Sie schüttelte den Kopf, um dieses Trugbild zu vertreiben, denn nur ein Trugbild konnte es sein. Es war doch unmöglich, dass Jack hier vor ihr stand!

Ja, er sah anders aus als sonst, ungewöhnlich – die dunklen Haare waren zu einem eleganten Zopf gebunden, das Gesicht glattrasiert, statt der zerschlissenen Schmugglertracht trug er vornehme Kleidung nach der letzten Mode, und er sprach anders, wohlgesetzt und ohne den geringsten Hauch eines Dialekts, aber dennoch bestand nicht der geringste Zweifel: Das sonnengebräunte Gesicht, in dem nun weiße Zähne aufblitzten, gehörte Jack, ebenso die breiten Schultern, langen Beine und kräftigen Hände. Was wurde hier gespielt?

Lysias Mutter wandte sich zu ihr um und winkte sie mit deutlich ungehaltener Miene zu sich.

»Lysianassa, wo bleibst du? Lord Darrington erwartet deine Begrüßung!«

Als wäre sie von fremder Hand gesteuert, gehorchte Lysia. Sie war überrascht, dass ihre Beine nicht versagten – und vollführte einen tiefen Knicks. Als sie sich wieder aufrichtete, sah sie direkt in Jacks Augen. Er musste ihre Verwirrung, ihre innere Aufgewühltheit bemerkt haben, denn er lächelte beruhigend, bevor er sich verbeugte. »Es freut mich, Ihre Familie und Sie kennenzulernen, Miss Farley.«

So viele Fragen lagen ihr auf der Zunge, aber in Gegenwart der anderen wagte sie keine davon auszusprechen.

»Bitte, nehmen Sie doch Platz, meine Damen. Hawkins wird noch Tee nachschenken.«

Hölzern stakste Lysia zum Sofa zurück und ließ sich darauf fallen – und nahm dann mit neuer Bestürzung wahr, dass Jack – oder besser der Earl von Darrington – sich direkt neben ihr niederließ.

Sie wollte aufspringen, um auf eine andere Sitzgelegenheit zu wechseln, doch da drückte ihr der Butler eine Porzellantasse in die Hand. Mit zusammengekniffenen Lippen ergab sie sich ihrem Schicksal.

Wie aus weiter Entfernung hörte sie nun, wie ihre Mutter, Tante und Schwestern mit dem Earl Konversation betrieben. Sie selbst sagte kein einziges Wort – sie bezweifelte stark, im jetzigen Zustand auch nur einen geraden Satz zustande zu bringen. Die ganze Zeit über überlegte sie fieberhaft, was hier eigentlich vorging. Ihr Verstand produzierte alle möglichen und unmöglichen Erklärungen: War Jack vielleicht ein verstoßener Zwillingsbruder des Earls? Gab sich Jack gar nur als Earl von Darrington aus, während der wahre Lord unten im Keller gefesselt und geknebelt vor sich hin darbte? Oder war es tatsächlich umgekehrt: Hatte sich der Earl von Darrington als Rossknecht und Schmuggler ausgegeben? Aber weshalb nur? Und weshalb sollte er gerade in Fairlight auftauchen?

Während all diese Fragen durch ihren Kopf rasten, lauschte sie der Unterhaltung der anderen nur mit halbem Ohr: Tante Augusta schwärmte von der Schönheit des Anwesens und der ausgewogenen Architektur des Hauses; Amathia und Eunike lobten säuselnd die vorzüglichen Mandelküchlein; Lady Farley jubilierte in den höchsten Tönen über die herbeigesehnte Ankunft des Earls in der Grafschaft und stellte unverblümte Fragen – Seine Lordschaft würde doch eine Weile bleiben? Er würde doch später wiederkehren? Würden andere Familienmitglieder nachkommen? –, und erkundigte sich dann, geradeheraus und direkt, nach seinem Familienstand.

Lord Darringtons Mund umspielte ein kurzes Lächeln, ehe er antwortete: »Ich bin unverheiratet, Lady Farley, allerdings ist mein Herz bereits vergeben.«

Bei diesen Worten wandte er seinen Blick für einen kaum merklichen Moment Lysia zu, woraufhin sie rasch die Lider senkte und vorgab, den Inhalt ihrer Teetasse zu studieren.

Was um Himmels willen hatte er vor? Wollte er sie gar hier und jetzt vor ihrer Familie bloßstellen?

Es entstand eine Pause in der Unterhaltung, erwartungsvolle Stille, und Lysia stellte mit Entsetzen fest, dass sich der Earl mit einer Frage an sie gewandt hatte. Beim besten Willen wusste sie sich nicht an deren Wortlaut zu erinnern, und er musste sie wiederholen. »Wenn Ihnen der Tee nicht mundet, Miss Farley, kann ich gern eine andere Sorte bringen lassen. Ich habe aus London alle möglichen Mischungen mitgebracht, und alle sind redlich erworben.«

Sie schüttelte den Kopf und wisperte mit ungewohnt piepsiger Stimme: »Nein, danke. Der … der Tee ist ausgezeichnet.«

Dabei fiel ihr auf, dass ihre Familie sie befremdlich musterte.

Was hatte Lord Darringtons eigenartige Bemerkung zu bedeuten? Würde er nun gar das verbotene Schmuggelgeschäft zur Sprache bringen, an dem sie beteiligt war? Himmel, war er etwa gekommen, um ihr frevlerisches Tun aufzudecken?

Ihre Handinnenflächen wurden feucht, und sie wischte sie verstohlen an ihren Röcken ab. Innerlich wappnete sie sich für die Eröffnung, die gleich kommen würde …

»Ach, Sie müssen unbedingt einen Ball veranstalten, lieber Lord Darrington«, wechselte da Lysias Mutter abrupt das Thema, und Lysia konnte sich nicht erinnern, ihr jemals so dankbar für eine solche Unhöflichkeit gewesen zu sein.

Eine Augenbraue des Earls wanderte nach oben – und Lysia erbebte ob der Vertrautheit dieser Geste –, doch da stimmte Tante Augusta mit einem entzückten Ausruf ein: »Oh ja, eine herrliche Idee! Das ist die allerbeste Gelegenheit, um alle Familien der Gegend in ungezwungener Atmosphäre kennenzulernen, Mylord. Nach Ihrer langen Abwesenheit sind Sie uns das einfach schuldig.«

»Und wir werden aus diesem Anlass gern aus London anreisen«, fügte Amathia vollmundig hinzu. Die Aussicht auf einen mondänen Ball im Haus eines Earls – nichts weniger! – ließ die Tanzveranstaltungen in den Assembly Rooms blass und langweilig erscheinen.

Lord Darrington schmunzelte. »Ich werde den Vorschlag mit meiner Mutter besprechen, sobald sie eingetroffen ist. Aber so wie ich sie kenne, ist sie sicherlich Feuer und Flamme dafür.« Er zwinkerte mit den Augen. »Seien Sie jedenfalls versichert, meine Damen, Sie werden die Ersten sein, die Einladungen erhalten.«

Daraufhin hob sich Lady Farleys Kinn um ein gewichtiges Stück. Denn immerhin war sie es und keiner ihrer Freunde oder Bekannten, die dem vornehmen Earl von Darrington die Idee eines Balls ins sprichwörtliche Ohr geflüstert hatte.

Schließlich war die gesellschaftsübliche Zeit für Besuche dieser Art verstrichen, und Lady Farley erhob sich. Sie bedeutete ihrer Schwägerin und ihren Töchtern, es ihr gleichzutun, und bedankte sich dann mit zuckersüßer Stimme für die erwiesene Gastfreundschaft.

Lysia war die Letzte, die den Salon verließ. Mit steinerner Miene verabschiedete sie sich von Lord Darrington. Er ergriff ihre Hand und hauchte einen Kuss darauf, dabei raunte er ihr rasch zu: »Komm am Abend nach Fairlight Cove. Dort können wir ungestört sprechen, und ich werde dir alles erklären.«

Wortlos kehrte sie ihm den Rücken und eilte mit starrem Blick ihrer Familie hinterher. Nur weg von hier, schnell weg!

Dass sie bei ihrer überhasteten Flucht nicht über die Scherben ihres gebrochenen Herzens stolperte, war ein reines Wunder!

***

Nach ihrer Rückkehr nach Fairlight Hall suchte Lysia, sobald es die Umstände und ihr Gemütszustand einigermaßen erlaubten, jenen Mann auf, der mehr über das Auftauchen von Jack, dem Rossknecht, wissen musste. Schließlich war er derjenige gewesen, der Jack vor vier Monaten als neues Mitglied der Fairlight-Schmugglerbande empfohlen hatte: Fairlight Halls Verwalter Gibbs.

Lysia hatte noch immer das Gefühl, als wäre ihr das Herz aus der Brust herausgerissen und dabei gleich noch ein Schlag in die Magengrube versetzt worden, doch sie konnte nicht warten. Sie musste sich Gewissheit verschaffen. Zu der anfänglichen Bestürzung waren inzwischen Zorn und Wut dazugekommen. Wie konnte der Earl von Darrington es wagen, sie derart infam zu hintergehen! Nicht nur, dass er sich als Stallknecht ausgegeben und sich in ihre, Lysias, Schmugglerbande eingeschleust hatte, nein, er hatte ihr auch noch die große Liebe vorgegaukelt. Denn seine Liebesschwüre – so echt die damals erschienen waren – nahm sie ihm im Lichte der jüngsten Entdeckungen nicht länger ab.

Nach kurzem Suchen fand sie Gibbs im hinteren Hof, dort wo sich Lagerscheunen und Geräteschuppen aneinanderreihten. Er hockte auf dem Dach des Heuschobers und besserte lose Schindel aus. Als er Lysia kommen sah, legte er sein Werkzeug zur Seite und kletterte über eine lange Leiter nach unten. Mit angespannter Miene zog er seine Kappe vom Kopf.

»Guten Tag, Miss Farley.«

Er konnte sich sicherlich denken, warum sie hier war, denn er hatte über den heutigen Besuch der Farleys in Ashburnham Place Bescheid gewusst.

Lysia war mit der Absicht hergekommen, ihn streng zurechtzuweisen, ihn zu schelten, ihn anzuschreien, doch alles, was sie nun zustande brachte, war ein zwischen ihren zitternden Lippen hervorgepresstes, kaum vernehmliches »Warum?« Zu ihrem Ungemach spürte sie außerdem das, was sie bisher geschafft hatte zu verhindern: Heiße Tränen bahnten sich den Weg über ihre Wangen.

Angesichts ihres kummervollen Leids drehte Gibbs beschämt seine Kappe in den Händen und scharrte verlegen mit den Füßen. »Tut mir leid, Miss Farley, dass Sie es auf diese Weise erfahren mussten.«

»Warum?«, wiederholte Lysia schluchzend. »Warum hast du das alles zugelassen? Ich habe dir doch vertraut!«

Gibbs wand sich sichtlich bei diesen Worten; das schlechte Gewissen stand ihm ins Gesicht geschrieben.

»Ich hatte keine Wahl, Miss Farley«, bekannte er schließlich. »Das müssen Sie mir glauben.«

Als sie stumm nach weiteren Erklärungen verlangte, fuhr der Verwalter fort: »Vor nicht mal einem halben Jahr kam der Earl von Darrington zu mir. Irgendwie, ich weiß nicht wie, hatte er herausgefunden, dass ich einer der Fairlight-Schmuggler bin. Er verlangte, in die Bande aufgenommen zu werden. Falls ich mich weigerte, wollte er uns alle auffliegen lassen. Sofort.«

Angesichts dieser Unglaublichkeit sog Lysia scharf die Luft ein. Aber warum war Gibbs dann nicht zu ihr gekommen?

Sie stellte die Frage laut, und der Verwalter schüttelte bedauernd den Kopf.

»Seine Lordschaft hat es ausdrücklich verboten, Miss Farley. Sie dürften von alledem nichts wissen, auch die übrigen nicht. Ich war der Einzige, der die wahre Identität von Jack Ryder kannte.«

Dieser Umstand mochte zwar manch eigentümliches Gespräch zwischen den beiden Männern erklären, nicht aber den eigentlichen Grund für Lord Darringtons unkonventionelles Vorgehen. Welcher Adelige schlüpfte schon in die Rolle eines Rossknechts und Schmugglers?

»Aber warum?«, wiederholte Lysia ihre frühere Frage. Sie verstand immer noch nicht, was der Beweggrund des Earls war.

Gibbs zuckte mit den Schultern. »Er meinte nur, er wolle

das Ausmaß des Schmuggels auf seinen Ländereien erheben. Wenn ich mich seinem Begehr fügte, sollte keinem von uns etwas geschehen.« Er suchte ihren Blick. »Deshalb hab' ich zugestimmt. Wenn es anders gewesen wäre, hätte ich das niemals getan. Das müssen Sie mir glauben, Miss Farley.«

Niemandem etwas geschehen? Hah! Ihr Herz war gebrochen, achtlos mit Füßen getreten, zertrampelt! Aber das konnte sie nicht laut sagen, auch wenn Gibbs vielleicht etwas vermutete.

»Und du hast ihm geglaubt?«

»Ja, Miss Farley. Er hat mir sein Ehrenwort als Gentleman gegeben. Ich hatte keinen Grund, daran zu zweifeln.«

»Gentleman! Ha, dass ich nicht lache!«

Gibbs trat von einem Bein aufs andere, verschämt, sodass Lysia befürchtete, das wären noch nicht alle Enthüllungen gewesen. Sie sollte recht behalten.

»Miss Farley, ich muss Ihnen noch etwas sagen«, rückte Gibbs schließlich heraus.

Lysia wappnete sich für Schlimmeres.

»Seine Lordschaft hat uns verboten, den Schmuggel weiterzuführen.«

»Was?«

Gibbs nickte. »Er sagt, er kann kein unrechtmäßiges Tun auf seinen Ländereien oder in deren Nachbarschaft dulden.«

Lysia schnaubte verächtlich. »Der feine Lord macht es sich ja leicht! Wovon sollen die Männer dann leben? Für einige ist es der einzige Brotverdienst.«

Wiederum drehte Gibbs seine Filzkappe in den Händen.

»Er hat uns allen Arbeit angeboten, Miss, und mit guter Bezahlung.«

»Was?«, schrie Lysia entrüstet. Obwohl sie sich natürlich darüber freuen sollte, wenn Gibbs und die anderen Kerle redliche Beschäftigungen fanden, so fühlte sie sich doch insgeheim betrogen. Darrington mischte sich in die Angelegenheiten von Fairlight ein, in *ihre* Angelegenheiten. Sie hatte begonnen – da ihre Familie und sie ja bald nach London zögen – für die Mitglieder der Schmugglerbande als auch für die Diener von Fairlight Hall passende Posten zu finden. Sie hatte deswegen auch noch ein Treffen mit Mr Ottershaw vereinbart und Eunike um Unterstützung gebeten. Aber trotz dieser Bemühungen konnte sie natürlich bei einem solch umfassenden Angebot nicht mithalten.

»Der Earl will das Gestüt erweitern und die Pferdezucht wiederbeleben«, fuhr Gibbs fort. »Früher einmal, vor vielen, vielen Jahren, wurden hier berühmte Rennpferde gezüchtet. Diese Tradition will Seine Lordschaft wiederaufleben lassen. Ist natürlich mit jeder Menge Arbeit verbunden, und dazu braucht er viele helfende Hände. Außerdem will er eine Eisengießerei errichten, um Kanonen herzustellen, und statt mit Holzkohle, wie es bisher in Sussex üblich war, soll die mit Koks von seinen Ländereien in Yorkshire betrieben werden. Und dann überlegt er auch noch, eine Kalkbrennerei aufzumachen. Miss Farley, es tut sich wieder etwas in unserer Gegend!«

Da musste Lysia Gibbs, wenn auch widerstrebend, recht geben: Lord Darrington schien vor Tatendrang geradezu zu sprühen. Doch viel mehr als ein unverständliches Brummeln wollte Lysia dennoch nicht über die Lippen. Aber Gibbs redete ohnehin schon weiter – und sein Gesicht strahlte nun vor Stolz.

»Denken Sie nur, Miss, Mylord hat mich gefragt, ob ich als sein Verwalter arbeiten möchte. Ich hab' zugesagt und hoffe, dass Sie deshalb nicht böse sind. Mrs. Gibbs übernimmt das Zepter in der Küche von Ashburnham Place, und alle unsere Burschen, sofern sie wollen, finden Anstellung bei ihm.«

»Das alles habt ihr hinter meinem Rücken vereinbart?«, fragte Lysia. Auch wenn diese Maßnahmen endlich den oftmals herbeigesehnten Aufschwung des Landstrichs bedeuten mochten, fühlte sie sich hintergangen, verraten, und ihr Zorn auf den Earl von Darrington, sein eigenmächtiges Handeln, wuchs und wuchs. Dieser schlangenzüngige Judas!

Angesichts Lysias wutschnaubendem Gesicht hörten sich Gibbs nächste Worte etwas verunsichert an: »Ich dachte, Miss Farley ... ich dachte, Seine Lordschaft hat Ihnen heute alles erklärt. Das war zumindest, was er vorhatte ...«

»Pah«, stieß Lysia verächtlich hervor, »nichts dergleichen hat er getan! Mit meiner Mutter, Tante und den Zwillingen hat er Tee geschlürft und galante Nichtigkeiten ausgetauscht, das war alles! Und, ach ja, ich sollte ihn heute noch, irgendwann später, treffen. Aber das kann sich der Gute in die Haare schmieren! Ehe ich dem falschen Bastard noch einmal gegenübertrete ...!«

Gibbs musterte sie erschrocken. »Miss Farley, bitte! Sie sollten sich unbedingt anhören, was Lord Darrington zu sagen hat.«

Lysia schüttelte den Kopf. »Nein, Gibbs, bemühe dich nicht. Es ist vergebene Liebesmüh! Ich werde keinen einzigen weiteren Augenblick in Gegenwart dieses ... dieses ... – mir fällt gar kein passender Name für ihn ein – zubringen. Soll er doch andere Dummchen an der Nase herumführen! Mein Bedarf ist gedeckt.«

»Miss Farley, bitte«, flehte Gibbs weiter, »Sie sind aufgebracht, zurecht sicherlich, aber seien Sie doch vernünftig!«

»Nein, Gibbs! Versuche nicht, dich für den ach so noblen Lord einzusetzen. Das Einzige, was du damit erreichst, ist, dass ich auch auf dich wütend werde!«

Endlich gab der Verwalter auf, doch seine Augen musterten sie traurig. Lysia bemühte sich, diesen Blick zu ignorieren, und wandte sich zum Gehen. In wieder ruhigerem Ton dankte sie ihm für seine Offenheit und seine Erklärungen.

»Keine Ursache, Miss Farley. Ich wünschte nur, das alles wäre anders gekommen!«

»Das wünschte ich auch«, pflichtete sie ihm bei, ehe sie sich, mit hängenden Schultern und gesenktem Kopf, zurück zum Haus begab.

Und als ob dieser Tag nicht schon reich genug an Hiobsbotschaften gewesen wäre, erwartete sie dort das nächste Ungemach. Kaum hatte Lysia die Eingangshalle betreten, hörte sie laute, aufgeregte Stimmen aus dem Empfangssalon. Eine davon gehörte ihrer Mutter, die andere – tief und polternd – einem Mann. Da flogen auch schon die Zwillinge herbei, mit bangen Gesichtern, und stürzten sich auf ihre ältere Schwester.

»Lysia! Lysia!«, riefen sie aufgebracht. »Da bist du ja endlich! Mutter ist mit dem Bürgermeister schon seit einer halben Stunde dort drinnen. Sie hat uns und Tante Augusta hinausgeschickt, aber wir machen uns schreckliche Sorgen! Es scheint, sie streiten heftig.«

»Um Himmels willen, was geht da vor?«, fragte Lysia beunruhigt. Dem niederträchtigen Bürgermeister traute sie so ziemlich alles zu. »Ich werde nachsehen.«

Als sie sich der Salontür näherte, drang wütendes Geschrei heraus. »Ich verlange, dass die Abmachung eingehalten wird!«, hörte sie Mr Milward brüllen. »Wenn das Flittchen glaubt, sich auf diese Weise der Vereinbarung entledigen zu können, hat sie sich kräftig getäuscht!«

Noch niemals zuvor hatte Lysia das Stadtoberhaupt von Hastings auf diese Weise sprechen hören. In vornehmer Gesellschaft war er stets darauf bedacht, höfliches Benehmen an den Tag zu legen – wohl um zu beweisen, dass er seinen höher geborenen Mitmenschen ebenbürtig war.

»Hat sich einem gewöhnlichen Kerl an den Hals geworfen wie eine billige Metze!«

»Ich verbitte mir diesen Ton in meiner Gegenwart!« Das war Lady Farleys Stimme. Himmel, was war hier nur los?

Mit einem letzten Blick zurück zu den Zwillingen, die ihr

»Pass auf!« zuflüsterten, drückte Lysia die Klinke hinunter, trat ein und schloss die Tür sogleich wieder hinter sich. Das Bild, das sich ihr bot, ließ ihre Sorge weiter steigen.

Wie wütende Kampfhähne standen sich ihre Mutter und Mr Milward gegenüber. Lady Farleys Gesicht war kreidebleich, bis auf zwei rote Flecken auf ihren Wangen, die ihren tiefen Ärger bezeugten. Die Fratze des Bürgermeisters, wutverzerrt, mit hervorquellenden Augen und pochenden Schläfen, glich einer tollwütigen Bulldogge. Zu seinen Füßen, auf dem Boden, lagen die Scherben einer zertrümmerten Vase – in seiner Erregung hatte er diese wohl von der chinesischen Konsole gefegt, auf der sie gestanden hatte. Um Himmels willen, was war hier vorgefallen?

Die beiden Kontrahenten wandten sich nun Lysia zu, und sie bemerkte, dass ihre Mutter keineswegs erleichtert war ob ihres Auftauchens, sondern im Gegenteil sorgenvoll erschien. Warum nur?

Die Antwort auf diese Frage gab sogleich Mr Milward.

»Aaah, da ist ja das liederliche Ding höchstpersönlich!«, geiferte er und richtete seinen Zeigefinger anklagend auf Lysia. Da erst wurde ihr bewusst, dass die ganze Zeit über von niemand anderem als ihr selbst die Rede gewesen war. Ein unheilvoller Schauer rann ihr über den Rücken.

»Lysia, lass uns allein!«, befahl ihre Mutter mit ruhiger, aber bestimmter Stimme. »Diese Angelegenheit regeln der Bürgermeister und ich unter uns.«

Lysia war überrascht – und gleichzeitig auch stolz auf ihre Mutter. Ihres Wissens nach hatte sich Lady Farley, anders als Lysias Vater, niemals zuvor schützend vor ihre Älteste gestellt.

»Nix da, das Flittchen soll gefälligst hierbleiben!«, polterte Mr Milward.

»Was wollen Sie?«, fragte Lysia und bemühte sich um dieselbe Gelassenheit, die ihre Mutter in dieser Situation so unversehens zeigte.

»Was ich will?«, schrie er so wütend, dass Schaum vor seinen Mund trat. »Dass sich die Farleys an die verdammte Abmachung halten, das will ich! An die Abmachung, die ich mit Colonel Farley getroffen habe. Aber heute erzählt mir ein loyaler Freund, den ich zufällig treffe, dass er das liederliche Frauenzimmer hier«, dabei fuchtelte er wieder in Lysias Richtung, »kürzlich in Ashburnham Place gesehen hat, in den Armen eines der Stallknechte dort. Auf der Pferdekoppel habt ihr euch umarmt und geküsst, wie ein Liebespaar. Und ganz ohne Scham!«

Lysias Wangen waren bei seinen Worten rot angelaufen. Nicht im Traum wäre ihr eingefallen, dass Jack und sie damals beobachtet worden sein könnten. Und es war wohl ein außerordentlich schlechter Scherz des Schicksals, dass sich inzwischen herausgestellt hatte, dass der vermeintliche Rossknecht gar keiner war. Aber sie würde sich hüten, das dem Bürgermeister zu offenbaren.

»Sie werden meine Tochter so ansprechen, wie es ihrem Stand entspricht, Mr Milward«, mahnte nun Lady Farley bestimmt, und Lysia warf ihr neuerlich einen Achtung zollenden Blick zu. In ihrer Scham war ihr diese Missachtung gar nicht aufgefallen, ihrer Mutter dagegen schon.

Der Bürgermeister knurrte verächtlich, doch gehorchte er.

»Wenn Sie meinen, Miss Farley, dass Sie auf diese Art die Vermählung mit meinem Sohn verhindern können, dann haben Sie sich verschätzt. Ich werde die Hochzeit ankündigen lassen, und Schluss! Sollten Sie sich weigern, meinen Edward zu heiraten oder mir irgendein weiterer Vorfall wie der mit dem Stallknecht zu Ohren kommen, werde ich Ihre Schmugglergeschäfte entlarven!«

Lysia keuchte erschrocken auf und warf einen raschen Blick zu ihrer Mutter hin. Doch auch nach der Erwähnung des unredlichen Handwerks erschien diese immer noch bewundernswert gelassen. Vielleicht hatte sie die letzten Worte nicht richtig verstanden?

»Sie werden sicherlich nichts dergleichen tun, Mr Milward!«, erklärte Lady Farley, was ihr die ungeteilte Aufmerksamkeit nicht nur des Bürgermeisters, sondern auch ihrer Ältesten verschaffte.

»Weder werden Sie eine meiner Töchter zu einer Heirat zwingen«, fuhr sie fort – und Lysias Verwunderung nahm mit jedem Wort zu – »noch werden Sie ein einziges Sterbenswörtchen über Schmugglergeschäfte im Zusammenhang mit den Farleys fallen lassen, weder jetzt noch in Zukunft. Haben wir uns verstanden?«

»Pah«, schnaufte der Bürgermeister abfällig, »Sie können mir gar nichts vorschreiben, gute Dame!«

»Im Gegenteil«, unterbrach ihn Lady Farley, »das kann ich sehr wohl. Sollten Sie meinen Wünschen nicht nachkommen, sähe ich mich gezwungen, Ihre eigenen Verwicklungen in den Schwarzhandel offenzulegen. Meinen bescheidenen Kenntnissen nach wäre so etwas gerade für den *Surveyor-General of the Customs for Kent* eine äußerst unangenehme Sache, die sicherlich Amtsenthebung und Gefängnis, wenn nicht Schlimmeres, zur Folge hätte. Von gesellschaftlicher Bloßstellung gar nicht zu sprechen. Eine Ehe Ihres Sohnes mit einer Tochter aus vornehmen Hause wäre dann mit Sicherheit hinfällig.«

Lysia hatte diese Rede ihrer Mutter mit größter Verwunderung verfolgt. Was um Himmels willen wusste Lady Farley von Schmugglergeschäften und deren Akteuren? Sie hatte doch immer nur Mode, Klatsch und die Verehelichung der schönen Zwillinge im Kopf. Oder etwa doch nicht?

Mit nun gesenkter Stimme, aber immer noch voller Angriffslust, zischte der Bürgermeister: »Sie haben keine Beweise. Ich achte immer darauf, alles zu vernichten, was zu meinen Lasten ausgelegt werden könnte. Ich bin kein Dummkopf, Lady Farley.«

Angesichts dieses unverblümten Schuldeingeständnisses keuchte Lysia neuerlich auf. Diese hinterhältige Kanaille! Gebärdete sich als Hüter von Recht und Ordnung, dabei war er offensichtlich selbst bis über beide Ohren in illegale Machenschaften verstrickt! Aber so erklärte sich wahrscheinlich die Quelle seines Vermögens: Nicht wenige wunderten sich, wie zahlreich der Bürgermeister von Hastings Grundstücke und Häuser aufkaufte, meist zu solch guten Preisen, dass kaum ein Besitzer das verlockende Angebot ausschlug. Er raffte alles an sich, was diesbezüglich zu haben war.

»Hier irren Sie sich ein weiteres Mal, Mr Milward«, entgegnete Lysias Mutter mit unbewegter Stimme. »Im Geheimversteck meines verstorbenen Mannes«, dabei deutete sie in Richtung des Studierzimmers, »habe ich Schriftstücke gefunden, von Ihnen unterfertigt, wo Sie französischen Cognac ordern, Rum aus Jamaica und allerlei andere Spirituosen.« Sie machte eine bedeutungsvolle Pause, bevor sie fortfuhr. »Daraus ist auch ersichtlich, dass Sie keinen Penny dafür bezahlt habt. Sie haben den Colonel, meinen Mann, all die Jahre erpresst: Er musste Sie mit geschmuggeltem Alkohol versorgen, damit Sie seine Männer und ihn nicht anzeigten.«

»Der verdammte Narr«, fluchte der Bürgermeister lästerlich, »ich habe ihm doch ausdrücklich aufgetragen, alles zu vernichten, und er hat mir Stein auf Bein geschworen, es getan zu haben!« Wütend machte er einen Satz nach vorn, als wollte er Lady Farley an die Kehle springen.

Diese blieb jedoch bewundernswert ruhig, nur ihre Stimme hatte einen eisigen Ton angenommen.

»Falls Sie in Ihrem Größenwahn versuchen sollten, meiner Familie oder mir etwas anzutun, so lassen Sie sich sagen, dass diese Schriftstücke, von denen ich gesprochen habe, nicht mehr hier sind. Ich habe sie nach London bringen lassen, zu Anwälten unseres Vertrauens, die sie für uns aufbewahren. Die Herren haben die Anordnung erhalten, diese Schriftstücke an die Zeitungen, an das Parlament und an den Kanzler weiterzugeben, sollte mir oder den Meinen etwas zustoßen.«

Lysia konnte kaum fassen, was sie hörte, und starrte ihre Mutter ungläubig an. War das dieselbe Frau, die sie zu kennen glaubte? Vor ihr stand eine resolute, selbstbewusste Dame, die es mit jedem Mann aufnehmen konnte. Sie sprach vernünftig, handelte vernünftig und zeigte souverän Haltung in einer Situation, in der andere ihres Geschlechts längst schreiend davongelaufen oder überfordert in Ohnmacht gefallen wären. Sie bezweifelte, dass sie selbst die Haltung derart hätte bewahren können. Himmelherrgott, die Überraschungen schienen an diesem ereignisreichen Tag kein Ende zu nehmen!

Mr Milward fluchte und wütete noch eine Zeit lang vor sich hin; eine Niederlage einzugestehen, fiel ihm sichtlich schwer. Schließlich sah er aber wohl die Aussichtslosigkeit seines ursprünglichen Vorhabens ein, denn er schnappte den Dreispitz, der in der Hitze des Wortgefechts auf dem Boden gelandet war, und funkelte Lady Farley wie auch Lysia zornig an.

»Nun gut, ich verzichte auf eine Verbindung mit den Farleys. Mein Edward hat sicherlich Besseres zur Ehefrau verdient als eine Harpyie aus diesem Natternnest. Und Sie«, dabei wandte er sich an Lysia, »werden schon noch sehen, was Sie davon haben, Edwards Hand ausgeschlagen zu haben – wenn Sie allein und einsam und vertrocknet irgendwo in einem ärmlichen Häuschen hocken!«

»Mr Milward!«, ermahnte Lady Farley ihn neuerlich. »Mäßigen Sie sich gefälligst! Ich wiederhole es nur noch ein einziges Mal: Wenn mir nur das leiseste Gerücht zu Ohren kommen sollte, dass die Farleys etwas mit Schmuggel zu tun hätten oder meine Tochter unstandesgemäß herumgetändelt habe, verständige ich unsere Anwälte in London!«

Wütend kniff der Bürgermeister die Lippen zusammen, stülpte sich den Dreispitz auf den grobknochigen Schädel und nickte knapp. Dann riss er die Salontür auf und ließ sie hinter sich mit einem lauten Knall zufallen. Dasselbe tat er – dem Geräusch nach zu schließen – mit der Eingangstüre.

»Oh mein Gott«, flüsterte Lady Farley und ließ sich auf ein Sofa fallen, »was für ein ungehobelter Kerl!«

Lysia rannte zu ihr und setzte sich neben sie. »Mama, geht es dir gut? Soll ich dir Tee bringen lassen? Oder etwas anderes, Stärkeres?«

Ihre Mutter schüttelte langsam den Kopf. »Nein, danke. Ich brauche nur etwas Zeit, um mich zu erholen. Diese … diese Auseinandersetzung ging an meine Grenzen.«

»Kein Wunder«, meinte Lysia. »Aber du hast dich ganz wunderbar gehalten. Ich bin so stolz auf dich!«

Lächelnd wandte Lady Farley das Gesicht ihrer Tochter zu. »Danke, mein Kind. Du weißt gar nicht, wie sehr es mich freut, das einmal aus deinem Mund zu hören.« Dann ergriff sie Lysias Hand. »Ich weiß, du hältst mich für eine hohlköpfige, alberne Person, die sich nur um Nichtigkeiten und Belanglosigkeiten kümmert. Dein Vater hatte leider genau die gleiche Meinung. Er versuchte, sein Schmugglertreiben vor mir zu verheimlichen. Aber ich habe immer gewusst, was er getan hat. Ich weiß auch, was du tust, Lysia.«

Lysia konnte kaum fassen, was sie da hörte. »Du hast es immer gewusst?«, wiederholte sie erschüttert.

»Ja«, nickte ihre Mutter, »auch von den Schulden, die der Colonel mit den Einnahmen aus dem Schmuggel zurückzahlte. Es kränkte mich so sehr, dass er mich, seine Ehefrau, niemals ins Vertrauen gezogen hat. Dass er seine Bürde niemals mit mir geteilt hat.«

»Er wollte dich sicherlich schützen«, meinte Lysia. »So wie ich auch. Wenn etwas schiefgegangen wäre, dann hättet ihr alle mit Fug und Recht sagen können, dass ihr von nichts gewusst hättet.«

»Ja«, erwiderte Lady Farley, »vielleicht. Aber ist es nicht so viel leichter, Schwierigkeiten gemeinsam und nicht allein zu meistern? Offensichtlich haben weder dein Vater noch du mir zugetraut, eine Hilfe zu sein. Stattdessen habt ihr mich als lästiges Anhängsel betrachtet – das brauchst du gar nicht leugnen!«

Lysia legte ihre Hand auf die ihrer Mutter. »Das tue ich auch nicht, Mama. Aber dein Verhalten, dein Benehmen war meistens so, dass man gar nicht annehmen konnte, dass du dich für mehr interessierst als für neue Kleider und hübsche Frisuren. So wie die Zwillinge auch.«

»Womöglich hast du recht«, gab Lady Farley traurig zu. »Vielleicht hätte ich Charles auf die Stirn zusagen sollen, dass ich alles weiß. Vielleicht, vielleicht. Im Nachhinein ist man wohl immer klüger.«

»Heute jedenfalls, Mama, hast du wie eine Löwin für deine Familie gekämpft, für mich gekämpft. Ich kann dir gar nicht sagen, wie dankbar ich dafür bin. Und wie stolz, dass du meine Mutter bist.«

Sie sah Tränen in den Augen ihrer Mutter schimmern, und wusste, dass es ihr selbst genauso ging.

»Ich fand Edward, in all seiner goldenen Pracht, immer so abstoßend, Mama«, flüsterte sie mit belegter Stimme, »dass ich mich nicht durchringen konnte, ihn zu heiraten. Und ich habe nicht verstanden, warum du mich unter allen Umständen in diese Ehe drängen wolltest.«

»Ich war zu sehr darauf bedacht«, gab Lady Farley zu, »dir ein sicheres Heim zu verschaffen. Dabei habe ich offenkundig ganz außer Acht gelassen, was sein schrecklicher Vater uns angetan hat. Und was der Sohn wahrscheinlich fortgeführt hätte. Ich hoffe inständig, du kannst mir verzeihen, Lysia.«

Schluchzend nickte Lysia, und dann fielen sie einander in die Arme, und hielten sich, wie sie es seit vielen Jahren nicht mehr getan hatten.

ZEHNTES KAPITEL

Fairlight Hall, Fairlight, Sussex, vier Tage später

Die Farley-Damen saßen im Salon von Fairlight Hall und genossen ihren Nachmittagstee. Es ist wohl einer unserer letzten hier, dachte Lysia betrübt, denn bereits am Wochenende würde die Kutsche sie nach London bringen und sie würden Fairlight für immer hinter sich lassen.

Die letzten Tage hatten sie mit Einpacken und anderen Umzugsvorbereitungen verbracht, und Lysia war froh über den hektischen Trubel gewesen, denn so kam sie nicht ins Grübeln. Dazwischen fanden Abschiedsbesuche bei Freunden und Bekannten statt, und natürlich musste Lysia auch jedem einzelnen Dorfbewohner von Fairlight persönlich Lebewohl sagen. Es hatte also kaum eine ruhige Minute gegeben oder eine Minute, in der sie zu Hause gewesen wäre. Der heutige Nachmittagstee war die erste gemeinsame Mahlzeit der Farleys seit dem vergangenen, ach so ereignisreichen Samstag.

Lady Farley und Lysia waren übereingekommen, ihre Familie nicht über den gesamten Inhalt des Streitgesprächs mit dem Bürgermeister in Kenntnis zu setzen. Lediglich der Umstand, dass Lysia die Brautwerbung seines Sohnes abschlägig beantwortet habe, der Bürgermeister deshalb sehr aufgebracht gewesen sei, sich aber schließlich beruhigt habe, wurde den anderen mitgeteilt.

Was den Schmuggel anging, so erwartete Lysia heute noch, später am Abend, die letzte Ladung der *Intrépide*. Sowohl Gibbs als auch die übrigen Männer – natürlich mit Ausnahme von Jack – hatten sich bereiterklärt, sie bei diesem finalen Coup zu unterstützen. Danach würden alle, Lysia eingeschlossen, in ein rechtschaffenes Leben zurückkehren, was auch Lady Farley sehr begrüßt hatte.

Eunikes Hochzeit mit Mr Ottershaw war angesichts des knapp bevorstehenden Umzugs der Farleys kurzerhand in die Metropole verlegt worden. Aufgrund der besonderen Umstände, unter denen die Verlobung zustande gekommen war, wünschten weder der Bräutigam noch die Familie der Braut eine große Feierlichkeit, daher hatte man sich für eine kleine Zeremonie in der St. George's Church in Bloomsbury entschieden, die noch im August stattfinden sollte, im engsten Familienkreis. Die Einzige, die mit diesem Arrangement nicht einverstanden gewesen war, war die Braut selbst, doch hatte sie schließlich eingewilligt, nachdem sie von ihrem Verlobten eine Halskette und ein Armband, passend zu ihrem Verlobungsring, geschenkt bekommen hatte.

Bei Lysias gestrigem, sehr tränenreichem Abschiedsbesuch in Battle Abbey hatte Anne Webster ihr Angebot erneuert, gemeinsam eine Schule für adelige Töchter zu eröffnen, was Lysia aber nach eingehenden Überlegungen abgelehnt hatte. Zuerst wollte sie sichergehen, dass sich ihre Familie in London gut einlebte und Amathia ihre heiß ersehnte Saison bekam, erst danach würde sie sich ihrer eigenen Zukunft widmen.

Ein gewisser hochgewachsener, stattlicher Gentleman aus Yorkshire wäre jedenfalls kein Teil davon, so viel stand fest. Lysia zwang sich – was ihr zugegebenermaßen nicht immer gelang –, ihn aus ihren Gedanken zu verbannen. Das Gleiche hatte sie hinsichtlich ihres Herzens versucht, aber inzwischen feststellen müssen, dass dies unmöglich war. Obwohl er sie schändlich hinters Licht geführt hatte, hatte sie ihm ihr Herz geschenkt, und auch wenn sie sich deshalb hunderttausend Mal eine dumme Närrin schalt, hatte sie dennoch nicht die Macht, es ungeschehen zu machen. Sie hatte ihr Herz an ihn verloren und würde wohl niemals in der Lage sein, einen anderen Mann zu lieben. Das war auch nicht weiter schlimm, befand sie für sich selbst, denn sie hatte beschlossen, unverheiratet zu bleiben. Später, wenn Amathia einmal in guten Händen wäre, dann würde sie sich etwas für sich selbst überlegen. Aber bis dahin war ja noch Zeit.

Obschon von Lysia befürchtet, hatte Lady Farley sie niemals nach dem ominösen Stallknecht von Ashburnham Place gefragt, den der Bürgermeister an jenem schrecklichen Nachmittag erwähnt hatte, und Lysia hatte es vorgezogen, das Augenmerk der Mutter nicht darauf zu lenken. Da es sich sowieso um eine abgeschlossene Angelegenheit handelte, wollte sie sie nicht unnötig beunruhigen, und wahrscheinlich nahm ihre Mutter an, dass der ganze Vorfall in Wahrheit das Resultat irgendeines dummen Missverständnisses wäre.

Zu dem Treffen in Fairlight Cove, zu dem Lord Darrington sie gebeten hatte, war Lysia natürlich nicht erschienen, und sie hatte auch die täglich eintreffenden, von Gibbs ihr zugesteckten Briefe des Earls ungeöffnet ins Feuer geworfen. Zudem verwandte sie einige Mühe darauf, einen möglichst weiten Bogen um Ashburnham Place zu machen: Sie wollte den lügnerischen Bastard auf keinen Fall wiedersehen, nicht einmal zufällig. Gibbs hatte ihr erzählt, dass zwischenzeitlich die Mutter des Earls wie auch zwei Schwestern mit deren Familien eingetroffen seien. Seine Lordschaft schien also ohnehin vollauf beschäftigt, von seinen zahlreichen Projekten zur Belebung seiner Ländereien gar nicht zu reden.

Mit Ausnahme von Ned Anderson, dem Fischer, der sich entschieden hatte, seinem bisherigen Beruf weiter nachzugehen, nun aber zu seinen Kunden den Earl von Darrington zählte, und Joss Goddard, dem Gärtner, der weiterhin auf Fairlight Hall blieb, hatten alle Schmuggler vor, die von Lord Darrington angebotenen Anstellungen auf Ashburnham Place anzunehmen – und manche hatten es sogar schon getan. Das wusste Lysia von Gibbs. Man hörte schon jetzt von regem Treiben dort: Neue Stallungen wurden gebaut, Koppeln errichtet, sogar eine Rennbahn, hieß es, sollte angelegt werden. Der Earl, so erzählte man sich, zahle den Männern gute Löhne, weshalb auch keiner ernsthaft wegen des Wechsels in die Rechtschaffenheit murrte. Gibbs, inzwischen zum Verwalter von Ashburnham Place ernannt, würde zusammen mit seiner Frau ein kleines Häuschen dort beziehen, sobald die Farleys Fairlight verlassen hätten.

Für die Menschen von Fairlight freute sich Lysia über all diese Entwicklungen, denn gute Arbeit war in dieser Gegend rar, und gar zu viele mussten in bitterer Armut darben. Nun gab es Aussicht auf Besserung, und wäre der Verantwortliche dieses Aufschwungs ein anderer, so hätte Lysia ihm gegenüber tiefste Dankbarkeit empfunden. Aber ein abscheulicher Betrüger wäre solch hehrer Gefühle nicht wert, befand sie. Nicht zu vergessen, dass sich ein pflichtbewusster Gutsbesitzer schon viele Jahre eher um all das gekümmert hätte!

Lysia leerte ihre Tasse und stellte sie auf das Teetablett. Dann lehnte sie sich in den samtenen Fauteuil zurück und lauschte der Melodie, die Eunike dem Klavichord auf so wunderbare Weise entlockte. Das würde ihr fehlen, stellte sie wehmütig fest. Eunike war nämlich, anders als Lysia oder Amathia, eine hervorragende Musikerin.

Lady Farley und Tante Augusta hatten das Sofa beschlagnahmt und unterhielten sich mit gedämpften Stimmen – nach den Wortfetzen zu urteilen, die zu Lysia herüberdrangen, ging es um die Hochzeitsvorbereitungen –, und Amathia lümmelte auf der weich gepolsterten Fensterbank und starrte hinaus in den Hof. Sie zählte bereits die Stunden bis zur Abreise nach London und konnte es kaum noch erwarten, ihr neues, glanzvolles Leben dort zu beginnen.

Auch Lysia hatte vor, ihre Zeit in der Metropole zu genießen. Eines ihrer ersten Ziele würde das British Museum sein. Dort gab es, so hatte Lady Murray ihr vorgeschwärmt, die beeindruckendsten Artefakte aus aller Welt zu bestaunen, ägyptische Sarkophage, griechische Statuen, etruskische Vasen und vieles, vieles mehr. Wenn sie schon nicht zu all diesen wunderbaren Orten reisen könnte, dann wollte sie wenigstens auf diesem Wege etwas Abenteuerluft schnuppern. Denn, das war wohl nicht zu leugnen, ihr Leben als Schmugglerin mit all seinen mannigfaltigen, bunten Erlebnissen würde sie auch ein kleines bisschen vermissen. Und noch viel mehr vermissen würde sie das Meer …

»Ein Reiter kommt!«, rief da Amathia aufgeregt und kniete sich auf die Fensterbank, um besser hinaussehen zu können. Sie reckte den Hals und drückte ihre Nase gegen die Scheibe. Eunike brach ihr Spiel ab und eilte an die Seite ihrer Schwester, um ebenfalls den Ankömmling zu begutachten.

»Wer ist es denn?«, fragte Tante Augusta neugierig. »Von den meisten Bekannten haben wir uns doch schon verabschiedet.«

»Oooh«, schrien da die Zwillinge im Chor und wandten sich mit großen, staunenden Augen zu den anderen um.

»Es ist der Earl von Darrington«, frohlockte Amathia und sprang begeistert auf. Sie begann, ihre hellblauen Röcke glatt zu streichen, und sich in die Wangen zu kneifen. Eunike tat es ihr gleich, und auch Tante Gussie und Mutter zupften plötzlich hektisch an ihren Kleidern und Hauben herum.

»Was kann er nur wollen?«, fragte Lady Farley in die Runde.

»Vielleicht überbringt er die Einladungen für den Ball«, mutmaßte die Tante.

Alle möglichen Spekulationen segelten durch den Raum, während Lysia versuchte, sich von dem Schrecken zu erholen, der sich ihrer bemächtigt hatte, sobald Amathia den Namen des Gastes hinausposaunt hatte. Für einen Moment war sie regelrecht erstarrt. Sie befürchtete, dass der Besuch des Earls von Darrington hier in Fairlight Hall irgendwie mit ihr in Zusammenhang stehen könnte, was jedenfalls nichts Gutes bedeuten konnte.

»Mama, entschuldige mich, bitte, ich muss kurz hinaus.«

Lysia erhob sich, um aus dem Salon zu flüchten, doch da öffnete sich bereits die Tür, und Benister, der Butler, kündigte den vornehmen Gast an.

»Seine Lordschaft, der Earl von Darrington«, intonierte er mit sonorer Stimme, und Lysia wünschte sich nichts sehnlicher, als dass sich der Parkettboden unter ihren Füßen öffnen und sie verschlucken möge.

Mit einer formvollendeten Verbeugung begrüßte der eintretende Gentleman die Damen. »Lady Farley, Miss Amathia, Miss Eunike, Mistress Farley.«

Dann wandte er sich Lysia zu. »Miss Farley.«

Während sie in einen Knicks fiel, senkte sie die Augen und sah auch nicht auf, als sie sich, kaum Verständliches murmelnd, wieder erhob. Sie weigerte sich, seinem Blick zu begegnen.

Eine erwartungsvolle Stille senkte sich über den Raum, die Lysia schließlich doch zwang, den Kopf zu heben. Ja, warum sagte denn keiner etwas?

Als sie aufsah, trafen ihre Augen direkt auf seine. Er stand unmittelbar vor ihr, keine zwei Schritte entfernt, und sein Blick war auf sie gerichtet, fest und eindringlich. So nahe war er, dass sie die glühenden Funken tief in seinen dunklen Augen ausmachen konnte, ach so vertraut, und plötzlich begann ihr Herz, heftig zu schlagen. Oh Himmel!

»Miss Farley«, richtete der Earl nun das Wort an sie,

»nachdem Sie weder zu unserem Rendezvous erschienen sind noch meine Briefe beantwortet haben, blieb mir nichts anderes übrig, als Sie in Ihrem Heim aufzusuchen, in der Hoffnung, Sie hier anzutreffen.«

Lysia meinte, nicht richtig zu hören. Was hatte der Schuft vor? Wollte er sie vor ihrer Familie bloßstellen? Aus den Augenwinkeln nahm sie auch schon wahr, wie ihre Mutter, Tante und Schwestern sie neugierig und unverhohlen anstarrten, sie und Lord Darrington.

»Ich habe nicht die geringste Ahnung, wovon Sie sprechen«, presste sie schließlich hervor, bemüht um einen schneidenden, hochmütigen Ton. »Es muss wohl ein Irrtum vorliegen, Mylord.«

Doch das sturköpfige Mannsbild schüttelte den Kopf. »Nein, gewiss nicht, Miss Farley! Ich bin mir ganz sicher, dass ich Sie und keine andere um Ihre Hand zur Ehe bitten will.«

Ein lautes Aufkeuchen erfüllte den Raum, von Lysia selbst, als auch von ihrer Familie.

»Sind Sie völlig verrückt?«, zischte Lysia. »Haben Sie Ihren Verstand verloren?«

Wiederum schüttelte der Earl den Kopf, sichtlich unberührt von den groben Verunglimpfungen seiner Person. »Nein, wohl aber mein Herz, Miss Farley. Es gehört unwiederbringlich und alleinig Ihnen.«

Dieser Erklärung folgte erneutes vielstimmiges Aufkeuchen, und dann ergriff Lady Farley das Zepter.

»Gussie, Amathia, Eunike, kommt mit! Wir lassen Seine Lordschaft und Lysia kurz allein.«

»Nein!«, rief Lysia entsetzt. »Bitte, ihr müsst bleiben! Lord Darrington muss schon aufbrechen.«

Doch Lysias Mutter schien taub gegenüber ihren Hilferufen, denn – wie der beste General – scheuchte sie die anderen drei aus dem Salon hinaus, und im nächsten Moment war Lysia mit dem Earl allein.

Das hieß aber nicht, dass sie gewillt war, mit dem Schuft zu sprechen. Sie kehrte ihm den Rücken zu und lief zum Fenster, wo sie die Arme um ihre Mitte schlang und hinausstarrte.

»Bitte gehen Sie!«, sagte sie mit ruhiger Stimme, was sie einiges an Anstrengung kostete.

»Erst wenn du mich angehört hast, Lysia.«

Beinahe hätte sie einen erschrockenen Satz gemacht, denn diese Worte erklangen unmittelbar hinter ihr. Er musste ihr gefolgt sein. Hastig machte sie einen Schritt zur Seite und setzte sich in einen schmalen Stuhl.

Abermals folgte er ihr und zog einen zweiten heran, in dem er, ihr gegenüber, Platz nahm.

Sich in das Unausweichliche fügend, seufzte Lysia schwer.

»Also gut, dann sagen Sie, was Sie zu sagen haben, und bitte, fassen Sie sich kurz. Ich muss noch fertig packen.«

Er lächelte und entblößte dabei seine tadellos weißen Zähne, und sie musste ihren Blick abwenden, weil sie es nicht ertragen konnte, dass dieses wunderschöne, vertraute Gesicht einem Menschen gehörte, der sie derart hintergangen hatte.

»Warum bist du nicht nach Fairlight Cove gekommen?«, fragte er. »Ich habe den ganzen Abend auf dich gewartet.«

»Das tut mir leid für Sie. Allerdings kann ich mich beim besten Willen nicht erinnern, dass ich zugestimmt hätte, Sie dort zu treffen. Oder überhaupt irgendwo.«

»Ich verstehe, dass du wütend bist, Lysia.«

»Miss Farley«, fauchte sie. »Für Sie: Miss Farley.«

Als hätte er sie nicht gehört, fuhr er fort:

»Ich habe dich verletzt, Lysia, das tut mir aufrichtig leid. Du weißt gar nicht, wie sehr. Ich wollte mich entschuldigen, bei unserem Rendezvous in Fairlight Cove. Aber du willst mir ja partout keine Gelegenheit dazu geben.«

»Es interessiert mich nicht«, fuhr sie ihn eisig an.

Doch unbeirrt sprach er weiter.

»Gibbs hat mir erzählt, dass du nach dem Besuch in Ashburnham Place so herzzerreißend geweint hast, dass er dich am liebsten in den Arm genommen hätte. Und von seiner Frau weiß ich, dass du seither zu jedem Frühstück mit verquollenen Augen erscheinst. Ich kann die dunklen Ringe unter deinen Augen sehen, Lysia. Also sage mir nicht, dass ich dir gleichgültig bin.«

»Gibbs sollte sich um seine eigenen Angelegenheiten kümmern«, blaffte Lysia, doch auch davon ließ sich der Earl nicht aufhalten.

»Alles, was ich dir gesagt habe, Lysia, ist die Wahrheit – bis auf meinen Nachnamen, meine Verwandtschaft mit Gibbs' Ehefrau und meinen vermeintlichen Beruf. Ich habe nicht gelogen, was meine Herkunft aus Yorkshire betrifft, meine Familie, meine Mutter.«

Lysia zog zweifelnd eine Augenbraue nach oben. »Dann ist Ihr Name also Jack?«

Er nickte. »Ja, mein erster Vorname ist Jonathan, Jack in der Kurzform. Alle, seit meiner Kindheit, haben mich stets Jack gerufen.«

»Und Sie sprechen wohl auch seit Ihrer Kindheit Yorkshire-Dialekt?«

»Ja, das tue ich«, bestätigte er schmunzelnd. »Wenn man in Yorkshire aufwächst, ist das unvermeidlich. Aber natürlich habe ich auch anders zu sprechen gelernt.«

Sie musterte ihn aus schmalen Augen. »Machen Sie sich etwa lustig über mich?«

»Das würde mir im Traum nicht einfallen.«

»Hah, und das soll ich Ihnen glauben? Wo Sie doch vier Monate lang nichts anderes getan haben? Ein feiner Herr gibt sich als Schmuggler und Rossknecht aus – welch herrliches Amusement!«

Kaum waren die Worte ausgesprochen, da kam ihr ein böser Verdacht: »War das Ganze etwa einer Wette geschuldet?

Man hört doch immer wieder von ennuyierten Herren, die in den Londoner Klubs, ihrer selbst überdrüssig, irgendwelche abstrusen Wetten abschließen …«

»Nein, keine Wette«, unterbrach er sie.

»Dann war es also bloße Langeweile?«, bohrte sie weiter.

Der Earl schüttelte den Kopf.

»Nein, ich handelte im Auftrag des Premierministers. Wie du ja weißt, hat er es sich zum Ziel gesetzt, dem Schmuggel ein Ende zu setzen – oder ihn zumindest stark einzudämmen. Um das zu bewerkstelligen, hat er mich und andere Gentlemen mit Grundbesitz entlang der Küsten um Unterstützung gebeten.«

Er sah ihr eindringlich in die Augen.

»Lysia, ich kann nicht dulden, dass meine Ländereien für unrechtmäßige Machenschaften missbraucht werden. Und die Schmuggler von Fairlight haben genau das getan.«

»Dann hätten Sie sich vielleicht schon eher um Ihr Anwesen kümmern sollen«, konnte sie sich nicht verkneifen zu bemerken.

»Ja, du hast völlig recht«, gab der Earl unumwunden zu. »Und dieses Versäumnis kreide ich allein mir selbst an. Ich bin meinen Pflichten als Grundherr nicht ausreichend nachgekommen und habe Ashburnham Place schändlich vernachlässigt. Aber das ändert nichts daran, dass Schmuggel nun einmal unrechtmäßig ist.«

»Dieser Umstand ist mir durchaus geläufig, Mylord«, erwiderte Lysia spitz. »Warum Sie sich aber unserer ach so rechtsbrecherischen Bande angeschlossen haben, ist mir allerdings immer noch unverständlich.«

»Meine Methode war sicherlich ungewöhnlich«, räumte der Earl ein, »aber ich wollte mir unmittelbar vor Ort und mit meinen eigenen Augen ein Bild über die heimlichen Vorgänge rund um Ashburnham Place machen. Zum letzten Mal war ich als Junge hier in Sussex, daher hatte ich keine Ahnung, wem ich trauen konnte und wem nicht. Jenkins, mein alter Diener, brachte mich dann auf die Spur von Gibbs, dem Verwalter von Fairlight Hall, von dem er gehört hatte, dass er einer der sogenannten Gentlemen wäre. Also suchte ich Gibbs auf und stellte ihm ein Ultimatum – und den Rest der Geschichte kennst du ja, glaube ich.«

»Ja, den kenne ich«, erklärte Lysia bitter. »Vier Monate Possenspiel und Lügen und Schwindelei! Und ich Dummchen habe alles geglaubt! Sie müssen sich ja königlich amüsiert haben!« Noch immer fassungslos schüttelte sie den Kopf. »Oh, wenn ich nur daran denke, wie ich mir Ihre Mutter, als Sie von ihr erzählt haben, als altes, einsames Weiblein vorgestellt habe, das irgendwo in den Hügel von Yorkshire in einer ärmlichen Kate haust.«

Schuldbewusst zuckte der Earl zusammen. »Ja, ich weiß. Deine Gedanken waren dir von deinem Gesicht abzulesen, und ich bin mir wie der schäbigste Lump vorgekommen, weil ich dein mitfühlendes Herz so getäuscht habe, und ich kann nichts anderes tun, als dich deshalb um Verzeihung zu bitten.«

»Bemühen Sie sich meinetwegen nicht, Mylord«, entgegnete Lysia kühl, »es macht keinen Unterschied, ob ich Ihnen verzeihe oder nicht. Am besten, Sie gehen jetzt. Meine Familie und ich stecken mitten in den Vorbereitungen für den Umzug nach London, und ich habe hier schon viel zu viel Zeit verschwendet.«

Sie erhob sich, um nach Benister zu läuten, doch der starrsinnige Earl blieb einfach sitzen.

»Lysia, ich bin noch keineswegs fertig, es gibt noch einiges, das wir besprechen müssen. Zum einen das Haus in Bloomsbury, das du gekauft hast. Es ist mit unrechtmäßig erworbenem Geld bezahlt, daher wirst du den Kaufvertrag rückgängig machen und jeden Penny, den du der königlichen Staatskasse vorenthalten hast, redlich abführen. Und falls du heute auf die

Intrépide warten solltest, die wird nicht kommen – ich habe *Capitaine* Fréthun Bescheid gegeben, dass sich die Schmuggler von Fairlight aus dem Schwarzhandel zurückgezogen haben. Für immer.«

Lysia glaubte ihren Ohren nicht zu trauen.

»Was?«, fuhr sie erbost zu ihm herum. »Wie können Sie es wagen? Wie können Sie es wagen, sich in meine Angelegenheiten einzumischen? In die Angelegenheiten von Fairlight? Dazu haben Sie kein Recht!«

»Ich kann und werde nicht dulden«, beharrte der Earl mit entschiedener Bestimmtheit, »dass du oder sonst jemand hier in dieser Gegend sich aufgrund ungesetzlicher Machenschaften bereichert. Du wirst alles, was du mit dem Schmuggel verdient hast, zurückgeben.«

Lysia hätte am liebsten mit dem Fuß aufgestampft. Was bildete sich dieser aufgeblasene Kerl ein, ihr Vorschriften zu machen? Stattdessen bemühte sie sich um einen gelassenen Ton, um ihre Fassung wiederzugewinnen. »Das geht nicht«, erklärte sie und schob das Kinn vor.

Doch Lord Darrington ließ nicht locker. »Warum nicht? Du weißt, dass dein Tun ungesetzlich und strafbar ist.«

Sie nickte. »Ja, natürlich weiß ich das.«

Als er nichts erwiderte und sie nur erwartungsvoll anblickte, ließ sie sich zähneknirschend zu einer Erklärung herab. »Wenn die Umstände anders gewesen wären oder wenn ich einen anderen Ausweg gewusst hätte, dann hätte ich das Schmugglergeschäft meines Vaters nicht fortgesetzt. Aber er ging viel zu früh von uns und hinterließ uns kaum etwas – ich musste eine Möglichkeit finden, meine Familie standesgemäß zu versorgen.«

»Du hast ein gutes Herz, Lysia, und das ist dir hoch anzurechnen, aber dennoch entschuldigt es nicht die Ruchlosigkeit einer unredlichen Tat.«

Aufgebracht warf Lysia die Arme in die Höhe. »Ja, was

hätte ich denn tun sollen? Etwa zulassen, dass meine Familie am Bettelstab endet?«

Eine dunkle Augenbraue wanderte nach oben. »Was andere auch in solchen Situationen tun: Verwandte oder Freunde um Hilfe bitten oder auf rechtschaffene Weise Geld verdienen …«

Sie verschränkte die Arme vor der Brust. »Dann hätten wir vor aller Welt eingestehen müssen, dass Vater uns nicht ausreichend versorgt hat. Diese Schmach hätten meine Mutter und die Zwillinge nicht ertragen. Sie haben – oder hatten – große Erwartungen, was die Verehelichung meiner Schwestern betrifft. Wenn ich allein gewesen wäre, hätte ich wahrscheinlich anders gehandelt. Aber so …«

»Sei es, wie es sei«, blieb der Earl hartnäckig, »du wirst zurückerstatten, was du unrechtmäßig erworben hast.«

Sie musterte ihn eindringlich, es war seiner Miene mehr als deutlich abzulesen, dass er keinen Widerspruch dulden würde.

»Ich habe das meiste davon bereits ausgegeben«, erklärte sie, nicht bereit zu gehorchen. »Für den Kauf und die Einrichtung des Hauses in London. Wo sollten meine Familie und ich leben, wenn ich den Vertrag annulliere?«

Er lächelte. »Bei mir natürlich, wo sonst.«

»Hah«, rief Lysia kopfschüttelnd, »dabei sind Sie doch weder Verwandter noch Freund! Und ich wiederhole meine frühere Feststellung: Sie sind vollkommen verrückt!«

Der Earl schmunzelte und erhob sich. »Ja, verrückt nach dir, mein Engel!« Er ging zu ihr und blieb unmittelbar vor ihr stehen. »Werde meine Frau, Lysia«, bat er. »Ich wünsche mir nichts sehnlicher, als dich immer an meiner Seite zu haben, für den Rest meines Lebens. Mein Herz gehört dir, es schlägt allein für dich, für die süße Meeresnymphe Lysianassa, die mich verzaubert hat, von unserer ersten Begegnung an.« Er ergriff ihre Hand und legte sie auf seine Brust, und sie spürte seinen Herzschlag, wild und ungestüm, genau wie ihr eigener. Oh Herr im Himmel!

»Ich liebe dich, Lysia«, fuhr er mit rauer Stimme fort, »und ich weiß, dass du mich auch liebst. Zerstöre nicht dieses wunderbare, einzigartige Wunder, das uns geschenkt wurde, indem du mich für eine Dummheit bestrafst, die ich zutiefst bereue. Jede Berührung, jeder Kuss, jedes liebkosende Wort, das ich dir gesagt habe, kam tief aus meinem Herzen und war nichts als die reine Wahrheit. Der Mann, der heute vor dir steht und um deine Hand anhält, ist kein anderer als der Rossknecht Jack. Bitte, vertrau mir, mein Herz.«

»Ich bin nicht Ihr Herz«, erwiderte Lysia, doch sie fühlte ihren Widerstand bröckeln.

»Aber du besitzt es«, flüsterte er. »Ob du es willst oder nicht, es gehört dir. Auch wenn du es mit Füßen trittst, es gehört dir. Auch wenn du ihm nichts als Schmähung und Verachtung angedeihen lässt, es gehört dir. Einzig nur dir. Jede einzelne Minute schlägt es nur für dich.«

Hastig wandte Lysia den Kopf zur Seite. Zu ihrem Verdruss stiegen nun auch noch Tränen in ihre Augen, und sie wollte um keinen Preis, dass er das bemerkte. Himmel, wann nur war sie zu einer solch fürchterlichen Heulsuse geworden?

Verstohlen wischte sie sich mit der Hand über die Augen, doch die heimliche Geste war ihm offensichtlich nicht entgangen.

Er stöhnte schwer. »Ach, Lysia, weine doch nicht meinetwegen. Ich kann alles ertragen, nur deine Tränen nicht. Ich weiß, ich bin ein elendiglicher Schuft. Schlag mich, verpass mir eine Ohrfeige, oder mehrere, aber um Himmels willen, weine nicht!«

»Ich …« Sie spürte Tränen auf den Wangen und flüchtete zum Fenster. Sie hörte, wie er ihr folgte, und dann waren seine Hände auf ihren Schultern, und er drehte sie zu sich. Mit dem Daumen hob er ihr Kinn an, sodass sie in seine Augen sehen musste. Er beugte sich zu ihr und küsste die salzigen Tropfen weg.

»Lysia«, flüsterte er, »verzeih mir, mein Engel. Bitte verzeih mir.«

Er nahm sie in seine Arme und hielt sie fest. Und endlich ließ Lysia es geschehen. Sie schmiegte das Gesicht gegen seine Brust und krallte die Finger in seinen Rock und schluchzte so bitterlich, als wäre ein Damm in ihr geborsten und all ihr Schmerz brach sich Bahn. Die ganze Zeit über hielt Jack sie und streichelte ihr den Rücken und flüsterte Liebkosungen in ihr Ohr. Langsam, nach einer langen Weile, beruhigte sie sich, doch verharrte sie dennoch in seiner Umarmung. Sein Herz pochte noch immer wild. So wie ihr eigenes.

»Ich war so verletzt, Jack«, wisperte sie schließlich kaum hörbar. »Es hat so schrecklich weh getan.«

»Ich weiß, mein Schatz, ich weiß«, murmelte er in ihr Haar. »Ich bin der größte Bastard auf Erden.«

Sie antwortete nichts, da hob er ihr Gesicht an und drückte federleichte Küsse auf ihre Stirn, ihre Lider, ihre Wangen, ihre Nase, ihre Mundwinkel. Schließlich streiften seine Lippen über die ihren, zart und behutsam, und als sie den Kuss endlich erwiderte, stöhnte er leise.

»Oh Gott, Lysia«, raunte er heiser, »hör nicht auf! Um Himmels willen, hör niemals auf!«

Sie schlang die Arme um seinen Hals und drückte sich an ihn, so eng sie es vermochte. »Jack«, hauchte sie, »oh Jack, ich liebe dich so sehr!«

Er küsste sie, wild und leidenschaftlich, und Lysia vergaß alles um sich herum. Es gab nur noch Jack und sie, sie beide, ihre gegenseitige Liebe. Irgendwann, mittendrin, löste Jack sich für einen Moment von Lysia. »Dann ist deine Antwort ein Ja?«, wollte er, schwer atmend, wissen.

Sie legte eine Hand an seine Wange und sah ihm tief in die

Augen. Wahrscheinlich strahlte sie wie ein Honigkuchenpferd. »Ja, Jack«, sagte sie und nickte. »Ja.«

Da lachte er befreit auf. »Oh meine wunderschöne Meeresnymphe, du machst mich zum glücklichsten Mann der Welt!« Und dann besiegelte er ihr Einverständnis mit einem weiteren innigen Kuss.

»Lass uns einen Spaziergang machen«, schlug Jack eine lange, lange Weile später vor. Glückselig willigte Lysia ein, und gemeinsam, Hand in Hand, traten sie vor den Salon, wo Lysias Mutter, Tante und die beiden Schwestern ihnen erwartungsvoll entgegensahen. Wie es den Anschein hatte, waren sie die ganze Zeit über in der Halle auf und ab gelaufen. Als Lysia ihnen die freudige Nachricht mitteilte, fielen alle jauchzend über sie her, drückten und herzten sie und gratulierten ihr und Lord Darrington zur Verlobung.

»Ach, wie aufregend!«, rief Tante Gussie entzückt, »gleich zwei Farley-Hochzeiten in einem Jahr!«

»Lady Farley«, wandte sich Jack an Lysias Mutter. »Es hat sich herausgestellt, dass das Haus in Bloomsbury leider nicht zur Verfügung stehen wird, daher erlauben Sie mir, Ihrer Familie und Ihnen mein Stadthaus am Grosvenor Square als Unterkunft anzubieten, so lange bis wir passenden Ersatz gefunden haben.«

Daraufhin brach allgemeiner Jubel aus – in der mondänsten Gegend Londons zu residieren, noch dazu als Gast eines Earls, war natürlich etwas ganz anderes, als am bloß mittelmäßigen Bedford Square zu wohnen! Amathia hüpfte begeistert auf und ab, und Tante Gussie verdrehte die Augen himmelwärts: »Ach, wie werden unsere Freunde uns beneiden!«

»Vielen Dank, Mylord«, nickte Lady Farley huldvoll, »von diesem großzügigen Angebot machen wir sehr gern Gebrauch.«

Dann nahm Lysia rasch den Schal, den Benister schon für

sie bereit hielt, und entführte Jack aus der Mitte der Farleys. Ihre Familie hatte bereits begonnen, ihn mit allerlei Fragen zu löchern, lautstark und wild durcheinander, zum Londoner Stadthaus, zum versprochenen Ball – der wäre nun dann ja ein Verlobungsball, nicht wahr? –, zu empfehlenswerten Geschäften in der Hauptstadt.

»Entschuldigt uns«, rief Lysia, während sie Jack regelrecht aus dem Haus zerrte.

»Ich fürchte, meine Familie kann manchmal ziemlich anstrengend sein«, sagte sie, als sie zusammen, Hand in Hand, den Pfad zu den Klippen hinunterspazierten, und warf einen vorsichtigen Blick in seine Richtung.

Doch Jack schmunzelte nur und drückte einen raschen Kuss auf ihre Nasenspitze. »Ja, das wird noch eine Herausforderung werden. Aber auch die werden wir meistern, denke ich.«

Erleichtert, dass er sich am oftmals unangemessenen Benehmen ihrer Familie, die sie dennoch über alle Maßen liebte, nicht weiter zu stören schien, gestand Lysia: »Wenn es mir zu viel wird, ergreife ich hin und wieder die Flucht und verbringe einen Nachmittag am Strand.«

»Aaah«, meinte Jack nun merklich interessiert, »das sind jene Nachmittage, an denen du im Meer schwimmst, ohne einen einzigen Faden Stoff auf deiner Haut, nicht wahr?« Dabei ließ er seinen Blick langsam über ihre Gestalt wandern, und Lysia fühlte Hitze in ihre Wangen steigen.

»Du bist unmöglich, Jack«, rügte sie ihn lachend.

»Ich bestehe darauf, dich künftig zu begleiten.«

»Jack!«

Er grinste breit. »Was soll ich machen? Die verführerische Meeresnymphe hat mich in ihren Bann geschlagen. Ich bin ihr völlig verfallen.«

Inzwischen hatten sie den Klippenrand erreicht und waren stehen geblieben, um den herrlichen Ausblick zu genießen.

Jack trat hinter Lysia und löste die Haarnadeln aus ihrer Frisur, sodass ihre Locken bis zu den Hüften hinabfielen und in der sanften Brise wehten. Dann zog er sie zurück an seine Brust und schlang die Arme fest um ihre Mitte.

»Oh, wie werde ich all das vermissen!«, seufzte Lysia leise, während sie versonnen hinaus aufs Meer blickte.

Behutsam schob Jack ihren Kopf unter sein Kinn. »Warum solltest du? Da ich nun einige Neuerungen in Ashburnham Place einführe, habe ich auch vor, mehrere Monate im Jahr hier in Sussex zu verbringen. Und meine Ehefrau wird mich natürlich begleiten.«

Freudestrahlend sah Lysia zu ihm auf. »Oh Jack, ist das tatsächlich dein Ernst? Ach, wie wunderbar!«

»Ja, natürlich, mein Herz. Ein paar Monate in Yorkshire, ein paar Monate in London, und den Rest des Jahres in Sussex. Was hältst du davon? Wenn ein Mann eine von Poseidons Nixen heiratet, muss er eben darauf achten, dass sie ausreichend Möglichkeit hat, im Meer zu schwimmen.«

Glücklich seufzend strich Lysia zärtlich über Jacks Wange. »Jack, ich liebe dich.«

»Und vielleicht«, raunte Jack über ihren Kopf hinweg, während seine Hände ihre Arme entlangstreiften, »kannst du ja bei Gelegenheit ab und zu auch Hosen tragen. Die bringen deinen strammen, kleinen Hintern und deine langen Beine vorzüglich zur Geltung. Jedes Mal, wenn du vor mir auf der Strickleiter nach oben geklettert bist, war ich so fasziniert, dass ich kaum einen geraden Gedanken zustande brachte.«

»Jack!«, rief Lysia entrüstet, und sie konnte nicht verhindern, dass ihre Wangen eine Spur heißer brannten.

»Deshalb«, erklärte er weiter, »hätte ich dich an jenem Tag, an dem du wegen der kreischenden Möwe ausgerutscht bist, beinahe nicht rechtzeitig aufgefangen. Dieser süßeste aller Hintern hat mich derart abgelenkt, muss ich zu meiner Schande gestehen, dass ein, zwei Herzschläge vergingen, bevor ich zu deiner Rettung eilen konnte.« Lysia erinnerte sich noch sehr gut an Jacks wachsbleiches Gesicht. Nicht nur ihr war damals der mit knapper Not überstandene Schrecken anzusehen gewesen.

»Ach, während ich mich also zu Tode ängstigte, hast du mein Hinterteil begafft?«, fragte sie ungläubig.

Er lachte und ließ seine großen, schwieligen Hände langsam ihre Leibesmitte hinaufwandern. Sie keuchte stöhnend auf, als seine Finger ihre Brüste umschlossen. »Na, so unschuldig bist du aber auch nicht«, hörte sie seine raue Stimme an ihrem Ohr. »Glaubst du, mir wäre entgangen, wie du mich, schon von den ersten Wochen an, immer wieder verstohlen gemustert hast? Jedes Mal, wenn deine Augen begutachtend über meinen Leib gestreift sind, habe ich das gespürt, als würden deine Hände mich berühren, mich liebkosen, mich erregen.«

»Oooh«, hauchte Lysia, unfähig mehr zu sagen. Unter anderen Umständen wäre sie wegen ihres damaligen unziemlichen Verhaltens tief beschämt gewesen, aber Jacks Finger waren in den Ausschnitt ihres Mieders getaucht und vollführten dort die aufregendsten Dinge, sodass sie nicht zu mehr in der Lage war, als ihren Rücken durchzubiegen und sich ihm darzubieten.

»Nur um dir Gleiches mit Gleichem heimzuzahlen«, fuhr er fort, »habe ich in deiner Nähe, sodass du beste Sicht auf mich hattest, mein Hemd abgelegt. Aber der Schuss, fürchte ich, ging nach hinten los: Deine Blicke entflammten mich und ließen mich lichterloh brennen. Und bei Gott, ich wünschte mir nichts sehnlicher, als dass du deine Hände und Lippen deinen Augen folgen ließest.«

Ja, Lysia konnte sich erinnern: Als wäre es gestern gewesen, sah sie Jack vor sich, mit nacktem Oberkörper, als er Fässer stemmte, als er Wasser über seinen Kopf schüttete, um sich abzukühlen. Gierig hatte sie die Bahn jedes einzelnen Tropfens verfolgt.

»Oh Jack«, wisperte Lysia, »ich glühte damals am ganzen Körper, als hätte ich Fieber! Genau wie jetzt.«

Da stöhnte Jack auf und zog sie eng an sich. Er vergrub seine Nase in ihrem zimtblonden Haarschopf, während seine Hände ihr lustvolles Werk unablässig fortsetzten. Lysia versuchte, sich ihm zuzuwenden, um einen Kuss zu erhaschen, doch er ließ es nicht zu.

»Tatsächlich«, flüsterte er rau, »die seidigen Locken duften wie eine Sommerwiese, die Beine sind lang, die Brüste wohlgeformt.« Erst jetzt erlaubte er Lysia, sich umzudrehen, und hob ihr Gesicht an. »Und die Augen erinnern mich an das Meer«, setzte er die Aufzählung fort. »Es besteht kein Zweifel, ich habe das Mädchen meiner Träume gefunden!«

»Ach ja?«, hauchte Lysia, während ihr Blick erwartungsvoll auf seinen Mund fiel. Sie wusste, was noch fehlte.

»Ja, ich bin mir ganz sicher«, bestätigte Jack, »ihre Lippen schmecken süßer als die süßesten Kirschen.«

Seine dunklen, beinahe schwarzen Augen schienen regelrecht zu glühen, als er seinen Kopf senkte und sich alle Zeit der Welt nahm, um sie ausgiebigst zu kosten.

***

Yorkshire Dialekt

Aye – ja, immer
Bonny – hübsch, gutaussehend
Lass – Mädchen
Maister – Meister, Boss
Nay – nein
Sithee – Auf Wiedersehen, Adieu
Tyke – Person aus Yorkshire

NACHWORT

Mr Pitts Gesetzesvorschlag zur Senkung der Teesteuern wurde schließlich vom Parlament abgesegnet (Commutation Act 1784) und trat im September 1784 in Kraft; damit war dem Teeschmuggel nahezu ein Ende gemacht und die Umsätze der Ostindien-Kompanie stiegen um das Dreifache an.

Im Zuge der bald folgenden Revolutions- und napoleonischen Kriege mit Frankreich wurden die Teesteuern, um die zur Kriegsfinanzierung nötigen Mittel zu beschaffen, wieder angehoben, weshalb Tee, zumindest eine Zeit lang, neuerlich zur rentablen Schmuggelware wurde.

Es dauerte dann noch mehrere Jahrzehnte, bis die britische Regierung den Schwarzhandel auf breiter Front eindämmen konnte; allerdings ist er bis zum heutigen Tage, abgesehen wohl von Tee, nicht gänzlich ausgerottet.

Am 24. August 1784 wurde in der Londoner *Gazette*, auf Wunsch eines reuigen Schmugglers hin, dessen Brief an Mr Pitt veröffentlicht. Im Umschlag desselben befanden sich dreihundert Pfund in Banknoten zur Verwendung für gemeinnützige Zwecke, denn der Mann hatte in seinen jungen Jahren, als er zur See fuhr, die Zollbehörden um ihre Einnahmen betrogen, wie es unter Seeleuten weit verbreitete Sitte war. Lysianassa Farley war also nicht die einzige, die das mit dem Schmuggel verdiente Geld später an die königliche Staatskasse retournierte.

Richard Twinings Teehandel, gegründet von seinem Großvater Thomas im Jahr 1706, besteht bekanntermaßen bis zum heutigen Tag. Das mehr als dreihundert Jahre alte Geschäftslokal am The Strand ist heute der Londoner Flagship-Store des Unternehmens.

William Pitt, der Jüngere genannt, um ihn von seinem gleichnamigen Vater zu unterscheiden, war als jüngster Premierminister aller Zeiten angetreten (diesen Rekord hält er bis heute) und übte das Amt – entgegen den Erwartungen so mancher – beinahe zwanzig Jahre aus, bevor er 1806 im Alter von nur sechsundvierzig Jahren starb. Er gilt als einer der bemerkenswertesten Politiker der britischen Geschichte.

Der Anschlag auf Mr Pitt in der Nähe von Wandsworth, südwestlich von London, fand tatsächlich, anders als von mir im Buch dargestellt, am 17. August 1784 statt. Etliche damalige Zeitungen berichteten über diesen dramatischen Vorfall.

Die Eisengießerei in Ashburnham, tatsächlich wohl schon im 16. Jahrhundert errichtet, erzeugte vor allem Kanonen, zuletzt für die Revolutions- und napoleonischen Kriege mit Frankreich. Im Jahr 1828 wurde sie, als letzte ihrer Art in Sussex, geschlossen.

Ebenso ist eine gut gehende Kalkbrennerei in Ashburnham belegt.

Ashburnham Place war jahrhundertelang der Stammsitz der Earls von Ashburnham, bevor das Anwesen in den 1950er-Jahren nach dem Tod des letzten Familienmitglieds, Lady Catherine Ashburnham, verkauft und in ein christliches Konferenz- und Gebetszentrum umgewandelt wurde.

Die erste Kamelie war in England im Jahr 1739 in Lord Petre's Garten in Thorndon Hall, Essex, zu bewundern. Gegen Ende des 18. Jahrhunderts importierte die Britische Ostindien-Kompanie neue Sorten, und insbesondere im 19. Jahrhundert zählte sie zu den beliebtesten Blumen der englischen Gärtner.

Am 28. August 1784 heirateten Miss Sophie Thynne und George Ashburnham, Viscount St. Asaph, Sohn des zweiten Earls von Ashburnham.

Lady Farleys Voraussage bewahrheitete sich tatsächlich: Edward Milward junior wurde erstmals 1786 zum Bürgermeister von Hastings gewählt, danach noch neunzehn weitere Male, meist abwechselnd mit seinem Vater.

Die wunderschöne Gegend um Fairlight, Hastings und Rye kann für einen Besuch nur wärmstens empfohlen werden, nicht nur um auf den Spuren der einstigen Schmuggler zu wandeln.

Übrigens erschien im Jahr 1794 der erste Reiseführer für Hastings: *The Hasting's Guide or, A Description of that Ancient Town and Port and its Environs by an Inhabitant*, erhältlich zum Preis von vier Schillingen.

Eine Familie, ein düsteres Geheimnis und eine Entdeckung, die alles verändert

Carolin Rath
DAS ERBE DER WINTERSTEINS
Familiengeheimnis Roman
DEU
336 Seiten
ISBN 978-3-947610-02-0

19. Jhdt.: Claire wurde als Baby aus einer verunglückten Kutsche gerettet und kam auf den Hof der Wintersteins, wo sie nun harte Knochenarbeit verrichten muss. Doch dann erfährt sie etwas über ihre Vergangenheit, das sie zutiefst erschüttert.

2016: Celine Winterstein liebt die alte Villa ihrer Familie in Meylitz, die mittlerweile leer steht. Nun soll das wunderschöne Anwesen verkauft werden. Schweren Herzens begibt sich Celine ein letztes Mal dorthin. Dabei stößt sie auf die Geschichte ihrer Urgroßmutter Claire und ein düsteres Geheimnis …

bePRINT